디아볼루스 인 무지카

디아볼루스 인 무지카

얀 아페리 장편소설 신미경 옮김
YANN APPERRY

Diabolus in musica

문학동네

국립중앙도서관 출판시도서목록(CIP)

디아볼루스 인 무지카 : 얀 아페리 장편소설 / 얀 아페리 지음 ; 신미경 옮김. — 서울 : 문학동네, 2003
p. ; cm

원서명: Diabolus in musica
원저자명: Apperry, Yann

ISBN 89-8281-687-9 03860 : ₩8800

863-KDC4
843.92-DDC21 CIP2003001048

일러두기

1. * 는 옮긴이주이며 원주의 경우는 (원주)로 표시해 구분했다.

2. 음악 관련 용어들은 1), 2) 식으로 번호를 매겨 표시했으며 그에 대한 설명은 본문 뒤에 실었다.

3. 본문에 등장하는 주요 음악가들에 대한 간략한 설명을 별도로 수록했다.

키아라에게

디아볼루스 인 무지카

1

인생이란 것이 긴 서곡에 지나지 않았던,

그리고 이제 그 종착역에 도달한 한 사내와 그의 범죄에 사용된 도구,

나와 내 메트로놈,

우리는 그렇게 거기 홀로 남아 있었다.

나는 붉은 차양이 드리워진 커다란 살롱에서 손가락으로 상아 건반을 누르고 있었다. 건반에서 감히 손을 떼지도 못한 채 도대체 얼마 동안 라자루스 제주룸을 응시하고 있었는지 모른다. 그만큼 나는 나를 서서히 사로잡는 엑스터시, 나의 해방을 의미하는, 머잖아 시작될 영광의 피날레를 겁내고 있었다. 내 손은 여전히 피아노 건반 위에 머물러 있었고, 메트로놈의 추도 계속해서 움직였다. 그리고 피가 흐르고 있었다. 콧구멍 가장자리에서 흘러나오기 시작한 가느다란 두 줄기 선혈은 입술 끝으로 번지다가 목젖을 타고 굵어졌고, 이내 와이셔츠 칼라 속으로 흘러내렸다.

메트로놈은 쉬지 않고 똑딱거렸다. 시간은, 템포 루바토[1)]의 공허한 움직임 속에 헛돌고 있는 메트로놈 추의 지배 아래 느리게 흐르고 있었다. 추는 한쪽에서 다른 한쪽으로 이동하며 살롱 안에 얼어붙은 듯 앉아 있던 우리의 실루엣을 번갈아가며 가리켰다. 내 존재가 그 단조로운 리듬의 영향권 밖에 있다는 것을 나는 알고 있었다. 추의 리듬은 침묵을 측량하는 동시에 침묵을 거세시키고 있었다. 그 동안에도 거무스레한 피가 흘러내렸다. 피는 땀과 뒤섞여 그의 옷 속으로 스며들었다. 와이셔츠를 흠뻑 적신 피는 다리를 타고 흘러 그의 신발 속까지 흥건히 적시고 있었다.

라자루스는 미소짓고 있었다. 한 손은 호주머니 속에 있었다. 아마도 자신의 이니셜을 수놓은 비단 손수건을 찾기 위해서였으리라. 그러나 그 손이 더이상 그의 얼굴을 쓰다듬거나 그토록 좋아하는 누가 사탕의 반짝이는 포장지를 벗기는 일은 없으리라. 표현의 실수만큼이나 오식(誤植)에도 민감하게 반응하는 그의 손은 이제 다시 오선지 위로 유연하게 미끄러지거나 피아노 건반을 두드리지 못할 것이고 더이상 그의 눈물을 닦아내지도 못할 것이다. 죽음을 목전에 둔 짐승들이 구석에서 몸을 도사리듯 그의 손은 호주머니 깊숙한 곳에 웅크리고 있었고 다른 한 팔은 힘없이 덜렁거리고 있었다.

나는 피아노와 메트로놈 연습곡인 내 발라드의 첫번째 버전을 연주한 참이었다. 그것을 교향곡으로 다시 쓴다는 건 당시만 해도 영감으로 충만해진 새벽 무렵 꿈처럼 그냥 한번 해본 생각에 지나지 않았다. 초인종 소리가 커다란 아파트 실내에 울려퍼졌다. 나는 언젠가 라자루스가 아다 빌라 정상에서 내게 던진 질문에 대한 대답을 떠올렸다. 우리는 산책에 나섰다가 불시에 쏟아지기 시작한 소나기를 피해 버드나무 아래 잠시 몸을 피하고 있었다. 라자루스가 내게 한 것은 대답하기 난처한 질문이었다. 흐려진 사상과 허망한 감정의 물결에 휩쓸리게 된다면 익사야말로 모든 종류의 죽음 중에서 가장 덜 성

가시고 인간 본성에 적합한 죽음일 것이라고 나는 대답했다. 죽음이 취할 수 있는 모든 형태의 전음계(全音階) 중에서 나라면 난파에 의한 죽음을 선택하겠다고 라자루스에게 말했다. 그리고 만약 죽음의 특허권이 주어진다면 그 순간이 왔을 때 죽음의 화음을 9도 증음정과 13도 감음정의 라단조로 연주하리라는 것도. 어두운 죽음의 심연 속으로 빠져들 때 어떤 별다른 느낌이 있으리라고 나는 생각하지 않는다. 수많은 허망한 상념들의 출혈, 16분음표로 점점 더 빨라지는 템포, 찬란하게 현혹하는 무(無), 성급하게 내려그은 영원의 겹세로줄…… 왜냐하면 나는 죽음이라는 최후의 순간에도 미완성으로 끝내는 것을 좋아하지 않으니까, 라고 그에게 말했다.

나는 정확한 순간을 알고 싶었다. 패시지[2)]일까? 에투페[3)]일까? 강박일까? 불협화음? 아니면 침묵일까? 그것을 알기 위해서라면 모든 것을 줄 수도 있었다. 그러나 그때 라자루스 옆에 앉아 있던 나는 너무 흥분한 나머지, 내가 가진 것이라곤 아무것도 없다는 사실을 잊고 있었다. 내 가방, 시골 의사들이 쓰는 낡은 손가방에서 꺼낸 악보 한 뭉치와 1918년 파카르 산(産) 메트로놈, 그리고 얼마 전에 마친 피아노 독주회를 제외한다면 내가 무슨 흥정물을 제시할 수 있단 말인가?

나는 변함없는 전통에 따라 괘종시계가 밤 열두시 정각을 알리면 라자루스를 만나 피아노 앞에 앉아 보리향 나는 커피를 홀짝거리고 누가사탕을 씹어가며 중세의 기보(記譜)법과, 어떤 콘체르토에서는 오피클라이드[4)]를 어떻게 다뤄야 하는지, 또다른 콘체르토에서는 바순 독주를 어떻게 처리해야 하는지에 대한 그의 설명에 귀기울일 수도 있었을 것이다. "푼크투스 콘트라 푼크툼.[5)]" 라자루스는 속삭이듯 말했다. 그러면 나는 그에게 화답하듯, 윌리엄 토머스 스트레이혼이 작곡한 테마의 첫 소절을 그에게 설명할 것이고, 그가 짐짓 경멸한다는 듯 눈을 지그시 감아버리는 것을 바라볼 수도 있었을 것이다. 스트레이혼이 죽자 그의 영원한 동반자였던 듀크 엘링턴은 이렇게 썼다. "Poor little sweet pea. God bless Billy Strayhorn, the biggest human being who ever lived(작고 달콤한 가련한 완두콩. 신께서 가장 위대한 인간 빌리 스트레이혼을 축복하시기를)."

라자루스 제주룸과 그의 우스꽝스러운 이름에 신의 가호가 있기를. 지금 그의 귓불에 송골송골 맺히는 피를 축복하소서. 단순한 것을 복잡하고 난해하게 말하기 좋아하는 그의 혀와 구석구석 온갖 정성을 기울인 그의 옷차림을 축복하소서. 악수와 일체의 경의의 표현, 혈연관계나 초대장, 시사회와 간이의자, 성악가와 몽상, 정신분석 상담실(엄밀히 말하면 혼자서는 결코 찾아가지 않는 모든 종류의 상담실)과 일기, 클리넥스 화장지와 페이지가 접힌 책, 열려 있는 문과 벽으로 시야를 가린 창문을 끔찍이도 싫어하는 그의 기벽을 축복하소서. 적절한 순간에 내게 보여주는 저 미소를 축복하소서. 라자루스 제주룸이라는 이름을 축복하소서. 나는 주체할 수 없는 행복감과 무한히 강렬한 어떤 힘에 사로잡혀 이렇게 중얼거렸다. 그리고 어슴푸레한 거실, 별 하나 없는 어두운 밤을 비추고 있는 베네치아 산 거울과 아무것도 반사하지 않는, 별 하나 없는 어두운 밤 사이에서 이렇게 덧붙였다.

"일어나라. 그리고 걸어라."

인생이란 것이 긴 서곡에 지나지 않았던, 그리고 이제 그 종착역에 도달한 한 사내와 그의 범죄에 사용된 도구, 나와 내 메트로놈, 우리는 그렇게 거기 홀로 남아 있었다.

2

난 어머니를 잃으면서 세상에 태어났고,

내 할아버지는 "모에(Moe)"라고 말했다.

난 알고 있다……

하나의 생명을 위해 적어도

두 사람의 죽음이 필요했다는 사실을.

1

모에(Moe). 이제 내 출생과 이름에 얽힌 이야기를 해야겠다. L'eterno riposo dona a lui, o Signore, risplenda per lui la luce perpetua, riposi in pace amen(그에게 영원한 안식을 주소서. 오 주여, 그를 위해 빛을 밝히시고 그가 평화 속에서 쉴 수 있게 하소서, 아멘). 내가 모르는 손 하나가 내가 알지 못하는 얼굴 위에 놓이더니 부드럽게 그의 두 눈을 감겨준다.

문 닫힌 방 안에 세 개의 실루엣이 보인다. 움직임이라곤 없다. 하나는 누워 있고 다른 하나는 서 있다. 마지막 실루엣은 뒤로 물러나 앉아 있는데, 성냥을 긋더니 침대 머리맡 탁자 위 촛대에 불을 붙인다. 그의 팔이 아래로 떨어진다. 이제 어둠은 한쪽 구석으로 물러가 응고되었고 난 마음껏 그들을 살필 수가 있다.

두번째 실루엣은 에지디오 신부이다. 잠시 후 두번째 실루엣이 첫번째 실루엣, 내 아버지의 아버지 돈 시지스몬도의 무기력하게 늘어진 양손을 십자형으로 모았다. 나의 아버지 오텔로 발다사레 인상긴 은 의자에 앉아 있다. 불그스름한 주황색 빛이 아버지의 이마 위로 너울거린다. 비스듬히 기울어진 그의 이마는 눈물을 감추고 있다. 그가 손에 쥔 성냥 끝에서 유황 냄새를 풍기는 연기가 올라온다. 그는 내가, 당신의 아들이 태어난 것을 아직 모르고 있다. 그는 내가 버그옵줌 거리에 있는 병원에서 이제 막 태어났음을 모르고 있다. 난 아직 이름도 없었다. 그는 자기 아버지의 임박한 죽음, 유린당한 자신의 희망을 슬퍼하며 울고 있다.

'그에게 영원한 안식을 주소서. 오 주여, 시지스몬도를 위해 빛을 밝히시고 그가 평화 속에서 쉴 수 있게 하소서.' 신부의 목소리가 아래로 가라앉는다. 신부의 말을 들으며 난 이내 그 목소리의 유연한 곡선을 분절시켜 마디마디를 내 정신의 이상적이고 순결한 오선지 위에 옮겨 적는다. 분절들은 둥글게 부풀어오르다가 4분음표와 8분음표를 이루었고, 성악가의 갈라진 목소리처럼 장중하고 껄끄러우면서도 애처롭고 날카로운 다성음으로 끝나는 변조의 무반주 단성가(單聲歌)가 되었다. 첫번째 실루엣에서 두번째 실루엣까지 4도 감음정이 났고 돈 시지스몬도와 그의 아들 사이에서 음정은 5도 올라간 증음정이 났다. 함께 성장했고 모든 것을 공유했으며 심지어 같은 날 태어나기까지 한 오텔로와 에지디오 신부를 전날 밤 노인의 머리맡으로 불러모은 공통의 고통과 번민을 표현할 수 있는 것은 오직 동음(同音)뿐이리라.

내가 이 삼인조를 은밀히 관찰하는 동안 밖에서는 시끄럽게 울려대는 경적 소리, 아이들의 요란한 함성, 눈뭉치 터지는 소리, 자동차 바퀴가 네온빛 아래 얼음장 위를 굴러가는 새된 소리가 들려왔다. 내 아버지는 벽에 등을 기댄 채, 그날 하루 낮밤을 꼬박 의자에서 떠나지 않았다. 유령들이 방으로 들어온다. 모자를 벗고, 물이 뚝뚝 떨어지는 망토를 둥그스름한 어깨에 걸친, 말도 얼굴도 없는 한 무리의 어두운 그림자들은 바닥에 무릎을 꿇거나 침대 맞은편 소파 가장자리에 자리를 잡았다. 그 소파는 시지스몬도가 막다른 골목을 오가는 사람들을 감시하며 살펴볼 때 불룩한 배를 기대던 것이다. 이윽고 죽어가는 자의 기진한 몸짓에, 에지디오는 진흙탕 보도가 가로등 불빛에 하나씩 밝혀지듯 끝없이 이어지는 검은 옷 입은 무리의 행렬을 중단시켰다.

"아버지."

그가 부른다. 시지스몬도의 손이 소스라쳤다. 움푹한 그의 손바닥 안에 메달이 쥐여 있었다. 시지스몬도의 어머니 것으로 그녀도 자신의 어머니한테서 물려받았다. 메달에는 마리아 테레사라는 이름이 금박으로 새겨져 있었는데, 얼굴 윤곽은 비늘 모양으로 갈라지고 채색 부분은 납빛으로 변색되어 있었다. 균열진 초상화는 점들을 연결하면 감춰진 얼굴이 모습을 드러내는, 색연필을 든 아이의 포동포동한 손길만을 기다리는 아동용 색칠 공부 책자의 점선형 미로와 닮아 있었다.

이 보석은 훗날 내 것이 되었다. 난 그것을 단 한 번 열어보았을 뿐인데, 그 순간 미세한 칠보 광채가 쏟아지듯 새어나왔다. 윤곽이 흐려서 알아볼 수조차 없는 여자의 얼굴이 거기 들어 있었다. 그날 이후 메달은 서랍 속에 잠들어 있다. 그러나 나는 내 아버지의 인생을 바꿔놓은 그날 밤, 내 아버지가 숨을 거두는 순간까지 아버지와 나,

우리 둘에겐 결코 끝이 아니었던 그날 밤 이후, 그 유물이 내 아버지에게 어떤 의미였을지 종종 생각해본다. 그날 밤 펜던트 뚜껑에 박힌 둥근 오팔은 그에게 무엇을 의미했을까? 아버지는 보석이 내뿜는 창백한 광휘에 주의를 기울였을까? 나는 궁금했다. 투명하고 매끈한 보석 표면은 방바닥과 가구의 도료 위에, 에지디오의 시계줄과 그의 안경알 그리고 구리로 된 방문 손잡이 위로 어른거리던 촛불의 불꽃, 그 빛의 굴절로부터, 질투의 감정이 스며든 음산한 잔해로부터 빛을 빨아들여 광채를 얻은 것일까? 먼 훗날 내가 마침내 마음을 정하고 연못을 향해 걸어갔던 그날 내게 그랬던 것처럼, 보석은 아버지에게도 비물질적인 육체, 월광이 그리는 무한한 내만곡(內彎曲), 불뱀의 똬리, 아니 둥그렇게 몸뚱이를 트는 차가운 불꽃, 그 황금빛 광휘 속에 불투명한 어둠이 밤과 낮을, 모든 빛과 모든 시간을 최면이라도 걸듯 그 자리에 결빙시키며 농축시키는 불꽃, 그럼으로써 별들의 미묘한 움직임에 철저히 복종하고 있음을 고백하는 그 불꽃처럼 비춘 것일까? 이 법칙의 유일한 예외는 음악이다. 그러나 아버지는 그 진실을 짐작조차 못 했다. 나라는 존재가 그에게 얼마나 커다란 혐오감를 불러일으키는지 깨닫고 스스로의 감정에 경악했던 것일까? 그래서 나를 파괴하고자 했던 것일까?

"아버지, 말씀하세요."

그가 속삭였다.

난 아직 태어나지 않았고 시지스몬도는 여전히 숨쉬고 있었다. 두 남자는 그의 기관지 깊숙한 곳에서 끈끈한 점액이 그르릉거리는 소리를, 단말마의 순간에 다다른 숨결이 힘들게 뱉어내는 꾸르륵 소리를 듣고 있었다. 난 아직 태어나지 않았다. 양수가 터진 어머니는 의

사와 산파의 불안해하는 시선 아래에서 몸을 앞뒤로 비비 꼬아댔다. 같은 날 저녁, 바로 그 순간 버그옵줌 거리 메모리얼 병원에서 한 아이가 태어났다. 멀리 일곱 블록 떨어진 댄버리 대로(大路) 18번지에서는 노인의 심장이 죽음의 신으로부터 몇 분의 시간을 가로채고 있었다. 눈이 시리도록 선명하던 분만실 조명과 방 안의 어슴푸레한 미광 사이에서, 아버지로서의 의무와 유일한 핏줄에 대한 성스러운 의무 사이에서 치러진 전투에서 아버지는 나와 내 어머니와 마찬가지로 이미 패배한 터였다. 그는 시지스몬도의 입에서 그가 그토록 알고 싶어했던 것을 얻어내지 못했고, 어머니는 나를 안아보지도, 또 아버지를 다시 보지도 못한 채 숨을 거두었기 때문이다.

내가 어머니에 대해 알고 있는 것은 어머니의 호적, 외조부모의 이름, 어머니의 출생일과 출생지, 결혼, 물론 내가 태어난 날 있었던 죽음, 체격, 눈과 머리카락 색깔, 그리고 혈액형뿐이다(어머니는 나처럼 Rh^{+} O형이었다. 따라서 우리는 이상적인 헌혈자인 셈이다). 특색이라곤 없었다. 어머니는 독서가 취미였고 영화관에 가는 것을 좋아했을 거라고 나는 추측한다(이탈리아어로 번역된 아힘 폰 아르님* 원작의 영화 티켓 두 장이 검표 자국과 함께 발견되었다). 어머니가 축일에 아름다운 목소리로 노래했다는 것도 알고 있다("네 엄마가 노래하는 것을 들으면서 페피노 삼촌이 바이올린을 조율했지." 우리가 찌르레기를 쫓던 어느 날 아버지는 내게 말했다). 난 어머니가 향수에 잠겨 있었다는 것도 알고 있다(필라델피아에 사는 여자친구에

* Arnim, Achim von(1781~1831), 독일의 낭만주의 시인이자 소설가.

게 보낸 어머니의 편지는 이렇게 시작한다. "마침내 우리가 돌아가게 된다면 오텔로가 나에게 약속했던 것처럼 정원에 있는 올리브 나무에서 올리브를 딸 거야. 그리고 사람들이 마음대로 과일들을 가져가게 내버려두지 않을 거야."). 어머니는 당신이 연애 결혼을 했다고 믿고 있었으며, 그녀가 아들을 원했다는 것, 그리고 미소가 참으로 멋졌다는 것 역시 나는 알고 있다. 내 인생에는 단 하나의 회한만이 있을 뿐이다. 전후 상황으로 볼 때 그것을 고백하면 마치 음울한 정신의 소유자처럼 불길하게 들릴지 모르지만, 어머니를 되살리기 위해서라면 나는 내 생명을 기꺼이 버릴 수도 있다.

오텔로는 아버지의 손을 쥐었다. 너무 세게 쥔 탓에 시지스몬도는 얼굴을 찡그렸다. 눈물 한 방울이 기계적으로 그의 움푹 팬 관자놀이로 흘러내렸다. 그는 눈을 껌벅이더니 자신을 갈망하는 눈길로 뚫어져라 바라보는 사람이 누군지 마침내 알아보았다. 그것은 어떤 대가를 치르더라도 자신의 소망이 실현될 때까지 시지스몬도의 임종을 늦추기로 단단히 결심한 눈빛이었다.

"아버지, 말씀해주세요. 이대로 가버리실 수는 없어요."

오텔로가 말했다.

"날 내버려두어라."

"그녀를 어떻게 했습니까?"

"기억나지 않아."

"내버려둬."

에지디오 신부가 끼어들었다.

에지디오가 움켜쥔 손목을 풀려고 하자(펜던트는 오텔로가 움켜쥔 시지스몬도의 손 안에 있었다), 오텔로는 스스로 손목을 놓더니 급작스럽게 몸을 일으키면서 신부의 배를 거세게 밀어젖혔다. 순식간의 일이라 신부는 숨이 멎을 정도로 소스라쳐 놀랐다. 오텔로는 휘청휘청 뒷걸음질치면서 무슨 말을 하려 했지만 그의 입은 숨을 쥐어짜듯 희미한 휘파람 소리만 뱉어낼 뿐이었다.

"아버지는 그 일에 아무 책임이 없다고 말씀하셨죠. 하지만 그게 사실이 아니란 걸 전 알고 있어요".

"너무 크게 말하지 마."

"그녀에게 돈을 줬나요? 사람을 보냈습니까? 그녀를 사라지게 했죠? 대체 무슨 짓을 한 거냐구요?……"

2

다른 여자 주디트에 대해서라면 나는 정확한 이름도 출생일도 사망일도 모른다. 아니 그녀가 지금 죽었는지 살았는지조차 모른다. 목소리도 미소도 얼굴도 모른다. 그러나 한 줄기 물살이 또다른 물살과 뒤섞이면서 거품이 일듯 주디트의 유령은 내 어머니가 결혼식 날 입었던 하얀 실크 웨딩드레스와 결합되어 있다. 결혼식 사진에서 어머니는 분을 옅게 바른 모습이다. 난 어머니의 결혼식 사진을 언제나 지갑 속에 넣고 다니면서도 차마 꺼내 볼 용기는 나지 않았다. 바깥으로 노출되면 어머니의 영상이 시들어버리지나 않을까 두려웠던 것이다. 내 기억의 아득한 끄트머리에 머물고 있는 이 두 여인의 영상은 마치 내 양편에서 다정하게 몸을 기울이고 있는 두 천사처럼 같은 목소리로 노래한다. 그녀들은 내 작업에 끼어들어 내게 악보 수정을 지시하고, 음표들을 협화음으로 초대하고, 오선지 위에 아침의 평정이라는 영감을 불어넣기도 한다. 어머니가 악보의 휴지점을 면밀히 주관한다면, 증화음, 긴 지속음, 불협화음이 협화음으로 이행하는 해결부에 관여하는 것은 주디트의 몫이다.

내가 주디트에 대해 알고 있는 얼마 안 되는 이야기는 모두 에지디오에게서 들은 것이다. 내가 에지디오와 만난 놀라운 우연에 대해서는 잠시 후에 이야기할 것이다. 내 아버지가 사랑한 여인은 그의 정실이었던 페르난디나 데 펠리체 데 체자리스가 아니라, 뉴욕 태생의 젊은 처녀였다(아버지는 평소 이 도시에 각별한 감정을 품고 있었다). 그녀는 스승(난해한 『대위법 개론』의 저자 피오트르 브란젤)의 지도 아래 피아노 공부를 계속하려고 시카고로 왔지만 브란젤 교수와 그의 제자들이 바흐의 푸가를 땀 흘려 연습하거나 아니면 음계도 아르페지오도 없는 무언의 우주 속에서 멍하니 나른하게 축 늘어져 있는 동안, 평판 나쁜 동네의 흑인 즉흥 연주자들의 교차 템포와 불규칙 싱커페이션, 그리고 거의 사정(射精)의 순간을 연상시키는 크레센도의 세계에 입문하게 되었다. 재즈라는 우주에서, 브루크너는 오르간 연주자라는 겸손한 직책에 만족하지 않고 영광과 명성의 길을 걷는 대신 산골 마을 선생으로 인생을 끝낸 사람을 의미하고,* 드보르자크는 넬라호제베스 푸줏간 소년의 이름을,** 드뷔시 부자(夫子)는 괴상한 미신을 팔고 다니는 사람을 뜻한다. 이 이상적인 세계에서 5도 음정(quinte)은 온갖 종류의 기침을 의미하고,*** 베토벤은 베트라브**** 밭 이름인 것이다.

---

* 브루크너는 일생을 깨끗한 독신으로 보내면서 어린애와 같은 천진무구함으로 일관했다.
** 드보르자크의 부모는 체코의 넬라호제베스에서 정육점과 여관을 운영했다.
*** quinte는 '5도 음정'이라는 뜻 외에 '기침 발작'이라는 의미도 있다.

그녀의 이름이 주디트였다. 그렇다고 그녀가 자기 민족의 고유한 음악적 기원을 우습게 본 것은 아니었다. 흥겨운 민속 선율 하나가 그 사실을 증명한다. 오텔로는 혼자 있다고 생각할 때 자신도 모르게 그 곡조를 흥얼거렸는데, 나는 라자루스가 수집한 엄청난 양의 음반 컬렉션에서 빌린 한 LP 음반에서 클레즈머[6] 여가수가 그 노래를 부르는 것을 들은 적이 있다. "Zu mir is gekumen a kusine, shejn wi gold is si gewen di grine……(사촌 누이가 내게로 왔다네. 그녀는 녹색 눈 때문에 금처럼 아름다웠다네……)" 아버지는 나른한 목소리로 흥얼거렸다. 아버지는 곡의 멜로디 전체에 가사 첫 소절을 붙여 지칠 줄 모르고 반복해서 불렀다. 유실된 언어로 비밀스럽게 불린 이 몇 마디 가사는 내가 아버지에 대해 간직하고 있는 유일하게 행복한 기억이다. 적어도 노래의 후렴에 이르면 내 마음은 훈훈해졌다.

에지디오 신부의 의견에 따르면, 아버지는 육체적으로는 고통스럽고 정신적으로는 매우 자존심이 상해 있던 상황에서, 주디트는 그로테스크하고 괴상망측한 경악의 상황에서 서로 처음 만났다. 에지디오에 따르면, 그들의 사랑 이야기의 시초에는 시지스몬도의 신경을 거스르는 한 사내가 있었다고 한다. 그 사람은 꽃장수였는데, 막다른 골목에 있는 유태 교회당 맞은편에서 꽃가게를 운영했다. 당시 시지스몬도는 절도 사건 때문에 랍비와 자주 만났는데, 랍비는 맞은편 꽃가게에서 벌어지는 작태를 점점 더 못마땅해하던 참이었다.

그 막다른 골목은 시지스몬도가 말을 타고 다스리던 관할권 경계에서 한 블록 떨어진 곳, 유태인 구역이 막 시작되는 초입에 있었다.

**** 사탕무.

뒷골목에서 절대군주의 권력을 행사하던 시지스몬도는 그런 연유로 랍비를 위해 사건에 개입하게 되었고, 성소를 모독한 도둑들을 처벌하고 장물을 원래 주인에게 돌려주었다. 또 바로 그런 이유로, 불구(임무중에 한쪽 눈을 잃었다)이고 국가연금 수혜자이며, 막 화훼 재료 거래업을 시작한 전직 기마 경찰 하나가 말〔馬〕도 배지도 곤봉도 없이, 그러니까 합법적인 법 집행을 증명하는 아무런 공식적 표지도 없이 밤낮으로 그 구역을 쏘다니는 것을 시지스몬도는 두고 볼 수 없었다. 하지만 그자는 잘못을 바로잡는 정의의 사도랍시고 거들먹거리며 어둡고 좁은 골목길을 애꾸눈으로 샅샅이 훑고 다니면서 납작하게 짜부라든 코를 온갖 거래에 들이밀었는데, 그런 거래는 직간접적으로 시지스몬도 패밀리의 사업에 관련된 일이었다.

한 젊은 여인도 아침저녁으로 음악학교에 가느라 그 막다른 골목을 지나다녔다. 그 아마추어 경찰은 그녀에게 고갯짓으로 인사를 건네기도 했는데, 그러면 그녀는 포마드를 발라 젊어 보이는 그 괴상한 60대 남자에게 샐쭉한 표정으로 대꾸할 뿐이었다. 그녀는 이마에 띠를 매고 목덜미에는 가느다란 끈을 두르고 있었다. 사화집(詞華集)에서 문양을 따온 꽃잎과 가시나무 무늬 앞치마를 입고 있었는데, 치마 위에서는 때로 안전장치가 달린 커다란 전지가위의 날카로운 가윗날이 번득이기도 했다.

규칙적으로 새벽과 황혼녘에 거리를 순찰하던 그 사내가 전혀 예상치 못한 시각에 그곳에 들어서게 된 것은 순전히 운명의 장난이었다. 야간 순찰을 하던 그는 사촌 마르첼로 스트라델라, 일명 니노 디스트라다가 한쪽 벽과 다른 편 도랑 그리고 소화전을 피해, 나무와 신호등(신호등 색깔은 완전히 무시하면서), 가로등을 비롯한 모든 장애물, 그의 시야 앞으로 다가오거나 어둠 속으로 미끄러져가는 온갖 상상의 장애물을 피해 흐느적흐느적 비틀거리며 거리를 걸어가는 현장을 목격한 것이다. 양가죽을 입고 트레팍 춤을 추는 러시아 농민처럼 코가 비뚤어지게 술을 마신 니노의 팔에는 카를로타 암브로스가 안겨 있었다. 그녀는 하이힐을 가슴에 꼭 쥐고 있었는데, 과연 동네 사람들이 '대지의 여신'이라고 부를 만한 풍만한 마돈나의 가슴이었고, 그런 그녀를 붙들고 있는 니노는 신화에 나오는 인물 같아 보였다. 카를로타, 흔히 카를로나라고 불리던 그 여자는 니노가 아닌 다른 사람에게 가슴을 내줘야 한다면 차라리 죽음을 택할 여자였다.

이 두 사람의 위태위태한 발걸음은 때로는 겹치기도 하고 때로는 떨어지기도 하면서 사내의 몸짓에 맞춰 거리를 전진하고 있었다. 연신 그녀 팔꿈치를 잡아끌던 기사(騎士)가 한 차례 좀더 거센 동작으로 잡아끌었던 모양이다. 그 순간 걸음을 멈춘 카를로나는 야릇한 눈길로 니노를 바라보다 느닷없이 그의 신발에 뱃속의 것들을 게워내고 말았다. 그녀가 다 토하고 나서야 니노는 무슨 일이 일어났는지 깨닫고는 그녀의 뺨을 후려쳤다. 그녀는 주먹질로 응수하려 했지만 겨냥이 빗나가 반쯤 몸을 돌리다 그만 그 자리에 털썩 주저앉고 말았다. 니노는 그녀를 자리에서 일으켜 세운답시고 토사물이 잔뜩 쏟아진 왼발 대신 오른발로 그녀의 옆구리를 걷어차고는 다시 갈 길을 가기 위해 몸을 돌리려 했다. 그런데 바로 그 순간, 법 집행관이 니노의 어깨를 움켜쥐는 바람에 그는 그 자리에서 몸의 균형을 잃고 말았다.

현장에 파견된 경찰관의 조서에는 다음과 같이 적혀 있다. '남자와 여자는 보도 위에 드러누운 채 서로 붙들고 있었다(부둥켜안고 있었다고 쓰고 싶었던 게지, 에지디오는 보관하고 있던 조서의 묵지를 손에 들고 눈가에 눈물을 글썽이며 말했다).* 코를 골고 있기에 난 그들이 잠들어 있다고 판단했다. 사건의 증인 호메르 홍크 씨(꽃장수)는 사내의 몸에 걸터앉아 있었는데, 그가 달아나지 못하게 하기 위해서였다. 난 그에게 몸을 일으켜도 좋다고 말했다. 증인의 말과는 달리 사내가 도주할 가능성이 없음이 확실한데다 노숙했다는 것을 제외하면 커다란 위법 행위를 저지른 것도 아니기 때문이다. 하지만 증인은 그들 사이에 육박전이 벌어졌다고 주장했다. 그리고 사내가 호주머니에 갖고 있었다는 7구경 HP 자동권총을 건네주었다. 증인의 말은 사실이었다. 권총의 소유자는 마르첼로 피에트로 스트라델라, 보도 위에 잠들어 있는 그 사내였다.'

다음날 아침 시지스몬도는 그 소식을 듣고 "더이상은 못 참아!"라고 소리쳤다. 그는 당장 오텔로를 보내기로 결정했다. 니노를 함께 보낼까 했지만 커피잔을 들고 제대로 서 있지도 못해 신발 위에 커피를 쏟을 지경이어서 아버지만 보내기로 결정했다. 꽃장수는 제대로 걸려든 셈이었다. 시지스몬도는 꽃장수에게 본때를 보여줄 작정이었다.

내 아버지가 금속 광택이 나는 잿빛 셰비(Chevy)를 타고 현장에 도착했을 때, 꽃장수는 팔손이나무와 매자나무, 히스 다발 사이에, 끝부분이 비단처럼 부드러운 팜파스 잎다발을 종이에 싸서 머리가 아래를 향하게 벽에 매달던 중이었다. 아버지는 열린 문을 가볍게 노크하다가 몇 걸음 뒤로 물러서서 호메르 홍크가 일을 마치고 돌아서

* 원본에는 가장 그럴 법한 가정인 'interwined(한데 뒤얽힌)' 대신 'entertained(붙든)'이라고 쓰여 있다(원주).

기를 기다렸다. 아버지는 예리한 눈길로 그를 샅샅이 훑어보더니 갑자기 총을 빼들고는 유리창에 대고 방아쇠를 당겼다. 유리창은 산산조각이 났고 몇 개의 파편은 엘리트 사격수라는 아버지의 옷 속으로 파고들어 무릎에 깊은 상처를 냈다. 두번째 탄환은 시리아 산 하이비스커스를 조각조각 찢어놓은 후 물뿌리개에 구멍을 냈다. 세번째 탄환은 꽃장수가 주문서를 압정으로 꽂아두는 코르크 판에 가 박혔다. 그러고 나자 총이 고장나고 말았다. 그새를 틈타 홍크는 몸을 숙여 가게 뒷문을 쾅 닫으며 도망쳤다. 아버지가 고장난 탄창에 성질을 부리며 손바닥으로 개머리판을 내리치는 순간 여자 목소리가 들려왔고, 깜짝 놀란 아버지는 그 자리에서 동작을 멈추었다.

"살려주세요!"

여자가 그의 등뒤에서 소리쳤다. 아버지는 팽이처럼 빙그르르 돌아서다 그녀와 눈이 마주쳤다. 그 순간 방아쇠가 당겨졌다. 그가 그녀의 미모에 반함과 동시에 주디트는 그의 얼굴이 하얗게 질리는 것을 보았다. 그 자리에서 그녀는 열정에 사로잡힌 영혼을 보았고 이내 사랑에 빠지고 말았다. 총알은 사격수를 명중했다. 아버지의 새끼발가락이 날아간 것이다. 하지만 그는 조금도 고통을 느끼지 못했다.

"살려주세요!"

그녀는 한 번 더 속삭이듯 말했다. 마치 사랑을 고백하듯이, 공공연히 사랑의 감정을 털어놓는 것처럼. 유태 교회당 입구에 서 있던 랍비는 눈살을 찌푸린 채 그 장면을 어떻게 해석해야 할지 몰라 머뭇거리고 있었다. 그 순간 아버지는 만취해 있는 니노와 그의 아버지가 내린 추상 같은 명령이라든지 꽃장수를 따끔하게 혼내주어야 한다는 것, 손에 덜렁거리며 매달려 있는 총과 피로 곤죽이 된 발가락 따윈 죄다 잊어버리고 말았다. 다만 그는 그녀에게 무슨 말이든 하고 싶었다. 적당한 말을 찾으려 했지만 한 마디도 떠오르지 않았다. 그녀는 알스트로메리아와 튤립 꽃다발을 들고 있었다. 그녀는 마치 그 꽃다발을 어떻게 해야 될지 모르겠다는 듯 그에게 건네주었다.

"아버지, 제발, 저예요, 오텔로라고요. 이제는 제게 이야기해주실 수도 있잖아요."

시지스몬도는 더이상 듣고 있지 않았다. 그의 의식은 눈동자에 떠돌던 희미한 빛과 함께 나락으로 치달았다. 무슨 일이 있어도 결코 털어놓지 않을 그 비밀을 불태워 흐릿해진 자신의 눈빛에 다시 불을 밝히기 위함이었을까?

얼마 되지 않아 젊은 유태인 피아노 연주가를 향한 오텔로의 뜨거운 연정을 알게 된 시지스몬도는 아들이 그녀를 따라 멀리 남쪽으로 떠나버리지나 않을까 걱정하며 그에게 절대로 사업을 내팽개쳐서는 안 된다고 엄명했다. 그는 그 유태인 여자가 사랑에 완전히 얼이 빠진 아들의 장래에 장애물이 되리라는 것을 쉽게 짐작할 수 있었다. 게다가 아들은 정숙하고 영리하며 리조토를 맛있게 요리할 줄 아는, 그녀와는 비교조차 할 수 없는 양가집 규수 페르난디나와 약혼한 처지가 아니던가. 오텔로에게 이디시어* 노래를 알려주고 그녀가 아니었으면 상종도 하지 않았을 사람들을 만나게 하고, 또 그에게 선법[7]과 막 세상에 선보이기 시작한 거침없고 자유분방한 프리재즈의 가사를 알려준 주디트는 어떻게 되었을까? 미국 어딘가에서 아니면 이

* 동유럽 유태인들이 쓰는 독일어와 히브리어의 혼합어.

스라엘에서 솔페지오[8]와 피아노를 가르치고 있을까? 도시를 떠나도록 강요받았을까? 그녀의 시체는 불살라진 걸까? 자신의 사랑이 혈연관계보다 먼저라고 생각한 그녀가 완강하게 침묵을 지키던 공갈범들에게 그녀의 마음속에서 음악이 얼마나 커다란 가치가 있는지 보여주었기 때문에? 아니면 우체국 소포 자루 속에 꽁꽁 묶인 채 바다 한가운데서 끝장났을까?

3

시지스몬도의 숨소리는 점점 작아지고 거칠어지면서 잦아들었다. 숨을 쉴 때마다 마치 물에 빠진 머리가 힘들게 파도의 수면을 가르며 공기를 들이마시는 것 같았다. 오텔로는 이제 아버지에게 간청하기를 포기했다. 그는 옆 탁자 위에 놓인 초에 불을 밝혔다. 벽에 기댄 그의 몸도 늘어졌다. 숨소리는 점점 더 미약해져 마치 멈춘 것 같았다. 오텔로 역시 숨을 죽였다. 더 잘 듣기 위해서, 확실하게 알기 위해서, 아니면 자신 역시 숨을 끊고 천국에서든 지옥에서든 시지스몬도를 다시 만나 마지막으로 그에게 애원해볼 참으로…… 에지디오가 앞으로 나온다. 곧 그가 사자의 양손을 십자형으로 교차시킬 것이다. 에지디오는 이미 시지스몬도의 반쯤 벌어진 눈꺼풀을 꼭 감겨둔 터였다. '오 주여, 시지스몬도에게 영원한 안식을 허락하소서'.

문 두드리는 소리가 난다. 그 소리는 마치 눈뭉치 하나가 순식간에 유리창으로 날아들어 부서진 것 같은 효과를 빚어냈다. 아버지가 몸을 곧추세우자 촛불의 불꽃이 흔들렸다. 아버지는 문 쪽을 보고 있는 에지디오를 바라본다. 오텔로와 에지디오는 순간 정신이 멍해졌다. 한 사람은 죽음이 문을 두드린다고 생각했고, 다른 한 사람은 바로 그녀, 유배지에서 돌아온 주디트, 하얀 어깨를 드러낸 검은 드레스 차림의 주디트가 돌아온 거라고 생각했다. 가슴팍엔 오텔로가 선물한 브로치를 달고 있겠지. 그녀야. 물론이지, 시지스몬도는 아들이 자신을 원망하기를 원치 않아. 용서와 화해의 순간이야. 그러나 들려온 것은 친숙한 목소리였다. 잔인할 정도로 친숙한 목소리, 마르첼로의 목소리였다. 물론 마르첼로 또한 젊은 유태인 여자가 어떻게 되었는지 알고 있으리라.

"오텔로?"

문 뒤의 사내가 외쳤다. 계단을 황급히 올라온 숨찬 목소리였다.

"오텔로! 나 니노야! 자네 아버지는 어떻게……"

음울한 소식을 마주한 절망감과 즐거운 전갈이 주는 행복감이 얼굴 하나에 이처럼 동시에 표현되기란 쉽지 않다. 주름진 시트 아래 축 늘어져 있는 돈 인상긴을 발견한 니노의 입가에는 이 두 개의 모순된 감정이 흐릿하게 교차했다. 마르첼로는 에지디오 신부나 오텔로가 자신의 눈앞에 펼쳐진 광경을 부인해주길 바라며 이름만 되뇐다. "오텔로…… 신부님……" 마치 시간을 벌기 위한 사람처럼 한 사람에게서 다른 한 사람에게로 "오텔로…… 신부님…… 오텔로……"라고 반복할 뿐이다. 마르첼로는 더이상 견딜 수 없었나 보다. 그는 휘청거리며 침대로 다가가더니 털썩 무릎을 꿇었다.

"돈 시지스몬도!"

마르첼로는 입을 다물었다. 가면처럼 무표정한 주인의 얼굴 위로 짧은 경련이 스치듯 지나가는 것을 본 것 같기도 했다. 그는 돈 시지스몬도처럼 멍하니 입을 벌리고 있다. 그의 턱과 혀는 늘어져 있다. 마르첼로는 자신의 은인이자 이상적 모델이었던 주인을 따라서 밀수 시가를 피웠고, 심지어 뻣뻣한 머리털에 포마드를 덕지덕지 발라 정중앙에 있던 가르마를 왼쪽으로 빗어넘기기까지 했다. 어울리지도 않는 것을 따라한 나머지 꼴불견이 되었지만(기름기 흐르는 탐스러운 머리털 때문에 멀리서도 그를 알아볼 수 있었다) 어느덧 그것은 마르첼로의 외양적 특성이 되고 말았다.

"저예요, 마르첼리노. 할 수 있는 한 빨리 왔어요. 여기까지 뛰어왔구만요. 제가 드리고 싶은 말씀은, 그러니까 오텔로에 관한 건데요, 무엇보다도 주인님의 관심사이기도 해요. 어떻게 말해야 할지 모르겠네요. 그러니까 두 가지가 있는데…… 무슨 말부터 먼저 해야 할지…… 좋은 소식도 있고…… 나쁜 소식도 있어요."

그는 시지스몬도의 얼굴을 어루만졌다. 뺨을 가볍게 꼬집어보기도 하고 마치 불에 덴 사람처럼 정신없이 손을 흔들기도 했다. 촛불의 불꽃이 흔들렸다. 그가 말했다.

"돈 인상긴, 신부님…… 오텔로, 자네 아이가 태어났어. 사내아이야."

이번에는 의심의 여지가 없었다. 시지스몬도의 머리가 꿈틀한 것이다. 마르첼로의 말은 죽음을 앞둔 이의 피를 따뜻하게 데우는 마력을 가진 듯했다. 마르첼로는 기다리지 않고 말을 이었다.

"예, 그렇다니까요. 주인님 자손이 태어났다구요. 한 삼십 분 전에요. 몸무게가 적어도 8과 3분의 1파운드는 나간다니까요. 간호사가 그랬어요. 아들이라구요!"

시지스몬도가 눈을 떴다. 그는 마르첼로와 그의 젖은 이마 위에서 푸르스름하게 빛나는 포마드 자국을 알아보았다.

"그게 전부가 아니에요. 그야 지금 아이가 태어났다는 게 제일 중요하죠. 알아들으셨죠. 그런데…… 페르난디나는…… 어쩔 수 없었어요. 구할 수가 없었어요…… 그러니까 그걸 해야 했는데…… 그 망할 놈의 수술을 뭐라고 부르더라?……"

"제왕절개?"

에지디오가 물었다.

"불쌍한 페르난디나, 그 여자는……"

"아버지! 아버지 듣고 계세요?"

오텔로가 시지스몬도를 불렀다.

세 사내는 죽어가는 시지스몬도를 둘러쌌다. 세 사람 가운데 오텔로의 얼굴이 가장 가까이 다가갔다. 그의 입이 아버지의 광대뼈에 닿을락 말락 했다.

"아버지, 페르난디나는 죽었어요. 알아들으셨어요? 아버지 손자를 낳다가 죽었다고요, 제 말을 이해하시겠어요? 그러니 주디트 이야기를 해주세요."

시지스몬도는 혀를 움직이면서 애써 웃어 보이려 했지만 그에게는 너무나 버거운 일이었다. 시지스몬도의 손은 침상을 더듬거리다 아들과 충직한 부하의 손을 찾아 쥐었다.

마르첼로와 오텔로의 목소리가 동시에 울려퍼졌다. 한 목소리는 "아이 이름을 뭐라고 지을까요?"라고 했고, 다른 목소리는 "주디트는 어떻게 되었죠?"라고 물었다.

시지스몬도가 발음하다 숨이 멎어 끊겨버린 매우 짧은 대답은 반내림 미(mi)와 도(do)의 3도 단화음으로 울린다. 그것은 제대로 된 이름이 아니지만 평생토록 내게 붙어다닐 것이었다. 그것은 제대로 된 단어도 아니지만 평생토록 내 아버지를 일종의 강박관념에 사로잡히게 만들 것이었다. 그것은 단순한 한 음절에 지나지 않았다. 자음 하나, 모음 하나, 그리고 생략음 하나로 이루어진 삼위일체, 이 세 개의 철자는 갓난 내 손목 위에 비스듬하게 쓰였고 내 미래 위에 군림하게 되었다. 그 세 개의 철자는 아득한 고대 왕국의 왕자나 왕들의 이름처럼, 조부의 유해 위로 몸을 숙인 세 사내에게 풀 수 없는 수수께끼였다. 미칠 듯한 열망에 사로잡혀 있는 내 아버지에게 그 단어는 주디트가 어디 있는지 말하려 했던 문장의 첫머리, 완전한 단어로 끝맺지 못한, 그 시작조차 해보지 못한 문장의 일부에 지나지 않았다. 그것은 어느 도시의 이름, 아니면 누군가의 이름일 게다. 그것은 그가 추적해가야 할 희미한 흔적이다. 만약 이탈리아어로 웅얼거린 거라면 어쩌면 그녀가 더이상 살아 있지 않다는 걸 의미하는지도 모른다.

난 어머니를 잃으면서 세상에 태어났고, 내 할아버지는 "모에(Moe)"라고 말했다.

아마도 "모에…(Moe…)"라고 쓰는 편이, 그림상으로 볼 때 거의 'o' 속에 있는 것과 다름없는 'e'로부터 발뒤꿈치를 들고 슬그머니 도망치는 도둑처럼 축축한 세 개의 생략부호를 다는 것이 더 정확할 것이다. 도둑처럼 아니면 여자처럼, 어린 시절의 내 모습과 닮은 여자처럼, 검은 베일을 쓰고 눈에는 눈물이 가득 고인 여자처럼…… 앵글로색슨 족들이 일립시스*라고 부르는, 그리고 음악가들이 검은 평행선을 따라 꿰여 있다고 상상했던, 채 숨돌릴 시간도 없이 출현하는 8분쉼표라는 부호를 내 세례명에 기입하는 것이 좋았을 것이다.

여기 시지스몬도가 입을 동그랗게 벌린 채 침상 위에 잠들어 있다. 나는 존재하지 않는 내 기억의 심연 속으로 시선을 잠수시킨다. 거기서 나는, 그가 양손을 모은 채 눈을 감고 있는 모습을 본다. 그리고 단조로운 음성으로 기도문을 읊조리는 에지디오 신부의 목소리를 듣는다…… 오 주여, 그를 위해 영원한 빛을 밝히소서…… 나는 또한 조금은 즐거운 마음으로 내 아버지의 울음소리를 듣는다. 난 알고 있다…… 성부와 성자와 성령의 이름으로 아멘…… 하나의 생명을 위해 적어도 두 사람의 죽음이 필요했다는 사실을.

---

* ellipsis, 생략.

3

파올로 두란테는 메조 피아노로 연주되는

서정시가의 울부짖는 첫 소절을 타고 내 인생에 입장했다.

나는 언덕 발치 바위에 걸터앉아 있었다.

아름다운 화음이 건조하고 뜨거운 비처럼 내게로 내려왔다.

1

적어도 그 생명을 위해 인류 전체의 죽음이 필요했던 게 아니라면 말이다. 이제부터 나는 인류에 대하여 이야기하고자 한다. 아주 비범한 인물한테 전해 들은 그대로 이야기하겠다. 그 이야기를 함으로써 나는, 우리가 처음 만났던 날 그가 내게 보여준 신뢰를 배신하는 것인지도 모른다. 나를 변호하는 말은 하지 않겠다. 다만 음악의 길은 신비하다는 것, 그리고 내가 저지른 악(惡)에 대해 어쩌면 음악은 훗날 이로운 보답을 가져다줄 수도 있다는 것만을 말하고 싶다. 난 '어쩌면(peut-être)' 이라고 썼다. 그러나 이 부사는 내 머릿속에서, 수세기 전의 음악가들이 십자 형태로 표현했던, 앞꾸밈음이나 바이브레이션을 의미하는 장식음의 가치만을 지니고 있을 뿐이다.

나는 아주 최근에 들어서야 은신처를 찾아 교회로 들어갔던, 타는 듯 이글거리던 그날 오후의 일을 기억해냈다. 눈앞에 어른거리는 숫자와 상징들, 마름모꼴 기호들을 들여다보다 지친 나는 트리에스테의 호텔방 탁자 위에 놓인 끔찍스러운 메트로놈만 뚫어져라 바라보면서 내 문제를 결코 해결할 수 없으리라는 절망감에 빠져 있었다. 백지 한 장이 바닥으로 미끄러졌고 나는 그것을 줍기 위해 몸을 굽혔다. 바로 그 순간, 나는 똑같은 동작을 취하는 어린 시절의 나 자신을 보았다. 먼지 하나 없는 차가운 포석이 깔린 넓은 바닥, 당시만 해도 난해하기만 했던 부호들로 뒤덮인 악보 한 장이 내게 날아온 일, 내가 앞으로 걸어가 낯선 사내에게 그것을 건네주었을 때 그의 얼굴에 나타난 불안감과 놀라움이 뒤섞인 표정 등이 떠올랐다.

우리의 만남은 훌륭한 오르간 연주가 진행되고 있을 때 이루어졌다. 창문 하나가 흔들리고 문이 쾅 닫히더니 거대한 악보대에서 종이 한 장이 날아올랐다. 파올로 루치아노 두란테는 연주를 멈춰야 했고 의자에서 빙그르르 몸을 돌렸다. 내가 거기 있었다. 앙상하고 빈약한 몸집에 헐렁한 테니스화를 신고 더러운 반팔 셔츠에 틀어진 반바지를 입은 야생동물 같던 말없는 소년 모에 인상긴이 거기 서 있었던 거다. 아이만큼이나 야만적이고 과묵한 아이 아버지는 헐벗은 언덕을 중심으로 수백 헥타르에 달하는 숲과 황무지를 소유하고 있었다. 그 언덕 위에는 중세의 주민들이 세운 둥근 종탑이 있는 베이지색 교회당이 하나 있었는데, 그 안에는 집안의 괴짜 선조 한 사람이 순전히 자신의 개인적 즐거움을 위해서 수세기 전에 설치해둔, 괴물처럼 거대한 오르간이 있었다. 나는 그때까지 한 번도 교회당에 들어가본 적이 없었다. 언덕과 교회가 우리의 영지에 속한다는 사실조차 모르고 있었다. 근처 농민들이 일 년에 두 번 행렬을 지어 그곳에 오르고, 거기서 미사가 열린다는 것과 사람 한 명이 건물을 감독하면서 그곳에서 그리 멀지 않은 사냥집에 살고 있다는 것이 내가 아는 전부였다.

그날까지 혈육(내 아버지)과 내가 다니던 소학교의 얼간이 같은 선생이나 학생들과의 강제적 인간관계밖에 몰랐던 나는 인간이라는 종족에 대해서 혐오감만 갖고 있을 뿐이었다. 교실에 비둘기 한 마리를 풀어놓은 다음날 나는 학교에서 쫓겨났다. 비둘기가 공책과 옷에다 더럽게 똥을 갈겨놓은 것이다. 이윽고 대수(代數)에 밝고 여러 나라 말에 능통한 대학생이 따라붙었다. 가정교사는 용감한 사람이었지만 내가 축사(畜舍)에서 쓰는 공구를 힘껏 조여 그의 손을 으스러뜨리자 달아나고 말았다. 마지막으로 온 사람은 약간의 맞춤법과 서투른 프랑스어 몇 마디를 알고 있던 하녀였는데, 용모가 이미 시들어버린 그녀는 나의 동정(童貞)을 악착같이 빼앗으려고 했다. 하지만 아직 어린 나로서는 받아들일 수 없는 일이었다. 그녀는 마음을 바꿔 아버지를 쫓아다니다 그 앞에서 치마를 벗어던졌고 아버지는 그녀의 앙상한 엉덩이를 반갑게 맞아들여 임신시킨 다음, 엽총으로 위협해서 내쫓고 말았다.

그토록 자유로웠던 나는 끝없는 분노를 마음껏 폭발시키며 앙상한 다리로 우리 영지를, 초원과 비탈을(아버지가 우리 영지로 통합시킨 땅이다. 아버지는 내가 태어난 후로 거기서 내 유모차를 밀면서 세상을 피해 은둔생활을 했다), 바람이 부는 대로 씨앗이 뿌려지고 태양과 4월의 비가 김을 매던 수천 에이커의 땅덩어리를, 풀 뜯는 짐승이라곤 찾아볼 수 없는 목초지와 노동의 땀과 수확의 손길이라고는 알지 못했던 밭들을, 수 킬로미터에 달하는 도랑과 무너진 울타리들을, 하늘을 향해 입을 벌리고 있는 고미다락들과 물이 찬 지하 식량보관

소들을 뛰어다녔다. 내가 바로 그 땅의 유일한 진짜 주인이었다. 아버지는 내 어머니의 유산으로 영지를 물려받았지만 나야말로 그녀의 유일한 적자였고 아버지는 다른 여자를 그리워하며 눈물을 흘리는 홀아비에 지나지 않았다.

파올로 두란테는 메조 피아노로 연주되는 서정시가의 울부짖는 첫 소절을 타고 내 인생에 입장했다. 나는 언덕 발치 바위에 걸터앉아 있었다. 아름다운 화음이 건조하고 뜨거운 비처럼 내게로 내려왔다. 나는 피 섞인 가래를 풀 위에 뱉어냈다. 연못에서 돌아오는 길이었다. 펜던트를 손에 쥔 채 자살을 결심하고 연못으로 갔지만, 햇빛에 영롱하게 빛나던 오팔의 광채가 너무나 현란한 빛으로 나를 유혹한 나머지, 물결 위에 나의 영상을 내던지고 돌아오던 참이었다. 더이상 그것에 대해 생각하지 않은 채 죽음을 훗날로 유보한 것이다.

아침마다 충실한 의식을 이행하듯 나는 자리에서 일어나자마자 호주머니에 빵 몇 조각을 넣고 수통을 둘러멘 채 집을 빠져나왔다. 우리집 지붕 밑에서 엄격하게 적용되는 규칙에 따르면, 아버지는 밤이 되면 아무 소파나 찾아 몸을 파묻곤 거기서 혼자 씨부렁거렸다(그가 낮시간 동안 고집했던 침묵은 술기운과 잠으로 몽롱한 상태가 되어서야 비로소 깨졌다). 그것은 대략 다음날 정오까지 계속되었는데 아버지는 그때가 되어서야 간신히 몸을 일으켜 살롱까지 비틀비틀 걸어갔다. 살롱의 쟁반 위에는 진과 퀴라소* 술병들, 그리고 독한 브랜디를 희석시키기 위한 두세 개의 핑크 진 술병이 얌전히 그를 기다리고 있었다. 그것들은 그가 얼굴에 물이라도 묻힐 작정으로 거울에 얼

* 오렌지 껍질로 만든 술.

굴을 들이밀 생각이 있다면 반드시 거쳐야 할 필수 절차였다. 아버지가 아침에 일어날 때도 있었지만 그건 순전히 우연이거나(예를 들면, 주차장이나 작업실 한 귀퉁이에 웅크리고 잠들었을 때나, 집 안으로 못 들어오게 되어 있는 개가 그의 귀에 대고 짖어댈 때), 대개는 내가 전날 저지른 장난을 두고 나를 '타이르고' 싶어할 때였다. 그런 날에도 어김없이 술에 찌든 그의 객설은 밤새도록 계속되었지만, 그는 (어디서 그런 기운이 나는지는 모르지만) 새벽같이 자리를 털고 일어나 정원에 매복한 채 내가 나타나기만을 기다리는 것이다.

아버지는 술에 전 뇌의 주름 속에 촌각도 틀리지 않는 자명종의 메커니즘을 감추고 있었다. 내가 이 유전을 고백하는 것은, 그것이 바로 아버지가 평생 동안 내게 준 유일한 선물이라고 생각하기 때문이다. 적어도 이 정확성에 대한 본능이 그의 괴벽에 속한 것이 아니라면 말이다. 내 아버지는 다른 모든 술꾼처럼 일분 일초도 어김없는 중독성을 드러내며 헌작(獻爵)의 시간을 칼같이 지켰다. 라자루스 제주롬이 말하기를, 그렇기 때문에 재즈맨들이 뛰어난 술꾼이 되는 것이고 그 반대의 경우 역시 마찬가지라는 것이다.

아버지에게 발각되어 고약한 꼴을 당하지 않기 위해, 게다가 적군을 낚기 위해 전략가가 매번 군대의 위치를 바꾸는 탓에, 나는 매일 저녁 새로운 은신처를 찾아다녔다. 계절의 주기에 따라 은신처를 바꾸며 그가 아무것도 알아채지 못한 채 스스로 포기하기만을 기다렸다. 세탁장에서 밤을 보낸 적도 있었다. 아버지의 총애를 더이상 받지 못하고 쫓겨난 하녀가 다림질하지 않고 내버려두어 구김이 간 시트 더미 위에서였다. 안개가 자욱한 새벽녘 아버지가 정원에서 나를 붙들고 얼마나 '설교'를 늘어놓았던지 그때 내 젖니가 날아가고 말았다.

빨갛게 부풀어오른 입에 푸르뎅뎅한 눈, 시퍼런 이마를 한 나는 그렇게 오르간 연주자를 만났다. 마치 온도에 따라 색깔이 변하는 변덕스러운 피부의 카멜레온처럼, 나는 스테인드글라스 아래에서 얼룩덜룩한 몰골을 하고 있었다. 나 역시 그만큼이나 당황하고 있었다. 그는, 바싹 여윈데다 덕지덕지 때가 끼고 흉터가 생생히 남아 있는 얼굴에 경계하는 눈빛으로 악보를 건네는, 금방이라도 달아나버릴 것 같은 아이를 지켜보고 있었다. 나는 바깥의 바위 위에 앉아 있다가 전대미문의 어떤 것, 내 머릿속에서 마치 푸른 하늘의 구름처럼 응축된, 다양한 색깔의 소리가 만들어낸 이해할 수 없는 어떤 덩어리 같은 것을 듣고 난 다음이었고, 내 앞에서 얼굴처럼 생긴 어떤 것, 수많은 금속 송곳니가 날카롭게 수직으로 늘어선 활짝 벌린 아가리를 막 발견한 참이었다. 나는 그 선의의 괴물 앞에 몸을 내맡기듯 서 있었다. 평화로운 리바이어던*의 꽉 다문 턱뼈 아래 홀로 있는 그 키 작은 사내에게서 처음으로 인간이라는 것을 발견한 것이다.

"But oh! what art can teach(그런데 무슨 예술을 가르치지)?"

그가 말했다.

나는 그 말을 알아들을 수 없다는 것에 별로 놀라지 않았다. 나의 언어, 아버지가 어둠 속에서 울부짖는 언어, 나에게는 사어(死語)나 마찬가지인 언어 이외의 다른 언어가 존재할 수 있다는 사실이 대수롭지 않았던 것이다. 어차피 나는 개똥지빠귀와 들쥐, 먼지와 바람에 날아다니는 꽃가루, 우박과 성에하고만 이야기했기 때문이다. 내 언

---

* 성경에 나오는 상상 속의 괴물.

어 이외의 다른 언어를 듣는다 해도 그다지 놀라울 것도 없었다. 그는 민첩한 동작으로 종이를 잡아챘고 커다랗고 검은 눈으로 내 눈을 가만히 응시했다. 이윽고 그는 웃음을 터뜨렸다. 명확하고 단아한 그 웃음소리는 그가 방금 전에 했던 말과 흡사하게 들렸다. 내가 아직도 그 발음의 섬세함과 껄끄러운 음색을 생생하게 되새길 수 있는 말, 노래 제목이자 〈성 세실리아의 축일을 위한 찬가Ode for St. Cecilia's Day〉[9]의 초입부에 나오는 말들이었다.

"너 읽을 줄 아니?"

그가 물었다. 내가 대답하지 않자(고독하고 말 많은 성인 남자와 인간혐오증과 실어증에 걸린 아이의 대화는 그후 여러 주 동안 이런 식으로 계속되었다), 그는 손가락을 종이에 얹고는 손톱으로 높은음자리표를 덮은 채 한 음표에서 다른 음표로 손가락을 움직이며 노래를 읊조리기 시작했다.

"이건 훨씬 더 단순한 언어란다, 이해하겠니? 말 같은 것, 쓸데없는 설명 따위는 필요 없지."

그는 아래쪽 오선까지 노래부르며 읽어내려갔다. 그의 손가락은 마지막 소절에 이를 때까지 한 음표에서 다른 음표로 벼룩처럼 깡총거렸다.

"제일 높이 있는 게 바이올린이야. 바로 그 아래가 비올라지. 그 다음엔 위풍당당한 히드라울리스[10]가 오는 거야. 내가 방금 전에 연주했던 것 말야. 그리고 마지막에 오는 게 바순(bassoon)과 콘트라바순(contrabassoon)이야. 은유적으로나 실제로나 제일 아래쪽(bas)에 있으니까 그 자리에 꼭 어울리는 이름인 셈이지. 하지만 정말 멋있는 건 이 악기들이 나란히 그려져 동시에 소리를 낸다는 사실이야. 왼쪽에서 오른쪽으로 위에서 아래로 읽을 줄 알아야 해. 다른 언어와 비교하면 좀 복잡하다는 건 나도 인정한다. 하지만 그 복잡함이야말로 이 언어의 위대함을 의미하는 게 아닐까? 어느 누구도 동시에 여러 개의 입으로 말하거나 한 이야기의 여러 문장을 헷갈리는 일 없이 동시에 읽을 수는 없지. 목소리가 여러 개로 갈라지는 건 아니니까. 여러 언어를 말할 줄 알고 평생을 서재에서 보내는 사람이라도 말야. 하지만 음악이라는 언어에는 그런 한계가 없단다."

그는 얼마간 계속 악보를 읽어내려가다가 다시 처음으로 돌아오더니 거기서 손을 떼고 나를 향해 손바닥을 활짝 펼쳐 보이며 말했다.

"자, 네 차례다."

나는 첫번째 온음표에 검지를 얹고 모이 쪼는 암탉을 상상하면서 종이 위에 그려진 음표를 박자에 맞춰 짚어내렸다. 처음에는 목에서 단 한 마디도 나오지 않았다. 하지만 나는 그가 주의깊게 지켜보고 있다는 걸 잘 알고 있었고, 앞으로 나아가면서 새로운 박자와 마주하게 되자, 내 손가락은 훈련병의 발걸음처럼 규칙적인 군대식 리듬을 타기 시작했다. 마지막 4분쉼표에 이르렀을 때 나는 그가 했던 것처럼 처음으로 다시 돌아가 둥지에서 떨어진 어린 새마냥 웅얼거리는 소리를 내기 시작했다. 하지만 여전히 입은 앙다문 채였다. 그때 파올로 루치아노 두란테는 겁을 냈던 것 같다. 그는 내가 종이에 인쇄되어 있는 7연음표와 8분음표를 하나도 읽지 못한다는 것을, 내가 몇몇 음표를 비교적 성공적으로 소리내어 읽어내릴 수 있었다면 그건 내 어머니에게 물려받은 음악적 감각과 특별히 민감하고 좁은 이관(耳管) 덕분이라는 사실을 나만큼이나 잘 알고 있었다. 음악가가 내 손과 내 눈에서 악보를 가져가면서 지금 우리가 장난치고 있는 게 아니라는 걸 확실히 말하기 위해 우리 주위를 훑어보며 "Santa madre di Dio(성모 마리아 님)"라고 말했을 때 나는 마침내 그것을 이해할 수 있었다.

그것이 내가 받은 첫번째 음악 레슨이었다. 나는 완전히 기진맥진해버렸다. 나는 기도대에 앉아 평소에 즐겨 하던 대로 딱지가 앉은 상처를 쥐어뜯기 시작했다. 두란테는 오르간 뒤로 모습을 감추었다. 곧 그는 설탕을 듬뿍 넣은 달콤한 커피 한 잔을 들고 돌아왔고 나는 이가 빠져 화끈거리는 잇몸으로 그걸 한 모금씩 홀짝홀짝 마셨다. 그가 다시 사라지는가 싶더니 이번에는 냄비 하나와 수건 한 장을 들고 돌아왔다. 그는 내 얼굴의 피를 닦으려 했다. 나는 그를 제지한 뒤 수건을 쥐고 직접 닦기 시작했다. 양철 냄비에 담겨 있던 불그스레한 핏물과 교회의 석재 바닥 위에 비쳐 일렁이던 스테인드글라스의 파스텔 빛을 나는 기억한다. 개 한 마리가 멀리서 짖던 소리도, 침묵이란 존재하지 않는다고 생각했던 것까지도.

"나는 파올로 두란테야. 넌 인상긴 씨 아들이지."

의자를 끌어당기며 그가 말했다.

"네 아버지를 안다. 내가 너희 영지에서 살 수 있게 허락해주고 또 이 교회를 관리하게 해주었으니까. 나는 네 아버지를 한 번밖에 보지 못했다. 멀리 빛을 뻗치는 도깨비불 같은 게 따라붙어 있었지. 그 뒤에 메뚜기 같은 녀석이 있었는데, 두 발로 제대로 서 있지도 못하더구나. 내 눈엔 그 녀석이 채 두 살도 안 된 것처럼 보였는데. 여기까지 오는 데, 너 참 오래도 걸렸구나."

2

이제는 그 말이 무엇을 의미하는지 알고 있다. 나를 찾아오는 데 참 오래도 걸렸구나, 라고 그는 말한 것이다. 나에게 오기까지 참 오래도 걸렸구나, 이제 우리는 할 일이 많구나…… 그 숱한 세월 동안 그가 나, 모에 인상긴을 기다렸다고 말한 것은 아니다(우리가 만났을 때 나는 아홉 살이었다). 하지만 나는 확신한다. 그가 오페라의 반주자 자리를 사임하고 이혼 서류에 서명한 뒤 아파트를 판 다음 악보와 연장을 가득 실은 낡은 고물 자동차 핸들을 움켜쥐고 영원히 수도를 등진 채 길을 떠났지만, 목적지를 3킬로미터 앞에 두고 차가 고장이 나서 혹시 지나가는 농부가 없을까 하고 길목을 지키던 끝에, 타작하는 여자 일꾼의 집에 둥지를 틀어 기꺼이 여행에 종지부를 찍은 이래로 누군가 자기를 찾아오기만을 열렬히 갈망하고 있었다는 것을.

그는 체자리스 영지의 옛 관리인이었던 그의 할아버지가 때때로

류머티즘 발작을 일으키긴 했지만 그래도 평화로운 말년을 보낸, 덤불숲과 도랑 사이에 있는 사냥집에서 여름 휴가를 보낸 적이 있었다. 이제 그는 똑같은 덤불숲과 똑같은 도랑(해마다 물줄기가 점점 더 말라들어가는) 사이에 있는 오래 전에 버려진 사냥집을 작고 아담한 성으로, 독신자가 살기에 적합한 검소한 궁전으로 개조하여 살고 있었다. 파올로 두란테는 매일같이 언덕에 올라 오르간을 연주하면서 자신의 영혼이 음악의 우주 속으로 무한히 빠져들게 했고, 그 다음 교회 통로에 비질을 하고 장작을 패고 불을 피운 다음 음악을 들으며 잠들었다가, 턴테이블 위에서 음반이 헛돌 때 나는 단단하고 차가운 소리에 깜짝 놀라 잠에서 깨어나는 생활을 계속해온 터였다. 하지만 그의 행복이 완전해지기 위해서는 분명히 한 가지 요소가 더 필요했으리라 나는 확신한다. 그는 프레스코발디와 바흐, 북스테후데와 헨델을 연주하면서 고독하고 근면하게 보낸 자그만치 팔 년이라는 세월 동안 매일같이 내가 마침내 두 발로 걸을 수 있게 되기를, 메뚜기가 이삭 더미에서 훌쩍 날아오르기를, 그 부단한 세월 동안 아버지가 내게 생존법을 가르쳐주기를 기다려왔던 것이다.

작품 하나가 두란테를 사로잡고 있었다. 그것은 어떤 음악상(商)의 카탈로그에서도 찾아볼 수 없고, 머잖아 내 숭배의 대상이 될 대작들의 목록에도 속하지 않는 것이었다. 그는 그 작품을 도취할 때까지 쉬지 않고 피아노로 연주하고 또 연주했다. 악보 전체가 두 개의 방점이 앞뒤로 오는 악보 초부(初付)의 겹세로줄과 종부(終付)의 겹세로줄, 그 두 개의 겹세로줄 속에 갇힌 것처럼, 아니 그게 겹세로줄이 아니라 도돌이표인 것처럼, 손에 감각이 없어질 때까지, 더이상 앞을 볼 수 없을 때까지 연주하고 또 연주했다. 그는 기억에 의존하여 순결한 오선지에 그 곡을 적어넣다가, 여러 번 페이지를 찢어내고 새로 시작하기도 했다. 때때로 아침에 교회에서 그를 볼 수 없는 날이면, 나는 그가 양손으로 머리를 움켜쥐고 탁자 위에 엎드려 잠들어 있는 모습을 발견할 수 있었다.

파올로는 그 신비로운 곡을 악보에 옮겨적는 일을 밤에도 계속했다. 오르간으로 성스러운 레퍼토리를 연주하고, 교회를 청소하고, 주변을 정돈하는 일과 제지를 가르치는 일로 짜인 하루 일과의 리듬이 깨지는 것을 원치 않았던 것이다. 규칙을 맹신하는 사람이라서 그렇게 했다고는 생각하지 않는다. 다만 그렇게 함으로써 그는 작곡에서 오는 극단적인 정신적 긴장을 제어할 수 있었던 것이다.

세상에 단 하나밖에 없는 그 필사본 악보는 작곡가가 직접 내 보호자이자 친구인 파올로에게 건네준 것이다. 난 그 여자 작곡가의 진짜 이름은 알지 못한다. 파올로는 그녀를 알바라 불렀다. 그가 도시를 떠나 인생의 방향을 180도 전환한 것과 그녀가 실종된 것은 무관하지 않았다. 미완성 작품일까? 아니, 나는 그렇게 생각하지 않는다. 하지만 악보는 박자나 연주에 필요한 어떤 주석도 달고 있지 않았다. 더 고약한 것은 악보들이 온통 뒤섞여 있는데다가 의도적으로 분할된 것 같은 작곡의 형태가 수많은 결합 가능성을 제공하고 있었다는 것이다.

내가 음악학교(이것은 내 예술적 시도가 탄생하는 결정적인 시기였던 만큼 잠시 후에 이야기하겠다)로 떠나기 얼마 전에, 파올로 두란테는 내가 충분한 기량을 갖췄다고 판단하고 알바의 악보를 보여주었다. 나는 그 곡에서 내 스승은 조금도 관심을 보이지 않은 영역이지만 내게는 비밀의 화원이 된 재즈의 영향을 감지했다. 나는 그에게 빌 에반스의 어떤 곡을 들어보라고, 웨인 쇼터의 무슨 음반을 사라고, 그리고 텔로니어스 멍크와 듀크 엘링턴 같은 천재적인 피아노 연주가에게 주의를 기울이라고 말해주었다. 두란테에게는 모두 처음 들어보는 생소한 이름들이었다. 나는 그 악보의 수수께끼를 푸는 데는 성공하지 못했지만 그것이 담고 있는 아름다움을 익히 짐작할 수 있었고, 초두 부분을 부분적으로나마 복원해서 그에게 건네주면서 마법의 검은 선율, 싱커페이션, 정의할 수 없는 작은 무엇, 바로 스윙(나는 손가락을 퉁기며 말했다)을 모른다면 도저히 그 곡을 이해할 수 없을 것이라고 말해주었다.

깜짝 놀란 파올로 두란테는 그때까지 한 번도 들어보려 하지 않았던 음악들을 당장 우체국을 통해 주문했다.

3

천사가 악마한테서 신에게 향하듯 나는 오텔로한테서 파올로 두란테에게 향했다. 물론 그건 땅 위를 촐싹거리며 뛰어다니는 날개 없는 천사였다.

라자루스가 곰곰이 음미하기 좋아하던 우화 하나가 떠오른다. 라자루스의 우화에는 두 명의 유태인 현자, 엘레아자르와 아바가 등장하는데, 그들은 황혼 무렵 두 개의 별이 하늘에서 순식간에 서로 합쳐졌다 다시 흩어지는 것을 보게 된다. 그것을 목격한 율법학자들이 그 천상의 합치가 도대체 무슨 의미인지 자문한다는 것이 우화의 줄거리였는데, 내 친구 라자루스 또한 그 의미에 대해 골똘히 생각했다. 라자루스의 우화는 어떤 의미에서 보면 파올로가 내게 해준 이야기에 상응했다. 내 손이 엄청나게 부어올랐던 날 파올로는 이야기 하나를 들려주었다. 나와 파올로의 관계를 알아차린 아버지가 나의 음악적 진보를 가로막는 최상의 방법은 내 손을 부러뜨리는 것이라고 판단한 다음날이었다.

내 구원자이자 스승이기도 한 파올로 두란테가 내게 그 이야기를 해준 것은 상처난 내 손을 보고 나를 위로하기 위해서였다. 하지만 그가 그날 했던 말은 내 음울한 예술적 시도의 출발점이 되었다. 몇 년 뒤 나는 어느 호텔방에서 그것을 기억하게 된다. 내 작곡의 비밀은 바로 그가 했던 말 속에 있었다. 따라서 내 '영생의 발라드'는 파올로에게 그 공을 돌려야 한다.

오르간 건반 위에 동전 하나를 놓으며 그가 말했다.

"오늘 넌 손이 아파. 고통스럽고, 또 연주를 할 수 없어서 슬프기도 해. 하지만 지금의 너에게서 아주 멀리 떨어진 시간대에, 너와 관련은 있되 현재의 너로서는 아무것도 알지 못하는 시간대에(그는 두 옥타브 떨어진 건반 위에 은색 동전을 또 하나 얹어놓았다) 어쩌면 너일 수도 있고 아니면 다른 사람일 수도 있는 누군가는 행복에 젖어 있을 거야. 그는 자신의 혈관이 생명력으로 가득 차 있다는 걸 느끼고 있어. 그는 날렵하고 힘차게 연주하지. 그는 아무런 고통도 느끼지 않고, 네가 오늘 느끼고 있는 고통에 대해서는 아무것도 몰라. 마치 네가 그의 미래 아니면 과거에 대해 아무것도 모르듯 그에게는 오직 현재만 존재할 따름이야."

파올로는 첫번째 동전을 오른쪽 건반으로 움직이면서 잠시 말을 멈췄다.

"내일 아니면 가까운 시기에 너는 언젠가…… 너는…… 그러니까 예를 들면, 사랑에 빠질 수도 있어. 미래의 너(파올로는 두번째 동전을 왼쪽으로 움직였다), 그러니까 그는 이별의 슬픔과 사랑의 종말이 가져다주는 외로움으로 가슴 아파하겠지. 그러고 나서는(두 동전이 하나씩 하나씩 건반을 타고 서로 가까워졌다), 아니 어쩌면 넌 사랑하는 사람을 잃을 수도 있어. 그러면 그는 장례를 치를 테고 또 그만큼 소중한 또다른 존재를 만나게 되겠지. 계속하마. 어느 날 넌 높은 곳에서 떨어질 거야. 그는 산꼭대기에, 사상의 정점에, 어쩌면 영광의 정점에 올라 있을 거야. 컴컴한 밤, 너는 사건 하나를 떠올리며 거기에 의미를 부여하겠지만, 그는 그것을 잊어버릴거야. 네가 이방인에게 해로운 짓을 한다면 그는 이방인의 명예를 위해 헌신하겠지. 네가 병에 걸리면 그는 회복될 거야. 네가 새벽의 여명을 볼 때 그는 밤하늘에 빛나는 별을 볼 거야. 넌 어떤 테마를 하나 작곡하겠지만 그는 지워버리겠지. 너는 자정에 꿈을 꾸지만 그는 정오의 현실에 충실할 거야. 너는 다정하게 위로하겠지만 그는 가차없이 후려치겠지. 네가 문의 초인종을 누른다면 그는 또다른 문을 열어젖힐 거야. 그리고 네가 들어오면 그는 나가버리는 거지. 네가 먹는 것을 그는 토해낼 것이고 네가 좋아하는 것을 그는 혐오해. 네가 어떤 도시에서 길을 잃는다면 그는 그 도시에서 잘 살아갈 수 있어. 너는 소리를 지르지만 그는 속삭이듯 들려오는 희미한 목소리를 듣겠지. 네가 찾은 걸 그는 잃어버릴 테고, 네가 끌어안는 얼굴에 그는 침을 뱉을 거야. 네가 옷을 벗으면 그는 옷을 입어. 네가 덥다면 그의 몸은 얼음장처럼 차갑지. 그는 너의 과거이고 너는 그의 미래야. 그렇게 둘은 점점 더 가까워지지. 이것이 모든 인간들 삶의 법칙이란다."

동전들은 이제 건반 하나를 사이에 두고 떨어져 있었다. 파올로는 동전을 내버려둔 채 피아노 양끝 건반을 동시에 눌렀다.

"그는 너고, 너는 그야. 너희는 너희가 태어나는 순간과…… (파올로는 동전을 포개더니 집어들었다)…… 너희가 다시 합쳐지는 바로 그 두 순간만을 공유하고 있어."

"그래서요?"

난 그의 주먹 속 동전을 응시하며 물었다.

"의자를 가져오렴. 그리고 내 오른편에 앉아라. 오늘 하루를 헛되이 보내지 말자꾸나. 〈아뉴스 데이〉[11]를 처음부터 다시 시작하자. 네 손이 나을 때까지 내가 왼손을 맡아주마. 알레그로 모데라토. 준비되었니? 하나, 둘, 셋……"

4

서투른 손놀림과 더듬거리는 입술, 어색한 포옹과 무기력한 동작,

피곤으로 지쳐버린, 잿빛에 가까운 그녀의 안색,

극도로 흥분한 나의 신경.

나는 그녀를 살해하고 싶어하고 그녀는 이제 인생을 끝장내고 싶어한,

동일하면서도 모순된 우리의 마지막 기원.

1

이제 내 사랑 이야기를, 나의 사랑이 어떻게 태어났고 또 어떻게 내가 그것을 잃게 되었는지 이야기하겠다. 수많은 시간대 사이를 쉴 새없이 오가는 일을 피하기 위해서, 그 사랑의 부활에 대한 이야기는 나중으로 미루겠다. 비록 내 이야기 속에서 그 시간대들이 거울의 장난처럼 둘로, 넷으로 나뉘어진다 해도, 파올로 루치아노 두란테가 내게 말해준 인생의 법칙은 결국 진실을 말해주고 있었다. 그 시간대들은 서로 합치하는 궤도를 그려나갔던 것이다.

내가 5년 동안 스승 곁에서 공부하는 동안 우리의 일과를 혼란에 빠뜨릴 만한 중대한 사건은 일어나지 않았다. 물론 매복해 있던 아버지가 나를 매질했던 이야기를 제외한다면 말이다. 아버지는 전략 참모에 버금가는 비상한 지능의 소유자였지만, 그의 머리는 세 종류의 알코올, 즉 진(정오까지)과 위스키(저녁 여섯시에서 저녁식사 시간까지), 그리고 버번 위스키(마지막 술잔에 이를 때까지)에 대한 그의 선호도가 날이 갈수록 두드러지는 것과 반비례하듯 점차 흐릿해졌다(2주마다 소형 트럭을 몰고 오는 상인들이 매번 이제는 술을 배달하지 않겠다고 으름장을 놓았던 것이 그 좋은 증거다). 아버지는 심지어 절제라는 핑계 아래 나에 대한 탄압을 욕설로 제한할 때도 있었다. 그러나 무슨 종교의식을 거행하듯 빈 병이든 가득 찬 병이든 곳간 한쪽에 술병들을 죽 늘어놓곤, 벌레떼가 달라붙어 웅웅거리는 난장판이 되는 것을 보고 재미있어할 만큼 술에 대한 아버지의 남다른 애정은 날이 갈수록 심해져서 나중에는 그의 말조차 딸꾹질처럼 들릴 정도였다.

아홉 살부터 열세 살 때까지, 나에게 유익하고 풍요로웠던 이 긴 시간 동안 내가 얻어맞은 것을 찬찬히 돌이켜보면, 아버지가 나에게서 기습적으로 쟁취한 작은 전과(두세 군데의 멍, 팔에 난 칼자국 하나, 눈썹뼈에 간 금 하나, 입술이 터진 게 한 번, 목을 담뱃불로 지진 게 한 번, 도망치다가 넘어져서 다리가 삔 게 한 번, 갈비뼈 두 개가 부러진 일)와 한 번의 결정적인 무훈(그의 머리가 발작적으로 비상하게 맑아진 어느 날 내 쇄골을 부러뜨린 일)을 인정하지 않을 수 없다.

그 부활절 날, 지붕 위에 있던 나를 그가 어떻게 찾아낼 수 있었는지 지금도 알 수가 없다. 그가 다가오는 소리를 듣지 못했다는 것은 아직도 내겐 불가사의다. 어지럽게 널려 있는 기와 조각이 변화무쌍한 햇빛의 스펙트럼을 펼쳐보이던 우리집 지붕은 나의 첫째가는 은신처이자, 천둥 번개가 치며 비가 쏟아지는 날이면 내가 즐겨 숨어들던 곳이기도 했다. 고미다락 천창을 통해 지붕으로 나갈 수 있었는데, 나는 모서리 기와 위에서 줄타기 하듯 걷기도 하고, 평형을 유지하며 굴뚝 위에 서 있기도 했으며, 홈통 속에 든 새끼 새들을 못살게 굴기도 했다. 또 그곳은 내가 눈꺼풀을 깜박이지 않고 풍경의 한 점을 물끄러미 응시하다 강렬한 햇빛 아래서 시야가 몽롱해졌던 곳이기도 하다.

그날 아침 나는 새벽을 틈타 파올로 두란테와 함께 분석했던 바흐의 토카타 악보를 여유롭게 다시 읽어볼 참이었다. 나는 배낭의 작은 주머니에서 두란테가 내 열한번째 생일에 선물로 준 베이클라이트 트랜지스터 라디오를 꺼냈다. 라디오에는 크롬을 칠한 버튼이 달려 있었고, 주파수는 언제나 같은 채널, 클래식 음악 방송에 맞춰져 있었다.

나는 배낭을 베고 드러누워 라디오를 켰다. 그러자 남쪽에서 북쪽, 동쪽에서 서쪽까지 내 머릿속에서 상상했던 것과 똑같은 세계, 나의 정신을 고양시키는, 오만하고 진지한 보초들이 철통같이 지키는 세계가 활짝 열리며 마치 갈릴레이의 우주(universe)를 마주한 코페르니쿠스의 우주(cosmos)처럼 훨씬 더 광대한 다른 세계로 바뀌었다. 하지만 물리학자가 자신의 뜻을 꺾어야만 한 것과는 반대로 어떤 종교 재판관도 엘링턴의 〈황혼과 앵무새Sunset and the Mocking bird〉를 듣는 나의 즐거움, 지미 우드의 한없이 부드러운 베이스 기타를 듣는 기쁨과 그 짜릿한 쾌락의 절정을 심문하려 들지 않았다.

주파수 계기판의 작은 바늘의 미세한 움직임이나 감지할 수 없을 정도의 진동에도 아랑곳없이 나는 바흐의 악보를 손에 쥐고 대양과 세기를 가로질러 조니 호지스와 러셀 프로코프 사이, 듀크 악단의 관악부 파트 한가운데로 빠져들어갔다. 〈여왕 조곡Queen's Suite〉이 주는 전대미문의 리듬감을 맛보며 연속적으로 내게 나타났던 다음과 같은 징후들은 조금도 과장한 것이 아니다. 도입부부터 내 몸은 마치 쐐기를 박아놓은 것 같았다. 기와 위에 드러누운 내 육신은 끈적거리는 송진으로 화했고, 점토를 구워 만든 기와는 나와는 반대로 털이 듬성듬성 난 생명을 띤 살덩어리로 변해 쾌락으로 소름이 돋았다. 〈반딧불이와 개구리Lightning Bugs and Frogs〉는 내 호흡의 리듬을 엉망으로 만들며 횡경막을 부풀렸고 내 숨결을 내가 그날까지 생각지도 못했던 깊숙한 곳으로 떨어뜨렸다가 다시 솟구쳐오르게 만들었다. 〈설탕처럼 감미로운Le Sucrier velours〉은 마치 정신병자가 구속복을 쥐어뜯듯 내 내면을 온통 뒤흔들어놓았고, 〈북극광Nothern Lights〉은 내 신경세포를 은밀하고 해독이 불가능한 기호들로 가득 채우며 내 머릿속에 나선 모양의 소용돌이를 일으켰다. 듀크가 콘트라베이스 연주를 위해 지은 〈장미 꽃잎 한 장The Single Petal of a rose〉는 완전무결한 꽃잎 하나가 찢어지는 듯한 선율의 노래였는데, 그 음악을 듣자 내 눈꺼풀 아래에서 이상한 분비물 같은 것이, (파올로 두란테의 말에 따르자면) 세상에 태어나서 두 발로 걷기 시작한 이래 최초로, 그리고 한참이 지나서야 다시 흘리게 될, 눈물이 흐르기 시작했다. 마지막으로 들었던 〈유인원과 공작새Apes and Peacocks〉의 묵직한 울림은 내 인내심의 한계를 넘어서는 것이었다. 나는 여태껏 그런 끔찍한 정글 한가운데, 그와 같이 현란한 색채 한가운데로 떨어진 일이 한 번도 없었다. 비열할 정도의 면밀함, 행복한 포만감, 고양이 같은 교활함, 꼬드기는 듯 야릇하고 선정적인 부름…… 하지만 난 그 초대에 응할 수 없었다. 내 주위에서 공작과 유인원들이 푸드덕대는 바람에 나는 음악과의 접촉을 중단하지 않을 수 없었던 것이다.

타악기가 작별을 고하자 남자 목소리 하나가 아무렇지도 않다는 듯 작곡가와 독주자들의 이름을 말해주었다("듀크, 듀크였습니다!”). 그 이름을 기억해야지 생각하던 찰나, 누군가 겨드랑이를 들어올려 나는 허공으로 붕 뜬 뒤 현관 앞으로 내동댕이쳐졌다. 그날의 두번째 추락인 셈이었다. 그 일이 있기 전에도, 그 일이 일어나는 동안에도, 그 일이 일어난 후에도, 또 그때의 부상으로 내가 여러 주 동안 병원에 입원해서 지루한 시간을 보내는 동안에도, 나는 아버지를 보지 못했다. 안뜰 평평한 땅바닥에 떨어져 있던 나를 발견한 사람은 우체부였다.

“너 거기서 뭐 하고 있는 거냐?”

제복을 입은 사내가 십자 모양으로 양팔을 벌린 채 납작하게 뻗어 있는 내게 물었다.

“네가 누굴 닮았는지 알고 있니?”

“디유…… 디유…… 디유……”

“디오*?”

“듀크.”

“두체**? 그보다는 저기 밭에 있는 허수아비가 생각나는구나. 그걸 파내버린 사람이 혹시 너 아니냐?”

내가 자신을 신이나 무솔리니로 생각한 건 아니라고, 그렇지만 방금 아주 놀라운 만남이 있었다고 우체부에게 미처 설명하기도 전에 나는 의식을 잃고 말았다. 몸을 일으키다 말고 내가 의식을 잃자, 우체부는 내가 아름답고 위대한 우리 이탈리아가 숭배하는 두 개의 상징적 거물을 우스꽝스럽게 흉내내려 했던 게 아니며, 또 날아다니는

---

* Dio, ‘신(神)’ 이라는 뜻의 이탈리아어.

** 이탈리아어로 ‘지도자’ 라는 뜻. 무솔리니의 별명.

까마귀를 놀래켜 쫓아버리려 했던 것도 아니라는 걸 알아채곤 황급히 집으로 들어가 구급차를 불렀다.

내가 여기서 말하고 싶은 것은 재즈를 향한 나의 돌연한 열정이 아니다. 물론 재즈에 대한 내 사랑은 하루가 다르게 커져갔다. 그것은 고전음악의 대가들이 남긴 유산에 대해 부과된 세금을 한치의 착오 없이 납부해야 하는, 내 클래식 음악 교습에 대한 비밀스런 반대급부였고, 막 쾌락을 맛본 조강지처가 잠들어 있는 시각에 찾아와 그녀 가까이 누워 조강지처로서는 들을 수 없는 신음소리를 내는 정부(情夫)와 흡사한 어떤 것이다. 성질 사나운 내 아버지와 그가 내게 남긴 여러 고약한 상처 이야기는 이제 한켠으로 미뤄두겠다. 평균율 클라비어나 장엄 미사곡, 아드리아노 반키에리의 『오르간 소리에 관한 논(論)*Conclusioni del suono dell'organo*』이나, 드 랄랑드의 음울한 음악 교습, 참을성 많은 파올로와 함께 불 앞에서 지샌 밤, 그리고 콜트레인과 엘빈 존스가 연주하는 〈테마The Theme〉의 선율을 타고 시작되는 라디오 프로그램을 기다리며 매일 저녁 여덟시 반이 가까워지면 내가 들떠 흥분했던 것(난 한 번도 그 방송을 놓친 일이 없다) 또한 잠시 잊기로 하자. 파올로와 함께 한 도취와 열정으로 가득 찬 5년간의 음악 수련이 끝나고 내가 음악학교에서 공부하기 위해 도시로 출발하기까지, 어떻게 보면 내 인생의 둘째 주기라고 할 수 있는 그 시기에 종지부를 찍은 사건에 대해 이야기하자. 손길에서 벗어난 둥근 엉덩이의 곡선이야말로 어떤 현존보다도 더 강렬한 촉감을 불러일으킨다는 사실을 내게 가르켜준 그 부재의 교훈에 대해 이야기하도록 하자.

2

내 열세번째 생일에 파올로 두란테는 내게 수집품으로서의 가치가 있는 메트로놈 하나를 선물해주었다. 그것은 몇 년 후 내가 죽음의 작품을 완성하는 데 결정적인 역할을 하게 될 것이다. 파올로는 청색 양모 외투 한 벌도 선물했다. 그가 예전에 몇 번 입은 외투였는데, 그는 언제부턴가 다른 윗도리를 입기 시작했다. 여러 군데 기운 그 더러운 윗도리는 그의 외출복이자 앞치마요, 바람막이인 동시에 날씨가 싸늘한 밤 불이 꺼졌을 때 입는 잠옷이기도 했다. 생일날, 서글픈 일이지만 나는 고열에 시달리고 있었고 목도 쉬어 있었다. 나는 마른 기침을 하며 외투 단추를 목 바로 아래까지 잠그고 추위로 꽁꽁 얼어붙은 손으로 메트로놈을 안은 채 교회당을 떠났다. 내 열세 살 생일을 축하하기 위해 스승 파올로가 마련한 차가운 살코기와 구운 닭고기, 셔벗, 백포도주로 차린 저녁 만찬도 다음날로 미룰 것을 부탁했다. 내 몸이 도저히 그럴 만한 상태가 못 되었던 것이다.

나는 그 전날 저녁부터 몸 상태가 좋지 않았다. 내 또다른 보루인 물탱크 위에서 웅크린 채 잠이 들었기 때문이다. 푸르스름하고 거대한 강철 냄비 같은 물탱크는, 우리 영지를 가로지르며 가장 가까운 마을(북동쪽 4킬로미터)과 고속도로(우리집에서 6킬로미터)를 잇는 연결 도로에서 멀지 않은 둔덕에 자리잡고 있었다. 다음날 나는 파올로를 잊은 채 롤랑 드 라수스의 악보를 들고 다시 그곳에 갔다. 물탱크 꼭대기의 이끼 낀 가장자리에 새총과 채색 공깃돌이 가득 든 주머니를 놓고 온 것이다. 그것들은 내가 끔찍이 아끼는 과녁, 이를테면 그 바보 같은 우체부나 다리를 절뚝거리는 말더듬이 목동, 띄엄띄엄 흩어져 사는 신도들을 방문하러 이집 저집 옮겨다니는 동안 술을 홀짝거린 탓에 지그재그로 자전거를 타고 가는 신부, 혹은 가관인 꼬락서니로 우스꽝스럽게 행진하는 각양각색의 은퇴생활자 협회 회원들을 겨냥해 특수 제작한 탄환이나 마찬가지였다. 나는 그들이 도망치면서 버린 지팡이나 목발, 밀짚모자, 숄, 그리고 야생꽃 다발이 얼마나 되는지 더이상 세지도 않았다. 내게는 자갈 하나면 충분했다. 지나가며 하는 말이지만, 모든 사람들이 내 이 못된 장난을 익히 알고 있었던 반면 내 스승은 나의 호전성과 투석전에 관한 한 아무것도 모르고 있었다. 파올로 두란테에게 나는 남다른 연주 솜씨와 성실함을 갖춘 장래가 촉망되는 음악도였고, 말없는 열정으로 오직 위대한 음악만을 꿈꾸는 아이였으며, 과묵하지만 언제나 뜨거운 음악적 열정으로 가득 차 있어 기꺼이 동료로 인정할 만한 예술가였고, 저물어가는 그의 인생에 찬란한 희망의 빛을 선사해준 축복 같은 아이였다. 그가 나에 대해 품고 있는 이미지는 일 년에 한 번 커다란 사다리를 타고 올라가 대청소를 하는 교회의 스테인드글라스 같은 것이어서 그 무엇으로도 더럽힐 수 없었다.

나는 어깨가 헐렁한 두툼한 외투를 입고 호주머니에는 메트로놈을 넣고 새총을 손아귀에 쥔 채 물탱크 위에 서서 지평선 너머로 피어오르는 안개를 바라보고 있었다. 우윳빛 실루엣들이 십여 미터 간격을 두고 평원에 일제히 모습을 드러냈다. 그 영상들은 안개의 후광 속에서 조금은 길쭉하고 실제 몸무게보다 훨씬 가벼워 보였다. 마치 긴 줄에 매인 개들이 그 영상들을 간신히 대지 위에 붙들어매고 있는 것처럼 보였다. 가까이 다가온 그들의 모습을 보자 그들이 무장하지 않았음을 알 수 있었다. 한순간 나는 그들이 때려잡으려는 사냥물이 행여 보루 위에 우뚝 서 있는 나, 모에 인상긴이 아닐까 의심했다. 나는 축축한 강철 물탱크 위에 납작 엎드려 짐승들이 풀밭에서 헐떡거리는 소리, 사람들의 발소리에 귀를 기울였다. 내가 그때까지 알고 있던 것은 시즌 사냥꾼들의 짐승몰이뿐이었다. 엽총 소리와 부상당한 새들이 빙그르르 소용돌이를 그리며 떨어지는 모습, 눈에 보이지 않는 사냥감들의 끈질긴 침묵, 아버지와 함께한 그 성스러운 시간에 대해서는 나중에 이야기하겠다.

그들은 길을 가로질러 계곡 안쪽을 향해 걸어왔다. 몸을 일으키자, 사냥꾼들 중에 우아한 트렌치코트를 입은 남자 하나가 눈에 들어왔다. 그는 베이지색 정장에 노란 스타킹을 신은 젊은 여자와 함께 있었다. 여자는 남자 옆에서 걸으면서 때로는 그의 팔을 붙들거나 진창 속에서 고전하는 다른 사람들의 팔에 매달리기도 했다. 그 밀렵꾼들(사냥철이 시작되려면 아직 몇 달 더 기다려야 했으므로) 중에는 내가 가져온 비둘기가 자기 셔츠에 똥을 쌌다고 나를 학교에서 쫓아낸 소학교 교사가 있었고, 삼림 보호인, 헌병 여러 명, 그리고 시장의 모습도 보였다. 크리스마스 날 아버지가 차고의 탈것들 중에서 유일하게 가동되는 잔디 깎는 기계를 타고 우리 영지의 경계선까지 따라가 내쫓아버린 바로 그 시장이었다. 안개가 걷히면서 갑자기 모습을 드러낸 유령 보병들 같은 그 괴상한 행렬은 다시 안개에 휩싸이면서 순식간에 시야에서 증발해버렸다. 난 곧장 집으로 돌아가 잠자리에 들었다.

곧 낯선 남자와 젊은 여자가 누군지 알 수 있었다. 꿈을 꾼 게 아니었다. 다음날 열과 오한에 시달리던 나는 숲을 가로질러 파올로 두란테에게 갔다. 사냥집은 비어 있었다. 그가 광고 문안과 만화를 즐겨 보던 지역 신문이 평소 놓여 있던 찬장 위에 있는 것이 보였다. 첫장 제일 위쪽에 굵은 글씨로 쓰여 있는 표제 — 'M마을에서 일어난 야간 수색' — 를 보고, 환영이 아닐까 의심했던 그 장면이 실제로 일어난 일임을 알 수 있었다. 기사는 이렇게 시작됐다.

> 논란의 대상이자 명성이 자자한 안티파트리스 연구소(트리에스테 소재)의 정신과 의사 슈트켄슈미트 교수가 지휘한 수색 작업이 어제 저녁부터 밤 늦게까지 계속되었다. 수색 작업은 박사가 운영하는 병원에서 탈출한 한 여자 환자를 찾기 위한 것으로, 탈주자는 전날 기차를 타고 항구 도시를 떠나 우리 지역에 숨어들어온 것으로 추정된다. 역장과 M시 주민들은 7시 25분에 도착한 기차에서 그녀가 내리는 것을 보았다고 증언했다. 헌병과 비상 구조대원들, 여러 자원봉사자들이 참여한 수색 작업은 실패로 돌아갔지만 오늘 재개될 것이다. 도주한 여자 환자는 안나라는 이름의 사춘기 소녀로, 슈트켄슈미트 교수

의 조교인 롤란다 마냐니마 양은 도주자의 정확한 이름은 직업상의 기밀로 공개할 수 없지만, 적갈색 머리카락에 눈이 푸른 명문가의 아이로 청색 꽃무늬 드레스를 입고 있다고 밝혔다.

꽃무늬의 꽃들은 시들었고 청색 드레스는 누런 갈색으로 얼룩진데다, 주근깨가 난 얼굴과 적갈색 머리타래는 나무껍질에 긁히고, 진흙이 묻고, 푸른 이끼투성이가 되었지만, 그렇다, 그녀가 바로 나의 사랑, 빨강머리 내 사랑이었다.

지금 이 자리에 금관악기와 목관악기가 없다는 것이, 서정적인 멜로디 하나 들을 수 없다는 것이 참으로 유감스럽다. 듀크 엘링턴 오케스트라에게 도움을 청할 수 없다는 것이, 트럼펫 연주자인 '고양이' 윌리엄 앤더슨과 레이 낸스, 쇼티 베이커와 클라크 테리, 트롬본 주자인 브릿 우드만과 퀜틴 잭슨, 존 샌더스, 관악기의 가느다란 리드를 촉촉히 적시는 조니 호지스와 러셀 프로코프, 지미 해밀턴과 폴 곤잘브스, 해리 카니에게 구원의 손길을 청할 수 없다는 것이…… 여러 감각과 음색을 마치 한 사람이 연주하는 것처럼, 마치 악기 하나로 불어대는 것처럼 완전무결하게 들려주는, 서로 녹아드는 변화무쌍한 다양성을 보여주는 그들의 음악이야말로 내 기억 속에 출현하는 안나를 표현할 수 있을 텐데.

잊지 못할 우리의 첫 만남을 묘사하기 위해 내가 갖고 있는 거라곤 그러므로 말뿐이다. 하지만 말로는 그녀가 얼마나 아름다운지, 내가 얼마나 큰 혼란에 사로잡혀 있었는지, 그리고 그녀와 함께 나눈 가슴 아팠던 모든 기억을 정확한 음조로 연주할 수 없을 것이다. 안나를 잊고 곧바로 다른 이야기로 넘어가고 싶은 비겁한 충동이 나를 유혹하는 것도 사실이다. 그렇다, 그녀는 인생을 막 시작한 내가 우물 속에서 발견해낸 나의 사산아였다. 그녀는 우물 안으로 내려가 있었다. 나는 그날 저녁 안뜰에서 도르래의 밧줄이 삐걱거리는 소리를 들었고, 아버지가 완전히 메우지 않은 그 구멍 속에서 그녀를 찾아냈다. 우물 안에는 빗물이 조금 고여 있었다. 몸을 숙인 내 그림자에 그녀의 얼굴이 가려졌고, 창백해진 꽃무늬 드레스에 드문드문 주근깨가 난, 눈부실 듯한 그녀의 영상은 보이지 않았다.

나는 부속 건물 벽에 세워놓은 사다리를 찾아 시커먼 우물의 심연 아래로 천천히 내려뜨렸다. 슈트켄슈미트 박사가 내 이야기를 읽는다면 얼마나 재미있어할까 하는 생각을 하니 웃음이 나온다. 그는 그가 갖고 있는 정신과 의사로서의 온갖 개념과 겸자(鉗子)와 규칙, 그가 세운 여러 인식론적 가정을 논하며, 우발적으로 나타나는 부차적 징후가 어떻고 하며 내 이야기를 분석하겠지만, 그것들은 모두 박사 자신이 유년 시절에 겪은 왜곡된 전기적(傳記的) 지표에 불과하다. 그녀가 밖으로 나왔을 때, 나는 손을 내밀었다.

안나는 잿빛 하늘 아래 바로 내 앞에 서 있었고, 내 기억은 거기서 정지되어 있다. 나는 그때 그랬던 것처럼 오늘도 눈을 감은 채 그녀의 얼굴을 기억해낼 수 있다. 그때와 다른 점이 있다면 당시 나는 그녀의 가슴과 이마 그리고 코와 입에서 잠시도 눈을 뗄 수 없었다는 것이다. 그녀가 내게 한 최초의 말은 "Ineiv*"였다. 나는 그 말을, 그녀가 했던 모든 말을 아직도 생생히 뇌리에 간직하고 있다. 활짝 열리던 내 방 옷장, 그녀가 손가락으로 가볍게 드레스 끝자락을 퉁기자

* Ineiv는 이탈리아어 'Vieni(이리 와)'를 거꾸로 말한것. 안나는 모든 말을 거꾸로 한다.

드레스가 어깨를 타고 아래로 떨어지면서 드러난 알몸, 둥그스름하면서도 깡말랐던 그녀의 호리호리한 몸, 엉덩이와 가슴은 풍만한 반면 앙상하게 드러나 보이던 갈비뼈, 뼈가 살 밖으로 튀어나올 정도로 가는 그녀의 팔, 나는 모두 기억하고 있다. 그녀는 옷장 속의 옷뭉치를 뒤적거려 셔츠 하나를 집어들었고 바지를 찾다 결국에는 반바지를 골라잡았다. 빨간색 양말 한 짝과 보라색 양말 한 짝을 골라 신고는 내 침대에 앉아 다리를 뻗은 채 두 발을 흔들어 짝짝이 발을 보면서 즐거워했던 것 모두…… 그녀는 한껏 숨을 들이쉬면서 내 옷을 킁킁거렸고, 거기서 흙냄새와 체취가 뒤섞여 나는 것을 확인하고는 안심했다. 나는 전부 기억하고 있다. 내 옷을 챙겨입은 다음 그녀가 나의 옷을 벗겼던 일도. 나는 그녀가 하는 대로 내버려두었다. 나는 내가 알몸이 되었다는 사실보다 아무렇지도 않은 듯 그녀의 손에 순순히 몸을 내맡겼다는 데에 놀라고 있었다. 낯선 여자가 내 팔과 다리를 어루만지고 내 머리를 숙이게 하고 나를 침대에 벌렁 드러눕힌 다음 바지를 벗기고, 그렇게 한순간 완전히 알몸으로 발가벗긴 후 축축한 면직(綿織)의 녹슨 것 같은 얼룩덜룩한 꽃무늬 드레스를 입혀 우스꽝스럽게 만들 때까지 내가 가만히 있었다는 것에.

나는 그녀가 솜털 같은 민들레 씨앗을 불어 날리는 대신 숨쉬듯 들이켜던 것도 기억한다. 잠들기 위해 그녀가 새벽까지 기다리던 것도. 내가 무슨 말을 하기도 전에 나를 앞질러 대답하던 것도 기억한다. 때때로 그건 내가 궁금해하던 것에 대한 정확한 대답이기도 했다. 그리고 비록 그녀의 대답이 내가 미처 그녀에게 질문할 시간조차 없었던 그 물음과 아무런 상관이 없다 해도, '감미로운 시체(cadavre exquis)' 작법*처럼, 유산된 나의 질문과 사후의 유복자 같은 그녀의 답변 사이에는 더 본질적인 의미가, 웅변적인 비밀이 존재하는 것 같았다. 그녀 손목에 있는 물어뜯긴 것 같은 아치 모양의 흉터가 어떻게 생겼는지 내가 알고 싶어했을 때, 이를 눈치챈 그녀가 "Emaf aut alled emaf oh oihcna(나 역시 너의 굶주림이 배고파)"라고 말했던 것도 기억한다. 한 번은 우리가 무지개를 보고 있을 때였다. 나는 그녀가 소원을 하나 빌었으면 하고 속으로 생각했다. 그러자 그녀는 이렇게 말했다. "Ion a erinev eved ehc iul e(아니, 소원이 우리에게 와야 하는 거야)." 내가 지붕 위로 올라가 안개가 피어오르는 것을 바라보며 혼자 명상에 잠기던 저녁 시간, 오랫동안 지속되었던 그 침묵의 시간은 안나의 출현으로 깨지고 말았다. 그녀는 내게로 몸을 돌리며 말했다. "Onrotir led etra'l et ad erarapmi oilgov(나는 너한테서 되돌아오는 법을 배우고 싶어)." 그녀가 먹는 것을 끔찍하게 싫어했던 것도, 내 입으로 씹어준 과일만 키스를 통해서 받아 삼켰던 것도 기억한다. 어느 날인가 살밖에 남지 않은 우산 하나를 찾아내서는 손가락 사이로 손잡이를 돌리며 우쭐해서 햇빛 아래를 걸었던 일, 하얀 철제 우산살이 정오의 햇빛에 반사되던 장면, 행여나 그녀가 그대로 하늘로 날아오르는 것은 아닐까 내가 겁먹었던 일, 전부를 기억한다. 내리는 소낙비를 얼굴에 맞으며 반쯤 눈을 뜨고 이렇게 말했던 것도. "Ognaip emóc adraug(내가 어떻게 눈물을 흘리는지 봐)." 그녀가 숨을 들이쉬듯 노래를 흥얼거리던 것과 그 목소리가 마치 비올라의 활처럼 떨리던 것도. 괘종시계나 손목시계를 보면 몸을 파르르 떨었지만 내 방

---

* 초현실주의자들의 문장 만들기 유희의 하나로, 신문지에서 오려낸 단어들을 뒤섞어 거기서 우연히 얻게 되는 단어들의 조합에서 문장을 만들어내는 기법.

에 있는 메트로놈의 추는 몇 시간 동안 꼼짝 않고 바라보던 것도. 자기 이름은 한 번도 말해주지 않으면서 "에옴*"이라고 부르기를 좋아했던 것, 그리고 그것을 발음할 때면 목젖이 떨리던 것도 기억한다. 그녀는 장미 한 송이를 거꾸로 들고 내게 주었다. 장미 가시는 땅바닥을 향하고 꽃이파리는 그녀의 커다란 손 안에 짓이겨져 있었지.

땅속에서 나온 그녀가, 내가 몸을 떨며 내민 손을 잡았던 그 순간부터 우리의 사랑은 괴상한 도치 속에서 이루어졌다. 나는 곧 그녀의 말을 이해했다. 그녀는 한적한 오솔길을 뒷걸음질쳐 거슬러올라가기를 좋아했고, 시간을 거꾸로 세었다. 그녀가 시도하는 모든 것은 세상의 흐름에 역류하는 것이었다.

우리는 곧 풀 뜯는 짐승 한 마리 없는 수 헥타르에 달하는 목초지와 언덕들, 덤불숲에서 절대권력의 입법자로 군림했다. 우리 사이의 규칙은 엄밀하게 준수되었다(그녀는 거꾸로 산다는 자기 삶의 법칙을 결코 깨지 않았고, 그와 반대로 나는 순서가 뒤바뀐 제스처나 전도된 말을 한 적이 단 한 번도 없었다). 그러나 그 질서 속에는 몇 가지 예외가 존재했다. 내가 일찌감치 그것에 대처하고 주의를 기울였다면 우리는 파국을 피할 수도 있었을 것이다. 과거에 대해 무용한 회한을 품는 것은 나와는 거리가 먼 일이다. 사랑과 연민을 저울질한다는 것은, 포식동물의 본능에 대고 살육에 대한 죄의식을 호소하는 것만큼이나 내게는 낯선 일이다. 하지만 그녀의 힘과 나의 열정 속에서 모든 것이 우리에게 가능했을때, 그녀가 내게 접근을 금지시킨 사물들을 내가 이해할 수 있었다면, 그녀가 내게 열어주지 않은 그 세

* Eom, 모에(Moe)를 거꾸로 발음한 것.

계를 내가 이해할 수 있었다면 아마도 우리 운명의 궤도는 달라졌을 터이다. 그랬더라면 그녀의 불행을 꿰뚫어보고 나의 불행을 예상하면서, 나의 치명적인 발라드를 생의 찬가로 만들어내는 기적을 일으킬 수도 있었을 것이다.

"나의 바위섬"이라고 그녀는 말했다. 그것은 겨울 막바지에 내리는 수차례의 소나기와 먼 곳의 눈이 녹으면서 불어난 강물 한가운데 있는 요람 모양의 하얀 바위였다. 그녀는 매일 그 바위가 보이는 강둑 위로 올라가 섰다. 그리곤 바위섬 주변으로 구불구불 흐르는 강물이 잠잠해지는 것과 물에 실려온 나뭇가지들이 진흙탕 갈대밭 속에 좌초해 있는 것을 감탄의 눈길로 바라보았다. 나는 그녀에게 헤엄쳐서 바위섬에 가자고 여러 번 말했지만 그녀는 늘 대답을 피했다. 언젠가 내가 그녀에게 이름을 말해줄 것을, 나를 위해 그것을 발음해줄 것을, 우리가 만나기 전에 내가 이미 알고 있었던 이름이자 내 쪽에서 그녀를 향해 수없이 반복해서 불렀던 이름, 그럼으로써 모든 것을 거꾸로 말하는 그녀에게 맞설 수 있다는 사실에 무한한 행복을 느꼈던 그 이름을 물어봤을 때와 마찬가지였다. 그녀는 내 제안을 단호히 뿌리쳤다. 내 부탁에 그녀는 토라져서 샐쭉할 따름이었다. 보이지 않는 실타래가 이 이중의 매정한 거절을 날실과 씨실처럼 짜고 있다는 사실을 나는 너무 늦게서야 깨달았다. 명백한 관련 없는 이중의 거부, 그것은 단 하나의 똑같은 거부를 이루고 있었다는 것을. 그것은 '출입금지' 라는 글이 새겨진 성소(聖所), 입구와 출구가 서로 뒤엉켜 있어서 길을 잃은 후에야 자신이 어디에 있는지 파악하게 되는 미궁과 같았다. 미노타우로스가 아리아드네와 결탁해서 음모를 꾸미는 미궁, 얼마간은 여자인 괴물을 피하기 위해서 또 얼마간은 괴물이기도 한 여인을 찾아내기 위해서 테세우스가 달음박질치는 그 밑도 끝도 없는 미궁.

우리는 결코 처음 만난 그 순간보다 더 가까워질 수 없다는 것을, 적어도 그날 저녁 우물가에서 만났을 때 느꼈던 그 무한한 친밀감을 넘어서 더 가까워질 수 없다는 것을, 결국 처음 만남과 동시에 내게 작별 인사를 했다는 사실을 나는 곧 이해할 수 있었다. 그럼에도 불구하고, 마치 출발길에 오른 여행객이 심연 아니면 바다 끝에 서서 그가 사랑했던 거주지, 미지인들 사이에서 둥지를 틀었던 곳, 현재의 자신에 대해 생각하기 위해 그 앞에서 발걸음을 멈추고 멈칫거리는 바로 그런 장소를 마지막으로 다시 들르는 것처럼 내 마음이 그 절대적이고 유일무이한 순간을 자꾸 회상하는 까닭은, 사랑의 시각에서 볼 때 안나의 시간이 열정이나 일시적인 바람기보다 훨씬 더 정확한 음정을 내는 시간이었기 때문이다. 내 이러한 직관, 그것은 그녀의 도착과 출발에서 얻어진 것이고, 얼마 전 작곡에 몰입했을 때 나는 이 직관적 진실을 결정적으로 한 번 더 확인할 수 있었다. 만남은 헤어짐이다, 라고 나는 말한다. 한 사람의 인생과 다른 사람의 인생이 교차하는 순간, 그것은 가장 드높은 지성과 가장 커다란 공모의식이 절정에 달한 순간이라고 나는 단언한다. 그것은 그토록 기다리다가 마침내 더불어 받게 된 은총, 마침내 도래한, 다정하게 포옹하듯 다가온 축복, 그래서 마침내 진실로 체험한 축복, 마침내…… 그러나 그것은 미래를 기약할 수 없는 순간, 느닷없이 들이닥친 과거도 미래도 없는 현재, 길이 보이지 않는 십자 교차로일 뿐이다. 이별은 최초의 만남 속에 존재한다고, 마지막 말, 마지막 눈물, 마지막 침묵이란 만남의 문을 여는 그 말과 그 눈물, 그 침묵과 동일한 것이라고, 헤어진 연인들이란 이제 막 만난 것이라고, 그래서 서로 사랑 속에서 알았다는 사실조차 까마득히 잊은 이방인들이라고 나는 말할 수 있다.

3

수색이 있던 날로부터, 안나가 사다리 위로 모습을 드러내고 내가 악보에 몇 자 적어 파올로 두란테의 문 발치에 쑤셔넣은 후 서로를 존중하며 매일같이 수행했던 음악 연습이라는 성스러운 의식을 빼먹기 시작한 날로부터 꼭 한 달이 흘렀다. 그것은 내가 파올로에게서 얻을 수 없는 것을 배운 시간이기도 했다. 이제 막 열세 살이 된 나는 파올로와 만나지 않는 동안 그가 내 에너지의 완전한 개화를 저해하고 있다고, 나의 내적 진보를 한계짓고 있다고 막연하게 생각했다. 음을 버릴 때 악보 가장자리에 페르덴도시[12]라는 주석을 다는 것처럼.

안나와의 사랑으로 제정신이 아니었던 나는 두 개의 전주곡을 들여다보며 적절한 초두 인용 구절을 찾다가 〈침몰한 대성당La Cathédrale engloutie〉의 첫 소절을 기입하는 어리석은 짓을 저지를 뻔했다. 천만다행으로 나는 그것을 적기 전에 얼른 〈중단된 세레나데La

Sérénade interrompue〉를 대신 베껴 넣었다. 우리가 다시 만났을 때 파올로는 내 사본을 보고 한바탕 웃음을 터뜨렸다. 사랑의 열정이 내 음악적 감각을 완전히 해체해버린 탓에 나는 친애하는 드뷔시의 음악을 베껴적는답시고 악보에 수많은 오기(誤記)를 남겼던 것이다.

날짜도 세어보지 않은 사이 그렇게 한 달이 흘러갔다. 파올로 두란테는 알바라는 여인이 죽기 전 자신에게 헌사한 악곡, 내가 2년 뒤 음악학교에 가기 위해 도시로 떠날 무렵에야 재즈식 리듬과 색채를 간파했던 그 신비로운 작품을 연구하는 데 두 배의 노력을 기울이면서 내가 그를 찾지 않는 시간의 공백을 메우고 있었다.

한 달.

낮에 잠시 눈을 붙이는 것으로 몇 시간 안 되는 수면을 취하던 안나는 이제는 서 있을 수조차 없을 만큼 쇠약해졌다.

매일 밤 나는 그녀가 점점 초췌해지는 것을, 아침보다 더 창백해지는 것을 알 수 있었다. 아침, 그녀에게 그것은 일몰의 시간이었다. 강변을 따라 걷던 우리의 기나긴 산책, 헤엄쳐서 강을 건너던 일, 물 속에서 첨벙거리며 뛰놀던 일, 강물에 잠수하던 일, 한 나무에서 언덕 꼭대기에 있는 다른 나무까지 달음박질치던 일, 달리다 넘어진 일, 햇볕에 그을린 우리의 살결, 벌레한테 물린 자국, 누구의 물집이 더 큰지 비교하던 일, 우리 몸의 긁힌 자국들, 한 언어에서 다른 언어로 번역하는 데 소요된, 죽어버린 시간들로 띄엄띄엄 분절된 우리의 대화, 우리의 당황스러웠던 사랑. 그녀가 내 성기를 그녀에게로 가져갔던, 소유한다는 것이 거의 육박전에 가까웠던 우리의 사랑. 남자 역할을 하기를 원하면서도 그녀가 나를 자기 안으로 부드럽게 받아들였던 일, 서투른 손놀림과 더듬거리는 입술, 어색한 포옹과 무기력한 동작, 피곤으로 지쳐버린, 잿빛에 가까운 그녀의 안색, 극도로 흥분한 나의 신경. 나는 그녀를 살해하고 싶어하고 그녀는 이제 인생을 끝장내고 싶어한, 동일하면서도 모순된 우리의 마지막 기원.

우리 사랑의 마지막 날 아침, 내가 어떻게 후들거리는 다리로 들판과 길, 숲을 지나 그녀를 방에서 강가까지 부축할 수 있었는지 모르겠다. 나 역시 매우 허약한 상태여서 가슴팍에 경련이 일기도 했던 것이다. 그날 나는 천둥소리에 잠에서 깨어났다. 비가 창문을 세게 후려치고 있었다. 의자에 앉아 침대를 마주 보고 있는 안나. 갈색으로 무리진 그녀의 눈 가장자리는 새카만 그을음이 앉은 것처럼 보였고, 속눈썹 사이의 눈은 빨갛게 충혈되어 있었지만, 동공은 끔찍할 정도로 정면을 응시하고 있었다.

그녀가 말했다.

"Atlov amitlu'nu."

"마지막으로 뭘?"

나는 되물었다. 그러나 난 이미 대답을 알고 있었다.

"Aiccor aim al."

나의 바위섬. 그녀가 기운 없는 목소리로 말했다.

나는 그녀가 내 옷을 입는 것을 도와주었다. 파올로 두란테가 내게 선물한 푸른 외투를 입혀주었다. 그 다음에 그녀의 팔을 내 목에 두르고 계단을 내려가 강에 이르는 긴 여정 동안 휘청거리는 그녀를 얼싸안듯 부축하며 걸었다. 현관의 옷걸이를 지나면서도 나는 아버지의 비옷이 거기 걸려 있지 않다는 사실을 알아채지 못했다. 어쨌든 한 달 내내 나는 아들이라면 마땅히 아버지에게 기울여야 할 배려를 행동으로건 마음속으로건 조금도 기울이지 않은 터였다. 그를 한 차례도 볼 수 없었기에, 나는 그가 어느 병원 입원실에서 알코올 중독으로 혼수상태에 빠져 몽롱한 꿈이나 꾸고 있으리라 막연하게 상상하고 있었다. 우리가 함께 있는 것을 그가 못 본 척하고 있다는 사실은 조금도 짐작하지 못했다.

빗줄기가 점차 거세졌다. 바람이 불자 수많은 구름뭉치들이 하늘을 빠른 속도로 메워나갔다. 푸르스름한 구름 조각들이 서로를 잡아먹을 듯 무서운 속도로 뒤엉켰고, 에덴 동산에서 도주하려는 사자(死者)들이 황급히 늘어뜨린 밧줄 같은 번개가 하늘에서 번득이며 후두두 떨어졌다. 강이 가까워지자 안나는 기운이 나는 듯 나를 끌어안더니 강둑을 향해 달음박질쳤다. 강은 상류에서나 하류에서나 높이 치솟는 물줄기들로 으르렁거렸고, 강 여기저기에 솟아 있던 바위들은 거센 물거품 아래로 사라져 흔적도 보이지 않았다. 평소에는 잔잔하게 흐르던 강물이 미친 듯 일렁였고 매끈하던 강 표면은 찢어질 듯 노호했다. 언뜻 봐도 눈에 띄게 물이 불었음을 알 수 있었다. 안나는 나를 안은 채 물 속으로 뛰어들었다.

우리는 간신히 바위섬에 도착했다. 거센 물살이 진흙탕 바닥에서 금방이라도 바위를 잡아채 어두운 심연으로 휩쓸어가버릴 것 같았다. 바위를 감싸고 있는 갈대를 움켜쥔 채 이번에는 안나가 손을 내밀어 나를 그녀 쪽으로 잡아당겼다. 바위 한가운데에 나 있는, 빗물로 가득 찬 천연 욕조 같은 구멍 속에서 우리는 서로 부둥켜안은 채 기다리고 있었다. 하지만 무엇을, 무엇을 기다리고 있었던가? 나는 죽고 싶지 않았다. 솔직히 말해 나는 죽고 싶은 마음이 조금도 없었다. 나는 거기서 그저 몇 가지 사실을, 홍수가 난 것처럼 터져나오는 내 감각의 운하가 전달해주는 몇 가지 사실을 머릿속에 기계적으로 기록하고 있었다. 첫째, 우리 몸이 꽁꽁 얼어붙었다는 것. 둘째, 안나는 의식을 잃은 채 축 처진 몸을 내게 의지하고 있다는 것. 셋째, 최대로 볼륨을 높인 어떤 교향악도 이 폭풍우가 내는 엄청난 성량을 능가할 수 없다는 것. 경련하듯 부풀어오르는 물소리는 악기가 낼 수 있는 일체의 소리를 모조리 뒤덮어버릴 것이고, 예술의 영역에서 자연을 모방한다는 것은 필연적인 실패로 종결된다는 것을. 마지막으로 나는 강의 수위가 빠른 속도로 올라가고 있으며 안나의 바위섬이 곧 물에 잠기리라는 것, 그렇게 되면 우리는 내가 작곡가의 이름이나 유명한 오르간 연주자의 이름을 붙여 강물에 띄워 보냈던 종이배, 흔들거리며 강물 위를 흘러가다 침몰했던 그 종이배들과 똑같은 운명을 맞이하게 되리라는 것을 알아차렸다.

"안나! 우린 도착했어. 봐, 안나! 넌 너의 섬에 온 거야. 난 네 곁에 있고."

마치 영사기의 빛이 두 개의 슬라이드 사이에 있는 텅 빈 스크린을 순식간에 공략하는 것 같았다. 구름 사이로 전기 아치 하나가 번쩍하더니 커다란 물결이 웅크린 우리의 몸 위로 덮치듯 밀려들었다. 헤아릴 수조차 없는 망각의 시간이 흘러갔다. 나는 몸이 꽁꽁 얼어붙은 채로 햇빛 아래에서 의식을 되찾았지만 곧 커다란 물기둥이 치솟으면서 햇빛을 가려버렸다. 거대한 물결은 무시무시한 소리를 내며 떨어져내렸다. 마치 새로운 별 하나가 내 눈을 멀게 한 것처럼 나는 빛의 홍수로 넘쳐나는 눈꺼풀만 껌벅거렸다. 그 순간 나는 두 손이 내 어깨를 움켜쥐고 앞뒤로 흔들어대는 것을 느낄 수 있었다. 거칠게 내 몸을 흔들어대는 그 손으로부터 목소리 하나가 떨어지듯 내게로 내려왔다. 울부짖는 소리였다.

"모에! 모에! 정신차려!"

나는 물결이 된 거야, 둥글게 감치다가 다시 활짝 펼쳐지는, 만곡을 그리다가 다시 빳빳하게 내달음치는 물결. 수면으로 떠오르기도 하고, 물줄기를 끌어당기는 바다를 향해 깊숙하게 아래로 곤두박질치기도 하는 물결, 다른 물줄기들과 뒤섞여 머나먼 연안을 향해하는 그 무한한 흐름의 물결이 되었다고 나는 어렴풋이 인식했다. 그러나 그 목소리는 내가 심연에서 소용돌이를 그리다가 거칠게 수면 위로 솟아오르는 물살로 살아가도록 나를 가만히 내버려두지 않았다. 목소리는 내 이름을 반복해서 부르고 있었다. 나는 물결이 아니라고, 윤곽조차 희미한 물살, 거대한 바다가 숨을 들이쉴 때마다 바다를 향해 행진하는 액체성 호흡이 아니라고 목소리는 외쳐대고 있었다. 그 목소리는 상기(上記) 모에라는 인물은 자신의 눈으로 한 번도 바다를 본 적이 없으며, 모에는 물결의 이름이 아니고, 물결에 이름을 붙이는 일은 한없이 계속되리라는 걸 내게 환기시켜주었다. 이것이 그때 내 머릿속에 일어난 최초의 무수(無水)의 사고였다. 그러자 갑자기 참을 수 없는 구역질이 전신으로 퍼졌고 나는 짭짤한 소금맛이 나는 액체를 게워냈다. 그리고 나는 보았다.

나를 그렇게 흔들어댄 것은 마을 우체부였다. 나는 아버지가 막 나를 지붕에서 밀어뜨린 거라고, 듀크 엘링턴이 방금 전에 내 인생을 바꿔놓았다고, 구급차 사이렌 소리가 머지 않아 들리고 곧 들것을 든 하얀 가운을 입은 구급대원들이 모습을 드러낼 거라고 생각했다.

"모에! 다 괜찮아, 모에."

그런데 왜 안나가 내 배에 몸을 기대고 있지 않은 것일까? 또 왜 나는 이토록 추운 것일까? 나는 어안이 벙벙한 채 우체부의 콧수염만 바라보았다. 아마 이름이 베노조였지, 입술을 꽉 다물고 있군, 하고 생각하던 참에 그 목소리가 다시 들렸다.

"다 끝났다, 모에. 이제 괜찮아."

나는 몸을 일으켜 세웠다. 파올로 루치아노 두란테가 바위 위에 서 있었다. 갈대 옆에는 흠뻑 젖은 텅 빈 거룻배 한 척이 놓여 있었다. 강둑 위로 다섯 개의 실루엣이 보였다. 슈트켄슈미트 박사가 있었다. 그의 조교 롤란다 마냐니마도 보였다. 처음 보는 남녀 한 쌍이 손을 맞잡고 있었다. 누굴까? 나는 속으로 생각했다. 그들은 슬픔과 안도, 그리고 증오인지 경멸인지 가늠할 수 없는 묘한 표정을 짓고 있었다. 하지만 내 기억의 창고에서 증오와 경멸이라는 품목은 진작 바닥난 상태가 아니던가! 풀밭에 서 있는 안나의 부모님은 여행사 사무실 유리창 너머에서 미소짓고 있는, 손님들의 시선을 끌기 위해 만든 마분지 광고 마네킹 같았다. 그러나 정작 나를 놀라게 한 것은 그들이 아니었다. 푸르게 갠 하늘을 배경으로 그들 뒤켠에 배신자가 서 있었던 것이다. 어떻게 그 장면을 잊을 수 있단 말인가! 아버지는 보상금으로 받은 한 다발의 지폐를, 몇 주 동안이나 지속된 안나네 가족과의 복잡하기 짝이 없는 전화 거래를 통해 거둔 수확물을 세고 또 세고 있었다. 도대체 무슨 놈의 소설 나부랭이를 그들에게 늘어놓았는지 알 수 없었지만, 어쨌든 그 대가로 아버지는 사랑스러운 지폐 뭉치를 얻어낸 거였다. 그 돈으로 수많은 술병을 사들일 것이고, 또 그 술병을 보고 몰려든 취한 벌떼가 커다란 소리로 윙윙거리겠지. 그런 내 아버지를 어떻게 원망할 수 있단 말인가?

"이리 오렴."

내 친구 파올로 두란테가 말했다.

우리는 교회로 돌아가 대리석 성수반(聖水盤)과 반짝거리는 스테인드글라스, 금과 은과 나무로 된 교회 기둥과 회반죽으로 빚은 천사상 사이에 자리를 잡았다. 오르간 연주대를 정면으로 하고 그는 왼쪽에 나는 오른쪽에 앉았다. 이제부터 나는 이야기가 어떤 순서로 전개되었는지 정확하게 재구성해야 한다. 거기에는 깜짝 놀랄 미스터리를 해독해줄 수 있는 열쇠가 있기 때문이다.

파울로 두란테는 책 위에 쌓인 먼지를 입으로 불면서 이렇게 말했다.

"이제 위대한 천재였으나 비참한 인생을 살았던 베드르지흐 스메타나를 소개할까 한다.* 베토벤처럼 귀머거리였고 슈만만큼이나 우울한 사람이었는데, 그가 쓴 작품은……"

"〈팔려간 신부La Fiancée vendue〉, 알고 있어요. 라디오에서 들은 적이 있어요."

"나는 그것보다도……"

"〈아나템Anatems〉**?"

"무슨 소리를 하는 게냐?"

"아나템…… 안나 템(Anna t'aime***)…… 아나템……"

"모에, 너 아직도 열이 있는 게냐?"

"바로 그렇지 않을까, 생각하고 있었어요."

"네겐 앞으로 회상할 시간이 충분히 있을 게다. 내 말을 들어. 무슨 일이 일어났는지 이해할 시간은 충분할 거야. 자, 시작하자꾸나."

---

* 스메타나는 매독으로 정신과 건강을 해쳤으며, 청각을 잃었다. 말년에는 우울증과 정신 불안에 시달리다가 프라하 정신병원에서 사망했다.

** '파문' 이라는 뜻.

*** 프랑스어로 '안나는 너를 사랑해' 라는 뜻.

"나는 그녀 이름도 몰랐어요. 그리고 난……"

파올로 두란테는 안토니오 솔레르의 〈클라비어 전조*Clave de la modulación*〉와 알비노니의 앤솔러지가 놓여 있는 악보대 위에 폴카 연주곡집을 펼쳐놓았다.

나는 중얼거렸다.

"Inonibla*……"

"들리지 않는다(inaudible)고? 그래, 네가 하는 말을 하나도 모르겠구나. 첫번째 작품은 라단조다……"

파올로 두란테가 말했다.

"그녀 이름은 분명히 무엇인가를……"

"그녀는 떠났다, 모에. 너에게 그녀를 잊으라고는 하지 않겠다. 다른 것을 생각해야 한다고도 하지 않으마. 하지만 그녀는 더이상 여기 없단다. 어쩌면 잠시 자리를 비운 거라고 할 수 있겠지. 말에 결정적인 힘이 있다고 생각하지 않는 게 좋다. 말이란 변덕스러운 거니까. 하나의 약속이 잊혀졌다면, 그건 더이상 말이 그 자리에 없는 거란다. 하지만 그 외의 나머지 것들은 모두 가능하지. 내 말 이해하겠니? 그리고 시간은 몇 번이고 반복해서 다시 돌아와. 실상 그게 시간의 진정한 정의가 아닐까 난 생각한단다. 네게 뭐라 위로해줄 말이 없구나. 그녀는 푸른 외투 속에 너를 데리고 멀리 떠났어. 너, 내가 거기에 네 이니셜을 새겨놓은 걸 보았니?"

밤이었다. 나는 발꿈치를 들고 살금살금 복도를 지나 내 방으로 향

---

* 안나가 말하는 것처럼 모에가 알비노니(Albinoni)를 거꾸로 발음한 것.

했다. 부엌 앞을 지날 때, 버번 위스키에 취해 잠들어버린 오텔로의 코 고는 소리가 들렸다. 탁자 위에 머리를 기댄 채 엎드려 있었다. 그의 펼쳐진 손바닥 안에서 채 녹지 않은 얼음이 반짝거렸다. 나는 파올로 두란테에게 이제부터 그의 사냥집에서 자겠다고 말해놓았다. 나는 불씨가 꺼진 살롱 소파에 잠들어 있는 파올로에게 이불을 덮어준 다음, 화로에 뜨거운 차를 얹어놓고 샤를 투른미르의 〈신비의 오르간Orgue mystique〉이 턴테이블 위에서 팽이처럼 헛도는 것을 내버려둔 채 그를 떠나왔다.

나는 온통 어질러져 있는 내 방에서 그것을 찾을 필요조차 없었다. 어디 있는지 곧장 알아보았으니까. 크림색 바탕에 하늘색 꽃무늬가 있는 그녀의 구겨진 드레스는 의자 등판에 걸쳐져 있었다. 나는 침대 머리맡에 있는 스탠드를 켜고 전등 아래에서 드레스의 구김을 정성껏 폈다. 적갈색으로 얼룩진, 우리가 처음 만난 날 저녁 그녀의 하얀 목덜미를 감싸고 있던 드레스 네크라인 안쪽의 작은 비단띠에서 'A. L. D'Alosi' 라는 글씨를 읽을 수 있었다.

안나는 침묵을 통해, 그리고 죽음을 통해 그것을 내게 고백하려 했던 것이다. 나지막이 그 이름을 읽어내리는 내 목소리는 떨리고 있었다. 안나 리자 달로지(Anna Lisa D'Alosi)…… 어두운 방 안에서 내 혀끝에 울려대는 멜로디…… 하지만 바위섬은 강 한가운데 물 속에 잠겨 있었다. 내 사랑의 이름도…… 이졸라 다질 안나(Isola D'Asil Anna*).

---

* Anna Lisa D'Alosi를 거꾸로 읽은 것, '안나가 피신한 섬' 이라는 뜻.

5

나는 양손으로 건반을 두드리면서

부상당한 야수의 울부짖음을 뽑아냈다.

그 순간 니노 삼촌은 메를리니의 모자를 날려버리면서

길고 긴 주먹질의 서두 부분을 연주하기 시작했다.

우리는 그렇게 네 손과 네 발로 연주했다.

1

이제부터는 내가 어떻게 세상에 들어갔는지, 음악학교가 나를 어떻게 파괴하려 했는지, 그리고 내가 거기에 굴하지 않고 아카데미즘이라는 망령과 진부함, 적의로 가득 찬 1년을 보낸 후, 6월에 당당하게 하모니 일등상을 받았다는 것을 이야기하겠다.

우리는 기차를 타고 도시에 도착했다. 내 친구 파올로 두란테는 (미리 내게 말했던 대로) 전날 아버지 집을 찾아가 내가 마침내 음악의 성자들의 대열에 나란히 오를 자격이 있음을 공식적으로 인정하는 음악학교 교장이 서명한 편지를 보여주고, 우리가 곧장 출발할 것임을 알렸다. 내 친구이자 스승은 팔에 붕대를 감은 채 가련할 정도로 다리를 절뚝거리고 있어서 기차에서 내릴 때는 도와주어야 했다.

"인대가 끊어졌다는 게 이렇게 재미있을 줄은 정말 상상도 못 했다."

호텔 회전문에 들어서며 그가 말했다. 개강을 하고 내가 기숙사 4

층 14호실에 들어갈 때까지 우리는 팔라조 키츠 호텔에서 하룻밤을 묵기로 되어 있었다. 나는 그에게 적어도 한 달에 한 번은 편지할 것을 약속했고, 그도 내 소식과 음악적 발전을 물어보기 위해 보름마다 전화하기로 했다.

도시에 발을 내딛자마자 나는 실망했다. 열기와 연기와 먼지로 뒤섞인, 온갖 종류의 합성물로 이루어진 유독성 공기, 넓은 공원 한가운데 있어도 도저히 피할 길 없는 매연 때문에 길게 뻗은 대로 끝의 보일 듯 말 듯한, 마치 부상자의 머리를 감싼 붕대처럼 누르스름하게 보이는 지평선 때문은 아니었다. 기계와 사람 목소리로 쉴새없이 웅웅거리는 도시 특유의 소음 때문도 아니었다. 그런 소리라면 자연의 소리에 쉽사리 무관심해질 수 있었던 내 귀가 그것을 듣지 않는 법도 금방 깨우칠 수 있었을 테니까. 술에 취한 아버지가 밤마다 거의 습관적으로 내뱉던 요란한 소음(조용한 시골에 울려퍼지던 그의 독백과 코 고는 소리)에 충분히 단련된 내게 그런 것은 조금도 어려운 일이 아니었다. 내가 혐오감을 느낀 것은, 술집과 상점에서 토하듯 흘러나오는 끝없는 노랫가락의 참을 수 없는 음량, 어떻게 그럴 수 있는지 나로서는 이해하기 어려웠지만 밤이건 낮이건 한시도 쉬지 않고 도처에서 징징거리듯 울려대는 그 단조롭고 진력나는 기계적 리듬이었다. 그 소리를 들으면 오랑우탄의 자위 행위에서 보이는 일률적인 박자를 떠올리지 않을 수 없다. 도시에 도착하던 날 오후, 우리는 빌라 보르게즈 동물원에 갔다. 파올로 두란테가 이국의 새들이 지저귀는 소리를 듣고 싶어해서였다. 그때 보았던, 축 늘어져 우리 철창에 몸을 기대고 있던 오랑우탄은 정말 꼴불견이었다. 하지만 그보다 더 고약한 건 클래식이든 재즈든 공공장소와 상가에서 울려나오는 음악 방송이었다. 그것은 문자 그대로 예술의 분서갱유였다. 음악은 자동차 배기가스와 휘발유, 기름, 쓰레기와 담배 냄새 속에서 화형당하고 있었다.

파올로 두란테가 아스피린 한 통을 사려고 들른 약국에서였다. 나는 쉴새없이 여닫히는 자동 금고의 띠리링 소리와 기저귀를 사려고 들른 애엄마가 악을 쓰며 우는 갓난아이를 어르기 위해 내는 까꿍 소리의 한가운데서 메시앙의 〈그리하여 나는 죽은 자들의 부활을 소망한다Et expecto resurrectionem mortuorum〉를 듣는 끔찍한 사태에 직면해야 했다. 그리고 호텔로 돌아와 레스토랑 화장실로 내려간 나는 바지를 내리고 변기에 걸터앉아 있다가 별안간 변비 증세를 느꼈다. 라벨의 음악 중에서 내가 가장 좋아하는 곡이 미켈란젤리의 연주로 흘러나오는 게 아닌가! 나는 서둘러 바지를 올리고 지배인을 찾아가 이 별 세 개짜리 레스토랑의 화장실에서 작은 확성기를 통해 들리는 그 역겨운 음악이 대체 뭐냐고 그를 추궁했다.

"이건 〈죄도*〉라고요! 아시겠어요! 〈죄도〉란 말입니다!"

나는 무의식적으로 변기를 가리키며 소리쳤다.

"제도**를 내리면 됩니다, 손님! 고약한 냄새가 난다면요."

그것이 그날의 피날레였다. 라디오와 텔레비전, 상점들과 신문가판대, 카페와 호텔 로비, 지하도에서 지칠 줄 모르고 흘러나오는 음악 소리는 귀청이 찢어질 것 같은 단성음을 이루었다. 그것은 소음과 침묵을 뒤섞어버린, 무로 화해버린 음악이었고, 언제나 듣고 있으면

* Jeux d'eau, 프랑스어로 '분수'라는 뜻.

** jet d'eau, 프랑스어로 '변기의 물 내리는 손잡이'라는 뜻.

서도 실제로는 아무것도 귀기울여 듣지 않는 감수성 제로의 사람들을 위한 음악이었다.

"파올로, 제발 부탁이니 우리 돌아가요."

나는 호텔방의 욕실에서 손을 씻고 있는 그에게 말했다.

"나는 40년 동안 이 지옥 속에서 살았단다. 그러고 나서야 내면에서 침묵하는 법을 배우게 되었지. 너도 나처럼 해야 할 게야. 어느 날인가 넌 네 안에서 침묵이 다시 울리는 것을 깨닫고 놀라게 될 거야. 그러면 침묵이 한 번도 너를 떠나지 않았다는 사실을 깨닫게 될 테고."

다음날 아침 택시 한 대가 나를 국립 음악학교의 거대한 출입문 앞에 내려놓았다. 학교는 태어나서 처음으로 맨 넥타이와 새로 맞춘 양복 탓에 거추장스럽게 느껴지는 내 몸뚱어리처럼, 좁고 음울하고 답답해 보이는 포도(鋪道) 위에 자리잡고 있었다. 나는 차창 너머로 파올로 루치아노 두란테의 선한 얼굴이 멀어져가는 것을 바라보았다. 그는 내게 작별 인사를 하면서, 시계도 차지 않은 자신의 손목을 두드리면서 내게 시간을 엄수하라는 마지막 충고까지 하는 것을 잊지 않았다.

현란한 빛깔의 화려한 프레스코화가 줄줄이 걸려 있는 거대한 회랑, 유명한 선배 음악가들 전원이 커다란 전신 그림 속에 몸을 담은 채 내가 지나가는 모습을 냉정한 눈길로 내려다보고 있고, 맨 위쪽에 있는 패널 속에서는 수많은 에우테르페*들이 모성적인 거만함과 천상의 사랑이 담긴 시선을 던지는 가운데, 즉 매일 밤 내가 꿈꾸었던

* 그리스 신화의 뮤즈들 중 하나로 음악을 담당한다.

대로 그렇게 음악학교에 입장했던 것은 아니다. 창구 건너편 타원형 유리창 뒤에 앉아서 문을 지키고 있는, 온기라곤 없어 보이는 시들고 건조한 한 여자를 발견했을 뿐이다. 결혼식 날 상복을 입었을 것 같은, 30년간 결혼생활을 한 후에도 여전히 자신을 올드 미스라고 생각하는, 그래서 아이들이 다 컸어도 어쩐지 숫처녀일 것 같은, 반은 인간이고 반은 조류인 괴상한 종족에 속하는 한 여자 문지기를 발견했을 뿐이다.

여자 문지기의 이름은 부아엘디외였다. 루이지 케루비니의 동료이자, 〈백색의 부인La Dame Blanche〉의 작곡가요 알렉산드로스 황제의 성가대 지휘자였으나 매우 고통스럽고 지독한 후두염에 걸려 더 이상 노래할 수 없게 된 부아엘디외와 같은 이름이었다. 평소에 큰 소리를 내며 작업하던 부아엘디외는 병 때문에 작곡을 하지 못하게 되었던 것이다. 나는 문지기 부아엘디외 부인 역시 완전히 실성(失聲)했으리라 추측했다. 헤어컬을 감싼 옅은 장밋빛 미용 모자를 쓴 그녀는 짧은 보폭에 뻣뻣한 걸음걸이로 나를 넓은 계단 쪽으로 안내했다. 그녀는 최근에 청소한 듯 깨끗해 보이는 길고 구불구불한 미궁 같은 복도를 지나 내 방(여덟 평짜리)까지 나를 안내하더니 신발털이개 앞에서 갑자기 몸을 돌려 나를 정면으로 바라보았고, 군대식으로 인사한 다음 순식간에 사라져버렸다.

한적한 구내식당에서 서둘러 저녁을 해치운 다음 나는 그날 저녁 시간 대부분을 창문에 기댄 채 오가는 산책객들을 바라보며 보냈다. 연인들이 어둠을 틈타 입맞춤하는 것을 보면서, 나는 안나 리자 달로지, 나의 사라진 대륙을 떠올렸다. 처음에는 촉촉했지만 나중에는 갈라졌던 그녀의 입술, 처음에는 붉은색이었지만 곧 그 선명함을 잃고 말았던 입술, 한쪽이 다른 쪽보다 조금 작았던 그녀의 젖가슴과, 처음에는 낭랑했지만 곧 건조해져버린 그녀의 목소리를 생각했다. 처음에는 따뜻한 열기가, 이윽고 차가운 냉기가 나를 휩쓸었다. 마치 수만 개의 면도날이 내 살갗 속으로 미끄러지는 듯했다. 난 그날의 홍수와 점차 낮아지던 강물의 수위, 자동차 백미러 위로 다이아몬드처럼 광채를 발하던 햇살, 그리고 길 위로 서서히 멀어져가던 검은 리무진을 떠올렸다. 내 시선이 미치지 못하고 내 귀가 듣지 못하는 담벼락과 포도 위에서 이루어진 모든 입맞춤과 애무는, 사랑이 거리와 도시에서 입에서 입으로, 하나의 포옹에서 또다른 포옹으로, 나 없이도 계속되고 있음을, 그렇게 보이지 않는 사랑의 피륙을 짜고 있다는 사실을 내게 알려주었다. 인간들은 그 사랑의 피륙 속에서 마치 고독한 꼭두각시 인형처럼 접착성의 은색 줄에 대롱대롱 매달린 채 서로 뒤엉켜 있었다. 사랑이라는 육식성 아가리는 세상 도처에서 날카로운 송곳니를 번득이면서, '죽다' 라는 동사와 '양분을 제공하다' 라는 동사를 구별하지 않고 사랑에 빠진 연인들을 곧 산 채로 잡아먹을 기세였다.

다음날 나는 벨소리에 잠에서 깼다. 전날 입었던 옷을 그대로 입은 채 이불도 덮지 않고 침대 위에서 자고 있었다. 나는 잠에서 덜 깬 내 동료들과 함께 긴 행렬을 지어 구내식당으로 들어가 서둘러 빵 한 조각을 집어삼켰다. 교실로 향하는 높다란 문 하나가 삐걱거리며 열렸다. 나는 그곳으로 들어갔다. 학기가 시작된 것이다.

2

안니발 메를리니 교수는 바짝 긴장하고 있는 학생들을 마주하고 교단 위에서 당당하게 군림하고 있었다. 그는 모자를 쓰고 있었는데 결코 벗는 일이 없었고(그래도 포마드를 바르는 일만큼은 게을리 하지 않았다. 여기저기 비어져나온 머리카락 몇 올이 그것을 증명했다), 두툼한 아랫입술은 앞으로 삐죽 내밀고 있었으며, 떡벌어진 어깨에는 수많은 견장들이 달려 있어서, 그의 모습은 전체적으로 길쭉하다기보다는 너부죽해 보였다. 외투에는 훈장이 하나 달려 있었다. 부리부리한 눈의 동공은 눈꺼풀 접선에 미치지도 못했으며 학생이 조금이라도 지각을 하면 끔찍할 정도의 야만성을 드러냈다. 그는 비단 넥타이에 윤나는 신발, 별 모양 훈장 등 문명화된 인간을 위해 개발된 온갖 구질구질한 장식이란 장식은 죄다 달고 다녔다. 내장의 무게만 족히 백 킬로그램은 되어 보이는 그의 몸뚱이와 털북숭이 살갗 위로 주렁주렁 매달려 있는 그런 물건들은, 백인들을 몰살한 미국 인디언들이 무훈을 기념하는 의미에서 마치 무슨 전리품이라도 되듯 희생자의 옷과 엽총, 장신구들을 자랑 삼아 매단 채 말을 타고 다니던 모습처럼 어딘가 거추장스럽고 그로테스크한 구석이 있었다. 안니발 메를리니는 누가 보아도 확연히 알 수 있는 공공연하고 노골적인 자세를 취하고 있었다. 그는 앉아 있는 게 아니었다. 다리를 O자로 벌리고 마치 말을 타듯 교탁에 올라앉아 있었다.

나는 다섯번째 줄에 앉았다. 가운데로 통로가 나 있고 마로니에 나무 그늘이 드리워진 창가에는 라디에이터가 일렬로 놓여 있었다. 마지막 학생까지 자리에 앉자 메를리니 교수는 흡사 권총을 뽑는 것처럼 안주머니에서 출석부를 꺼냈다.

구주희(九柱戱) 놀이*의 나란히 늘어선 핀을 맞추려는 것처럼 메를리니의 가느다래진 동공이 우리들 머리를 한 바퀴 훑더니, 첫번째로 명단에 이름이 오른, 달빛처럼 창백하고 기름한 가엾은 얼굴 위로 가차없이 내리꽂혔다. 이윽고 그의 목소리가 울려퍼졌다. 그런데 총성처럼 터져나오리라 예상했던 음성 대신, 그의 붉은 입술에서는 여름날 황혼녘을 간질이는 미풍처럼 부드럽고 감미로운 목소리가 새어나오는 것이었다.

"마리아 아카판단테?"

"예."

향후 나의 모든 사회생활을 통틀어 말하는 바인데, 나는 안니발 메를리니를 제외하고는 그만한 체구의 사람이 그토록 달콤한 목소리로

---

* 아홉 개의 핀을 늘어놓고 공으로 쓰러뜨리는, 볼링과 흡사한 놀이.

말하는 것을 본 적이 없다. 유인원을 연상케 하는 거대하고 원시적인 체격의 소유자에게서 토실토실 살이 오른 수도승의 기름기 흐르는 목소리가 들려왔던 것이다. 메를리니는 마치 배우라고는 한 사람밖에 없는 극단에서 한 배우가 영웅 역과 배신자 역을, 반역자 역과 어릿광대 역을, 전제군주 역과 공범자 역을 동시에 연기하는 것처럼 눈 깜짝할 사이에 한 역할에서 다른 역할로 태도를 바꿀 줄 아는 사람이었다. 그는 야만인처럼 우리들을 두들겨팬 다음 빗물로 부상자들의 상처를 씻어주고, 두 손바닥을 활짝 벌려 핏자국이 선명한 상처를 어루만지고, 세상에서 가장 부드러운 손길로 붕대를 감아주는 듯했다.

"아카판단테!"

아랫입술을 감치면서 말하던 메를리니의 턱이 돌연 커다랗게 부풀어올랐다.

"아카판단테! 나는 과분하게도 지난 시즌 코벤트 가든에서 자네 모친의 노랫소리를 들으며 다른 팬들과 더불어 환호하는 영광을 누렸다네. 정말로 역사에 남을 만한 미미*역을 연기하셨지…… 내가 말하건대 마리아 칼라스…… 마리아 칼라스조차도…… 로렌조 아눈지아타!"

사형집행인 같은 목소리로 그가 외쳤다. 교탁 대신 그 자리에 단두대가 놓여 있고 우리보고 모두 어서 교단 위로 올라오라는 듯했다.

"예."

"자네 삼촌께서 언젠가 크나페르츠부슈의 헌사가 담긴 사진을 내 조카에게 선물해주신 일을 아직 잊지 않고 있다고 전해주게."

---

* 푸치니의 오페라 〈라 보엠La Bohème〉의 여주인공.

메를리니는 온화해진 목소리로 흥얼거리듯 말했다.

"학기가…… 그러니까 학기가…… 본래의 리듬(이 부분에서 그의 목소리는 거칠어졌다)을 되찾기만 하면 그분께 소식을 전할 참이네. 그러니까 정확한 모데라토로…… 로잘바 봄바르디에르!"

안니발 메를리니는 다리를 벌리면서 소리쳤다.

"예?"

두번째 줄에 앉아 있던 홀쭉한 여자아이가 대답했다.

"메트로놈이 모데라토에서 몇 번이나 움직이는지 말해보게."

"뭐가 몇 번이요?"

"메트로놈의 추가 모데라토에서 몇 번이나 똑딱거리냐고!"

취조관이 소리를 질렀다.

그 순간 메트로놈이 1분간 움직이는 횟수가 아니라 그 불쌍한 여학생이 곧바로 칠판 앞에서 엉덩이를 내밀고 맞게 될 채찍질 혹은 몽둥이질의 횟수가 얼마나 될까라고 상상한 사람이 결코 나 혼자만은 아니었다고 확신한다.

"80에서 116회! 학생이 박자의 정확성 따위는 무시할 수 있다고 잠깐이라도 생각했다면…… 만약 그렇다면…… 그보다 더 고약한 건 없네…… 올 봄에…… 올 봄에 자네 오빠가 연주하는 콘서트에 가는 것보다 더 즐거운 일은 나에게 아무것도 없네. 자네도 알다시피, 그는 내 제자였지. 그의 미래는 독일 낭만파들에게 있다고 난 늘 말해왔네. 불을 보듯 훤한 일이지…… 자신토 데 게세!"

"예."

"장난을 친다든지 몸이 불편하다든지 상을 당했다든지 아니면 자네들 신경에 어떤 문제가 있다든지 해서 결석하는 일을 나는 절대로 용납 못 하네. 우리가 수행하는 이 성스러운 투쟁을 위해 짜인 엄격한 일과표에 예외가 있으리라고는 생각지 말게나. 이건 사랑의 투쟁이야. 준엄하기 짝이 없는 이 전투의 승리자만이 가장 순수하고 가장 단호한, 가장 질투심이 강하고 가장 세련된 여왕 중의 여왕에게 사랑받을 자격이 있는 거야. 나는 솔페지오에 대해 말하고 있는 걸세…… 부친에게 안부 전해주게나, 데 게세…… 아드리아나 데 비르질리스! 아드리아나 데 비르질리스라고 했다! 난 절대 두 번 말하지 않는다니까!"

그러나 그녀는 결석이었다. 안니발 메를리니는 믿을 수 없다는 눈초리로 우리를 죽 훑어보았다. 우리는 그의 음울한 시선이 우리 중 한 사람에게 꽂히지나 않을까, 그러고는 그 학생을 아드리아나 데 비르질리스라고 생각하는 게 아닐까 하는 염려로 공포에 질려 있었다. 교실을 감도는 침묵은 고문실의 형벌과 맞먹는 것이었다. 그는 다음 이름을 목청이 터져라 외쳤다.

"테오카리스 필란트로포!"

"예."

"토론토에서 상 받은 걸 축하하네. 자네에게는 조금도 기대한 게 없는데 말야. 칼로제로 이드로멜레!"

"예."

"자네 숙모님을 〈파우스트의 겁벌La Damnation de Faust〉[13]일등석에서 마주쳤다네. 신문에서 떠들어대는 것처럼 그분의 은퇴가 결정된 건 아니라는 걸 알게 되었네. 아마도 조만간 다시 고별 인사를 하게 되겠지. 그 점에 대해서라면…… 나는 확신이…… 그러니까 내가 어디까지…… 모에…… 모에?…… 모에 인상긴!"

"예."

그 순간 메를리니는 벌어진 다리를 모으더니 마치 문을 닫듯 양 무릎을 단단히 맞붙였다. 그는 더이상 '마담 솔페지오'를 호위하는 기사가 아니었다. 나는 들판에 마지막으로 남아 있는 작은 송아지, 그것도 옴에 걸린 송아지였고, 그는 다른 가축들에게 병이 옮지 않도록 즉석에서 그 송아지를 때려눕히기로 예정된 카우보이였다.

"이게 대체 무슨 말이지? 실수가 있었던 게 틀림없어. 자네가 그 자리에서 뭘 하고 있었는지 얘기해줄 수 있겠나?"

그가 벨벳으로 감싼 양 허벅다리를 단단히 조임과 동시에 나는 마치 공구 하나가 내 목을 조여오는 듯한 느낌, 손 하나가 공구의 나사못을 서서히 죄는 것을 느낄 수 있었다. 기억의 깊숙한 언저리에서 내가 축사에서 쓰는 압축기로 손을 부숴뜨렸던 가정교사의 비명을 떠올리며, 나는 차마 자신의 눈을 믿을 수 없다는 듯 머뭇거리는 어조로 내 이름을 부른 메를리니에게 이렇게 대답했다.

"저는 입학을……"

"천만에! 자네는 누군가?"

"선생님이 부르셨듯 제 이름은……"

"모에?"

"모에 인상긴입니다, 선생님."

조용하고 아름다운 목소리 하나가 내 등뒤에서 울려왔다.

"지금 누가 말했나?"

안니발 메를리니는 큰소리가 터져나오려는 것을 간신히 참고 되물었다. 내 뒷줄에서 대답한 아이는 학교에서 메를리니한테 박해받을 각오를 단단히 하고 나를 구원하기 위해 나선 거였다. 하지만 나는 그 아이가 누군지 차마 뒤돌아볼 용기조차 나지 않았다.

"무아.*"

"모에…… 무아…… 유치한 짓 그만두지 못하겠나! 그러지 않으면 자네를……"

"라자루스 제주룸입니다."

"아! 제주룸! 그래서? 할 말이 있거든 해보게나! 어서! 하지만 자네 집안이 유명하다고 해서……"

구멍난 고무공에서 바람이 빠지듯 메를리니의 목소리가 수그러들었다.

"저는 선생님께 말조차 제대로 못 하는 참으로 겸손한 제 친구를 대신해서 대답한 것뿐입니다."

"뭘 말인가?"

"제 친구는, 부당하게도 오늘날에는 거의 무대에 올려지지 않는 수많은 오페라의 작곡가이며 모노폴리라는 이름으로 더 유명한, 위대한 자코모 인상긴의 직계 후손이자 게오르그 솔티의 조카아들이며 또 일데브란도 피체티의 고손자인 아이입니다."

이 말이 끝나자 메트로놈이 그라베[14]에 맞춰 추가 스물네 번 움직이는 것과 비견할 만한 침묵이 뒤따랐다. 그 사이, 마치 지휘자가 이끄는 오케스트라처럼 열여덟 명의 아이들의 놀란 눈길이 내가 무슨 구심력이라도 지닌 것처럼 메를리니의 시선을 따라, 진실인지 거짓인지는 알 수 없지만 그토록 유명한 집안의 아이라고 지목된 내 책상 쪽으로 일제히 쏠렸다.

---

* Moi, 프랑스어로 '저예요' 라는 뜻.

"그렇지…… 그래, 맞아…… 내가 정신을 어디다 두고 다닌담? 어쨌든 괴상한 이름인 것은 틀림없어."

안니발 메를리니가 말했다. 그의 무례한 언사는 찬사로 바뀌고, 감탄사는 비위를 맞추기 위한 알랑거림이 되었으며, 심문하듯 하던 그의 질문은 아첨기 어린 목소리로 늘어놓는 내 선조들에 대한 갖가지 흥미로운 일화로 바뀌고 말았다.

"베네데타 론고부코…… 파우스토 루미넬로…… 괄티에로 마타치오네…… 주제페 마타치오네(그들은 이란성 쌍둥이였다)…… 마시밀라노 메르쿠리오…… 에우페미아 페페리노…… 카르멜리나 사그리판티…… 도메니코 살바데이…… 조콘도 세라피니…… 주제피나 베스파지아니……"

메를리니는 양 무릎을 다시 오므리며 마지막 이름까지 호명했고, 마침내 출석부는 그의 안주머니 속으로 사라졌다.

3

예민한 청력과 권위를 자랑하는 음악인들이 금세기의 가장 위대한 서정적인 목소리의 소유자라고 칭송했던 안니발 메를리니. 그의 음악 활동에서 일어난 불행한 사건이 음악 연대기에서 차지하는 위치는 마치 거짓말쟁이의 패러독스가 궤변론에서 차지하는 위치와 같았다. 즉, 그것은 법률 판례집에 올라갈 만한 사건이었다. 촛농이 녹아 날개를 퍼덕이다 바다에 떨어져 죽은 다이달로스의 아들 이카루스의 추락에 버금가는 사건으로, 태양에 너무 가까이 접근한 모든 이들에게는 피할 수 없었던 재난이었다.*

나는 그날 열시, 쉬는 시간에 안마당 운동장에서 메를리니에 얽힌

* 그리스 로마 신화에서 다이달로스와 그의 아들 이카루스는 미궁을 벗어나기 위해 밀랍으로 날개를 만들어 탈출하는 데 성공하지만, 이카루스는 태양에 가까이 가지 말라는 아버지의 경고를 잊어버려 날개가 녹아 바다에 떨어져 죽고 만다.

이야기를 들을 수 있었다. 안마당 벽에 굵은 쇠사슬이 박혀 있고 담배꽁초와 찢어진 사탕 봉지로 가득 찬 물통이 있는 것으로 보아, 예전 이곳의 선생과 학생들이 그곳에 자전거를 묶어두었음을 알 수 있었다. 바로 그 거대한 건물의 어둠침침한 골조 아래에서 나는 라자루스 제주룸에게 다가갔다. 첫번째 솔페지오 수업이 끝난 직후였다.

내 등뒤에서 들려오던 섬세하고 단호한 목소리와 그의 단아한 외모 사이에는 어떠한 불협화음도 존재하지 않았다. 그는 결코 불안정한 호르몬으로 인한 사춘기의 여드름 따위로 추해질 것 같지 않은 아름다운 용모를 지녔고, 목소리 또한 나이가 들어갈수록 미묘한 절도를 유지하며 한 단어 한 단어를 청명하게 울릴 것 같은 아이였다. 변성기로 목청이 갈라지거나 턱수염과 콧수염으로 얼굴의 조화가 깨질 것 같지도 않았다. 그 아이는 자유자재로 화제를 바꾸며 긴 문장을 물 흐르듯 유연하게 말했고, 마치 바람에 펄럭이는 장식용 깃발처럼 자기가 원하는 대로 이야기를 이끌어나갔다. 제주룸은 매우 사랑스러운 용모의 소년이었다. 얼굴 윤곽은 섬세했고, 체격은 날씬하고 예민해 보였지만, 나약해 보이는 외양 너머로 강렬한 생명력을 감추고 있었다. 귀족적인 섬세한 습성을 지닌 그는 언제나 몸을 꼿꼿이 세웠고 펭귄처럼 안짱다리로 걷는 일은 결코 없었다. 머리카락은 잿빛이 감도는 긴 금발이었는데, 그 옆에 서면 나는 그의 못난이 이복동생 혹은 그의 망친 복사판처럼 보였다. 그는 예쁘장한 상아 담배 케이스를 자랑스레 꺼내 보이며 내게 박하향이 나는 담배 한 개비를 권했다. 그는 완벽한 원 모양의 연기를 두어 번 뿜어내면서, 담배 피우는 시늉만 하는 건 젊은 여자들만의 특권이라며 담배 피울 생각 자체를 아예 포기하든지(나는 곧 그렇게 했다) 아니면 연기를 깊숙이 들이 마시라고 충고했다.

라자루스 제주룸이 말했다.

"메를리니는 소리를 질러대지. 하지만 그는 저음으로만 질러대, 상한 목청이 다시 원래 소리를 되찾을 만큼. 아직 그 정도로 무섭게 화를 낼 기회가 없었던 거야."

"메를리니가 목청이 상했다구?"

"아주 재미있는 이야기야, 고음에 얽힌 자극적인 이야기지. 내가 나중에 이야기해줄게."

"아니, 지금 여기서 해봐."

나는 재빨리 대담한 어투로 강경하게 요구했고, 나의 이러한 어조는 라자루스의 나른한 어조와 명백한 대조를 이루었다. 단순한 일화에 불과할 텐데도 마음이 끌렸던 것이다. 먼 훗날 내가 시도하게 될 계획에서 그 이야기가 갖게 될 중요성을 내가 미리 짐작했던 것일까? 라자루스는 물통 가장자리에 담배를 눌러 끄면서 말했다.

"좋아, 네가 원한다면. 네가 한 번이라도 음향학 책을 뒤적인 일이 있다면 진동 빈도수라는 게 뭔지 알거야. 유명한 예가 있지. 군대가 박자에 맞춰 다리를 건너고 있었는데, 어느 순간 군대의 행진 리듬이 다리의 분자 구조에 반향하는 파동을 일으켰지. 그러자 다리는 무너졌고, 연대는 모두 죽고 말았어. 실제로 일어났던 일이야. 메를리니의 경우도 그것과 유사하다고 할 수 있어. 우리 삼촌이 그 장면을 직접 목격했다고 말해준 적이 있고, 또 음성의학개론에서 '안니발 현상'이라는 제목으로 그걸 명백히 기술하고 있으니까."

"목소리가 유리창을 깨뜨리는 것처럼?"

나는 어떤 영화에 관한 신문기사를 떠올리며 물었다.

"맞아, 그거야. 하지만 유리가 깨지는 건 소프라노라면 누구나 할 수 있는 일이지. 메를리니 이야기에서는 시시한 유리 한 장이 아니야. 내 주먹만큼이나 굵은 강철 사슬이지."

비록 라자루스 제주룸의 주먹이 그가 앞서 얘기했던 아가씨들의 가녀린 손과 다를 바 없었지만, 나는 그의 표현에 이의를 제기하지 않고 다음 말을 기다렸다. 라자루스는 계속했다.

"메를리니가 유럽 순회공연을 막 시작했을 때의 일이야. 고약한 나폴리 풍자가요와 독일 서정가극을 부르기로 되어 있었지. 벨칸토[15] 계열의 온갖 꼬꼬댁 소리 말이야. 그의 첫번째 독창회였어. 결국 마지막 독창회가 되었지만. 아마 베네치아에서였을거야. 당시 그는 채 서른 살도 되지 않았어. 찬란한 미래가 펼쳐져 있었지. 메를리니는 비할 데 없이 뛰어난 기교와 후두학자라면 침이 마르게 칭찬하고 싶은 목청을 지닌데다가, 아랫배가 똥똥한 다른 테너 가수들의 선망의 대상이 되기에 부족함이 없는 날씬한 체격을 갖고 있었지. 그가 전 유럽의 모든 공연장에서 사랑을 받고 또 질시에 찬 미움의 대상이 되리라는 것을 아무도 의심하지 않았어. 그 드라마틱한 사건은 세번째 앵콜곡에서 일어났어. 메를리니는 군중의 환호 속에 노래를 부르며 무대로 돌아왔지. 피아노 반주자의 허를 찌른 셈이야. 메를리니의 반주자 고(故) 시뇨레 자코포 바르바갈로의 죽음은 너도 잘 알다시피 오케스트라 지휘봉에 발이 으스러진 륄리 이래 가장 기괴한 사건이라고 후대에 전해지고 있어. 테너 가수가 팔을 십자형으로 교차시켜 모은 채 오만한 자세로 한껏 가슴을 부풀리며 〈여자의 마음La donna è mobile〉를 부르면서 무대 위로 걸어나오자, 반주자는 메를리니를 따라잡기 위해 여러 소절을 서둘러 건너뛰어야 했고, 그 바람에 리골레토가 "말레디지오네(Maledizione, 저주가 내려라)"라고 웅얼거리는 소리를 들을 수도 없었지.* 오페라 일등석에서는 부채가 흔들거렸어. 후작부인 한 사람이 마치 자신이 질다인 양 감동한 표정을 짓고 있었지. 메를리니는 오직 그녀만을 바라보면서 가슴을 있는 대로 부풀리고 노래를 불렀어. 그 다음에 일어난 장면을 한번 상상해볼래? 메를리니가 자신의 승리에 흡족해하고 있는 동안, 피아노 반주자와 스타인웨이[16] 피아노는 수천 수만 개로 조각난 거대한 샹들리에 아래 완전히 파묻혀버린 거야……"

"그게 폭발했단 말야?"

"후렴을 부르던 중이었어. 정확히 말하자면 두번째 'e' 음에서였지. 사슬을 고정시키고 있던 천장의 고리가 박살나버린 거야. E pur' non sentessi felice a pieno, chi su quel seno non liba amore, la donna è mobile, qual pium' al vento, muta d'accento…… e…… e…… e…… e di pensiero(내가 완전한 행복을 느끼지 못할지라도 누가 그런 젖가슴을 보고 사랑을 느끼지 않으리오. 여자는 바람에 날리는 깃털처럼 변심하기 십상이라네)."

라자루스 제주룸은 흥얼거렸다.

"물론 메를리니는 이 마지막 가사까지는 노래할 수 없었지."

"샹들리에가 떨어졌군."

---

* 리골레토는 베르디의 가극 〈리골레토〉의 주인공. 만토바 공작의 어릿광대 리골레토는 딸 질다를 사람들의 눈길이 닿지 않는 곳에 숨겨두었는데, 만토바 공작이 그녀를 유혹한다. 빈정거리기 좋아하는 리골레토를 미워한 궁정인들이 질다를 납치하지만 리골레토는 질다가 공작 손에 있다고 생각하고 공작을 암살하기로 결심한다. 이 계획을 눈치챈 질다는 연인을 대신해서 목숨을 바치고, 리골레토는 뒤늦게야 이 사실을 알게 된다. 〈여자의 마음〉은 만토바 공작이 부르는 아리아.

“피아노 연주가는 반 톤은 족히 되는 연마 강철과 샹들리에의 가지 촛대 아래에서 완전히 짓이겨졌어. 유리 조각이 사방으로 튀었지. 그 중 하나는 메를리니의 정수리 가죽을 벗겨냈고(아직도 흉터가 남아 있는데 거기서는 머리카락이 나지 않아), 또다른 조각은 그의 목으로 날아들어 그의 행로를 끝장낸 거야. 입천장에 박힌 거지. 다시는 청중의 환호를 받거나 콘서트를 할 수 없게 돼버렸어. 너도 곧 알게 되겠지만 메를리니가 주기적인 후두염으로 고생하는 것도 바로 그 때문이야. 중음(中音)이었던 그의 목소리는 한 톤 낮아졌고, 화를 낼 때면 베이스로 바뀌지.”

“그럼 그가 달고 있는 훈장은 어떻게 된 거야?”

“이 이야기와는 아무런 상관이 없어. 어떤 여자가 물에 빠져 죽게 되었는데 그가 그녀를 구하기 위해 물 속으로 뛰어들었다는 거야.”

4

나는 종종 기억이란 미궁과 같은 것이라고 생각한다. 완전한 어둠 속에서 똑같은 복도 하나가 맹인의 발길을 여러 지점으로 이끄는, 하지만 그와 동시에 수많은 회랑이 언제나 같은 교차점에 도달하게 되는 미궁. 일체의 기억을 상실한, 발걸음이 휘청거리는, 얼굴조차 없는 끝없는 생존자들의 행렬이 길에 쓰러져 있는 무수한 시체들에 걸려 비틀거리는 미궁. 미궁을 가득 채운 시체들은 그 출구 없는 곳에 새롭게 도전할 지원자들을 기다리고 있다. 때때로 산 자가 무릎을 꿇고 사자(死者)를 포옹하면 아직 완전히 숨을 거두지 않은 그 사자가 부활하는 일도 있을 것이다. 때때로 서로 마주친 두 행인은 마치 동일한 벽을 투과하는 두 개의 그림자인 양 서로의 존재를 알아보지도 못한 채 서로 가로질러 지나칠 것이다. 오직 어둠만이, 한 줄기 빛도 찾아볼 수 없는 어둠만이 존재하는, 그래서 그 어둠조차 느낄 수 없는 세상. 저주받은 영혼들은 각자 정념 하나, 고통 하나, 단어 하나, 쾌락 하나, 냄새 하나, 영상 하나, 음 하나, 슬픔 하나, 회한 하나, 색 하나, 과육 한 조각 혹은 한 모금의 포도주에 대한 기억을 영원토록 되씹으며 앞으로 나아가는지 아니면 뒤로 물러서는지조차 구별하지 못한 채 걸음을 옮기리라. 그 속에서 영혼은 오직 하나의 희망만을 품고 있다. 시간이란 것이 언제나 똑같은 형태로 되풀이되는 강박관념일 뿐인 그 암흑 속에서, 영혼을 파고들며 고문하는 그 강박관념을 영원히 떨쳐버리겠다는 그런 희망. 갑자기 강렬한 빛이 솟구쳐 영혼을 감싼다. 그 순간 영혼은 상상조차 할 수 없는 달큼한 도취에 빠져든다. 빛이 영혼을 가로질러 그 강박관념으로부터 영혼을 해방시키는 것이다. 이윽고 빛은 정전이라도 된 듯 순식간에 꺼져버리고 망막에 새겨진 빛의 각인 역시 서서히 지워지는 동안 영혼은 '나는 하나의 기억에 불과했구나' 라고 생각할 시간을 갖게 되는 것이다.

그런데 그 불행한 기억의 유령들 중에서 내가 즐겨 소환하는 유령이 몇 있다. 이제부터 나는 내 인생의 전환점이 되었던 음악학교와 거기서 만난 얼굴들, 낮과 밤의 시간을 회상해보려 한다. 그것은 소환장을 받은 눈먼 나그네와 흡사하다. 거기에는 어떤 향기 하나가, 수 킬로미터에 달하는 마룻바닥에 방금 칠한 듯한 신선한 밀랍 냄새가 배어 있다. 그 기억의 향취는 반짝반짝 윤이 나는 길다란 마루청 속으로, 끝없는 두 줄 평행선으로 늘어선 거울 같은 마룻바닥 속으로, 번득이는 빛으로 흥건한 그 길다란 물결 속으로 빠져들어간다. 향기와 물결로 어른거리는 음악학교의 기억은 내가 기차에 오르면서 역사(驛舍)에 버려두었던 또다른 세계의 기억을 불러일으켰다. 나는 음악학교에서 연못과 숲, 강과 나무들을 다시 찾아냈다. 나의 영지를 되찾은 것이다. 언덕 꼭대기 교회당에서 끝나던 아침 산책 대신, 내 방에서 교실까지 연결되는 긴 복도가 있었다. 숲속 오솔길과 나뭇가지 사이로 모습을 드러내는 사냥집 대신, 피아노를 칠 수 있는 연습실과 강당이 있었고, 선반에는 음반들과 전축, 헤드폰들이 죽 늘어서 있는 넓은 음악실이 있었다. 우리집 지붕 대신, 나는 굴뚝과 기와, 테라스와 안테나로 되어 있는 거대한 왕국 하나를 소유하고 있었다. 고미다락을 통해 올라간 학교 지붕 위에서 나는 동네 비둘기들과 일대 전투를 벌이기도 했다. 내가 공깃돌을 쏘던 물탱크 자리는 학교 구석에 있는, 유리창이 깨지고 버려진 나선 계단이 대신했다. 물론 이졸라 다질 안나(안나가 피신한 섬), 그 바위섬을 대신할 장소만은 찾을 수 없었다. 그곳은 내게 출입금지 지역으로 남아 있었다. 라자루스 제주룸은 파올로 두란테 역을 맡았고, 안니발 메를리니와 대부분의 음악 선생들은 아버지의 자리를 서로 다투었다. 하지만 한 달이 지나자 나는 선생들의 존재를 무시하게 되었고, 그들 역시 나 따위는 아랑곳하지 않게 되었다.

나와 선생들 사이에 있었던 그 파란만장한 관계의 세부사항까지는 이야기하지 않으련다. 육체와 정신을 단련시킨다는 구실 아래 아직 여리디여린 학생들의 미래에 커다란 수확을 가져다주지도 못할 빈약한 씨앗 하나를 뿌리는 게 야심의 전부라고 할 수 있는, 실패한 교육자들의 기만과 허위를 익히 알고 있는 사람이라면 서글픈 기억을 담고 있는 내 인생의 이 시기 이야기를 시시콜콜 늘어놓지 않은 데 대해 마땅히 내게 감사해야 할 터이다.

하지만 안니발 메를리니에 얽힌 기억만큼은 그냥 지나칠 수가 없다. 일체의 편견과 오류, 세상의 잔인성이란 잔인성은 모두 집약시켜

놓았다는 점에서 그는 소위 내 앎의 진보를 고무한다는 그 바보 천치 선생들 무리—내가 학기 말에 받은 그 얼간이 선생들의 사진(광택이 나는 종이 위에 인화된 한 다스가량의 위선적인 미소들)은 내가 막 이 문장을 끝맺는 것과 동시에 타들어가고 있다—를 죄다 합쳐놓은 것을 훨씬 초월하는 인물이기 때문이다. 첫번째 교무회의 때, 동료 선생들을 다그치며 내 성적표에 '무능'이라고 기재해야 한다고 주장했던 사람도 그 존경할 만한 메를리니였다. 또 한 달 뒤에 나를 당장 유급시켜야 한다고 했던 이도 메를리니다. 물론 이것은 받아들여지지 않았다. 라자루스 제주룸이 늘어놓은 인상긴 집안 족보를 둘러싼 이야기는 겨울이 지난 뒤 교장에 의해 거짓말임이 밝혀졌다.

"이봐요, 메를리니 선생, 모노폴리와 피체티의 후손이라니 그게 말이 되는 소리요! 만약 게오르그 솔티가 그걸 알게 된다면……"

어느 일요일, 메를리니는 내가 복도를 걸어오기를 기다리며 내 방에 들어가 있었다. 아무 잘못도 하지 않은 내게 방과후 교실에 남아 있으라는 벌을 준 다음의 일이었다. 그는 나 모르게 내 방 열쇠를 손에 넣은 것이다. 나는 그가 내 침대 위에 앉아 있는 것을 발견했다. 무릎 위에 내 손가방을 올려놓고 내가 수집한 카세트 테이프들을 뒤적거리고 있었다.

"들어오게나. 들어오게나, 인상긴."

"여기서 지금 뭐 하고 계시는 거예요? 손대지 마세요."

"거기 손대지 마세요, 메를리니 선생님, 이라고 말하는 걸세. 그보다도 자네가 설명해줘야 할 것 같은데."

선생은 카세트 테이프 위에 쓰인 글귀를 해독하려고 애쓰고 있었다.

"제 방에서 나가세요."

"제 방에서 나가세요, 메를리니 선생님, 이라고 말해야 한대도."

메를리니는 트렁크에 들어 있던 것들을 침대 위에 쏟아부으며 말했다.

"이 속에 진짜 무기고를 보유하고 있군, 인상긴. 멋진 불꽃놀이가 되겠어. 이런 음악학교 정도는 두 번쯤은 날려보낼 만한 것들이지, 그렇지 않나? 수세기에 걸쳐 축적해온 문화를 한 방에 날려보낼 수 있는 것들이야. 자, 이게 뭔지 한번 볼까? 밀레스 다비스."

"마일스 데이비스예요."

"〈아랑후에즈 협주곡Concerto di Aranjuez〉이라! 오호, 멋지게 시작하는군그래. 이건 또 뭐야? 텔리노우스…… 텔리누스…… 텔로우니스……"

"텔로니어스 멍크예요."

"보나마나 검둥이겠지. 그리고 이건? 어디 보자…… 지…… 조……"

"J. J. 존슨."

"자네더러 말해달라고 하지 않았네. 계속해볼까? 아! 갈수록 태산이군! 표절을 하다니!…… 〈호두까기 인형〉이라고…… 이건 누구 것이지?……"

"듀크 엘링턴. 이제 나가주세요."

"나가주세요, 메를리니 선생님, 이라고 해야 한다니까."

지겹지도 않은지 그는 되풀이했다.

"모두 천박한 즉흥 연주가들뿐이군."

"바흐도 즉흥 연주를 한 적이 있어요."

"그렇다면 바흐에겐 안된 일이야."

"모차르트나 슈베르트, 베토벤도 모두 위대한 즉흥 연주자였어요."

"조용히 하게!"

메를리니는 계속 테이프를 뒤적이면서 말했다.

"츠…… 츠…… 체트……"

"쳇 베이커."

"고맙네. 어디 B면에는 뭐가 있나?…… 세상에! 브람스! 브람스 음악이 여기 있다니!"

메를리니는 카세트 테이프 속으로 손을 집어넣어 테이프를 잡아당기더니 이빨로 뜯기 시작했다. 난 "야, 이 개새끼야!"라고 소리치면서 연필꽂이를 집어들어 그의 얼굴에 던지고 말았다. 메를리니가 고래고래 소리를 지르며 난리를 치는 동안 나는 방을 빠져나와 그를 가둬버렸다. 온 힘을 다해 열쇠구멍에 열쇠를 밀어넣은 다음 열쇠를 부숴버렸다.

그의 고함소리(유명한 크리스털 조각이 그의 목소리에 입힌 손상을 확인하게 된 것도 바로 그때였다)에는 아랑곳없이, 나는 황급히 복도를 지나 계단을 구르듯 내려갔다.

나는 달음박질치듯 비서실 안으로 들어갔다. 손잡이를 돌렸지만 낡은 문은 잘 열리지 않았다. 어깨로 문을 열어젖히며 안으로 들어가자 교장이 사무실 의자에 앉아 있는 것이 보였다. 그는 상기된 얼굴로 숨을 헐떡이고 있었고, 그의 앞에는 등록계 담당인 아르칸젤로 양이 쭈그려앉은 채 잘록한 허리 곡선을 드러내고 있었다.

"뭐야?…… 이게 뭐냐고?……"

교장 세티모 트롬본치노는 말을 잇지 못했다. 그는 무릎으로 아르칸젤로 양의 머리를 밀어젖히면서 바지를 추켜올렸다. 엉금엉금 책상 밑에 기어들어가다시피 한 여비서는 마치 벌받는 아이처럼 거기서 꼼짝도 하지 않았다. 트롬본치노는 벨트를 매면서 나더러 나가라고 했다가 이내 마음을 바꿔 나를 다시 불러들였다.

"인상긴! 어디 가려는 거냐? 당장 이리 와. 그리고 그 문 좀 닫아!"

"교장 선생님, 메를리니가 제 방에 있어요. 그가 막…… 막……"

나는 존경스런 솔페지오 선생이 내 카세트 테이프를 이빨로 물어뜯고 있다고 트롬본치노에게 말하려 했지만, 나의 갑작스러운 출현으로 막 중단된 교장과 비서의 모종의 상황에서 어떤 묘안이 번개처럼 뇌리를 스쳤다. 나는 차마 말로 표현할 수 없다는 표정을 지어 보였다.

"그가 막 어쨌다는 건가?"

한 손으로는 머리를 매만지고 다른 손으로는 넥타이 모양을 고치며 그가 물었다.

"어쨌든 인상긴, 그러니까…… 그러니까…… 학생이 본 것은…… 그러니까……"

"……그건 우리 사이의 영원한 비밀로 남을 겁니다."

"그래, 맞아! 학생이 이 일에 대해 침묵을 지키리라 믿네…… 자고로 사람은 입이 무거워야 하는 법이야…… 잘 알겠지, 절대 침묵! 그리고…… 어쨌든…… 내가 하는 말을 이해했으리라 생각하네. 그렇지 않나, 아르칸젤로 양?"

"예."

비서가 다 기어들어가는 목소리로 대꾸했다.

"우리랑 함께 가지. 증인이 필요할지도 모르니까. 자, 갑시다. 앞장서게, 인상긴 군. 서두르게."

물렁하고 나약해 보이던 세티모 트롬본치노가 그와 같은 결단력을 갖고 있으리라고는 상상조차 못 했다. 그는 내 관심 밖의 인물이었다. 그를 보고 도대체 저 비만증의 사내는 어떤 사람일까, 하고 생각해본 일은 있지만 그것도 아주 드문 경우였다. 나는 그가 나태하다기보다는 맥없이 축 늘어진 무기력한 인물이라고 생각했다. 어느 날 저녁, 그가 안마당 벤치에 비스듬히 누워 있는 것을 본 적이 있다. 동물 사료용 비스킷을 손에 쥐고 있었고 배 위에서는 커다란 고양이 한 마리가 줄무늬 털가죽을 비벼대고 있었다. 그는 단지 잠을 자고 있었을 뿐인데 나는 그가 죽은 줄로만 알았다. 그러나 내 방으로 가는 등뒤에서 들려오는 나는 듯 가벼운 그의 발소리에, 그가 교장으로서의 책무를 등한시하는 인물은 아니라는 것을 알 수 있었다.

우리는 곧 메를리니의 성난 고함소리와 문에 몸을 부딪치며 야단법석을 떠는 소리를 들을 수 있었다. 마치 바레즈의 〈이온화Ionisation〉에 나오는 원시적인 진동음 같았다. 드럼 연주자 엘빈 존스가 들었으면 반가워했을 소리였다. 트롬본치노가 이렇게 소리치자 솔페지오 선생의 고함소리가 멎었다.

"메를리니! 당신 맞소, 메를리니? 메를리니, 인상긴 방에서 뭐 하고 있는 거요? 당장 나오시오!"

"그럴 수가 없어요."

수인(囚人)이 가련한 목소리로 대답했다.

"제가 열쇠를 열쇠구멍 속에서 부숴뜨렸어요, 트롬본치노 선생님. 보세요."

나는 부러진 금속 조각을 가리키며 말했다.

"그놈 입 좀 다물게 하세요!"

메를리니가 소리쳤다.

"나를 만지려고 했어요."

내가 말했다.

"뭐라고!"

메를리니의 목소리가 한 톤 높게 올라갔다.

"자기 바지를 벗기지 않으면 퇴학시키겠다고 했어요."

"그놈 하는 말 듣지 마세요. 제가 그놈 방에서 뭘 찾아냈는지 모르실 겁니다."

"학생 물건을 뒤졌단 말이오?"

"저를 가둔 게 바로 그놈이에요!"

"인상긴, 수위실로 내려가게. 아르칸젤로 양더러 열쇠공에게 전화하라고 해. 어서!"

트롬본치노가 말했다.

상황은 종료되었고, 승리자는 나였다. 나는 시키는 대로 했다. 계단을 내려갈 때 메를리니가 이렇게 항변하는 소리를 들을 수 있었다.

"진짜 어마어마한 음모가 우리 학교에서 벌어지고 있다니까요. 데이비스라는 녀석이 있고 또 지지…… 지지라는 녀석이 있어요. 체…… 쳇 베이커의 카세트와…… 텔루노스…… 텔리니우스…… 아니, 텔로노라는 녀석도 있다니까요……"

5

라자루스 제주룸에 대한 나의 우정은 음악학교 학기 동안의 칸투스 피르무스[17)]였다. 그 1년이라는 시간은 파올로 두란테가 이미 내게 필요한 지식을 모두 알려주었음에도 불구하고 다른 음악 선생의 의견에 따르면 순전히 '직관적'이고 '다혈질적'인 음악에 대한 나의 관념을 내 야생적인 유년 시절의 기억과 더불어 떨쳐버림으로써, 음악적으로 진보해야만 하는 시간으로 예정되어 있었다. 한마디로, 인간 사회는 나를 품에 받아들이면서 파괴하려 했던 것이다. 하지만 그러한 시도는 실패로 돌아가고 말았다.

라자루스 제주룸에 관해 말하자면, 나는 (우리 둘의 공통된 특질인) 천성적인 냉정함과 신중함에 대해서는 온화한 애정의 감정을, 그의 귀와 손가락에 대해서는 미지근한 평가를 내리고 있었고(그의 머릿속에서 음악이란 스트라빈스키의 〈봄의 제전Le Sacre du Printemps〉에서 멈춰 있었다. 그는 재즈의 천재들을 인정하지 않았고, 번스타인을 몹시 싫어했으며, 메뉴인이 듀크 엘링턴과 같은 무대에 섰다는 사실을 용납하지 않으려 했다), 또한 질투심 섞인 미묘한 찬미의 감정을 품고 있었다. 그는 매력적인데다, 내 번민의 대상이었던 어떤 아가씨의 연인이라고 나는 믿고 있었기 때문이다.

그녀의 이름은 아드리아나 데 비르질리스였다. 결석한 그녀의 이름을 호명하는 소리가 매일 교실에 울려퍼졌다. 수업을 시작하면서 출석을 부를 때마다 그 이름 뒤로는 침묵이 뒤따랐고, 그녀를 보고 싶은 내 마음도 커져만 갔다. 보름 정도 지나자 선생들은 대답 없는 이름을 부르는 데 지쳐 더이상 그녀의 이름을 부르지 않았다.

아드리아나라는 이름이 불릴 때마다 라자루스는 여러 차례 심상찮은 기색을 보였다. 처음에는 그저 놀라워하는 거라고 생각했다. 그 이름을 들을 때마다 그의 얼굴에 스치는 당황스런 표정. 물론 그는 곧 아닌 척했지만, 나는 순간 그의 얼굴에 떠오른 그 표정이 내면의 고통을 의미하는 것임을 직감할 수 있었다. 어느 날 오후, 삶은 야채 냄새로 구역질이 날 것 같은 구내식당을 그와 함께 막 빠져나올 때였다. 난 궁금증을 더는 참을 수가 없었다. 안뜰에서 그가 막 담배에 불을 붙일 때, 나는 "라자루스, 나는 좀……"이라고 말을 꺼냈다. 그러자 그는 내게 상아로 된 담배 케이스를 내밀었다. 나는 세 번 담배연기를 내뿜었고, 그에게 할 질문은 다음날로 미루기로 했다.

바로 그날 내 방으로 돌아가던 길에 문발치에서 우편엽서 한 장을 발견했다. 수신자란에는 이름도 없이 '인상긴'이라고만 쓰여 있었다. 나는 몇 줄 아래 쓰인 발신인의 서명을 보고 너무 놀라서 다리가 휘청할 정도였다. 내 눈앞에 아버지가 보낸 글이 있었다. 우리 사이를 고려할 때 완전히 비정상적이라고 정의할 수 있는 그 일은 처음이자 마지막인 일대 사건이었다.

'내가 미국에 있을 때 알고 지내던 사람이 나를 찾아온다는구나. 내가 우리집에서 사람들을 어떻게 맞이하는지 너도 잘 알겠지만……"

아버지는 분명 '우리집'이라고 쓰고 있었다. 나는 목이 메었다. 계속 편지를 읽었다.

'만약 그 사람이 너를 찾아간다면 곧장 그 사람을 시카고로, 먼 곳으로, 어쨌든 가능한 한 먼 곳으로 쫓아버려야 한다. 네가 그 사람을 만날 이유가 전혀 없을뿐더러, 그 사람은 너와 아무런 관계가 없다. 그 사람은 보나마나 네게 골치 아픈 일만 가져다줄 게 뻔해. 이게 전부다.'

그 다음으로 서명이 있었고, 또 그 아래로는 거의 알아볼 수 없는 글씨로 두 단어가 쓰여 있었다. 그것을 보고 나는 울음을 터뜨렸다.

'열심히 공부해라.'

다음날 나는 전날 라자루스를 상대로 실패했던 일을 다시 시도해 보기로 했다. 우리는 판테온 구역을 산책하고 있었다. 비 오는 저녁이었다. 우리는 커피 셔벗을 먹으며 걷고 있었다. 나는 마냐나폴리가(街)에 있는 음악상에 들르고 싶었다. 친구는 집으로 돌아가리라 생각했다.

"아드리아나 데 비르질리스에 대해 말해봐."

나는 불시에 공격했다.

"네가 어떻게 그애를 알아?……"

그가 깜짝 놀라며 눈썹이 꿈틀하더니, 다시 시무룩해진 얼굴로 대답했다.

"어릴 적 친구야."

"왜 수업에 안 와?"

"다른 얘기 하자. 아니, 그게 아니라 아무 말도 하고 싶지 않아."

"네 약혼녀야?"

내가 되묻자, 그는 아무 말도 하지 않고 그저 눈만 껌벅거렸다. 그런 그를 보며 나는 그가 말과는 달리 실제로는 그 이야기를 하고 싶어한다는 걸 느낄 수 있었다.

"그래, 맞아. 그렇고말고. 아드리아나는 내 여자친구야."

"그러면 왜……?"

"그녀 가족 중 한 사람이 병에 걸렸어. 남동생이."

"아드리아나, 참 예쁜 이름이야."

"남동생 이름도 멋져. 그럼 내일 보자."

우리는 현관 앞에서 헤어졌다. 그날 저녁 그가 아드리아나의 집에 찾아갔다는 사실을 알게 된 건 몇 달이 지난 다음이었다.

4월 말이었다. 나는 더이상 결석한 여학생에 대해 생각하지 않았다. 나는 내 방을, 내 피아노와 내 음악 노트를 떠나는 일을 미루고 있었다. 고향으로 돌아가는 것을 늦추고 있었던 것이다. 그날 아침, 방 안에서 부드럽고 씁쓸한 기분에 사로잡혀 있던 나를 라자루스 제주룸이 밖으로 불러냈다. 조그마한 소리로 내 방 문을 세 번 노크했던 것이다. 그건 그가 밖에서 나를 기다린다는, 우리 사이에 약속된 신호였다.

나는 마로니에의 푸른 나뭇가지가 보이는 복도의 커다란 창문에 기대 서 있는 그를 보았다. 이마를 유리창에 대고 있었다. 나는 아직

잠이 덜 깬 상태여서 눈에는 눈곱이 끼고 입 안은 텁텁했다. 그래서 그가 내 손을 잡으려고 몸을 돌렸을 때, 그가 말하게 내버려두어야 한다고는 미처 생각하지 못했다. 검은 옷을 입은 그를 보고도 전날 밤 어떤 생명 하나가 이승을 떠났다는 사실을 짐작조차 하지 못했던 것이다.

나는 그에게 이렇게 말했다.

"라자루스, 네가 날 살렸어. 네가 아니었다면……"

그의 얼굴을 보는 순간, 나는 말문이 막혔다. 그것은 전투가 끝난 대지의 풍경과 흡사한 얼굴이었다. 한숨도 자지 않고 밤새워 운 것 같은 얼굴에 목은 잠겨 있었고, 입에서 나오는 목소리는 마치 구멍난 나팔에서 새어나오는 음과 비슷했다.

"부탁 하나 들어줬으면 좋겠어. 나랑 함께 좀 가줘."

라자루스가 말했다.

"아드리아나?"

그는 아무 대답 없이 고개를 끄덕였다. 전차를 타고 가는 동안 라자루스의 침묵에 찬 무한한 투명성의 고통(어떤 육체도 어떤 상념도 그 경악에 찬 고요, 그 수정 같은 정적을 흔들어놓을 수는 없을 것이다)이 불러일으킨 초현실적인 날카로운 감각을 나는 아직도 생생히 기억하고 있다. 나는 건물 잔해 위로 지나가는 여자 모자 하나와 자전거를 타고 가는 노인을 보았고, 레스토랑에서 나는 밀가루와 화덕 냄새를 맡았으며, 어린 소녀의 웃음소리를 듣고 화창한 아침햇살을 음미했다. 우리는 종점에서 내려 오랫동안 걸었다. 나로서는 행선지를 알 수 없는 길이었다. 시끄러운 순환도로를 지난 다음 공원 철책을 따라 30분가량 버려진 공단 지대를 걷고, 공터에서 공사중인 교회를 지나 풀밭 한가운데 놓인 커다란 노란색 기중기 옆을 지나는 동안 라자루스는 내게 이야기를 들려주었다. 이따금씩 그는 울음으로 목이 메어 말을 잇지 못했고, 그러다가 다시 이야기를 시작했다.

"아드리아나는 결코 이 지역을 떠나려고 하지 않았어. 그는 이틀 전 이른 새벽 다섯시에 숨을 거뒀어. 그의 이름은 마테오야. 아드리아나의 남동생, 열세 살이지. 그러니까 나보다, 우리보다 한 살 어린 셈이지."

이윽고 침묵이 이어졌다.

"가족들이 집에서 마테오를 간호했어. 어느 누구도 그가 그토록 오래 살 거라고는 생각하지 않았지. 하지만 나는 그가 죽을 거라고는 믿지 않았어. 마테오는 정말로 강인한 생명력을 지니고 있었어. 그가 심하게 아프면 아플수록 더 강한 생명력이 느껴졌어. 그는 점점 더 야위어갔지. 더이상 혼자 일어날 수도 없고 말조차 할 수 없었지만, 그의 생명력은 마치 다른 어떤 곳으로도 가버릴 수 없는 것처럼 그렇게 아름답게만 보였어. 마테오. 어느 누구도 그의 나이 같은 건 생각하지 않았어. 그에게는 나이라는 게 없었으니까. 나는 그가 마실 수 있게 도와주었고 책을 읽어주기도 했어. 그의 가족들은 내가 지나치게 그와 가까이 지내는 걸 좋아하지 않았지. 아드리아나는 우리 셋이서 아무 간섭도 받지 않고 편안히 지낼 수 있는 시간을 내게 미리 일러주었지만, 대개 그녀는 우리 둘만 있게 내버려두었지. 나는 그에게 너에 대해 이야기했어. 그는 네가 듣는 음악을 좋아했어. 그러니까 그 피아노 연주가…… 이름이 기억나진 않지만, 그 피아노 연주가를 광적으로 좋아했지. 그의 가족들은 내가 집에 오는 걸 좋아하지 않았어. 나를 그의 방에 들이려고 하지 않았지. 마지막에는 더했어. 지난

주에는 그의 아버지가 아들 방에 있는 나를 보고는 밖으로 쫓아내버렸지."

"왜?"

"내 잘못이라고 생각하고 있었으니까."

"그가 아픈 게?"

라자루스는 우리가 막 가로지른 철로 가장자리에 멈춰 섰다. 멀리 선로 변경 장치 옆에 푸른 작업복을 입은 사내 하나가 우리를 바라보고 있었다.

"운명 앞에 나약한 우리의 우정…… 사자(死者)가 되어 서로 되찾으리라…… 다시 태어난 애무에…… 다시 찾은 웃음소리에…… 마치 유령 눈에 비친 산 자들의 모습처럼…… 생명에 뒤이은 아침햇살처럼…… 태양이 간직하고 있는 우리의 우정…… 햇살이 기억하고 있는 한 영원히 존재하리라…… 출발지도 없고 종착역도 없는……"

라자루스는 노래를 불렀다. 그는 입가에 희미한 미소를 띠며 한숨을 내쉬었다.

"그게 뭐야?"

"발라드. 내가 곡을 붙인 거야. 그가 내게 전부 주었어. 노래와 시, 그리고 단편들이 쓰인 수많은 페이지를."

우리는 드문드문 묘비가 세워져 있고 오렌지색 방수포로 뒤덮인, 어떤 곳은 아직 울타리조차 세워지지 않은 진흙투성이의 거대한 계곡에 위치한 묘지 입구에 도착했다. 현관 왼쪽에 두 개의 푯말로 고정된 플래카드 한 장이 보였다. 'ROMA PER ROMA(로마를 위한 로마)' 라는 검은 글씨가 대문자로 쓰여 있었다. 여기저기 갈아엎은 땅 위로, 가파르게 비탈진 오솔길 하나가 나 있었다. 불도저 하나가 연속적으로 폭발음을 내며 천천히 길을 기어오르고 있었다. 바람이 불어 뭉게뭉게 피어오르던 연기의 기세가 꺾이자 작은 유리 건물이 눈에 들어왔다. 화장터에서 쓰는 격자로 된 괴상한 관처럼 생긴 그 건물은 오솔길 끝에 위치해 있었는데, 그곳에서 유일하게 완공된 건물이었다.

약 3백 미터 떨어진 곳의 묘혈 옆에 검은 옷을 입은 사람들이 서 있었다. 꽃다발을 감싼 셀로판지가 햇빛을 받아 반짝였다.

"미리 일러두지만 우리는 환영받지 못할 거야."

이렇게 말하며 라자루스는 진흙탕 위에 머리를 숙이고 애도하는 무리 사이로 곧장 걸어갔다. 신부 한 사람이 팔을 쳐들었다 내려뜨렸다 하고 있었는데, 바람이 그의 검은 사제복을 미친 듯이 펄럭여대는 모습이 마치 연옥에서 막 도망친 수습 천사들에게 비행술을 알려주고 있는 것 같았다. 만약 그렇다면, 그 연옥의 출구는 국화와 백장미, 라일락이 가득 찬 묘지 구덩이리라. 한 소녀가 묘혈로 다가왔다. 그녀는 거기에 뭔가를, 아마도 꽃 한 송이와 흙 한줌을 던지는 듯했다. 그녀는 뒤로 물러서며 구덩이에서 멀어졌고 둥글게 원을 그리고 서서 꼼짝 않는 사람들 밖으로 빠져나왔다. 그러고는 우리를 발견했다.

아드리아나 데 비르질리스는 한 번도 내게 눈길을 주지 않았다. 라자루스가 다가오는 모습만을 눈으로 좇을 뿐이었다. 그가 둔덕에서 발을 헛디디거나 웅덩이에 빠지면 안타까운 눈길로 그에게 어서 다가오라는 듯한 표정을 지어 보였다. 나는 내 친구의 숨소리가 거칠어진 것을, 그의 콧구멍에서 흘러나오는 공기의 흐름이 거세진 것을 느낄 수 있었다. 그는 그녀의 초대에 부응하듯 반듯한 자세를 취하려 했고, 손을 가볍게 흔들어 오만하고 도도하게 보이려 애쓰는 듯했다.

나도 그의 걸음에 보조를 맞췄다. 나는 턱을 쳐들고 걸으면서 내 발이 어디를 내딛는지 내려다보지 않으려 했고, 그러다가 몇 차례 땅바닥에 나동그라질 뻔했다. 걸어가는 마지막 몇 분 동안, 나는 아드리아나가 내게 무관심해 있는 것(사실대로 말하자면, 무관심이라기보다는 마음과 정신이 완전히 다른 데 쏠려 있었다)을 틈타 그녀의 진지하고 매혹적인 얼굴을 바라보았고, 그녀의 이마가 어떤 욕망과 어떤 몽상, 어떤 맑은 빛을 감추고 있을까 곰곰이 생각했다. 갈색 곱슬머리가 그녀의 모자에서 삐죽이 나와 있었다. 손으로 쥐면 어떤 감촉일까, 냄새를 맡을 수 있다면 어떤 향기일까, 나는 골똘히 생각했다. 그녀가 다른 남자와 마주할 때면 어떤 장난기 어린 말을 건네고 키스를 할까도 상상해보았다. 곁눈질로 그녀의 눈을 바라보았다. 푸른 눈이었다. 정맥이 돋은 우윳빛 길다란 손을 바라보며 그녀의 어깨, 가슴, 배, 허리와 엉덩이는 어떨까 생각했다. 그녀를 감싸고 있는 옷차림에서 나는 옷 속에 감춰진 그녀 몸의 그 부분들이 섬세한 곡선을 그리고 있음을 익히 짐작할 수 있었다.

"내 곁에 있어. 우리에게 무례하게 굴지도 몰라. 만약 그러면 내가 어떻게 하는지 잘 봐둬."

가는 길에 라자루스가 내게 넌지시 말했다.

라자루스의 턱뼈에 가볍게 경련이 이는 것을 보면서, 나는 그가 아마도 세상에 태어나서 처음으로 폭력과 잔인성이라는 불안정한 상태에 빠져 있으리라는 것을 알 수 있었다. 그것을 보자 내 영혼은 마치 시한폭탄이 된 듯했다. 아드리아나와 라자루스는 서로 끌어안았다. 소녀의 가녀린 손이 내 친구의 어깨뼈를 감싸안았고, 다른 한 손은 그의 목덜미를 얼싸안았다. 나는 그녀가 그의 귓가에 대고 중얼거리는 소리를 듣지 못했다. 둘의 몸이 떨어졌을 때, 나는 마음이 놓이는 것을 느꼈다. 라자루스는 앞으로 걸어갔다. 아드리아나가 그의 왼쪽에 붙어 뒤를 따랐고, 나는 그의 오른편에서 걸어갔다. 아드리아나와 나는 마치 결혼식의 두 증인, 수많은 주름으로 하늘거리는, 눈에 보이지 않는 웨딩드레스 자락 양 귀퉁이를 들고 가는 두 명의 꼬마 들러리 같았다. 하지만 우리 둘 사이에는 미풍만이 불고 있을 따름이었다. 제단을 향해 걸어가는 신부, 제단이 있어야 하지만 사실은 무덤이 모습을 드러낼 그곳을 향해 서서히 다가가는 신부의 모습이 떠오른다. 당시 내가 그 이미지를 떠올렸다면 그건 거짓이다. 오늘에야 그 이미지가 떠오른다. 라자루스가 다가오는 것을 보자, 거기 모인 베일과 검은 안경을 쓴 사람들 중 몇몇이 뒤로 물러났다. 우리는 아무런 문제 없이 꽃으로 뒤덮인 묘혈에 도착했다.

라자루스는 호주머니에서 천으로 장정한 작은 책 한 권을 꺼냈다. 릴케의 시집이었다. 시집 제목이 무엇이었는지는 기억나지 않는다. 하지만 그가 늘 그것을 갖고 다녔던 것은 기억난다. 그 시집은 상아로 된 담배 케이스나, 높은음자리표가 그려진 황금색 지포 라이터, 누가사탕이 든 주머니처럼 그가 언제나 몸에 지니고 다니던 것이었다. 하나의 문장(紋章) 위에 모인 각기 다른 여러 휘장들처럼 그것들은 라자루스에 대한 내 기억 속에서 그의 부적이나 상징처럼 떠오르는 물건들이다. 라자루스는 책을 펼치더니 책장들 사이에서 마른 제비꽃을 찾아냈다. 그러고는 손바닥 위에서 그것을 훅 하고 불자 꽃잎은 허공을 선회하다 관 뚜껑 위로 내려앉았다.

잠시 후 라자루스가 말했다.

"아듀, 마테오."

그러고 나서 라자루스는 우리가 걸어왔던 진창길을 뒤짚어 걷기 시작했다. 나는 다시 그의 뒤를 따라 걸었다. 하지만 경계를 늦추지 않았다. 일이 너무 쉽게 끝났던 것이다. 곧 보복이 뒤따를 터였다. 내 심장은 숨죽여 아드리아나를 부르며 그녀가 한 번은 나를 바라봐줄 것을, 내게 다정한 말 한마디를 속삭여줄 것을 고대하고 있었다. 그때 갑자기 아드리아나의 아버지가 우리를 향해 빠른 걸음으로 다가오며 외쳤다.

"라자루스! 라자루스! 이리 와!"

나는 서둘러 내 머릿속에서 아드리아나에 대한 생각을 떨쳐내고, 민첩하게 뒤로 돌아 호전적인 자세로 땅에 단단히 버티고 섰다. 내 친구는 오르막길을 계속 오르고 있었다.

"라자루스!"

남자는 검은 안경을 벗으면서 더 크게 외쳤다. 내 쪽으로 뛰어오는 건 사십대가량의 남자였는데, 그가 험상궂은 얼굴이었는지, 겁에 질려 있었는지, 낙담하고 있었는지 아니면 몽유병자 같은 형색이었는지, 누더기를 걸치고 있었는지는 기억이 나지 않는다. 다만 진흙투성이가 된 신발을 신고, 진흙으로 얼룩진 축축한 바지를 입은 초라하고 왜소해 보이는 사내였다는 것만 기억한다. 뛰어오다가 안경을 잃어버린 사내는 기계적으로 나한테 다가왔다. 그가 내 앞에 이르자 나는 길을 막아섰다. 나보다 머리 하나는 더 컸고 몸무게도 나보다 삼십 킬로그램은 더 나가 보였다. 나는 손을 들어 그를 막았다.

"이봐, 비켜. 라자루스! 너 미쳤어…… 라자루스! 돌아와!"

그는 나를 돌아서 가려 했지만, 그의 서투른 속임수를 눈치챈 나는 다시 그를 가로막고 섰다.

"비키라니까. 라자루스! 내 말 좀 들어봐……"

아드리아나의 아버지는 내 옆구리를 밀치며 소리쳤다.

"모에!"

내 친구가 외쳤다. 하지만 내가 이미 남자에게 따귀 한 대를 날린 다음이었다. 따귀라기보다는 주먹질에 더 가까웠다.

"뭐야……?"

아드리아나의 아버지가 어리둥절해진 목소리로 중얼거렸고, 나는 다시 그의 복부를 공략했다. 그의 몸이 둔중한 소리를 내며 진창 속으로 처박혔다. 곧 분노에 찬 웅성거림과 데 비르질리스를 구하기 위해 황급히 달려오는 사람들의 발 아래로 진흙탕 튀는 소리와 찰박거리는 소리, 그리고 그들이 차례차례 진흙탕 속으로 미끄러지는 소리가 들렸다. 마치 비 오는 운동장에서 공 없이 축구 경기를 벌이는 것 같았다. 곧 축구 선수 절반가량이 땅에 미끄러졌고, 나머지 반은 오르막길을 오르려 진창 속을 헤매고 있었다. 왼쪽이나 오른쪽에 공격수 한 사람만 있어도 나를 충분히 압도할 것 같은 경기였다. 이번에는 내가 얻어맞을 차례라고 생각하고 있을 때, 비르질리스가 나를 향해 뛰어오던 공격수의 발을 걸었고 공격수는 그 자리에 넘어지고 말았다.

"그에게 전해줘…… 내가 유감스럽게 생각한다고…… 라자루스에게 말해줘…… 다 쓸데없는 짓이라고…… 다…… 나도 모르겠어……"

아드리아나의 아버지는 말했다.

우리는 걸어서 돌아왔다. 철로가 얼기설기 얽혀 있는 길과 공터를 다시 가로질러야 했다. 하지만 우리는 좁다란 거미줄 같은 골목길 대신 대로를 따라 걸었다. 어느 시장 분수대에서 우리는 진흙투성이의 신발을 씻었다.

다음날 라자루스는 학교에 오지 않았다. 선생들은 나더러 과제물과 다음번 시험 날짜를 그에게 알려주라고 일렀다. 하지만 그의 집에서는 아무도 전화를 받지 않았다. 나는 제주룸 가족이 아마도 즉흥적으로 여행을 떠났으리라 추측했다. 그리고 세티모 트롬본치노 교장한테서 실제로 그들이 엘바 섬으로 떠났다는 소식을 듣게 되었다.

6

나는 마음속으로 내가 음악학교에서 보낸 학창 시절을 기꺼이 'A' 자로 그려본다. 이 알파벳 대문자야말로 나의 수습 학년을 시각적으로 요약해주는 것이다. 마찬가지로 대문자 'A' 야말로 내 이야기의 전개를 총체적으로 멋지게 표현해준다고 생각된다. 가사도 없고 음성도 없는 내 관현악 발라드 역시 완벽한 대칭을 이루는 'A' 자 로 묘사할 수 있다.

지금으로서는, 마테오의 장례식과 라자루스가 학교로 돌아온 날 사이의 2주일이라는 시간 동안 잠재적인 힘이 거세게 폭발하고, 무대 뒤편에서 번민하던 몇몇 등장인물들이 무대 전면을 장악하게 되었다는 것을 지적하는 것으로 충분하다. 그해의 절정이었다. 마치 갑작스럽게 인생의 최정상에 다다른 것과 같았다. 그것은 과거의 불행과 미래의 행복이 하나로 합쳐지는 순간이었고, 과거의 기억이 미래를 예언하며 스스로의 행로를 찾아가고, 미래가 과거의 영상 속에서 발견되는 순간이었다. 미래가, 삶이란 유일한 현재라는 참을 수 없는 영원성임을 두려워하면서도 현기증 나는 그러한 관점을 버릴 것을, 그것을 망각할 것을 거부하는 순간이었다.

어느 날 밤 나는 시내 높은 곳에 있는 핀치오의 하얀 담장 위에 올라앉아 있었다. 레스터 영의 테너 색소폰 소리가 내 눈앞에 펼쳐진 붉은색, 에메랄드색, 남옥색 바다와 어우러져, 그 무지갯빛 선들과 절묘한 조화를 이루는 것을 듣고 있었다. 그때 갑자기 내 뒤에서 자갈들이 달그락대는 소리가 들렸다. 나는 질겁하여 트랜지스터 라디오를 움켜쥐었지만 그만 땅바닥으로 굴러떨어지고 말았다. 먼지 속에서 날아온 주먹이 내 몸을 짓이기는 내내 예전에 유사한 일을 겪은 것 같은 생각이 언뜻 들었다. 하지만 난 우리집 지붕 위에 있는 것도 아니고, 듀크 엘링턴 오케스트라의 연주가 나직한 메아리 속에 사그라지는 소리를 들은 것도 아니었다. 이 두 가지야 그렇다 쳐도, 나는 육체적으로 최상의 상태는 아니었다. 내 경계심이 해이해진 것이, 그래서 무력하게 폭력의 희생물이 되어버린 그 시간이 저주스러울 따름이었다.

안니발 메를리니는 눈 밑으로 검은 스카프를 싸맨 것이 마치 경가극(輕歌劇)에 등장하는 삼류 해적처럼 보였다. 검은 스카프와 모자의 들린 챙 사이로 그의 눈만 보일 뿐이었다. 그는 이를 앙다물며 이렇게 중얼거렸다.

"이거나 먹어라!…… 이것도!…… 하나 더 먹어라!…… 이건 데이비스에게 주는 거다!…… 이건 텔리누…… 텔로노한테 주는 거야……! 그리고 이건 베이커 거고!…… 그리고 이건 나를 방에 가둔

대가다! 또 이건…… 이건 트롬본치노 그 개새끼 거다! 처먹어!"

내가 극도로 겁에 질린 상태에서(구타와 따귀의 소나기 아래에서 내 생명이 가느다란 실에 매달려 있다는 느낌이 퍼뜩 들었다. 라자루스 제주룸이 휴가에서 돌아오면 이 사태에 대해 책임을 통감하고 다시 한번 검은 상복을 입어야 할 터였다) 발길질은 계속되었다. 메를리니는 재즈 연주자 이름을 모조리 불러대며 죄과를 묻고 있었다. 나는 그의 다리를 붙들고 발목을 물었다. 그러자 기적 같은 일이 일어났다.

나를 땅바닥 위로 몇 미터 질질 끌고 다니며 관자놀이에 발길질을 해대던 메를리니가 소리쳤다.

"내 목소리!"

내가 송곳니를 그의 털투성이 살갗 속에 깊숙이 박자 테너 가수는 날카로운 비명을 질러댔다. 선생이 발을 옮길 때마다 나는 더 세게 물었고 그는 더욱 크게 소리 질렀다. 선생과 제자의 역할이 뒤바뀐 발성 연습은 몇 걸음 더 이어졌고 마침내 길 한가운데 이르렀을 때, 메를리니는 내 몸에서 손을 떼더니 눈을 하늘로 쳐들며 이렇게 말했다.

"내 목소리!"

나는 메를리니의 모습이 멀어지는 것을 지켜보았다. 그의 그림자는 길에 난 관목들 사이로 사라져갔다. 그는 발목에서 줄줄 흐르는 피 따위에는 아랑곳하지 않고 절뚝거리면서 빌라 보르게즈를 향해 걸어갔다. 메를리니는 그곳에 줄줄이 늘어선 로마 시(市)의 위인 조각상들을 향해 그의 음성기관이 마침내 본래의 기능을 되찾았음을 고하고 있었다.

"내 목소리! 내 목소리!"

메를리니는 길을 오르며 반음으로 소리쳤다.

나는 라디오를 호주머니에 쑤셔넣은 다음 벽을 짚고 다리를 절며 간신히 트리니타 데이 몬티까지 가서 음악학교로 들어갔다(한 시간이 걸렸다). 그리고 내 방 문틈에서 명함 한 장을 발견했다.

다음날 아침, 학교 양호실을 나오면서 나는 젊은 간호사의 젖가슴이 내 앞에서 출렁대는 것을 보았다. 하얀 가운의 단추들이 열려 있어서 그것을 본 남학생이라면 갑작스런 두통을 느끼거나 손가락이 순식간에 절단기에 잘린 것 같은 기분을 느낄 만했다. 상처를 소독하고 붕대와 반창고로 감싼 나는 수위실 맞은편에 있는 공중전화 박스까지 몸을 질질 끌고 갔다. 그리고 명함에 적힌 전화번호로 전화를 했다.

"누구요?"

신호음이 채 들리기도 전에 반쯤 잠긴 목소리가 들려왔다.

"그러는 당신은 누구십니까?"

내가 되물었다.

"대체 누구요?…… 모에? 너냐?"

7

마르첼로 스트라델라가 음악학교에 왔다. 그의 부츠 밑창이 마루 위에서 삐걱거리는 소리를 냈다. 듬직한 체격과 미끈하게 솟은 이마, 머리통에서 코까지 수직으로 깊이 팬 이마 정중앙의 주름, 염색한 숱 많은 갈색 머리와 늘어진 불그스름한 볼, 캐묻는 듯한 강렬한 시선과 마주하기도 전에, 그리고 똥똥한 아랫배와 왕성한 혈기에도 불구하고 그가 인상긴 집안 사람이라는 것을(모계 쪽 아니면 스트라델라 집안 쪽으로) 알아보기도 전에, 나는 그가 학교 현관문에서 시작해서 복도를 따라 나에게까지 실어온 코를 찌르는 독한 오드콜로뉴 향기에 공략당했다. 향기는 간호사가 내 몸에 덕지덕지 바른 머큐로크롬 냄새와 뒤섞여 허공에 괴상한 안무(按舞)를 펼쳐 보였다. 마르첼로 스트라델라는 그렇게 나의 삶 속으로 들어왔다. 그 화장수는 아버지의 염려와는 반대로 내게 이롭게 전개될, 음울한 대파란을 예고하는 사내의 입장을 알리고 있었다.

계단에 앉아 패배를 되씹고 있던 나를 보기도 전에 마르첼로가 소독약 냄새를 맡았는지 나로서는 알 수 없었지만, 어쨌든 그는 날카로운 동물적 본능으로 사태를 파악한 것 같았다. 우리는 서로를 알아보았다.

"모에! 이리 와서 나를 안아다오!"

그는 내가 그의 말에 따를 시간조차 주지 않고 나를 거세게 끌어안았다. 수많은 상처와 타박상으로 뒤덮인 내 몸은 즐거운(?) 탄성을 내지를 수밖에 없었다.

"내게 전부 이야기해봐!"

그가 말했다.

그렇게 그는, 나로서는 짐작조차 할 수 없었던 14년이라는 이별의 시간 동안 그가 머릿속에 이상화시킨 모에 인상긴(그는 그가 내 요람에 처음으로 달러 한 뭉치를 던진 사람이라고 말했다)도 아니고, 또 그와 내 아버지처럼 우수하고 뛰어난 싸움꾼으로서의 모에 인상긴도 아닌, 죽을 만큼 얻어터진 뒤에 간신히 살아나 몇 주 동안 학업을 중단하고 병가를 얻은 모에 인상긴을 막 발견한 참이었다. 물론 나는 그때 타일이 깔린 양호실에서 아름다운 간호사 아가씨와 함께 보낸 짜릿한 시간에 들떠 있었지만 말이다.

"누구냐? 친구가 그랬어?"

마르첼로 스트라델라가 물었다.

"깡패였니?"

내가 아무 말도 하지 않자 그가 다시 물었다.

"돈 시지스몬도, 그러니까 우리집안의 어른이신 네 조부께서 네 이름을 지어주셨다. 지금 하늘에서 우리를 지켜보고 계시지. 너와 나 사이에서 침묵을 지킬 수 있는 사람이라곤 단 한 분의 인상긴, 그분뿐이야. 네가 나에게 이야기하는 건 네가 너 자신에게 이야기하는 거나 마찬가지야. 내가 처음 일하기 시작했을 때, 돈 시지스몬도 어른이 내게 처음 하셨던 말씀도 바로 그랬다. 내게 말씀하시기를, '너는 나한테 아무것도 숨겨서는 안 된다. 왜냐하면 나는 바로 너니까. 네가 나한테 무엇을 말하든 너는 그것을 말하지 않은 것이나 다름없어. 왜냐하면 너 자신에게 말했을 따름이니까. 나는 바로 너니까……'"

"알겠어요, 마르첼로."

"삼촌! 삼촌이라고 부르렴. 나는 네 삼촌이나 마찬가지니까. 알겠니?"

"예, 마르첼로 삼촌."

"니노. 나를 니노라고 불러야 해. 니노 디 스트라다. 누가 널 이렇게 만들었냐?"

"솔페지오 선생님요."

나는 마르첼로를 내 방으로 안내했다. 내 뒤를 따라오던 그는 내가 절뚝거리며 고통스러워하는 것을 보고 나를 고문한 자가 얼마나 열정적으로 자신의 임무를 완수했는지 충분히 이해한 듯했다.

"피아노를 치신다 이거지."

그는 한쪽 벽에 놓인 악기를 보며 말했다.

"네가 돈 페피노처럼 바이올린을 연주할 거라고 생각했는데. 마에스트로* 모에!"

* 예술의 거장.

그때부터 마르첼로는 나를 그 호칭으로만 불렀다. 그것도 늙은 종복들에게서 볼 수 있는 존경심 가득한 태도로 말이다.

"내게 말해봐, 마에스트로. 그 선생이……"

"메를리니예요. 왕년에는 성악가였어요. 최근 들어 예전의 목청을 되찾았죠."

"그 역시 방에 피아노가 있겠군?"

"물론이죠."

침대에 앉은 마르첼로는 몸을 앞으로 숙인 채, 자신의 부츠가 바닥의 투명한 도료 위에 반사되는 것을 바라보았다.

"연주해보렴. 마에스트로 모에, 네가 나를 위해 연주하는 것을 듣고 싶구나."

갑자기 그가 말했다.

"그런데 팔이……"

"그건 조금도 중요하지 않아. 다른 손으로 연주하렴. 그것 역시 돈 시지스몬도 어른께서 내게 알려주셨지. 그분은 내게 모든 걸 알려주셨어! 심지어 신발끈 묶는 것까지. 지금 난 부츠를 신고 있다. 신발끈을 맬 때마다 가슴이 메어와, 이해하겠니? 신발끈을 맬 때면 언제나 시지스몬도 어른 생각이 나. 왜냐하면 바로 그분이, 알겠지, 바로 그분이……"

"알았어요, 삼촌."

"어떤 자식이 네 오른손을 절단했다고 상상해보렴. 네 아버지 오텔로의 발가락이 그랬던 것처럼 말야. 그 자식이 네 오른손을 반쯤 잡아뽑더라도 너는 그 새끼를 납작하게 때려눕혀야 되는 거야. 자연은 네게 왼손을 남겨놓았다, 라고 돈 시지스몬도 어른께서 말씀하셨지.

골치 아픈 문제가 터졌을 때 쓰기 위해 교체용을 마련해놓은 거야."

마르첼로가 말했다.

나는 마르첼로를 위해 막 내 머리를 스친 곡조 하나를 연주했다. 그리그의 〈발라드 사단조Ballade op. 24〉였다. 열두 소절을 더듬거리던 내 손가락은 마르첼로의 석연찮은 침묵에 부딪혔다. 그는 목을 앞으로 길게 빼고 커다란 양손으로 상체를 둥그렇게 감싸안고 있었다.

"뭘 기다리는 게냐? 손가락이라도 데우는 게냐? 어서 해봐. 우리 사이에 격식 차리지 말고."

소탈한 그의 말을 듣고 나는 곧장 피아니시모로 연주하던 그리그의 곡을 멈추고, 아무 생각 없이 바단조의 〈러시아 아리아〉를 연주하기 시작했다. 하지만 슈베르트 역시 그리그와 마찬가지였다. 마르첼로가 신경질적으로 손가락을 두드리는 것을 듣고 나는 좀더 서정적인 곡을 연주하기로 했다. 리스트의 〈잊혀진 왈츠Valse Oubliée〉였다.

"좀더 강렬한 것!"

마르첼로는 두 화음 사이에서 소리쳤다.

이번에 나는 아무렇게나 곡을 고르지 않았다. 등골을 톱으로 잘라내는 듯 고통스러웠지만 에릭 사티의 〈티롤의 선율Tyrolienne turque〉로 넘어갔다. 열한번째 소절과 열두번째 소절 사이에서 나의 청중은 다음과 같이 요구했다.

"좀더 강렬한 어떤 것! 내가 무슨 말 하는지 알겠니? 좀더 강렬한 것 말이야!"

그러자 내 손은 슈만의 〈교향적 연습곡Symphonische Etüden〉의 마지막 부분을 미친 듯이 두드리기 시작했다. 마르첼로가 자리에서 일어나 웃음을 터뜨리며 내 어깨를 두드렸다. 그러자 작곡가도 연주자도 예상치 못한 불협화음이 이어졌다.

"그래! 그거야! 이제 더 강렬한 곡을 연주해봐!"

그가 말했다.

"더 강렬한 거요? 그건 불가능해요, 삼촌."

"더 강렬한 것, 더 강렬한 것 말이다! 아무 소리도 들을 수 없도록. 이해하겠니? 피아노 소리 외엔 아무것도 들을 수 없게 말이야. 방금 전에 자동차 한 대가 거리를 지나갔단다. 난 그 소리를 들었거든."

그는 말을 끝맺었다.

나는 피아노의 일곱 개 옥타브 중 여섯 개를 손가락 열 개로, 주먹으로, 팔꿈치로, 팔뚝으로, 계속 증폭되는 포르티시모로 두들겨대는 수밖에 없었다. 내 양팔 아래서 비명을 질러대는 것이 피아노 음향판이라는 것을 잊고 마치 안니발 메를리니의 육신을 두들겨대듯 나는 미친 듯이 피아노 건반을 두드렸다. 거의 복수심에 불탄 나는 곡에 완전히 도취했고 열두어 개의 건반을 광적으로 두들겨대며 오른쪽 페달에 있는 단음 장치를 쉴새없이 눌러댔다.

"인상긴 집안 사람들에게 불가능이란 없어."

내가 완전히 기진맥진해서 피아노 뚜껑을 덮을 무렵 마르첼로가 말했다.

"오늘 저녁에 내게 전화해다오. 우리는 마치 너의 세례에 참석하기 위해 만난 것 같구나. 하지만 돈 시지스몬도가 말씀하셨듯, 진짜 세례는 물 속에서 받는 게 아니지……"

8

나는 자정이 되어 마르첼로를 만났다. 음악학교 정문에 서 있던 내 앞으로 길고 검은 메르세데스 한 대가 전조등을 깜박이며 멈추는 것이 보였다. 자동차가 채 멈춰 서기도 전에 차문이 열렸고, 나는 가죽 의자 위에 앉아 있는 니노 삼촌 옆으로 올라탔다.

갈 때나 올 때나 운전사는 한 번도 우리 쪽을 돌아보지 않았다. 어두운 유리창과 백미러 사이로 끝없이 춤추듯 반사하는 빛을 통해 그의 윤기없는 살결과 선글라스만을 볼 수 있을 뿐이었다. 운전사가 밤에 선글라스를 쓰고 운전하며 길을 알아볼 정도라면, 낮에는 안경을 썼어도 완전히 눈이 먼 것이나 다름없을 거라고 나는 상상했다. 마르첼로는 낮과는 다른 옷에 굽이 높은 부츠를 신고 있었고, 목까지 올라오는 붉은 스웨터에 재킷을 걸치고 진회색 바지를 입고 있었다. 내가 스타일의 변화를 눈치챈 것을 보고 그는 거친 물소 가죽으로 된 낡은 부츠를 신은 두 발을 맞부딪치며 말했다.

"오늘 하루 동안 내 악어 가죽을 충분히 길들였단다. 물집이 세 개나 터졌지. 나는 여행할 때면 어디를 가든 새 부츠 한 켤레를 산단다. 그러고는 그걸 길들이려고 신고 다니지. 며칠 동안 말야. 그리고 호텔에 투숙하기 전에 호텔방에…… 그러니까 너도 잘 알다시피…… 그 작은 꾸러미를 뭐라고 하더라…… 그래 맞아, 반짇고리를 비치해 놓은 방이 아니면 절대로 들지 않아. 반짇고리가 있으면 방에 들어가 물집을 터뜨릴 바늘을 찾느라 쓸데없이 고생하는 일이 없거든."

우리는 성 안젤로 성(城) 앞을 흐르는 테베레 강을 건너, 몇 분 후에는 자니콜로 언덕에 다다랐다.

"원한다면 언제든지 방에 반짇고리를 갖춰놓는 호텔에 들 수 있어야 해. 너도 마찬가지야, 마에스트로 모에. 네가 어딜 가든 간에 원하는 부츠를 사고 원하는 호텔에서 투숙할 수 있어야 해. 돈 시지스몬도 어른께서 말씀하셨듯, 즐길 때와 일할 때를 구분할 줄도 알아야 하지. 이건 내가 일할 때 신는 부츠란다."

마르첼로가 말했다.

그의 목소리는 붕붕거리는 자동차 엔진 소리와 뒤섞여 마치 자장가처럼 들렸다. 어머니가 있는 아이들이라면 모두 익히 알고 있는, 부드럽게 꿈나라로 인도하는 노랫가락. 하지만 어느 누구도 나를 위해 자장가를 불러주지 않았다. 파올로 두란테의 애정조차 밤이 오면 끝이 났다. 내게 자장가란 파반[18]이나 가야르드[19], 혹은 타란텔라[20] 시험처럼 순전히 음악 공부의 한 대상, 여러 음악 장르 중의 하나에 불과했다. 마르첼로 스트라델라는 내 인생에서 딱 하루를 같이하고 곧 퇴장해버렸지만(다음날 호텔 문지기는 내게 그가 갑작스러운 일이 생겨 서둘러 돌아가야 했다는 내용의 메시지를 전해주었다), 그 몇 시간 동안 나에게 커다란 애정을 보여주었다. 내가 만약 한순간이라도 나 역시 누군가의 아들이라는 훈훈함을 느꼈다면 그건 바로 그와 함께 보낸 시간 덕분이리라.

어떤 건물 앞에 다다르자 자동차 엔진이 꺼지고 운전사 지노가 자동차 문을 열었다. 나도 마르첼로를 따라 차에서 내렸다. 그는 건물 현관으로 걸어갔다. 알루미늄 판 위에 초인종들이 두 줄로 나란히 늘어서 있었다. 마르첼로의 손가락이 입주자들 이름을 위에서 아래로 훑었다.

"메를리니…… 네 차례다."

그는 나를 정면으로 바라보며 말했다.

"삼촌! 무슨 소리를 하는 거예요?"

"초인종을 눌러."

나는 초인종을 눌렀다. 벨소리가 지지직거리더니 잡음 사이로 목소리가 들려왔다.

"누구요?"

마르첼로는 돈 시지스몬도한테서 파블로프*의 비법을 전수받았나 보다. 마르첼로가 내 머리를 톡톡 건드리자 내 입에서는 곧바로 대답이 흘러나왔다.

"모에 인상긴입니다. 메를리니 선생님을 뵈러 왔어요. 열어주세요. 그러지 않으면……"

---

* Pavlov, Ivan Petrovich(1849~1936), 굶주린 개의 침 분비와 먹이 시간을 알리는 종소리의 연관관계를 통해 조건반사 개념을 발전시킨 러시아의 생리학자.

안에 들어와서 이야기를 계속해도 좋다는 의미인지 곧 문의 자동 잠금장치가 풀렸다.

"몇 층이죠?"

엘리베이터 문이 닫히자 내가 니노 삼촌에게 물었다.

"3층."

마르첼로는 거울에 비치는 자신의 모습에 만족해하며 대답했다.

"아무도 모르게 감쪽같이 해치워야지."

부츠를 바라보며 그가 말을 맺었다.

"하지만 삼촌, 내 이름을 말했는걸요!"

복도 끝의 문은 이미 열려 있었다. 나는 엘리베이터에 남아 있던 마르첼로에게 손짓으로 나와도 된다는 신호를 보냈다. 나는 어슴푸레한 방으로 들어갔다. 벽을 뒤덮고 있는 사진들(투우사 복장의 메를리니, 창을 든 병사 복장의 메를리니, 터키 기병 차림의 메를리니, 곤돌라 위에 서 있는 메를리니, 도시에서의 메를리니, 들판에서의 메를리니, 심지어는 카우보이가 던진 올가미를 배에 감고 있는 암소 모습을 한 메를리니도 있었다)과 공연 포스터들(〈보헤미안의 생〉, 〈팔스타프〉, 〈서부의 아가씨〉)이 희미한 텔레비전 불빛을 받아 빛나고 있었다. 텔레비전은 액자와 벽지 위에 물결 같은 모양을 그리고 있었다.

소파 가장자리에 앉아 있던 여자가 텔레비전 빛을 받아 푸른빛이 된 눈물을 쏟고 있었다. 행여 그녀가 내 의도를 오해하지 않을까, 또 내 동반자를 보고 깜짝 놀라 자리에서 일어나지 않을까 하는 불안한 마음에 천천히 그녀에게 다가갔다. 그러나 마르첼로가 문을 닫은 다음에도 그녀는 겁을 내거나 놀라지 않았다.

"그는 아직 돌아오지 않았어요."

그녀가 말했다.

"언제쯤 돌아올까요?"

마르첼로가 물었다.

"그래, 학생이 모에 인상긴이에요? 그의 말과는 달리 그다지 못되 보이는 얼굴이 아니군요. 서 있지 말고 앉아요."

그녀는 레이스 장식이 달린 파자마 소매로 눈물을 닦았다. 메를리니 부인은 남편보다 스무 살은 더 나이들어 보였다. 하지만 그때 나는 그 여자가 메를리니의 어머니인지 이모인지, 아니면 그의 누이인지 도저히 알 수가 없었다. 그만큼 그녀의 가녀리고 호리호리한 몸매는 안니발의 거대한 몸집과 부조화를 이뤘고, 수년에 걸쳐 남편의 음성적 구타에 시달려온 그녀의 목소리는 죽 끓는 듯한 메를리니의 변덕을 견디다 못해 희미해졌기 때문이다. 나는 가죽 소파의 큼직한 양쪽 팔걸이 사이에 몸을 거의 감추다시피 하고 앉아 얼어붙은 눈송이 같은 텔레비전 화면의 하얀 미립자들 사이로 들소떼 한 무리가 달려드는 것을 바라보고 있었다. 그때 그녀가 물었다.

"학생 친군가요?"

"예…… 친구예요."

나는 대답했다. 마르첼로는 액자로 뒤덮인 살롱을 한 바퀴 둘러보고 있었다.

"친구는 무슨 일을 하나?"

"그는…… 그는 부츠를 사러 다녀요."

"멋지군요."

"예…… 세계 곳곳을 돌아다니며 부츠를 삽니다…… 그리고…… 그리고 그걸 되팔아요."

메를리니 부인은 가늘고 촘촘한 은사슬로 된 목걸이를 하고 있었다. 그녀가 손으로 자신의 목덜미를 가리킬 때 보였다.

"메를리니 선생님은 부인께 감사해야 할 거예요."

내 말에 그녀는 나를 바라보았다. 눈이 충혈되어 있었다.

"피아노를 찾았어!"

마르첼로의 목소리가 여러 개의 방을 가로질러 들려왔다.

메를리니가 내게 혐오감을 불러일으키는 반면, 메를리니 부인은 내 맘에 들었다. 똑같은 경험과 똑같은 고통이 우리 사이에 존재하는 듯했다. 일종의 냉소적인 씁쓸함 같은 것이 같은 리듬으로 고동치면서 상처받은 우리의 영혼을 위로했다. 그리고 그것은 우리 중 한 사람의 생각을 곧바로 상대방에게 전달해주면서 대화에 친밀감을 더해주는 것이었다.

"메를리니 선생님에게 고마워하는 사람도 적어도 한 사람은 있잖아요. 익사할 뻔한 사람을 구하려고 메를리니 선생님이 강물에 뛰어들지 않았던가요?"

내가 말했다.

"남편이 영웅이라면 학생 친구는 학생이 말하는 것처럼 진짜 신발장수일 거고, 나는 산 게나로 성가대의 지휘자인 모노폴리의 직계 후손일 거예요. 그렇다면 우리는 친척이 되는 셈인가."

그녀는 서글픈 미소를 띠며 대답했다.

"그럼, 알고 계셨군요……?"

"그에게 말하지 않았을 뿐이에요. 비밀에는 비밀로 응수한 거지. 남편이 테베레 강에 용감하게 뛰어들어 구조하려 했던 사람이 누군지 알아요?"

"그렇다면 부인……?"

나는 그제야 알아들었다는 듯 말했다.

"그가 나를 다리에서 밀었어요. 그러고는 다시 구해냈지. 그런 식으로 속죄한 셈이에요. 우리는 어두운 밤 속을 걷고 있어요. 하지만 밤은 불에 대항해서는 아무 힘도 없답니다. 우리는 불꽃에서 벗어날 수 없어요…… 이 문장이 무슨 뜻이더라? 기억이 나지 않는군요…… 'In girum imus nocte et consumimur igni(우리는 밤의 원을 향해 나아가고 거기서 불꽃에 타오른다).' 맞아, 그거예요. 아름답지 않아요?"

메를리니 부인이 말했다.

나는 라틴어라면 한마디도 몰랐지만, 나이 지긋한 부인이 발음한 그 말들은 어떤 예언의 글귀처럼 내 머릿속에 뚜렷이 각인되었다.

"무슨 뜻이에요?"

"팰린드럼*이라는 거예요."

메를리니 부인이 대답했다. '팰린드럼.' 나는 속으로 중얼거렸다. 드레스 안감에 수놓인 안나 리자의 이름이 생각났다. 저녁 무렵 물탱크 위에서 내가 어루만지던, 솜털로 보송보송한 그녀의 유백색 살결과 지푸라기가 묻은 그녀의 머리카락이 떠올랐다.

"어느 쪽으로 읽어도 마찬가지지."

메를리니 부인이 말을 이었다.

"출구를 통해 안으로 들어가고 입구를 통해 밖으로 나오지요. 하지

---

* Palindrome, 회문(回文). 앞뒤 어느 쪽으로 읽어도 같은 말이 되는 어구. 'In girum imus nocte et consumimur igni' 는 거꾸로 읽어도 같은 문장이 된다.

만 이 문장이 우리의 상념을 사로잡게 되면 우리의 삶을 완전히 질식시켜버린답니다. 마치 삶 속으로 죽음이 들어오는 것처럼, 마치……"

마치, 나 모에 인상긴이 점점 더 깊은 심연 속으로 소용돌이치며 내려갈 때, 점점 더 낮은 곳으로 곤두박질칠 때, 그와 동시에 구름이 나를 잡아채어 심연의 깊이만큼이나 높은 곳으로 이끌고 올라갈 때, 내가 하늘과 대지 사이를 그렇게 부유하고 있을 때, 그래서 내가 살아날 길이란 그 심연의 바닥에 닿는 길뿐이라는 허망한 환상을 붙들고 있을 때, 오직 메트로놈의 둔탁한 박동 외에는 아무것도 존재하지 않는 것 같은 그렇게 아득한 순간. 그러나 심연의 끝은 내가 아래로 떨어져내릴수록 점점 더 아득해지고, 그 어느 것도 나의 추락을 중단시킬 수 없으리라. 왜냐하면 이 추락의 시발점은 무(無), 바로 그 무이기 때문이다.

오늘 이 자리에서 과거의 순간과 미래의 순간, 내 인생의 여러 순간들이 만나는 것 같다. 파올로 두란테가 오르간 건반에 동전을 올려놓으며 내게 인류의 이야기를 해주었던 순간, 내가 내 사랑의 이름을 알게 된 순간, 그날 밤 이후 몇 년 후에 내가 아르센 오텔리스를 만나게 된 순간, 내가 나의 발라드를 라자루스에게 들려주었던 순간…… 다른 일화들도 있다. 하지만 사실 모든 순간이 그 유일한 강박관념에 속한 것들이다. 훗날 내 작품을 연주함으로써 나는 그 강박관념으로부터 결정적으로 해방될 수 있었다. 내가 라자루스에게 부동(不動)의 추락과 그것이 주는 엑스터시라는 이 기이한 경험을 들려주자, 그는 그건 불안정한 수면 상태에 지나지 않는다고 했다. 그러나 만약 그의 말이 맞다면 나는 잠듦과 깨어남이 거의 동시에 이루어지는, 그야말로 의학 연보에 기록될 만한 기막힌 기록을 세운 셈이다. 내가 다시 정신을 차렸을 때, 메를리니 부인은 막 그녀의 문장을 끝내고 있었다. 나는 한마디도 놓치지 않은 터였다.

"…… 투쟁할 거라곤 아무것도 없다는 것을 마침내 우리가 이해한 것처럼, 죽음이 삶 속에 있고 시작이 마지막 속에 있다면 우리의 기다림이 무슨 소용이 있겠어요? 모에? 괜찮아요? 얼굴이 창백해요!"

"토할 것 같아요."

메를리니 부인은 나를 욕실로 데려갔다. 나는 복도를 지나가면서 니노 삼촌이 음악실 창가에 서서 테너 가수가 돌아오는지 거리를 흘깃거리고 있는 것을 보았다. 그의 윗도리는 피아노 의자에 놓여 있었다. 삼촌은 구당 가람 담뱃갑을 손에 쥔 채 담배를 피웠는데, 재를 밖으로 날리며 내가 잘 알고 있는 선율을 흥얼거렸다. 'Don't get around much anymore……' 그 멜로디를 듣자 구역질이 가셨다. 나는 세면대에 몸을 기댄 채, 욕실 양탄자 위에 누워 자고 싶다는 생각을 했다. 머리를 쳐들었다. 메를리니 부인이 또다시 눈물을 흘리며 손에 수건을 든 채 나를 기다리고 있었다. 마르첼로가 현관 쪽으로 되돌아가는 소리가 들렸다. 그녀가 말했다.

"그를 놓치지 말아요."

"자자? 자자? 자자, 당신은 상상도 할 수 없을 거야. 나한테 천만 리라에 계약서를 쓰자는 거야!…… 당신 누구요? 이 사람 여기서 뭐 하고 있는 거야?"

메를리니는 들어오면서 소리쳤다.

"난 당신의 새로운 매니저요. 당신의 노래를 들으러 왔소."

니노 삼촌이 말했다.

나는 숨어서 현관 유리 창살 너머로 무대 위의 배우들을 지켜보았다. 메를리니는 평소 버릇대로 성질을 부리면서 고래고래 소리를 질러야 하는지 아니면 가장 세련된 예의범절을 보여주어야 하는지 몰라 주저하고 있었다.

"어이! 어이! 그렇게 서두르지 마시오! 나는 이제 막 오트마르 슈라이니 씨와 헤어진 참이오. 그는 현재 시정가극 무대에서 가장 영향력 있는 세 명의 에이전트 중 한 사람이지. 그런데 댁이 누구인지 모르겠는데. 그러니까……"

"한 친구한테서 당신이 예전의 목청을 되찾았다는 말을 들었소."

"정확한 소식을 들으셨군."

메를리니는 니노 삼촌의 말에서 조금도 위협을 느끼지 않고 대답했다. 그 소식이 이미 널리 퍼졌다는 사실에 만족하는 듯했다.

"물론 몇 달간의 연습이야 필요하지요. 폭격으로 무너진 오래된 건물을 바로 그 다음날 다시 세울 수는 없는 노릇이니까. 이런 비유가 적절하다면 말이오."

"당신이 원하는 걸 말씀해보시죠."

"내가 원하는 것이라…… 당신은 슈라이너 씨보다 뭘 더 제안하시겠소?"

메를리니는 흥분을 이기지 못하고 거의 몸을 떨다시피 하며 말했다. 그의 머리가 심하게 떨렸다.

"안니발 메를리니가 아무나 얌전히 따라갈 거라고는 생각하지 않는 게 좋을 거요. 무엇보다도 내게 말을 걸고 있는 당신이 누군지 알아야겠소. 당신, 당신을 소개할 명함 한 장 없으시오?"

"나와 함께라면 연습할 필요는 조금도 없소이다. 곧 노래를 할 수 있게 될 테니까."

마르첼로가 말했다.

"그만! 그만! 무슨 말 하려는지 잘 알겠소. 독점권을 원하는 거로군."

"당장 지금부터 원하오. 그리고 당신을 원하는 건 내가 아니라 바로 이 사람이오. 마에스트로 모에!"

니노 삼촌은 극적 효과를 가미해 말했다. 그런 그의 습성이 내 할아버지 돈 시지스몬도한테서 배운 것인지, 아니면 그의 직업에서 익힌 것인지, 그것도 아니면 할리우드 영화에 대한 그의 열정에서 온 것인지는 알 수 없었다. 나는 모습을 드러냈다. 깜짝 놀란 메를리니가 기절하기 직전 마르첼로는 그의 팔을 잡아당겼다.

"자자?"

메를리니는 그녀를 찾아 두리번거렸다. 그러나 그는 이내 복도 끝으로 나동그라졌다. 니노 삼촌이 그를 음악실로 끌고 갔다.

"내 조카 마에스트로 모에께서 지금부터 당신 집에서 자주 연주되지 않는 음악 한 곡을 연주해주실 게요. 하기야 마에스트로에 대한 내 존경심을 제외한다면, 당신 집에서 과연 배울 만한 게 뭐가 있을지 궁금하군."

마르첼로는 스웨터 소매를 걷어올리며 말했다.

나는 양손으로 건반을 두드리면서 부상당한 야수의 울부짖음을 뽑아냈다. 그 순간 니노 삼촌은 메를리니의 모자를 날려버리면서 길고 긴 주먹질의 서두 부분을 연주하기 시작했다. 우리는 그렇게 네 손과 네 발로 연주했다. 피아노와 주먹질, 현과 어퍼컷, 오른쪽 페달과 왼손 스트레이트를 위한 곡이었다. 곧 메를리니도 비명을 내지르며 우리의 즉흥 연주에 합류했지만, 그 소리는 내 연주음에 묻혀 들리지 않았다. 메를리니의 비명은 바로 삼촌이 원하던 거였다. 듀크 엘링턴이나 카운트 베이시처럼 마르첼로는 오케스트라 지휘자와 독주자 역할을 동시에 멋지게 해내면서 이따금씩 내게 "더 세게!"라고 지시했다. 나는 그가 메를리니를 작살내는 것처럼 피아노를 세게 두들겨대며 그의 요구를 만족시켰다. 앵콜 없는 콘서트였다.

방에서 나올 때, 니노 삼촌은 지폐 뭉치 한 다발을 선반에 놓으며 말했다.

"이건 양탄자 값이다."

나는 성악 연습을 마친 내 선생이 어떻게 되었는지 보려고 하지도 않았다. 피아노 아래에 숨으려던 메를리니는 기어가는 도중 기절하고 말았다. 메를리니 부인의 모습은 보이지 않았다. 우리는 그녀에게 인사조차 못 하고 아파트를 나왔다. 운전사 지노가 가속 페달을 밟자 엔진이 폭음을 터뜨렸다. 그는 우리를 무사히 데려다주었다.

"의자 스프링이 울퉁불퉁한 길의 진동을 끝내주게 흡수하는군."

시스토 다리를 지나 학교 정문에 이르렀을 무렵 니노 삼촌이 말했다.

9

내가 라자루스 제주룸에게 시카고에 있는 내 친척이 찾아왔으며 우리가 함께 메를리니를 찾아갔다는 것, 그리고 테베레 강에서 익사할 뻔한 사람이 누구였는지 이야기해주었을 때, 그는 내 말이 믿기 어렵다는 듯 야릇한 표정을 지었다. 그러나 증거물 하나가 내 증언에 결정적인 무게를 실어주었다. 그것은 미국에서 급송된 소포였다. 뱀 가죽 구두 한 켤레가 들어 있었고 마르첼로의 이름이 상자 겉에 쓰여 있었다. 나는 그 구두가 끔찍하다고 생각했지만 라자루스는 멋지다고 했다. 어쨌든 내 발에는 너무 크고 그의 발에 그런대로 잘 맞는 신발이었다.

그해 학기가 끝나가고 있었다. 메를리니를 대신해서 세티노 트롬본치노가 솔페지오 수업을 진행하는 동안, 나는 라자루스에게 아드리아나의 소식을 여러 차례 물어보았다. 그는 계속 아드리아나를 만나고 있었다. 아드리아나와 마테오의 아버지 데 비르질리스는 어떻게 해야 용서를 받을 수 있을까 고민하고 있었으므로, 라자루스는 데 비르질리스 씨가 조만간 슬픔을 이기지 못하고 아들의 가장 친한 친구를 받아들여 아들의 죽음을 위로하리라 예상하고 있었다. 어느 날 아침 안뜰에서, 라자루스는 어떻게 전혀 모르는 사람을 그 이름만 듣고 사랑할 수 있는지 내게 물었다. 내가 딱딱하게 굳은 아이스크림 콘을 옮기는 개미떼를 관찰하는 데 정신이 팔려 갑자기 고개를 숙였을 때, 그가 말했다.

"네가 그애를 보기는 했지. 그것도 딱 한 번 묘지에서. 하지만 난 네가 그애를 처음 보자마자 사랑에 빠졌다는 게 믿어지지 않아. 그날 그애는 별다른 걸 보고 있지도 않았는데 말야."

"너. 그녀는 너를 보고 있었어."

어느 날 저녁 나는 라자루스를 빌라 첼리몬타나에서 만나기로 했다. 마일스 데이비스가 "천재가 된다는 게 어떤 기분입니까?"라고 물었다는 키스 자렛의 콘서트에 가자고 내가 라자루스를 졸랐던 것이다. 만약 그가 이번 콘서트에서도 재즈에 아무런 감동도 받지 못한다면 다시는 그를 귀찮게 하지 않겠다고 약속했다. 빌라 첼리몬타나에서 나는 아드리아나가 혼자서 멀리 반딧불이들 사이로 돌계단을 내려오는 것을 보았다. 옅은 색 드레스를 입고 우산을 들고 있었다. 아드리아나가 나의 손을 잡았다. 그녀가 자신의 손가락을 내 손에서 빼내는 순간 빗방울 하나가 그녀의 손바닥 위로 떨어졌다. 우리는 둘 다 같은 생각을 하고 있었다. 그녀의 목소리와 내 목소리가 제3의 음성을 빚어내듯, 같은 순간 똑같은 말이 흘러나왔다.

"라자루스는 어디 있어?"

동시에 이렇게 말하고 나자 우리 얼굴에 미소가 번졌다. 예상치 못한 순간에 피어오른 그녀의 미소는 나의 거북함과 그녀가 느끼던 약간의 혼란을 말끔히 씻어냈다(라자루스라는 이름에 축복 있기를!). 그때 천운처럼 소나기가 쏟아졌다. 나는 그녀의 몸에 닿을락 말락 하게 나란히 그녀와 우산을 받치고 걸었다. 다행히 그녀는 우산을 갖고 올 생각을 한 것이다.

콘서트는 취소되었다. 우리는 수많은 군중이 밀려가는 방향의 반대쪽으로 걸었다. 곧 우리 둘만 남았다. 이내 거센 폭우가 멎고 날씨가 활짝 개었지만 아드리아나는 우산말고 다른 은신처를 원하지 않는 것 같았다. 우산을 쓰고 걷는 것말고는 다른 곳에 들르기를 원치 않았고, 이곳과 저곳 사이의 가장 빠른 지름길말고는 아무것도 원하지 않았다. 아마도 나 아닌 다른 사람과 함께 하기를, 내가 보여준 대담했지만 허망하게 끝나버린 키스 대신 다른 사람의 입술을, 내가 하는 작별 인사가 아닌 다른 사람의 작별 인사를 기다리고 있었던 것일까?

아드리아나 데 비르질리스는 궁극적인 목적의 추구라는 것이 얼마나 헛된 일인지 내게 알려주었다. 중요한 것은 미래를 기약할 수 없는 순간의 행복, 중단된 키스, 갑작스러운 변화라는 것을. 대답으로 끝나는 물음, 웃음 속에 깃들인 항의의 표시, 지하철 플랫폼에서 바다로 여행 가자던 그녀의 제안, 그리고 두 정거장이 지나자 입맞춘 자세 그대로 춤을 춰보자던 또다른 제안(그녀의 방에서 우리는 소금 조각상처럼 얼어붙어 있었는데, 이 두 소금상은 욕망으로 불타올라 금방이라도 녹아내릴 것 같았다), 각운이 풍부한 시에 대한 해박한 설명. 그녀는 이 모든 것을 감미로운 목소리로 내게 알려주었다. 그녀는 음악보다는 춤을 좋아했고, 춤보다는 연극을 더 좋아했다. 그녀는 소리 높여 읽는 텍스트와, 발음은 명확하지만 뜻이 모호한 글귀를 좋아했다. 그녀는 마치 남동생 마테오가 살아 있는 것처럼 그에 대해 이야기하다가 갑자기 몇 시간이고 아무 말도 하지 않기도 했다. 그녀는, 너무 빨리 충족돼버리는 욕망이나 앞서 계산된 목적, 빈틈없이 그려진 원의 천박함보다는 불완전한 고백, 맹세하는 것과 동시에 깨지는 사소한 약속, 격정이나 불쾌한 기분에 의한 작은 움직임, 그리고 스러져가는 관능의 불꽃을 좋아했다. 그녀는 자신의 행위 하나하나를 통해 완벽해지려고 노력했지만, 그렇다고 그녀의 인생이 특정한 방향을 향하고 있는 건 아니었다. 보다 진실되게 말하자면 그녀는 스스로 세상에 적응하기보다는 그녀 주위의 세계, 그녀에게 제공된 작은 우주를 자신에게 맞게 개량하려고 애쓰는 사람이었다. 그녀는 매사에 자유로웠다. 한 시간에서 일순간을 훔쳐냈다가 이내 그것을 놓아버렸다. 그녀는 사물들과의 접촉에서 일체감을 느꼈지만, 그것을 의식하는 순간 곧 역겨움을 느꼈다. "너 벌써 돌아가려고?" 유성들이 너무 많아 더는 셀 수조차 없었던 어느 날 밤, 내가 그녀에게 물었을 때 "다른 사람들도 보게 조금 남겨줘야지" 했던 그녀의 말.

'완성한다'는 동사가 라자루스에게 일종의 무력감을 의미한다면, 그녀에게는 범죄나 다름없었다. 정상에서 포기해야 했다. 뱃속에 일말의 허기를 남길 줄 알아야 했다. 그런 식으로 그녀는 사람들과 상념, 계절과 밤 속에 중선(中線) 하나를 그려넣고 있었다. 그녀는 유리를 쥘 때는 균열 부위를, 종이를 쥘 때는 종이결을 느끼려 했으며, 놀라움을 통해 침묵을 포착했고, 마음을 통해 문장을 이해했으며, 채 끝맺지 못한 말과 반달〔半月〕을, 내 얼굴에 막 피어나기 시작한 미소를 포착했고, 전혀 예상치 못했던 순간에 내 손을 잡았다. 그녀는 그

중심을 통해 세상을 받아들였고 단지 물질의 초입 부분만을, 자극이나 벽에 난 구멍, 서두, 건물의 현관에만 만족했다. 그리고 나머지 것들은 비속한 영혼들에게 내버려두는 것이다. 나는 그녀처럼 그렇게 시간에 덫을 놓는 사람을 알지 못한다. 잠시 후에 일이 어떻게 될까 하는 물음 따위는 아랑곳도 않는다. 오직 순간 속에 고립되어 나머지는 모두 무시하면서 원인과 결과라는 논리적 추론을 단절시켜버리는 것이다. 처음 1초와 그 다음 1초 사이에 순식간에 종적을 감추는 것과 같았다. 처음의 1초와 그 다음 1초 사이의 간격이 아무리 짧다 해도 그 찰나적 지속이 그녀를 감금시키는 것처럼. 포도 한 알을 따면서 그녀는 말했다. "내게는 반이면 충분해." 그러고는 나머지 반을 내게 건네주었다. 극장에서 그녀는 막간 휴식 시간만 기다렸고, 나는 그녀를 흘깃거리며 한번 쓰다듬어볼 수 있기를 꿈꿨다. 우리가 영화관에 간 건 한 번뿐인데, 그것도 중간 휴식 시간에 빠져나오고 말았다.

목소리의 균열, 간극과 빈틈, 고의로 저지른 실수와 전투 없는 휴전, 주중의 휴일과 갑작스레 중단된 포옹의 여왕. 아드리아나는 내게 인내심을 가르쳤다. 그녀와 더불어 나는 현재의 가치를 배웠다. 그러나 그 다음에 일어난 일을 고려하며 내 삶을 전체적으로 조망하면, 나는 그녀가 우리의 사랑을 통해 내게 베풀어준 것을 정반대로 이해한 셈이다. 나는 손가락 사이로 빠져나가는 순간들을 찾아 내 방식대로 시간의 교차로를 헤맸고, 마침내 나의 발라드에서 그것을 찾아냈지만, 존재의 행복과 번민을 초월하는 어떤 관점을 얻은 대신 나를 사랑한 여인을 잃었을 뿐이다. 오늘날 모든 것을 다시 시작해야만 하는 것이다.

우리는 거의 매일 저녁 만났지만 한 번도 라자루스 이야기를 한 적은 없었다. 그가 내게 아드리아나의 소식을 묻는 일 역시 한 번도 없었다. 파올로 두란테가 감동한 목소리로 1주일 후에 다시 만나자고, 플랫폼에서 나를 기다리겠다고 전화했을 때, 나는 불쾌한 마음을 감추기 힘들었다.

음악학교 교정에서 거행된 종업식을 여는 콘서트와 연설이 끝난 다음, 나는 모든 사람들의 환호를 받으며 교장으로부터 붉은 리본으로 묶은 양피지 한 장을 받았다. 하모니 일등상이었다. 나는 관중 사이에 앉아 있는 여비서 알렉산드리나 아르칸젤로를 발견하고 살짝 고갯짓으로 인사하지 않을 수 없었다. 옆사람과 이야기하던 그녀는 갑자기 입을 다물고 헛기침을 했다.

한순간에서 다른 순간으로의 출발을 알리는 금속성의 경적을 두려워하며 기차 발판 위에 서서 기다리던 일을 나는 결코 잊을 수 없다. 한 시간 전에 급수대 옆에서 마지막 담배를 라자루스와 나눠 피우고 막 그를 떠나온 후였다. 그는 나를 보러 시골에 오겠다고 약속했다. 그의 말을 그대로 인용하자면 "귀신 들린 두란테"를 꼭 만나보고 싶다는 것이다. 그는 결국 그렇게 했다. 하지만 내 삶에서 종종 그랬던 것처럼 내가 다시 그를 보기까지는 오랜 시간을 기다려야 했다.

멀리서 그녀가 내게 다가오는 모습을 나는 한 번 더 회상한다. 손수레와 구경꾼들 사이로, 강렬한 6월 말의 태양 아래에서 그녀는 달려오고 있었다. 처음에는 누군지 알아보기 힘든 희미한 실루엣이었지만, 기차가 철로 위에서 움직이기 시작하자 날씬하고 눈부신 모습의 그녀가 내 앞으로 다가섰다. 내가 아무리 그 기억을 질식시키려 해도 나의 기억은 바로 그 순간의 아드리아나 데 비르질리스의 꿈 같은 얼굴, 우리 사랑의 첫번째 봄을 내 머릿속에 기꺼이 떠올려낸다. 그녀는 나에게까지 이르렀다. 나는 변덕스럽고 고약하기만 한 이 기억을 단호하게 물리쳐야 하겠지만, 그래도 아직은 몇 페이지 더 쓸 시간이 남아 있다. 발판 위로 뛰어오른 그녀는 나를 끌어안았다. 기차는 이미 출발한 뒤였다. 질투심에 찬 나는 의연한 모습을 보이려 했지만 결국에는 이렇게 말하고 말았다.

"이젠 그가 너를 독점하게 되겠지."

그녀는 내 코에 입을 맞추며 웃음이 터지려는 것을 간신히 참고 속삭였다.

"넌 정말 바보야."

그러고는 단번에 플랫폼으로 다시 뛰어내렸다. 이 열정적인 고백을 끝으로 그녀는 내 시야에서 멀어졌다.

6

이제는 오텔로 인상긴과 라자루스 제주룸의 목소리가

내 기억 속에서 서로 합쳐졌다 분리되기도 하고

교차했다가 멀어지기도 한다.

내 아버지와 내 친구,

둘은 노래를 부르며 서로 다가가고 있었다.

1

이제는 오텔로 인상긴이라는 인물이 다시 나의 아버지로 출현하는 성스러운 시간에 대해 이야기하고자 한다. 그것은 마치 시간이란 것이 존재하지 않는 듯한, 아니 시간이 끊임없이 순환하는 시기라고 할 수 있겠다. 나는 능력껏 그 기이한 행복에 대해 묘사하고자 한다. 그리고 아버지의 죽음에 대해 이야기하고, 또한 그것이 내 삶에서 라자루스 제주룸의 재출현과 어떻게 맞물리는지 그리고 나의 인간사회로의 귀환과 어떤 관계가 있는지 이야기하겠다.

잠자리 한 마리가 물위를 날고 있었다. 햇빛도 고여 있는 물위에서 곤충의 움직임을 흉내내고 있었다. 잠자리가 그리는 둥근 지평선과 빛이 그리는 지평선은 마치 대지를 베어낸 거대한 낫처럼 하나로 합쳐졌다. 그 거대한 낫은 갈대 끝을 빨갛게 물들이고, 어두운 그림자들의 경계를 두드러지게 만들었으며, 고사리들의 윤곽을 비추어 오톨도톨하고 들쭉날쭉한 표면을 섬세하게 강조하고 있었다. 잠자리와 새벽햇살은 한 지평선에서 또다른 지평선으로, 동쪽에서 서쪽으로, 그렇게 반대 방향으로 질주해갔다. 하나는 밤이 자취를 감추기 전 마지막 먹이를 찾아다녔고, 다른 하나는 매복해 있는 어둠을 찾아다니며 아무런 예고도 없이 빛의 왕국 경계 너머로 어둠을 내몰고 있었다. 화재를 알리는 연기가 피어오르면 곤충들이 도망치는 것과 흡사했다. 하지만 잠자리는, 야행성 곤충들에게 휴식과 수면 시간을 알리는 태양의 권위를 무시하듯, 연못의 미끈한 표면 여기저기를 다리로 찔러댔다. 푸른 눈물을 흘리는 부인이라면, 우리가 밤이 안전하다고 생각하는 동안 불꽃이 우리를 태워버린다고 말했을 터이다. 나뭇가지에 엉겨 있던 안개는 물위를 떠다니면서 부식토 위에 이슬방울을 맺어놓았지만 그것 역시 곧 사라질 터였다. 밤은 이제 시간이 다했음을 알고 있었다. 어슴푸레한 밤안개는 차츰 고갈되어갔고, 하늘의 별들도 훅 불어 꺼버린 듯 사라졌다.

나는 유칼립투스 나뭇잎 한 장을 뜯어 손바닥에 향기가 배도록 비벼대다 찢어버렸다. 잔가지의 껍질을 벗기기도 하고, 나무 밑동에 새겨진 나이테를 세어 나무의 나이를 계산해보기도 했다. 아니, 나는 아무것도 하지 않았다. 땅바닥에 무릎을 꿇고, 아버지가 사냥감들의 흔적을 조사하고 엽총을 장전하고 휘파람으로 사냥개를 부르기를 마냥 기다리고 있었다. 그 사냥개는 시커먼 톱니 모양의 축 처진 입술에 혀를 길게 내밀고 침을 질질 흘리는 양치기 개였다.

다섯 살 때 나는 커다란 가방과 탄약 주머니를 들고 다녔다. 여덟 살 때는 늑대처럼 커다란 개를 줄을 매어 끌고 다녔다. 아홉 살 때 그 개가 죽자 나는 개가 하던 일을 대신했다. 내가 열 살이 되었을 때 아버지는 새로운 개를 길들였고 나는 장난감 새총을 갖고 놀았다. 열두 살 때 나는 처음으로 엽총을 갖게 되었다. 아버지와 나는 새벽 다섯 시에 출발해서 정오경에 집으로 돌아왔다. 저녁 때면 나는 총에 기름칠을 했다. 우리는 번갈아가며 새털을 뽑아 잘게 조각냈다. 아버지는 손에 묻은 피를 씻어냈다. 내가 나뭇가지를 찾아오면 아버지가 불을 피웠다. 개는 허드렛고기를 게걸스럽게 먹어치우고 뼈다귀를 물어뜯었다. 아침이면 아직 온기가 남아 있는 재를 치웠다. 아버지는 오후가 되면 잔디 깎는 기계에 매어놓은 트레일러에 백여 개의 빈 술병을 아무렇게나 쌓아올렸고, 나는 술병들이 떨어져 깨지는 소리를 들을 수 있었다. 그는 안마당에서 양탄자를 털었고 나는 개수대에서 걸레를 짜거나 전구를 바꿔 끼우고 한 뭉치의 더러운 시트를 등에 지고 세탁실로 내려갔다. 빨래에 이는 비누거품을 지켜보는 동안 그는 창문이란 창문은 모두 열고 가구에 있는 대로 왁스를 처바르며 걸레로 때를 빨아들였다. 그 다음에는 걸레 조각을 불살라버렸다. 나는 유리창을 닦고 문의 경첩에 기름을 칠했으며, 그는 물뿌리개로 안마당의 낙엽을 쓸어버렸다. 집은 그렇게 다시 태어났다.

후추향 같은 화약 냄새, 속이 메슥거리는 동물의 살 냄새, 식초로 헹궈낸 것 같은 고깃덩어리 냄새, 잉걸불 위에서 지글거리는 매캐한 기름 냄새. 가까이 혹은 멀리서 울린 것 같은 포성, 우리 개가 미친 듯이 짖어대는 소리. 총에 맞아 땅에 떨어진 새가 헐떡거리며 내는 단말마의 신음 소리. 그럴 때면 아빠는 새의 목을 쥐고 끝장내기 위해 바닥에 내동댕이치곤 했다. 핏빛은 그 색채와 농도가 검붉은색에서 연한 장밋빛까지, 담황색의 당밀 색깔에서 멜리사 수(水)* 색깔까지, 사방으로 튀듯 퍼져나간 핏자국에서 빈혈증에 걸린 담즙의 보일

듯 말 듯한 희미한 자국까지 다채롭고 미묘한 빛깔을 띠었다.

잠자리에 들기 전에 아버지는 부품 하나와 약간의 털, 붉은 실린더, 납덩이와 쇠뚜껑으로 손수 실탄을 만들었다. 납덩이에 화약을 가득 채우는 것도 그의 일이었다. 아버지는 부엌 탁자 위에 모든 재료들을 늘어놓고 침착하고 정확하게, 평화로운 얼굴로 탄환을 제조했다. 그럴 때면 손도 떨리지 않았다. 나는 맞은편에 앉아 그가 만든 탄환을 벨트에 끼워넣었다. 산탄 10호는 멧비둘기와 같은 조류를 사냥할 때 쓴다. 숫자가 줄어들수록 구경은 더 커지게 마련인데, 작은 막대기 같이 생긴 산탄 6호는 몸집이 커다란 사냥감용이었다. 어느 날 우리는 꿩 서른 마리를 잡은 일이 있었다. 나는 그것들 중 세 마리를 교회 앞에 갖다놓았다. 그러나 꿩을 수천 마리 잡는다 해도 아버지를 만족시킬 수는 없었다. 그렇다고 사냥에 대한 그의 욕심이 끝이 없다거나 그가 사냥감 하나를 잡고 나면 또다른 사냥감을 탐내는 사람이었다고 말하려는 건 아니다. 아버지한테 야수와 같은 살육의 욕구가 있었다거나 그가 죽음을 탐욕스럽게 갈구했다고 말하려는 것도 아니다. 반복해서 말하지만, 그는 (동족을 사냥할 때가 아니면) 언제나 마음의 평정을 유지하는 사냥꾼이었다. 그가 손에 엽총을 들고 어깨뼈의 움푹한 곳에 개머리판을 대고 있을 때보다 더 평화로워 보일 때는 없었다. 그러나 우리 영지의 사냥감들 중에서 아버지가 증오하는 적이 하나 있었다. 밤이 되면 나는 그가 손수 지어준 그 야수의 이름을 소리쳐 부르는 것을 들을 수 있었다.

"싱싱."

---

* 강심제로 쓰인다.

싱싱은 엄청난 체구에 머리가 비상한 멧돼지였다. 만약 내게 남동생이 하나 있다면 그건 아버지가 엽총으로 위협해 내쫓아버린 하녀가 낳은 아이가 아니라, 나만큼이나 끔찍한 재난을 불러일으키고, 또 나쁜 짓을 저지른 후에도 아무런 탈 없이 감쪽같이 도망치는 놀라운 기술을 보이는 그 야생 멧돼지일 것이다. 그놈과 나 사이에는 무슨 결투라도 벌어진 듯했다. 그것은 공통의 적에 가장 가까이 접근했다가 아무런 해도 입지 않고 쏜살같이 도망쳐버리는 자가 승리하는 결투로, 상대보다 먼저 아버지로부터 최고의 평가를 얻는 것이 게임의 규칙이었다. 아버지로부터 가장 요란하고 가장 끔찍한, 알아들을 수조차 없는 욕설을 듣고, 술에 취해 밤새 떠들어댈 때 그의 입에 가장 많이 오르내리는 자가 이기는 결투였다.

싱싱은 전략과 목표물을 쉬지 않고 바꾸며 규칙적으로 공격해왔다. 언젠가 놈이 송곳니로 아틀리에 문을 부수고 벽에 걸려 있던 아버지의 작업복을 낚아채서 그 위에 똥을 한무더기 싸놓은 일이 있었다. 연장통에도 가득 싸놓았다. 어느 날 밤에는 자동차 내부를 공격해왔다. 더이상 달리지도 못하는 고물 자동차의 문이 활짝 열려 있었는데, 놈은 그 안으로 들어가서 발톱으로 자동차 좌석을 갈기갈기 찢고 자동차 지붕 여러 군데를 우그러뜨려놓았다. 그 난리법석 속에서 놈은 우리 사냥개를 물어 죽였고, 보드카 한 상자를 산산조각내버렸다. 우편함을 박살내기도 했다. 속에 쌓여 있던 우편물을 제멋대로 질질 끌고 가다가 모조리 삼켜버렸다. 나는 허수아비를 뽑아내고, 이삭을 도둑질해 먹고, 밭을 엉망으로 만들어버린 것도 그놈의 소행일 거라고 확신한다. 내가 안마당에 뻗어 있던 날 아침, 우체부는 그런 짓을 한 사람이 내가 아니냐고 다그쳤지만, 멧돼지 녀석이 저지른 죄과를 내가 덮어쓴 일이 그게 처음은 아니었다. 하지만 반대로 아버지는 내가 저지른 몇 가지 죄과를 싱싱의 소행이라고 생각하기도 했다.

파올로 두란테는 내가 음악학교에 있는 동안 아버지가 사냥집 근처를 배회하는 것을 보았다고 했다. 하지만 두란테는 전혀 개의치 않았다. 평소 하던 대로 말없이 꽃들을 옮겨 심고 식용 호박을 먹성 좋게 해치웠을 뿐이다.

"신에게는 요나가 있어. 에이허브에게는 고래가 있고. 오텔로에게는 싱싱이 있는 거야. 하지만 마찬가지로 싱싱한테는 오텔로가 있고 모비딕에게는 에이허브 선장이 있지. 오직 불쌍한 요나만이 감히 경쟁해볼 수가 없군. 요나를 대신해서 욥을 보내는 편이 나았을 텐데……"

내 친구 두란테가 말했다.

나는 파올로 두란테에게 천적끼리는 그렇게 쉽게 역할을 뒤바꿀 수 있는 게 아니라고 대꾸했다. 사실 한쪽이 다른 한쪽의 이름을 짓지 않았던가.

"한쪽이 동물에게 역사와 이름이라는 영예를 부여했죠. 다른 쪽은……"

"…… 인간을 먹어치웠지."

파올로 두란테가 말했다.

싱싱이라는 별명은 멧돼지를 의미하는 준(准)동음어 싱기알레(cinghiale)와, 나와 내 털북숭이 형제가 저지른 죄와는 전혀 다른 차원의 범죄를 저지른 뒤 음울한 기억을 간직한 감옥으로 보내진 우리 집안의 몇몇 이탈리아계 미국인 친척들의 운명에서 따온 것이다.* 늑대인간을 쫓는 사냥꾼들이 탄창에 금탄환을 넣고 다녔던 것처럼, 아버지는 사파리 사냥용품 전문업체에서 우편으로 특수 탄창을 사들였고, 그것을 싱싱의 몫으로 배당해두고 있었다. 총 여섯 개의 특수 탄창은 그의 벨트 버클 이쪽 저쪽에 나란히 정렬해 있었다. 나는 교활하기 짝이 없는 그 거대한 멧돼지와 세 차례 다투었던 일을 기억한다(마지막이자 네번째로 싸웠던 일은 잠시 후에 이야기할 것이다).

내가 아홉 살 때였다. 안개가 자욱한 어느 날 아침, 브르타뉴 산 스패니얼**(늑대처럼 생겼던 양치기 개를 대신한)과 함께 오솔길을 뛰어다니던 나는 가시덤불 속으로 기어들어갔다. 아버지가 막 꿩의 머리를 날려버린 참이었다(총알이 날고 있던 꿩의 머리를 공중에서 관통했다). 내가 맡은 일은 꿩의 몸뚱어리를 찾아 가방에 담는 것이었는데, 사냥감 찾아내기 시합에서는 언제나 내가 개한테 지게 마련이어서, 그날도 스패니엘은 멀리서 냄새를 맡고 목표물을 향해 쏜살같이 달려간 반면 나는 사방으로 뻗어나간 포도덩굴 속에 갇혀 몸부림치고 있었다.

아버지는 오솔길로 들어와 장갑 낀 손으로 내 옷을 얽어맨 덩굴을 잡아채어 뽑아버린 후 계속 길을 걸어갔다. 내 허벅지와 무릎에선 피가 나고 있었다. 우리가 함께 있을 때 아버지가 보여준 사랑이란 참으로 거칠고 무뚝뚝한 것이었다. 나는 그가 엽총을 어깨에 메고 멀어져가는 모습을 바라보고만 있었다. 그 순간, 바로 등뒤에서 꿀꿀거리는 소리가 들려왔다. 뜨거운 입김이 확 풍기는 것이 싱싱임을 짐작할

---

* 싱싱은 미국 뉴욕 주에 있는 주립 교도소의 이름으로, 1969년에 오시닝 교도소로 이름이 바뀌었다.

** 몸높이 약 46~61센티미터, 몸무게 15~30킬로그램의 중형견, 주로 조류 사냥용이나 애완견으로 기른다.

수 있었고, 순간 전신이 떨려왔다. 차마 뒤를 돌아다볼 용기가 나지 않았다. 놈은 내 바지에 주둥이를 비벼대더니, 마치 뭐라도 묻는 듯 으르렁대다가 내 앞을 지나갔다. 그때 만약 내가 놈의 장난기 어린 작은 눈이 반짝거리는 것을 보았다면, 빳빳한 털이 무성하게 돋은 진흙투성이의 갈색 가죽에 싸인 집채만한 몸집이 움직이는 것도 목격할 수 있었을 것이다. 멧돼지는 한 발짝씩 내딛다가 달리기 시작하더니 길모퉁이에서 모습을 감췄다. 얼마 후 아버지의 고통스러운 비명 소리가 들려왔다. 싱싱이 그를 세차게 밀어붙여 가시덤불 쪽으로 굴러떨어뜨린 것이다. 이번에는 내가 가시덤불 속에 파묻힌 그를 빼내야 할 차례였다.

내가 열세 살 되던 해(안나 리자 달로지가 바위섬까지 헤엄쳐 가서 내게 자신의 이름을 알려주었던 해), 아버지는 몹시 미워하던 그놈을 마침내 쓰러뜨렸다고 믿었다. 우리는 부서진 날개뼈에 각양각색의 깃털로 가득 찬 사냥 가방을 들고 집으로 돌아오던 길이었는데, 그 순간 아버지는 멧돼지가 덤불숲을 가로질러 잽싸게 도망치는 것을 목격했다. 놈이 잡목 사이로 지나간 흔적이 여실히 남아 있었다. 우리는 둘 다 엽총을 움켜쥐었다. 나는 살점이 떨어져나가는 것 같은 통증을 느꼈다. 엽총의 반동으로 어깨가 끊어질 듯 매우 아팠던 것이다. 짐승은 날카로운 비명을 내지르며 옆으로 벌렁 드러누웠다. 아버지가 곧 놈의 양미간 사이에 총알 한 방을 박아 끝장을 냈지만, 놈은 싱싱이 아니었다. 그것은 작은 새끼 멧돼지, 싱싱이 거느리고 있는 여러 종복들 중 한 마리에 불과했다. 그러나 멧돼지들의 왕은 곧 복수를 하러 왔다. 다음날 놈은 아버지를 공격하기 위해 몰래 잠복해 있다가 아버지에게 무장할 시간도 주지 않고 달려들었다. 덤불숲에서 쏜살같이 달려들어 아버지를 쓰러뜨리고는, 그의 저항 따위는 우습다는 듯 난폭하게 짓밟았다. 그때 놈은 내 손 안에 있었다. 나는 놈의 주둥이를 겨냥하다가 마지막 순간 총신을 들어 양쪽 귀 위쪽을 향해 방아쇠를 당겼다. 총알은 나무 둥치 껍질을 갈가리 찢어놓았고 싱싱은 그 틈을 타 도망쳤다. 아버지를 진찰한 의사 선생님은 늑골에 세 군데나 금이 갔다고 진단했다. 나는 만족스러웠다.

싱싱과의 세번째 만남은 내가 로마에서 돌아온 후 3년째 되는 해 봄에 있었다. 나는 열일곱 살이었고, 지능에서나 체력에서나 명백한 퇴화의 징후를 보이던 아버지는 (아버지는 주기적으로 말을 더듬었고 밤새도록 술을 마셔도 수전증이 가시지 않았다) 자기보다 머리통 하나가 더 큰 아들을 상대로 더이상 싸움을 걸려고 하지 않았다. 충직한 스패니얼은 주인이 숨을 헐떡이며 걸음을 멈추면 나무 둥치 옆에서 기다리기도 하고 강가에 가서 물을 핥아먹기도 했다. 그 동안 아버지는 물을 탄 스카치 위스키를 한입 가득 들이켜 기운을 되찾았다. 우리가 그렇게 휴식을 취하는 일은 점점 더 빈번해졌다. 4월에 있었던 우리의 사냥은 가을빛을 띠고 있었다. 침묵과 달음박질, 그리고 다음 순간 화약이 허공에서 하얀 연기를 내뿜을 때마다, 사냥감을 잡을 충분한 탄창과 죽은 짐승들을 담을 사냥 자루가 부족했고 사냥한 짐승들을 먹어치울 먹성 좋은 위장이 아쉬웠던 그 화려했던 시절에 대한 기억이 씁쓸하게 되살아났다.

싱싱은 숲 가장자리에 있던 우리를 향해 달려왔다. 놈은 고사리 덤불 속에 몸을 숨기고 있다가 곧바로 아버지를 향해 돌진했다. 아버지는 서두르지 않고 겨냥했지만 첫번째 총알은 목표물을 맞추지 못했다. 멧돼지는 약 50미터 전방의 풀밭 위를 미친 듯이 달려오고 있었다. 아버지는 다시 방아쇠를 당겼고, 총알은 놈의 왼쪽 귀끝을 스쳤다. "아버지!" 나는 소리쳤다. 나는 더이상 아무 말도 하지 않고 가방과 엽총을 벗어던진 다음 풀밭을 가로질러 달리기 시작했다. 아버지도 곧 내가 하는 대로 따라했다. 그러나 이미 한 떼의 말벌이 아버지를 에워싼 후였고, 그것들은 곧 멧돼지를 둘러싸기 시작했다. 그날 밤 의사가 센 벌침 자국은 열네 개나 되었다. 의사는 거기에 주삿바늘 두 방을 추가했다. 주사기를 가방에 넣은 의사는 적어도 다음날까지는 절대 휴식할 것을 엄명했다. 아버지의 입이 얼마나 부어올랐던지 입에서 나오는 욕설조차 제대로 들리지 않을 정도였지만, 의사는 그에게 "천만에요"라고 대꾸했을 뿐이다. 그러고는 모자를 쓰고 방을 나가버렸다.

아버지가 그해 내내 영지에서 남몰래 사냥하는 것을 아무도 막을 수 없었다. 비록 대다수의 다른 사냥꾼들이 그렇듯 아버지 역시 합법적인 사냥 시기를 준수하지는 않았지만, 아버지는 적어도 자신이 정한 사냥 시기만큼은 엄격히 지키고 있었다. 그는 철새들이 사랑의 터전으로 돌아가는 시기에는 사냥을 하지 않았고, 무리에서 멀리 떨어져나온 새 몇 마리가 하늘을 날 때에는 총을 쏘지 않았다. 신중하지 못한 사냥꾼들이 우리 영지를 넘나들었는데, 그들이야말로 아버지에게는 손쉬운 사냥감이었다. 아버지가 정한 사냥 금지 기간이라 할지라도, 밀렵꾼들은 그에게 명백하게 합법적인 사냥 기회를 제공했다. 따라서 사냥 시즌이 아닐 때 아버지가 사냥하는 것은 밀렵꾼들이었다. 카키색 전투복을 입은 병사는 없었지만 대신 내가 있었다. 아버지는 내 뒤를 따라 달려왔다. 싱싱은 자기 기분대로 움직였다. 6개월 동안 완전히 사라졌다가는 1주일 내내 난리를 피우면서 우리의 신경을 자극하기도 했다. 놈은 언제나 아버지를 이기려 들었고, 우리는 교대 근무하는 직장 동료처럼 행여나 어디선가 싱싱이 나타나지 않을까 감시의 눈초리를 늦추지 않으며 각자 임무를 다하고 있었다.

2

집에 돌아온 지도 7년이 되었다. 내가 돌아온 첫해 여름에 파올로 두란테는 내가 학교로 돌아가야 한다고 완강하게 주장했지만 결국 내 뜻을 따르기로 했고, 다시 기차 여행을 떠나자는 소리는 더이상 하지 않았다.

내가 교회에서 바흐를 연주하거나 사냥집에 있는 피아노로 베토벤을 연주하는 것을 혼자만 듣는 게 참으로 애석하다고 파올로가 흥분한 목소리로 말하기는 했지만, 그는 축제 무도회에서 멋진 조화를 이루며 춤추는 한 쌍의 커플을 떠올리며, 내 손과 그의 귀, 그의 손가락과 나의 감상(鑑賞), 그의 목소리와 내 침묵이 이루는 조화에 매우 흡족해했다. 그는 멜로디에 감싸인 우리 우정이 만들어내는 몸짓 하나하나가 서로 즉각적으로 교감하고 있음을 발견했고, 우리 둘이서 (내 스승이 종종 인용하던 철학자의 말을 빌리면) 가능계(可能界) 중에서 최선의 세계를 만들어내고 있다고 생각했다. 나는 언덕과 숲속에서, 오르간과 피아노 사이에서 인생을 마치고 싶다는 생각밖에 없었다. 파올로 두란테가 죽은 뒤에 그 빈자리를 내가 차지하고, 어쩌면 그가 그랬던 것처럼 내 모든 음악적 지식을 전수할 수 있는 아이가 나타나길 기다리면서 말이다.

도시에서는 아무 소식이 없었다. 이미 오래 전부터 아드리아나는 내게 편지를 보내지 않았다. 내가 그녀의 편지에 아무런 답장도 하지 않았기 때문이다. 라자루스 제주룸이 내 생일에 사냥집으로 전화를 했지만 시간이 흐름에 따라 우리의 대화는 빈곤해져갔다. 우리는 서로 아무 할 말이 없었다. 시간이 흐른다는 것, 우리가 다시 만나면 서로 할 말이 참 많을 거라는 것 외에는. 니노 삼촌은 해마다 나름대로 성실하게 새 부츠 한 켤레를 '마에스트로 두란테의 동거인 마에스트로 인상긴' 앞으로 보내왔다. 만약 지방, 지역, 우편번호에 '마에스트로'라는 말을 붙일 수 있었다면, 그는 기꺼이 그렇게 했을 것이다. 부츠는 언제나 너무 크거나 작았고 그렇지 않으면 내 눈에 너무 괴상망측해 보였지만 그래도 난 강박관념에 사로잡힌 물신주의자처럼 그것들을 정성스레 다루었다.

오텔로는 싱싱을 쫓고 있고, 에이허브는 모비딕을 추적하며 항해를 계속하고, 신은 물고기 한 마리에게 위임장을 주어 요나와 요나의 굴욕감을 통째로 소화시키라고 했다, 라고 파올로가 말했다. 거기다 덧붙일 수도 있었을 것이다. 마르첼로 스트라델라는 부츠를 쫓아다녔고, 파올로 두란테 자신은 알바의 악보를 끊임없이 연주하고 복사하면서 지겹도록 되씹고 있다고……

내가 8년 전에 악보를 연구하며 그에게 해주었던 충고는 당장에는 아무런 결실을 보지 못했다. 17세기 화가에게 잭슨 폴록*의 물감 흩뿌리기 기법이나 이브 클랭**의 청색화를 보고 넋을 잃고 감탄하라고 요구할 수는 없는 일이다. 하지만 이런 비교는 아무 의미가 없다. 파올로 두란테는 리게티를 손가락뼈 끝을 통해 잘 알고 있지 않던가? 아니다. 거기에는 일란성 쌍둥이나 샴쌍둥이 자매 같은 분신들 사이에 존재하는, 판에 박은 듯 닮았다는 점이 일체의 의사소통을 불가능하게 만들어버리는 좀더 본질적인 모순이 존재하고 있었다.

"현대 물리학도 유사한 길을 걷고 있어"

라자루스는 유감스런 말투로 내게 설명했었다.

"미래에는 더이상 중개인이 필요치 않아. 미래가 원하는 건 악보라는 게 존재했다는 것을 잊을 수 있는 사람, 음악이 악보로부터 분리될 수 없다는 사실을 완벽하게 잊을 수 있는 사람, 음악의 내적 불협화음을 아둔함에 이를 때까지, 정신착란과 수학적 엄밀성이라는 이중의 암초까지 끌고 갈 줄 아는 사람이야."

아무리 물이 빠지지 않는 토양이라도 소나기가 몇 차례 쏟아지다 보면 물이 스며드는 법이다. 내가 파올로 두란테에게 추천했던 음악 역시 그가 받은 모든 음악 교육과 훈련의 지층 사이로 조금씩 조금씩 스며들기 시작했다. 그레고리오 성가[21)]와 네우마[22)]의 지층, 트루바두르[23)]와 최초 다성악의 지층, 노트르담 악파[24)]와 아르스 노바[25)]의

---

* Pollock, Jackson Paul(1912~1956), 미국의 추상표현주의 화가. 화폭 위에 공업용 페인트를 흩뿌리는 기법을 처음으로 사용, 액션페인팅의 선구자로 일컬어진다.

** Klein, Yve(1928~1962), 프랑스의 누보레알리슴 화가. 장미색, 금색, 청색 단색화 시리즈를 남겼다. 벌거벗은 육체에 물감을 발라 화폭 위에 찍는 해프닝 예술의 선구자이기도 하다.

지층, 몬테베르디와 륄리의 지층, 칸타타와 오라토리오의 지층을 ……(이렇게 열거했다고 해서 내게 집요하게 파고들기 좋아하는 본성이 있다고 생각해서는 안 된다. 만약 내가 우연성의 음악[26]이나 그 이상까지 파고들어간다면 열거 목록은 결코 끝나지 않을 것이다) 그렇게 몇 년이 지나자 우상 파괴자들의 음악이 음악계의 성자 중의 성자를 감화시키는 사건이 일어나게 된 것이다.

"내가 그 판을 어디다 두었더라?"

어느 일요일 점심 식사가 끝난 후 파올로 두란테는 낮잠에서 깨어나 말했다.

"무슨 판이요?"

"웨인 쇼터의 판 말이다."

나는 그가 음반 찾는 것을 도와주었다. 파올로는 저녁때까지 그 판을 들었다. 때로는 소파 위에 누워서 발목을 까딱거리며 박자를 맞추기도 했고, 때로는 소파 주위를 거닐면서 깊은 명상에 빠지기도 했다. 그는 얼마나 골똘히 음악에 빠져 있었는지 커피 한 잔을 가져다주겠다는 내 말도 듣지 못할 정도였다. 그가 거닐었다고 했지만 실제로 그의 발걸음은 춤추는 듯했다. 파올로 두란테는 꽃무늬 쿠션이 놓인 소파 주위를 펄쩍펄쩍 뛰어다녔다. 나는 그가 싱커페이션 장단에 맞춰 고개를 까딱거리고 손으로 다리를 치다가 돌연 멈추는 것을 보며, 그가 귀기울여 깊게 듣고 있는 것이 어떤 선율, 어떤 악기인지 익히 짐작할 수 있었다. 그는 작은북 위를 때로는 격렬하게 두들겨대고 때로는 부드럽게 애무하는 듯한 드럼 스틱의 움직임에, 16분음표들이 빚어내는 석양빛 아래 수천 수만의 빛깔로 반짝이는 나뭇잎들 같은, 타악기와 콘트라베이스가 이루는 은밀한 대위법에 특별히 민감하게 반응하고 있었다. 행복했다, 나는. 나는 재즈에 대한 내 스승의 열정이 일시적인 도취가 아니라, 오랜 숙고 끝에 비로소 인정한 재즈의 진정한 가치임을 알 수 있었다. 이제 재즈는, 재즈를 경멸하고 멸시하는 모든 의혹으로부터 무죄 선고를 받았을 뿐 아니라, 그런 의혹이 커다란 오류에 불과했다는 것을 명백하게 입증해준 것이다.

LP 디스크를 열여섯 번 들은 다음 내가 배고플 거라고 짐작한 파올로 두린데는 나더러 자신이 저녁을 준비하는 동안 집에 들러서 내가 모은 카세트 테이프를 갖다줄 수 없겠느냐고 했다.

"같은 유파의 음악으로…… 그리고 바질*과 로즈마리도 약간……"

돌아오는 길에 나는 손가방을 채소밭에 내려놓고 샐러드용 야채를 찾아다녔다. 사냥집 굴뚝에서는 연기가 피어올랐고, 듀크 엘링턴과 찰스 밍거스, 맥스 로치의 음악 소리가 달콤하게 속삭이듯 흘러나오고 있었다.

나는 그날처럼 밤늦도록 유쾌한 시간을 보낸 적이 없었다. 〈홈 쿠킹Home cookin'〉의 가락에 맞춰 독주와 스탠더드[27]가 꼬리에 꼬리를 물었고, 카세트 테이프는 플레이어 옆에 차곡차곡 쌓여갔다. 파올로 두란테는 소파를 돌며 다시 춤추기 시작했다.

"색소폰 연주자가 누구야? 이 기타리스트 이름이 뭐지?…… 작곡가는?…… 독주자 이름은?"

그가 물었다.

"허비 니콜스요."

"허비 니콜스."

---

* 잎이나 줄기를 말려 요리의 향신료로 쓰는 식물.

나의 스승은 자크 샹피옹 드 샹보니에르의 이름을 발음하는 것처럼 성스러운 어조로 그 이름을 되읊었다.

"그럼 가수는?"

"사라 본."

그 다음부터 난 노예상인들이 싹 훑고 지나간 마을에 홀로 서 있는, 나무와도 같은 기억력을 갖고 있어서 아무것도 잊지 않는 나이 많은 마법사 역할을 맡았다. 나의 수습생 파올로는 거의 종교적인 법열감에 휩싸여 아득한 기원에서부터 현재에 이르기까지 내가 들려주는 위대한 선조들의 이야기에 귀를 기울였던 것이다.

루이 암스트롱은 아내 릴리안으로부터 세 명의 사생아, 조니 도즈, 키드 오리, 존 생시르를 얻었고…… 두번째 결혼에서는 얼 하인즈와 지미 스트롱, 프레드 로빈슨과 주티 싱글턴, 맨시 카라를 얻었고……* 이런 식으로 나는 창녀촌과 도박장을, 애버딘과 로열 가든 카페를, 틴 팬 앨리(Tin Pan Alley)와 민턴스 플레이하우스(Minton's Playhouse)를,** 투 비트(two-beat)에서 밥(bop)[28]까지, 비밥(be-bop)에서 쿨(cool)[29]까지, 또 포주나 마찬가지였던 흥행주들과 아름답지만 성질 고약한 여자들, 피아노 위에 놓인 권총과 음악광이었던 마약상들, 그리고 마약을 상습적으로 복용하던 작곡가들에 대해 이야기해주었다. 내 이야기를 들으면서 파올로 두란테는 함부르크의 누추한

---

* 조니 도즈(Johnny Dodds)와 키드 오리(Kid Ory)는 1925년 암스트롱이 조직한 핫 파이브 밴드(Hot Five Band)에서 각각 클라리넷과 트럼본을 연주했으며, 얼 하인즈(Earl Hines)와 주티 싱글턴(Zutty Singleton)은 1929년 암스트롱이 두번째로 조직한 핫 파이브 밴드에서 각각 피아노와 드럼을 맡았다.

** 틴 팬 앨리는 악보상들이 밀집해 있던 뉴욕의 지역명이며, 민턴스 플레이 하우스는 비밥 재즈가 태어난 할렘 가의 카바레 이름이다.

집에서 살았던 브람스와, 모차르트와 시카네더*를, 모차르트가 죽은, 비가 주룩주룩 내리던 얼음장 같던 새벽에 그의 관을 따라갔다고 알려진 개를, 매독에 걸린 슈베르트와 연기로 시커멓게 그을린 지하실에서 그가 보낸 수많은 고통스러운 밤들을 떠올렸다. 괘종시계가 다섯시를 알렸다. 파울로는 〈소 왓So what〉을 들으면서 포도 브랜디를 마셨고, 〈블루 인 그린Blue in green〉을 들으며 눈물을 흘리기도 했다. 나는 소파에서 곯아떨어졌다. 막 잠들기 전에 나는 내 스승이 알바의 악보를 무릎에 올려놓고 경련하는 듯한 웃음으로 몸을 흔들어대는 것을 보았다. 아무 소리도 새어나오지 않는 키득거림이었다. 그는 피곤으로 신경이 날카로울 대로 날카로워진데다 밤새도록 틀어댄 재즈 음악으로 흥분이 고조돼 있어서 마치 악마처럼 기괴한 표정을 짓고 있었다. 이윽고 그의 얼굴엔 신비의 작품을 해독할 수 있는 열쇠를 손에 넣었다는 안도감이 서렸고, 그는 꿈도 없는 깊은 잠 속으로 빠져들었다.

* Schikaneder, Emanuel(1751~1812), 모차르트의 오페라 〈마술피리〉의 작사가.

3

한 시간 뒤에 우리를 깨운 것은 총소리였다.

"오텔로!"

소파 스프링이 갑자기 천을 찢고 밖으로 튀어나온 것처럼, 나는 자리에서 발딱 일어나 소리쳤다.

"뭐라고?"

파올로가 코를 골다 말고 대꾸했다. 나는 사냥집 문을 활짝 열어젖히며 달음박질쳐 밖으로 나왔다. 그 바람에 서랍장 위에 밤새도록 켜두었던 램프를 가져오는 걸 깜박 잊고 말았다. 나는 반(半)봉사처럼 윤곽이 희미한 숲속 나무들을 헤치고 어둠에 가려진 장애물들을 피해 더듬거리며 앞으로 걸어갔다. 찢기고 긁힌 다음에야 나는 가시덤불과 월귤나무를 분간해낼 수 있었다. 대담한 건지 어리석은 건지 알 수 없었지만 어쨌든 나는 비틀거리며 걸어나갔다. 강으로 난 지름길로 들어섰다고 생각하던 차에 그만 걸음을 멈추고 말았다. 수많은 상상의 행로들이 시커먼 어둠 속에 펼쳐져 있어 주저하지 않을 수 없었던 것이다(너무 어두워서 내 손바닥과 옆에 있던 나뭇잎조차 구별할 수 없을 정도였다). 내가 길을 잃었구나 하며 당황하던 순간 스패니얼이 다가오는 소리가 들렸다.

"어디 있느냐?"

그림자들 사이로 아버지가 소리쳤다. 그림자들은 한순간에 서로 흩어졌다가 또다른 순간 바닥이 보이지 않는 수면처럼 하나로 합쳐졌다. 숨죽인 소리도, 작은 삐걱거림도, 낙엽이나 나뭇가지가 바스락대는 소리도 듣지 못했던 나는 아버지의 음성을 그렇게 가까이에서 들으리라고는 조금도 상상하지 못했다. 나지막한 그의 목소리는 지옥에서 올라온 저승사자의 목소리처럼 음울하게 들렸다. 나는 완전히 넋이 나가 아무 말도 할 수 없었다. 지금, 나는 알고 있다. 그날 동트기 전 새벽, 캄캄한 숲속에서 모습조차 볼 수 없는 아버지를 마주한 내가 그에게 용서를 빌 수 있었던 유일한 기회를 완전히 놓쳐버렸다는 것을.

"네 엽총을 갖고 왔다. 받아라."

아버지는 내게 총을 내밀며 말했다. 캄캄한 어둠 속에서 나는 그의 얼굴조차 볼 수 없었다. 그리고 지금 그 얼굴이 그립다. 아버지의 얼굴은 손을 뻗으면 닿을 수 있는 곳에 있었다. 엽총의 총신과 개머리판 사이만큼의 거리가 우리 두 사람을 갈라놓고 있었다. 아버지는 내 쪽을 향하고 있었고, 그때 그 얼굴을 만질 수도 있었다. 어쩌면 나는 아버지와 눈길이나마 한 번 마주치기를 원했는지도 모른다. 그러나 아버지의 시선은 내게 영원히 허용되지 않는 어떤 것이었다. 아버지가 찬 손목시계에서 초침이 똑딱거리는 소리가 났다. 나는 그에게 한 번도 속내를 털어놓은 적이 없었다. 그의 슬픔을 이해한다고, 새벽녘에 그를 혼자 내버려둘 생각은 아니었다고. 하지만 그렇게 말하지 못했다. 나는 자신에게 성을 내며 속으로만 웅얼거렸을 뿐이다. 그의 발소리가 멀어져갔다. 개가 그를 뒤따르고 있었다.

그 전날, 그는 평소와 같은 시간에 내 방 벽을 두드릴 거라고 내게 미리 말했다. 그 전날 저녁에 나는 사냥 시즌이 시작된 후 우리가 처음으로 사냥하기로 한 다음날의 사냥에 대비해 여러 가지 준비를 하기로 했다. 그러나 손가방을 찾으러 갔을 때, 나는 아버지의 모습을 보지 못했고, 완전히 흥분한 상태에서 아버지와 나만의 시간, 우리 둘만의 시간이 돌아왔음을 까맣게 잊고 있었다. 전날 아침 그가 내게 미리 말했고, 계단을 뛰어올라갈 때 부엌 식탁 위에 분해된 엽총이 놓여 있는 것도 분명히 보았건만 그만 우리가 15년간 충실하게 지켜오던 의식을 깜박한 것이다. 어둠 속을 헤매던 나의 위치를 그가 어떻게 알아냈는지, 나는 그가 다가오는 소리를 듣지도 못했는데, 그가 어떻게 날 찾아내서 엽총을 건네줄 수 있었는지 궁금했다. 내가 오선지에서 음표들을 해독하고 침묵의 정확한 무게를 측량할 줄 아는 것처럼, 아버지 역시 올빼미처럼 어둠을 꿰뚫어보았던 것일까? 그렇다면 그의 뒤를 따라 걷는, 맹인용 흰 지팡이처럼 엽총을 짚고 있는 내 모습도 보았을까? 내 얼굴에 생생히 떠오른 경악에 찬 표정도? 밤이 내 입 속으로 들어와 목구멍을 조이고 맹인이나 다름없는 나를 벙어리로 만들었다는 걸 그는 알고 있었을까?

나는 아침이 될 때까지 한동안 아무것도 볼 수 없었고 아무 말도 할 수 없었다. 마치 부상자가 응급조처를 기다리듯 나는 날이 밝아오기를 기다리고 있었다. 내 눈에는 아무것도 비치지 않았다. 마치 베일 하나가 내 눈을 덮고 있는 것 같았다. 나는 내 눈을 실명시키는 어둠에 침묵으로 대항했다. 이윽고 하얀 수직선이 내 눈앞으로 뻗어오르더니 이내 사라져버렸다. 수많은 창백한 빛줄기가 춤을 추다가 자취를 감췄다. 작은 별 하나가 내 눈 가장자리까지 와서 사멸한 것 같았다. 또다른 별 하나가 대각선으로 날아올랐다 똑같은 운명을 겪었다. 그것은 반딧불이들이 추는 모호한 춤사위, 새벽이 오기 전 하루살이들의 마지막 춤, 길 잃은 인간들의 눈꺼풀 위로 밤이 던지는 불똥이었다.

"In girum imus nocte et consumimur igni(우리는 밤의 원을 향해 나아가고 거기서 불꽃에 타오른다)." 푸른 눈물을 머금은 부인이 속삭였다. 나는 앞부터 읽어도 뒤부터 읽어도 똑같은 그 문장의 시간처럼, 해질 무렵이나 동틀 무렵의 밤에 대해 생각했다. 이 말을 발음하기 위해 입이 커다랗게 벌어진다. 마지막 단어를 내뱉은 후에는 더욱 크게 벌어지더니 다시 말하기 시작한다. 한 손이 다른 손과 뒤얽힌 가운데, 연기를 내뿜는 붉은 깜부기불 같은, 두 개의 부싯돌 사이에서 번득이는 불똥 같은 입 하나가 태어났다. 낮이기 때문에 태양이 휘황한 광채를 발하는 건 아니다. 자신이 만들어낸 불꽃이 하늘을 향해 올라가는 것을 바라보던 유사(有史) 이전의 사냥꾼*은 무엇을 느꼈을까, 하고 나는 생각했다. 하늘의 권위에 도전한 죄로 벌받을 것을 두려워하며 그 불꽃을 꺼야 한다고 생각했을까? 아니면 자신을 태양과 동일시하며 완전히 이성을 잃고 말았을까? 오르간 건반 위에

* 인간에게 불을 선사한 죄로 영벌을 받은 프로메테우스를 의미한다.

놓여 있던 동전이 떠올랐다. 손재주가 날렵한 마술사처럼 그것들을 감쪽같이 낚아채던 파울로 두란테의 동작도. 나는 그의 손바닥 안에서 찰랑거리던 동전 소리를 들었다.

나는 계속해서 아버지와 스패니얼을 따라갔다. 짙은 어둠은 경계도 없었다. 어둠은 내 귓가로 다가왔다 물러났지만, 내가 눈을 뜨고 있는지 감고 있는지조차 분간할 수 없었다. 한 장면 한 장면, 내 기억은 미완성곡의 각 악장(樂章)을 회상해본다. 당시로서는 아직 존재하지도 않았던, 허공에 매달린 듯 시간 속에서 조금씩 구체화되기 시작한 나의 발라드. 나는 베네치아의 한 극장에서 안니발 메를리니가 커다란 샹들리에의 수없이 영롱한 크리스털들이 땡그랑거리는 가운데 〈여자의 마음〉을 노래하는 소리를 듣고 있었다. 피아노 연주가의 머리 위로 강철 사슬이 무너져내리는 것도 보였다. 그 소리는 강 한가운데 있는 바위섬을 내리치는 무수한 유백색의 미립자들이 내는 소리와도 같았다. 그리고 나는 내 방에 있었다. 드레스 안감에 수놓인 안나 리자의 이름을 읽고 있었다. 나는 또 촛불이 밝혀진 또다른 방 한가운데 시지스몬도의 머리맡에 앉아 있었다. 여러 질문(마르첼로는 "아이 이름을 뭐라고 지을까요?"라고 물었고, 아버지는 "주디트는 어떻게 되었죠?" 하고 물었다)이 다급하게 교차되는 가운데 막 숨을 거두기 전 할아버지가 내 이름을 말하려는 순간이다. 또 어느 날 저녁 물탱크 위에 나와 나란히 누운 안나 리자가 그녀의 언어로 내 이름("에옴Eom")을 속삭이던 순간, 텔레비전 앞에서 메를리니 부인이 마치 캐너비럴 갑(岬)*의 공학기사가 마지막 카운트다운을

* 미 항공우주국(NASA)의 우주관제소가 있는 곳.

하듯 내게 '팰린드럼'이라는 말의 뜻을 설명해주던 순간이 떠올랐다.

"출구를 통해 안으로 들어가고 입구를 통해 밖으로 나오지요. 하지만 이 문장이 우리의 상념을 사로잡게 되면 우리의 삶을 완전히 질식시켜버린답니다. 마치 삶 속으로 죽음이 들어오는 것처럼, 마치……"

나는 어둠 속에서 아버지의 뒤를 따라 걷고 있었고, 아버지는 어둠을 좇아 걷고 있었다. 마침내 지평선이 밝아오기 시작했다. 눈에 보이는 건 신기루가 아니라 진짜 햇살이었다. 안개 속에서 동이 터오자 나는 말을 되찾았다.

"물통 좀 건네주세요."

아버지는 몸을 돌려 메고 있던 울퉁불퉁한 철제 물통을 내게 건네주었다. 그는 양모로 된 줄무늬 모자를 쓰고 있었다. 스패니얼이 그의 발치에서 앞발을 들고 뛰면서 짖어댔다. 아버지는 호주머니를 뒤지더니 커다란 빵 한 조각을 던져주었다. 개의 턱뼈가 부딪히는 소리가 어슴푸레한 새벽을 가르며 울려퍼졌다. 마치 채찍으로 후려치는 듯한, 고통스럽기까지 한 소리였다. 그만큼 새벽녘의 숲은 고요했다. 올빼미 한 마리가 동쪽에서 우우 하고 울고 있는 게 전부였다. 개는 빵을 모조리 삼키더니 우리의 발치를 돌면서 끙끙거리며 땅냄새를 맡기 시작했다.

"나는 놈을 느낄 수 있어. 나는 놈이 피를 흘리는지, 겁에 질려 똥을 갈기는지도 알 수 있어. 놈이 이미 뒈졌다면 그것도 알 수 있을 거야. 놈은 가까이 있어. 우리 주위를 맴돌고 있다구."

아버지가 말했다.

햇살에 안개가 점점 걷히기 시작했다. 나는 안개 사이로 드러난,

괴상하게 모가 난 주변 풍경을 훑어보았다.

"어쩌면 놈은 이미 죽었는지도 몰라요. 몇 살이나 먹었죠? 만약 아직 살아 있다 해도 많이 늙었을 거예요. 왜 그렇게 생각하세요?……"

내가 물었다.

"나도, 나도 아직 살아 있지 않더냐?"

아버지는 대답했다. 그의 입에서 하얀 김이 뿜어져나왔다. 나는 그제야 날씨가 쌀쌀하다는 것을 느낄 수 있었다. 나는 튼 손으로 허벅지를 때렸다.

"나는 늙은 사냥꾼이야. 하지만 내가 살아 있으니 놈도 살아 있을 게다. 놈을 느낄 수 있다고 내가 말하지 않았니."

아버지가 말했다.

바로 그 순간 아버지는 균형을 잃고 옆으로 쓰러졌다. 어린 유칼립투스 나무 둥치에 어깨를 심하게 부딪친 것이다. 그나마 나무가 있어서 더 넘어지지 않을 수 있었다. 아버지는 나뭇가지 하나를 간신히 움켜쥐었다. 나는 아버지의 어깨에 가까스로 매달려 있던 엽총이 팔꿈치 안쪽으로 미끄러져 앞뒤로 그네를 타듯 여러 차례 흔들리고 나서야 겨우 엽총을 붙잡을 수 있었다. 나는 아버지가 몸을 일으키는 것을 도와주지 않았다. 아버지는 새그물 속에 가래침을 뱉었다.

"아주 늙은 사냥꾼이지."

나뭇가지를 이용해 몸을 곧추세우며 그가 말했다. 아버지는 이마 위로 미끄러진 사냥 모자를 바로 쓰고 한 번 더 가래침을 뱉었다. 가래 속에 피가 섞여 있는 것이 보였다. 아버지의 안색이 가공되지 않은 야생 상앗빛, 혹은 멧돼지 송곳니처럼 누런 도자기빛을 띠고 있는 것은 뿌연 안개 속에 서서히 밝아온 새벽 햇살 때문이 아니었다. 흐릿한 그의 시선, 눈동자가 아무런 광채 없이 탁한 반투명색인 것은 그때가 희미한 새벽이었기 때문이 아니었다.

"네가 의사를 불렀냐?"

아버지가 물었다.

"아니오."

"그가 지난번에 나를 시장에서 봤다는구나. 저런, 독주가 흐르는 인상긴의 혈관에 피가 충분히지 못하군, 하고 생각했다는 기야. 그래서 나를 보러 왔다더구나."

"그래서요?"

"그가 말하기를 나더러 싱싱을 찾아내라는 거야. 그리고 그놈 대갈통에 커다란 납탄환을 쑤셔박으라는 거지. 가능한 한 빠른 시일 내에 그렇게 하는 게 내게 좋다나. 아니다, 내가 그에게 그렇게 말했어. 하지만 다 똑같은 이야기지."

나는 길고 날카로운 신음소리를 내는 도랑의 미세한 물소리와, 허공에서 앵앵대는 모기들의 사랑의 찬가, 그리고 간헐적으로 머리 위에서 들려오는 새들의 지저귐에 귀를 기울였다. 갈고리처럼 굽은 벚나무 가지 위에 침엽수 잎으로 짠 둥지 하나가 있었다. 둥지는 새털과 솜털로 뒤덮여 있고 하얀 똥으로 얼룩져 있었는데, 나뭇가지의 갈색 끄트머리에 똥딱지들이 대롱거리고 있었다. 앉아 있던 개가 목을 좌우로 긁적였다. 개의 주둥이는 마치 재갈을 물리고 고삐를 채운 듯 귀쪽으로 당겨져 있었다.

"꿩과 멧도요새 사냥도 여간 피곤한 게 아니구나. 하나같이 다 피곤해. 놈이 살아 있다는 걸 난 알고 있어. 한 달 전인가 놈을 본 적이 있다. 그놈 꿈을 꿨어. 오늘 난 느낄 수 있어. 놈이 숨쉬고 있다는 걸."

아버지의 이 몇 마디 말은 라자루스 제주룸의 장광설과 맞먹는 것이었다(그는 내가 알고 있는 사람 중에 가장 수다스러운 사람이다). 오텔로가 말이라는 걸 입 밖에 내는 순간은 술로 곤드레가 되어 소파에서 졸고 있을 때뿐이었다. 아버지는 "그놈 꿈을 꿨어" 하고 말했다. 나는 마치 그가 내게 어마어마한 비밀을 털어놓기라도 한 것처럼, 마치 그가 가장 아끼는 술병을 숨겨두었던 장소를 고백하거나 내가 아직 태어나기 전의 추억을 말하는 것처럼 그 말을 머릿속에서 곱씹어보았다. "그놈 꿈을 꿨어." 진부하게 들릴 수 있는 말이다. 하지만 이 말이 내겐 큰 의미가 있었다. 아버지가 처음으로 내게 마음을 열어 보인 것이다. 땅 위에 난 짐승의 흔적이나, 사냥한 짐승에게서 벗겨낸 가죽을 어떻게 말려야 하는지, 그가 새를 몇 마리나 잡았는지 말한 것이 아니었다. 나더러 탄약을 사냥 벨트에 박으라거나 불 속에 장작을 넣으라고 말한 것이 아니었다. 아버지는 싱싱의 꿈을 꾸었다고 말한 것이다. "그놈 꿈을 꿨어." 그는 혼자서 자신의 꿈을 좇거나 대개는 좌절되게 마련인 자신의 욕망을 홀로 되씹는 데 만족하지 않고 내게 그것을 공유할 것을 제안했던 것이다. "하나같이 다 피곤해." 아버지는 가면을 떨어뜨린 것이다. 문장 하나로 베일에 싸여 있던 모든 시간을 노출시키고 있었다. 그의 눈 주위로 거무스레한 그늘이 더욱 짙어졌다. 오랜 피로와 낙담이 그의 입가에 씁쓸한 주름을 새겨넣으며 그에게로 스며든 것이다. 죽음이 멀지 않았던 나의 아버지……

내가 아버지의 말을 듣고 있는 동안, 라자루스 제주룸은 무너진 아스팔트 길의 움푹 팬 구덩이와 불룩 튀어나온 지면을 조심스럽게 피하면서 시골길 위를 달리고 있었다. 나는 그때 노래를 부르고 있었다는 그의 말을 믿고 싶다. 가죽 핸들 위에 손을 얹고, 그의 자동차 클레망 파나르의 유리창 앞으로 다가오는 울퉁불퉁한 길과 길에 팬 홈들, 진흙투성이의 바퀴 자국을 바라보며 갑자기 멈춰 서기도 하고 핸들을 바로 잡기도 하면서 그가 노래를 부르고 있었다고 나 역시 상상하고 싶다. 그의 친구 마테오의 시에 그가 작곡한 테마, 데크레센도[30]의 반음으로 물 흐르듯 유연하게 떨어져내리는, 불안정한 불협화음에 기끔씩은 협화음을 이루기도 하는 그 멜로디는 라자루스에게 썩 잘 어울렸다. "……운명 앞에 나약한 우리의 우정…… 사자(死者)가 되어 서로 되찾으리라…… 다시 태어난 애무에…… 다시 찾은 웃음소리에…… 마치 유령 눈에 비친 산 자들의 모습처럼…… 생명에 뒤이은 아침햇살처럼…… 태양이 간직하고 있는 우리의 우정…… 햇살이 기억하고 있는 한 영원히 존재하리라…… 출발지도 없고 종착역도 없는……"

오텔로가 나무등걸에 기대어 앉아 술을 한 모금 마시고 있는 동안, 뮤즈를 인도하는 나의 아폴로 신은 사슴 가죽 장갑을 낀 손으로 핸들을 꺾으며 그의 발라드를 부르고 있었다. 헤드라이트가 들판을 둘러싼 전기 담장과 잠들어 있는 암소 떼의 살갗을 환히 비춰주었다. 라자루스는 그가 7년 전에 음악학교 교정에서 한 약속을 막 지키려던 참이었다. 나의 영지로 나를 보러 오겠다던 그 약속을.

잠자리 한 마리가 물위를 날고 있었다. 잠자리는 저수지 수면에 닿을 듯 말 듯 방죽을 스치며 날아다녔다. 직선을 그리며 날다가 지그재그로 날기도 했다. 마치 신이 거기에 미궁 하나와 그 미궁에서 빠져나올 수 있는 활로를 단숨에 그려넣고 있는 것 같았다. 어느 날 저녁 파올로 두란테는 그런 식으로 안나와의 이별에 대해 설명했지, 나는 엽총을 바위에 걸쳐놓으며 생각했다. 태양이 그녀의 수의를 갈가리 찢어놓았다. 나는 입을 크게 벌리고 하품했다. 스패니얼은 내 옆을 지나 무희처럼 몸을 흔들며 강가로 내려갔다. 개는 진흙탕에 다리를 담그고 물을 마셨다. 창백한 푸른빛을 띤 둥근 하늘 아래 아버지는 풀이파리를 씹고 있었다. 바람은 아직 선선했지만 간혹 뜨거운 열기가 한 줄기씩 섞여들기도 했다. 나는 금강석처럼 빛나는 물거품이 강둑에 부딪혔다가 점토를 방죽 한가운데로 쓸어가는 것을, 그 흔들리는 수면을 응시했다. 무척추의 건축기사 하나가 거기서 직각을 그리며 미궁 같은 행로를 따라 움직이고 있었다. 거울처럼 미끈한 수면을 뚫으며 무언가가 반짝했고 물이 몇 방울 튀더니 수면 위로 파동이 일었다. 하나의 원이 두번째 원으로, 다시 세번째 원이 되어 멀리 퍼졌다. 파동은 그렇게 동심원을 그리다 다시 잠잠해졌다. 물고기는 이미 먼 곳에 가 있었고 잠자리도 더이상 보이지 않았다. 나는 아버지를 향해 몸을 돌렸다. 그는 다른 곳을 응시하고 있었다. 기침이 터져나오는 입을 손으로 막으며 건너편 강둑을 바라보고 있었다. 팔을 허공으로 둥그렇게 뻗더니 손가락을 활짝 펴서 바람을 쥐는 듯한 시늉을 했다. 그건 아무 소리도 내지 않고 방죽을 우회해야 한다는 우리 사이의 신호였다.

내 몸은 건조한 열기 아래 떨고 있었다. 땀은 흐르지 않았지만 보이지 않는 불의 후광 같은 것이 내 몸을 감싸는 것을 느낄 수 있었다. 나는 한 시간밖에 자지 못한 터였다. 그 한 시간 동안 사냥집에서 밤새도록 울려댄(한 소절 한 소절, 한 코러스 한 코러스, 관자놀이와 관악기의 취구를 땀과 침으로 흠뻑 적시면서, 힘찬 슬랩으로 현악기의 현을 튕기면서, 금관악기의 밸브를 힘껏 눌러대면서, 볼을 팽팽하게 부풀리고 페달과 건반을 미친 듯 두드려대던) 재즈의 천재들이 내 위 속에서 채 소화되지 않은 쇠고기 조각과 뒤엉켜 있었다. 노곤한 피로 때문에 나는 온몸이 긴장되는 동시에 정신이 멍했다. 선교사처럼 울어대는 두꺼비들의 형이상학적인 울음소리 — 두꺼비들은 목쉰 소리로 "쿠아(quoi)*?…… 쿠아?"라고 묻고 있었다. 그것이 불경한 무당벌레들에게 신을 믿으라며 "크루아(crois)**!…… 크루아!……" 하고 재촉하는 소리가 아니라면 말이다 —, 자갈들이 신발 아래에서 미끄러지며 내는 미세하고 둔탁한 소리, 달그락거리는 자갈들의 스타카토[31]와 레가토[32] 사이로 미풍을 거슬러 날아오르는 곤충들의 날갯짓 소리, 검은 뽕나무에 매달려 있는 거미줄에서 똥파리 하나가 발버둥치는 모습이 내 주의를 끌고 있었다. 나는 마치 강둑 건너편에 서서 현재 우리가 앞으로 나아가는 모습을 무심히 바라보듯 그렇게 넋을 놓고 선 채, 내 맥박을 세고 있었다.

나는 무언가 우리를 가까이에서 지켜보고 있다는 느낌이 들었다. 그제야 우리가 감시받고 있다는 것을 알 수 있었다. 아버지는 동트기 전부터 감지했던 모양이었다. 그는 숲 가장자리에 있는 개암나무 아래 멈춰 섰다. 방죽과 늪지대를 지나자 울창한 숲이 나타났다. 아버지는 배낭을 벗어 나뭇가지에 걸었다. 엽총에 장전을 한 다음, 조용한 발걸음으로 숲을 걸어가는 대신 노래를 하기 시작했다. "Zu mir is gekumen a kusine, shejn wi gold is si gewen di grine…… Zu mir is gekumen a kusine……" 그의 부드러운 음성은 나를 감동시켰다. 푸

---

* 프랑스어로 두꺼비 울음소리를 표현하는 의성어인 동시에 "뭐라고?"라는 뜻도 있다.

** 프랑스어로 "믿어라!"라는 뜻.

른빛을 발하는 그 숲만큼 부드러운 슬픔, 애수에 찬 번민의 감정이 숲 한가운데 미명 속에 있던 나를 사로잡았다.

오텔로는 잃어버린 사랑의 찬가, 연인 주디트가 알려준 노래를 부르고 있었다. 물론 당시의 나는 그 이야기에 대해 전혀 모르고 있었다. 에지디오 신부가 훗날 꽃장수와 랍비의 이야기, 거리에 쓰러져 잠들어버린 니노와 카를로타의 이야기, 또 거의 같은 순간에 일어난 시지스몬도와 내 어머니의 죽음처럼 내가 아직 존재하지 않았던 때의 이야기들과 함께 이 이야기를 해준 것이다. 하지만 나는 아버지가 혼자라고 느낄 때마다 똑같은 가사로 읊어대던 이 노래를 잘 알고 있었다. 가방을 벗어던진 그는 나무 밑으로 들어갔다. 모자를 벗어 호주머니에 쑤셔넣고 연신 노래를 흥얼댔다. 나는 피리 소리를 들은 뱀이 바구니에서 머리를 쳐들고 나온다는 이야기는 들어본 적이 있지만 클레즈머의 멜로디에 이디시어로 된 노래로 멧돼지를 유혹할 수 있다는 이야기는 들어본 적이 없었다. 하지만 그러지 말라는 법이 어디 있겠는가? 나는 개줄을 쥔 채 아버지의 뒤를 따르며 속으로 생각했다. 아버지가 놈을 잡기 위해 세운 전략은 전부 실패로 돌아가지 않았던가? 싱싱의 놀라운 지능과 상상을 초월하는 감각을 근거로 아버지는 멧돼지가 어쩌면 집시 음계의 흥쾌한 멜로디에 마음을 빼앗길 수 있다고 생각하는지도 몰랐다. 파올로 두란테가 조지 러셀의 〈관능적인 변위음 개념Lydian chromatic concept〉과 〈다가올 일Things to come〉을 연주하던 디지 길레스피 빅밴드의 웅장하고 현란한 음악에 심신을 완전히 빼앗겨버린 지금, 세상에 불가능이란 더이상 존재하지 않았다. 그러나 어떤 것도, 또 어느 누구도 앞으로 일어날 그 끔찍한 사태를 우리에게 경고해줄 수는 없었다.

이제는 오텔로 인상긴과 라자루스 제주룸의 목소리가 내 기억 속에서 서로 합쳐졌다 분리되기도 하고 교차했다가 멀어지기도 한다. 하나는 마테오의 시를 노래하고 다른 하나는 주디트의 테마를 노래한다. 하나는 사라진 친구를 애달파하는 곡이고, 다른 하나는 납치된 여인을 위한 애가(哀歌)이다. 한 사람은 시속 100킬로미터로 들판을 달려오고 다른 사람은 숨죽인 발걸음으로 우리 영지의 숲으로 걸어 들어간다. 한 사람은 그의 클레망 파나르 자동차로 길 위에 버티고 있는 암탉들과 도마뱀들을 내몰고 있고, 다른 사람은 나뭇잎과 가시덤불을 헤치며 걷고 있다. 한 사람은 교외 묘지에 있는 무덤을 생각하고 있고, 다른 사람은 내 이름과 같은 이니셜로 시작하는 미국의 황무지, 아메리카의 평원과 사막 속에 파묻혀버린 어느 이름 모를 도시를 생각하고 있다. 오텔로와 라자루스, 내 아버지와 내 친구, 둘은 노래를 부르며 서로 다가가고 있었다. 마치 그들의 노래가 서로 뒤엉켜 교차하는 것처럼.

"Zu mir is gekumen…… 사자(死者)가 되어 서로 되찾으리라…… a kusine, shejn wi gold is…… 다시 태어난 애무에…… si gewen di grine…… 다시 찾은 웃음소리에…… Zu mur is…… 운명 앞에 나약한 우리의 우정…… gekumen a kusine…… 태양이 간직하고 있는 우리의 우정……"

가장 예민한 청력과 가장 완전한 침묵조차도 무너뜨릴 수 없는, 덤불숲과 둔덕으로 된 수백 헥타르의 영지가 둘을 갈라놓고 있었지만, 내 기억은 라자루스와 오텔로의 목소리를 하나로 합쳐 내 귀 움푹한 곳에 붙들어두었다. 오직 내 기억만이 그들의 여정과 노래의 임박한 결합 지점을, 그 피할 길 없는 만남의 지점을 인지할 수 있다.

우리는 가시와 밤송이들이 어지럽게 널려 있는 메마른 비탈길에서 좌우를 살피며 잠시 멈춰 섰다. 완만한 경사의 오르막길이었다. 언덕 끝에는 평평한 꼭대기가 펼쳐져 있었는데, 그곳은 내가 즐겨 찾는 피신처 중 하나였다. 노란 풀들이 듬성듬성 나 있는 타원형의 땅 한가운데에 커다란 참나무 한 그루가 비비 꼬인 단단한 뿌리를 별 모양으로 뻗어내리고 있었다. 어릴 적에 나는 목공소에서 찾아낸 널따란 판자 세 개로 1주일 동안 그곳에 작은 테라스 같은 것을 만든 적이 있다. 둥치가 팔을 하늘로 쳐들듯 가지들이 갈래갈래 뻗어나가는 높이에 못으로 판자를 고정시켰다. 내가 마지막으로 이 은밀한 피신처를 찾은 것은 안나가 낮과 밤을 바꾸어 살던 시기, 그녀가 내 방에서, 지붕 기와 위에서, 아니면 물탱크 위에서 나를 와락 끌어당겨 포옹하던 그 시절로 거슬러올라간다. 우리는 따끔거리는 침상 위에서 사랑을 나눴다. 그녀는 나무에 내 손목을 붙잡아 누르고 내 몸에 자신의 몸을 밀착시키며 부벼댔다. 그러면 나는 참나무 테라스에 박힌 녹슨 못들 위로 활짝 젖혀진 내 팔처럼 벌려진 그녀 허벅지 사이로 들어갔고, 쾌락에 젖은 그녀가 웃음을 터뜨리면 나도 커다란 웃음을 터뜨렸다.

언덕 정상에 다다른 아버지는 걸음을 멈췄다. 오래된 참나무 꼭대기는 햇빛 아래 메트로놈의 추처럼 흔들리며 바람 속에서 바스락 소리를 냈다. 우리는 믿을 수 없다는 표정으로 야수가 내는 무겁고 둔중한 숨소리를 듣고 있었다. 싱싱이 거기 있었다.

'싱싱이 저기 있어, 내가 만들어놓은 테라스 그늘 아래.' 나는 속으로 생각했다. 놈은 그늘 속에서 잠들어 있었다. 우리는 놈이 꿈꾸는 소리를 듣고 있었다. 나는 그저 도망치고 싶은 생각밖에, 언덕으로부터, 아버지로부터, 자신의 죽음을 꿈꾸고 있는 멧돼지로부터 걸음아 나 살려라 하고 도망치고 싶은 생각밖에 없었다.

아버지는 개줄을 쥐더니 나뭇가지에 매달곤 개 주둥이를 살짝 때리며 절대 침묵을 명했다. 그 다음에 그는 이상한 행동을 했다. 한쪽 손을 입으로 가져가더니 입술로 힘차게 빠는 것이었다. 그가 다시 손을 허리춤으로 내려뜨렸을 때, 나는 그의 손이 보랏빛으로 멍들어 있는 것을 보았다. 우리는 위를 향해 걸어갔다. 아버지는 싱싱의 숨소리에 맞춰 걸음을 옮기고 있었다.

평평하게 깎아지른 작은 언덕 꼭대기에 다다른 후에야 우리는 놈을 보았다. 싱싱은, 땅속 깊이 박혀 있다가 땅 위로 모습을 드러낸 두 개의 뿌리 사이에 옆구리를 기대고 누워 있었다. 싱싱의 몸집이 그렇게 집채만해 보이기는 처음이었다. 햇살이 바람에 흔들리는 그물망 같은 나뭇잎들 사이로 수많은 빛의 조각들을 뿜어냈다. 그 외로운 나무 그늘 아래 누워 있는 싱싱은 완전히 무방비 상태였고, 공격성이라곤 전혀 찾아볼 수 없었다. 내 직감은 딱 한 군데서만 틀렸을 뿐이다. 싱싱은 자고 있는 게 아니었다. 놈은 작은 눈을 가늘게 뜨고 우리가 다가오는 것을 예의 주시하고 있었다. 멧돼지의 뱃살이 한껏 부풀어 올랐다 다시 꺼져들어갔다. 처음 떠오른 생각은 놈이 소화불량에 걸렸을 거라는 추측이었다. 싱싱은 짧은 다리로 팽팽하게 부풀어오른 뱃살을 지탱하고 있어서 좀처럼 움직일 수 없을 것 같았다. 단숨에 도망쳤다가 나중에 우리의 배후를 공격하거나 잠시 후에 아버지로 하여금 성난 비명을 터뜨리게 만들 거라는 생각은 들지 않았다. 멧돼지의 동공은 놈의 매력이자 나의 행복이기도 한 특유의 빈정거리는 빛을 잃고 있었다. 놈이 고통스러워하고 있는 걸까, 나는 생각했다. 하지만 그날 벌어진 그 길었던 전쟁의 에필로그, 그리고 한 남자와 고독한 야수 사이의 오래 묵은 경쟁이 어떻게 종결되었는지 회상하고 있는 지금, 나는 싱싱의 눈을 차라리 적정량의 마약을 투여받은 뒤 약효가 심장까지, 아니 그 너머까지 빠르게 혈관을 타고 번지는 순간, 막 주삿바늘을 꽂은 후 법열의 순간에 빠진 마약중독자의 눈과 비교하고 싶다. 나는 놈의 눈에서 일종의 기이한 분별력 같은 것, 흐릿하면서도 날카로운 혜안 같은 것, 다시 말해서 어떤 통찰력 같은 것을 감지했다. 놈은 불에 그을린 풀들이 듬성듬성 박혀 있는 언덕 끝보다 훨씬 더 멀리, 놈의 눈앞으로 다가오는 인간들의 실루엣보다 훨씬 더 먼 곳으로, 제 몸을 겨누고 있는 음울한 총구보다, 사냥꾼의 얼굴에 번진 씁쓸한 미소보다 훨씬 더 먼 곳으로 시선을 던지고 있었다. 싱싱은 마지막 복수의 기회를 놓치지 않겠다는 적의 희망을 비웃기라도 하듯 그렇게 죽어가고 있구나, 나는 생각했다.

아버지는 자신의 총질이 놈에게는 신의 은총이나 다름없다는 것을, 그 최후의 전투로부터 자신은 아무런 영광도 얻지 못하리라는 사실을 아직 모르고 있는 듯했다. 놈이 아주 가까운 데 있다는 것, 놈이 규칙적으로 으르렁거리고 있다는 것, 놈의 살갗 위로 털이 바르르 떨리고 있다는 것, 흙 묻은 송곳니와 놈의 콧잔등에서 점액이 윤기를 발하고 있다는 것 말고는 아버지의 관심을 끄는 건 아무것도 없었다. 아버지는 드디어 만질 수 있을 정도로 가까운 거리에서 마주하게 된 싱싱을 관찰하느라 완전히 넋을 잃고 있었다. 놈을 보는 것이 그에게 힘을 가져다주는 것 같았다. 놈의 냄새를 흠뻑 맡고 놈의 모습에 가슴을 울렁거리며, 아버지 또한 점점 더 거친 숨을 몰아쉬고 있었다. 아버지는 마치 시간을 늦추기를 원하는 사람처럼, 멧돼지와 참나무가 그의 앞에서 끝없이 뒤로 물러나주기를 바라는 사람처럼 천천히 앞으로 나아갔다.

만약 내가 미리 알았더라면, 하고 나는 훗날 생각했다. 만약 놈이 어떤 상태인지 내가 미리 알았더라면. 만약 놈이 내게 단 한순간이라도 자신의 눈에 비친 세계를 보여주었더라면…… 하지만 나는 활짝 갠 하늘 아래에서, 내 앞에서, 그리고 울창한 숲 안에서 전개될 그 드라마가 종결될 때까지 어떠한 상상도 하지 못하고 있었다. 나는 싱싱의 진정한 본성, 그리고 놈이 아버지에게 덤벼드는 것을 포기하면서 그에게 얼마나 끔찍한 선물을 가져다줄 것인지 조금도 짐작하지 못하고 있었다. 나는 놈이 왜 거친 숨을 몰아쉬고 있는지, 왜 끙끙거리며 고통스러워하고 있는지, 단 1초도 생각해보지 못했다.

"드디어 우리가 여기에 이르렀다."

아버지가 말했다. 그는 울창한 나뭇가지들이 만들어낸 그늘 안으로 들어섰다. 그러고는 싱싱에게, 누워 있는 그놈에게 나른한 목소리로 말을 건넸다. 그가 말한 '우리'란 나를 포함한 말이 아니었다.

"드디어 우리가 여기에 이르렀다. 나는 아주 오랫동안 이 순간을 기다려왔다……"

아버지는 엽총의 총신을 아래로 향했다. 그리고 입을 벌리지 않은 채 기침을 하더니 겉옷 소매로 입을 쓱 닦았다. 그의 손이 술병을 넣어두는 호주머니 쪽으로 내려오는 것이 보였다. 손은 지퍼 바로 위에서 잠시 떨리다 생각이 바뀌었는지 더이상 움직이지 않았다. 아버지는 손목을 들어 시계를 보았다. 그러고는 머리를 연이어 세 번 끄덕였다. 싱싱은 그를 응시하고 있었다. 깊이조차 알 수 없는, 너무 가까운 동시에 너무 먼 시선이라 마치 온 세상—하늘을 등지고 선 아버지와 뒤로 물러서 있는 아들, 그리고 주변의 푸른 나무들의 흔들림—

이 놈의 눈에 반영되는 듯했다. 아니, 세상이 놈의 눈에 반영되는 게 아니었다. 아비와 아들, 하늘과 나무들이 놈의 동공 볼록한 표면에, 그놈의 망막 반대편에 존재할 따름이었다.

"내 아버지가 말씀하셨지. 곧 임종을 맞이할 사내에게 그의 이야기를 해주어야 한다고. 그가 어디서 왔고 무엇을 했는지 그에게 이야기해야 한다고. 그에게 과거를 회상하게 해야 한다고. 하지만 너는 사람이 아니야……"

아버지의 입에서 마지막 말이 나오려다 멈췄다. 마치 그것이 그의 입술 끝에서 나오지 않으려고 하는 것처럼. 병든 멧돼지의 짧고 뾰족한 귀를 향해 내뱉은 자신의 말에 스스로 거북해하는 것 같았다. 말은 끝을 맺는 대신, 머리를 옆구리에 처박고 주인의 뜻을 읽으려고 애쓰는 스패니얼처럼 허공에 매달려 있었다. 총부리가 서서히 다시 일어서며 놈의 복부를 향했다.

햇살은 조는 듯 흔들리는 그림자를 꿰뚫고 총신을 핥아내리다 금속 표면 위에서 혼절하듯 사그라졌다. 마치 금속이 햇빛을 흡수하는 것 같았다. 먼지가 주위를 날아다니다가 섬유질의 별들처럼 공중에 뿔뿔이 흩어졌다. 나는, 이 장면이 죽는 날까지 지겹도록 나를 따라다닐 거라고 생각한다. 그것은 정신 속에 뚜렷한 글씨로 각인된, 시간이 정지된 영원한 현재의 장면이었다.

나는 방아쇠 고리 속으로 들어간 그의 검지손가락을 본다. 그것은 방아쇠 위에 걸치듯 놓여 있었다. 나는 그의 손가락이 구부러지는 것을, 손가락 관절이 부풀어오르는 것을, 총의 격철(擊鐵)이 머리를 드는 것을, 방아쇠가 뒤로 물러서는 것을 본다. 나는 내가 그렇게 하리라고는 생각해보지 못했다. 그러나 내 엽총은 오텔로를 향하고 있었다. 나는 말한다.

"안 돼요."

아버지의 옆얼굴만이 보일 뿐이다. 한순간 그의 눈이 나를 흘끗 보더니 다시 외면해버린다. 이제 그는 싱싱의 배, 최면을 걸듯 규칙적인 리듬으로 부풀어오르는 놈의 가슴팍만 쳐다보고 있었다. 나는 그에게 다시 한번 경고했다. 아무런 확신도 없었다. 아버지의 오랜 피로가 내 피로와 뒤섞인 듯했다. 한 인생 전체의 피로가 하룻밤을 새운 나의 피로와 뒤섞인 것 같았다.

"쏴."

아버지는 말했다. 그리고 마치 혼잣말하는 사람처럼 금속 방아쇠를 당겼다.

총소리의 반향은 어마어마했다. 나는 자욱한 연기와 화약 냄새 속에서 싱싱의 배가 터져버린 것을 보았다. 시커멓게 입을 벌린 놈의 배때기에서, 피가 철철 흐르는 구멍에서 살점과 내장, 그리고 걸레가 된 살갗이 튀어올랐다. 싱싱의 몸뚱어리는 참나무 둥치로 내던져졌다. 놈은 비틀린 앞발 하나로 나무뿌리를 움켜쥐고 있었다. 뼈는 부러진 상태였다. 머리통은 뒤로 벌렁 넘어가 있었다. 더이상 놈의 눈이 보이지 않았다. 그게 유일한 위안이었다. 놈은 아직도 숨쉬고 있었다. 놈의 심장 박동에 맞춰 흐르는 피가 놈의 가죽과 지표면을 온통 뒤덮고 있었다. 나는 아버지를 바라보았다. 그는 몽둥이로 머리를 얻어맞은 사람처럼 콧구멍을 벌름거리며 입을 헤벌리고 있었다. 갑자기 그의 얼굴에 아연실색한 표정이 어렸다. 그는 입을 다물었다. 그의 목덜미 털이 곤두서 있었다. 역류하는 물살처럼 그의 얼굴에서 핏기가 싹 가셨다. 마치 보이지 않는 손이 목을 조이듯 그의 목근육

이 움직이는 것을 볼 수 있었다. 아버지의 손에서 총이 미끄러졌다.

두번째 총성에 나는 비명을 질렀다. 아버지의 부츠 끝이 날아가버렸고, 부츠 가죽은 주위의 풀과 함께 바작바작 타들어갔다. 연기 속에서 피가 흘러내렸다. 오텔로는 두번째로 발가락을 잃어버린 것이다. 꽃가게 앞에서 주디트를 만났던 22년 전에 그는 발가락 하나를 잃어버렸다. 이번에는 다른쪽 발가락이었다. 하지만 그는 내가 방금 전 그에게 엽총을 겨누었을 때 그랬던 것처럼 자신의 부상에 무관심한 자세로 일관했다.

"아니."

그는 신음소리를 내뱉었다. 마치 담배를 한 번 빨아문 후 뿜어내는 청회색 동그라미처럼 자음이 분절되지 않은 소리였다. 나는 싱싱 쪽을 바라보고 싶지 않았다. 그 사태를 이해하게 될 것이 두려웠다. 내 아버지의 얼굴에서 읽을 수 있었던 그 경악감의 근원을 알게 되는 것이 두려웠다. 아버지의 얼굴은 더이상 사람의 얼굴이 아니었다. 그것은 찡그린 표정으로 굳어버린 사육제의 가면이었다. 오텔로는 성한 발로 돌아섰다. 이제 나무는 그의 뒤편에 있었다. 멧돼지가 단말마의 거친 숨을 몰아쉬며 끙끙대는 소리를 들을 수 있었다. 엽총을 밟고 참나무 그늘 밖으로 나온 아버지는 반쯤 넋이 나간 듯한 걸음걸이로 비탈길을 향해 걸어갔다. 나는 눈을 비볐다. 눈썹에 고인 땀을 닦고 내 눈앞의 장면을 바라보았다. 상처에서 엄청난 양의 피가 흘러 주위로 번져나가고 있었다.

살과 털과 내장들이 시뻘건 피 속에서 흐물거리는 가운데 무엇인가가 움직거리고 있었다. 놈의 심장은 아니었다. 심장은 기적적으로 가슴팍에 대롱대롱 매달려 있었다. 최후의 경련을 일으키는 다른 내장도 아니었다. 저승에 사는 거대한 벌레 한 마리가 걸레 조각이 된 내장 속에서 뛰쳐나온 것도 아니었다. 뭔가 삐죽삐죽 움직이더니, 또 다른 것이 뒤이어 움직거렸다. 싱싱의 배때기 속에서 생명이 부글부글 끓어오르는 것 같았다. 이윽고 끈적거리는 듯한 희미한 소리를 들을 수 있었다. 숨막혀 우는 가냘픈 비명 소리에 두번째, 세번째 비명이 화답하는 것 같았다. 확실히 알 수 있는 건 아무것도 없었다. 나는 그냥 도망치고 싶었다. 엽총을 던지고 아버지를 따라 숲으로 달음박질치고 싶었다. 하지만 그 거대한 상처에서, 내장을 훤히 드러낸 속살과 콸콸 쏟아져나오는 붉은 피에서 눈을 뗀다는 것은 도저히 불가능했다(안니발 메를리니가 교실에서 고래고래 지르던 소리가 갑자기 들려왔다. "메트로놈이 모데라토에서 몇 번이나 움직이는지 말해보게!" 그는 이렇게 소리질렀다. 그러자 겁에 질린 여학생이 "뭐가 몇 번이요?"라고 되물었다. "메트로놈의 추가 모데라토 리듬에서 몇 번이나 똑딱거리냐고!"……).

날카로운 신음 소리는 여럿으로 늘어났다. 싱싱의 신음소리는 마치 공격에 나선 코끼리가 위협적인 목소리로 울부짖는 것 같았다. 이윽고 희미한 빛 같은 것이 나타났다. 하나, 그리고 또 하나. 마치 뒤져버린 싱싱의 몸뚱어리가 반짝거리는 무수한 작은 공을 담고 있는 듯했다. 마치 아버지가 작은 새를 사냥할 때 쓰는 산탄 10호를 모조리 삼켜버린 것 같았다. 싱싱은 헐떡거리다가 마침내 숨을 거두었고, 부드러운 먼지투성이의 나무껍질 위로 무너져내렸다. 너덜너덜해진 그의 아랫배에서 막 나온 새끼 돼지들이 몸을 떨며 작은 소리로 어미를 부르고 있었다.

나는 개 목에 감긴 줄을 풀어주었다. 스패니얼은 아래로 달음박질쳤다. 나도 녀석을 따라갔다. 이따금 아버지의 실루엣이 보이기도 했다. 아버지는 마치 맹인처럼 숲 공터와 방죽을 향해 터벅터벅 걸어가고 있었다. 나는 가시 달린 묘목 끝에 포도 찌끼 같은 피 섞인 가래침이 흔들리며 매달려 있는 것을 발견했다. 나는 걸음을 재촉했다. 스패니얼이 컹컹 짖으며 덤불을 가로질러 달리고 있었다. 우리는 곧 숲 가장자리에 이르렀다. 아버지는 멀리 초원을 가로지르며 길을 향해 걸어가고 있었다. 지평선 위로 물탱크가 보였다. 물탱크는 한 줄로 피어난 해바라기 사이로 언뜻언뜻 보이는 초록색 얼룩 같았다. 왼편 좀더 가까이로 우리 농장의 갈색 지붕이 눈에 들어왔다. 아버지는 밀밭의 새순을 짓이기며 걸어가고 있었다. 개는 이 고랑에서 저 고랑으로 뛰어다니며 미친 듯이 짖어댔다. 나는 아버지를 소리 높여 부르고 싶었다. 나를 기다려달라고 애원하고 싶었다. 아버지를 총 한 방으로 날려버리고 싶었다. 그가 나를 품에 꼭 안아주었으면 싶었다.

해바라기들과 푸른 밀밭 사이로 자동차 한 대가 밭을 따라 굴러오는 것이 보였다. 아버지는 밀이삭들 속으로 들어갔다. 몸을 숙이고, 한 손은 가슴에 얹고 다른 팔은 뻣뻣하게 아래로 내려뜨린 채 주먹을 쥐고 있었다. 빠르게 달리던 자동차가 모습을 드러냈다. 자동차의 모터는 황금빛 먼지를 뿜으며 전력을 다해 앞으로 내닫고 있었다. 그것이 내가 간직하고 있는 아버지의 마지막 모습이다. 아버지는 선 채로 죽음을 향해, 꽃가루가 날리는 빛 한가운데로 걸어들어갔다. 클레망파나르가 갑작스레 방향을 바꾸었지만 이미 때는 늦었다. 끼익 하는 브레이크 소리가 내 고막을 후려쳤다. 그와 동시에 자동차가 울타리를 산산조각내면서 말뚝과 철조망이 자동차 보닛을 내리덮쳤다.

나는 무릎을 꿇고 있는 라자루스에게 달려갔다. 아버지는 땅바닥에 반듯이 누워 있었는데, 다리 하나가 자동차 바퀴에 짓이겨져 있었다. 떨어져나간 바퀴 덮개가 허공을 날아 밀을 조금 베어낸 다음 멀리 있는 흙두덩 위로 처박혔다.

"너희 아버지가 자동차 바퀴 아래로 몸을 던졌어. 나는 그가 다가오는 것도 보지 못했어. 자동차 앞으로 곧장 몸을 던졌다니까."

라자루스 제주룬은 말했다.

라자루스의 목소리가 멀리서 들려왔다. 그의 목소리는 들판 위를, 숲과 방죽 위를 날고 나무들을 지나 언덕을 거슬러올랐고, 커다란 참나무가 버티고 서 있는 평평한 언덕 꼭대기까지 이르렀다. 내 육신이 그의 옆에 있었다면, 내 육체가 거기 그 자리, 타는 듯이 뜨거운 자동차 라디에이터 옆, 친구 옆, 죽어가는 아버지 옆에 있었다면, 내 정신은 숲 한가운데 있는 그 언덕 위에 남아 있었다. 나의 영혼은 갓 태어난 싱싱의 새끼들을 돌보며 그것들의 작은 눈동자가 반짝이는 것을 지켜보고 있었다. 내 정신을 현재의 상황으로, 아버지의 코와 입에서 방울방울 흘러나오는 핏줄기로, 기름과 석유 냄새로, 라디에이터의 붕붕거리는 소리로, 나에게 "구조를 요청해야 해…… 달려…… 서두르라니까!"라고 외치던 라자루스의 목소리로 데려온 것은 아버지의 목소리였다.

"모에……"

아버지는 말했다. 피와 흙으로 더러워진 얼굴이었다.

"모에……"

그가 한 번 더 불렀다. 그것이 마지막이었다.

아버지는 손을 폈고 나는 그 손을 쥐었다. 그의 손이 내 손을 세게 쥐었다.

"아버지."

나는 말했다. 아버지는 웃고 있었다. 그의 얼굴에 웃음꽃—멋진 미소였다. 터진 입술과 눈에 완연한 행복감이 감도는 미소였다—이 활짝 피어난 것과 동시에 그의 손가락에서 힘이 풀렸다. 나는 미지근하고 물컹한 그의 손을 꽉 움켜쥐었다.

"모에."

라자루스였다.

얼마나 오랫동안 무릎을 꿇은 채 아버지의 손을 잡고 있었던 것일까? 1분? 한 시간? 하늘 높은 곳에 있던 해는 벌써 기울고 있었다. 라자루스가 자신의 손을 우리 두 사람의 손 사이로 밀어넣었을 때, 나는 그가 하는 대로 내버려두었다. 그는 오텔로의 팔을 몸통 옆에 가지런히 놓았다. 그러고는 내가 일어날 수 있게 부축해주었다. 나는 길 한가운데서 한 쌍의 낚싯대와 아연으로 만든 물고기 한 마리를 발견했다. 사고가 났을 때 자동차 좌석에서 튀어나온 것들이었다.

"푸른색은 네 거야."

라자루스가 창백한 얼굴로 말했다.

"비노나 제품이야…… 세로로 쪼갠 대나무지…… 줄라이 프라이도 있어…… 잘 만들어진 주형인데…… 놋쇠도 멋있고……"

자동차를 후진시켜 오텔로의 다리를 빼낸 다음 라자루스는 나를 도와 사체를 농장까지 운반했다. 우리는 아버지를 부엌 식탁 위에 올려놓았다. 나는 그의 몸에 낡은 모기장을 덮어주었다. 개가 짖고 있었다.

7

나는 세상에 태어나서 처음으로

아름다움이란 것이 끝없이 잔인할 수 있다는 것을

감동으로 전율하는 내 몸을 통해 느낄 수 있었다.

그녀의 목소리는 내 안에 찢어질 듯한 고통을 남겼다.

1

이제는 내 죽음의 작품에 대해, 그것의 기원에 대해 말하련다. 밤의 도시와 사랑에 대해, 그리고 나의 이야기에서 한낮의 햇살은 아무런 역할도 하지 못한다는 것도 이야기할 것이다. 또 나는 아르센 오텔리스와의 만남도 이야기할 것이다. 말없는 그의 목소리가 얼마나 기이했는지, 그리고 그것이 내 안에서 모든 것에 종지부를 찍고 싶은 욕망을 불러일으켰다는 것도.

살아 생전 아버지는 세 개의 기관과 관계를 유지해왔다. 첫째는 은행이었고, 둘째는 공증인, 셋째는 세무서였다. 아버지가 돌아가시고부터는 행정기관과의 끝도 없이 번거로운 수속 절차가 시작되었다. 나는 페이퍼 나이프와 봉투, 우표로 완전 무장을 하고 아버지의 서류를 정리해야 했다. 서랍 선반에 10년치의 속달편지와 등기우편이 수북이 쌓여 있는 것을 발견한 것이다.

내가 사냥집에서 서류들을 정리하고 계산기를 두드리며, 매일 10여 통의 전화를 걸면서(우리집 전화는 예전에 이미 끊어졌으므로) 산사태처럼 불어나는 숫자와 눈앞에서 현란하게 춤추는 스탬프 앞에서 정신착란 증세를 보이지 않으려 노력하는 동안, 라자루스 제주룸과 파올로 두란테는 야외에서 물고기들을 종류별로 낚거나, 가계(家系)별로 새들을 사냥하기도 하고 교회에서 유파별로 작곡자들을 정리하면서 오르간 건반을 두드려댔다. 오르간 연주야말로 언제 어디서나 신과 직통으로 연결되는 영적 수화기가 아니던가.

나는 온갖 부채와 재산을 정리한 후, 파올로의 몫으로 사냥집과 교회를 남겨놓았다. 은행이 숲과 들판을 차지하고, 세무서도 그들 몫을 챙겨갈 것이고, 공증인은 수수료를 가져갈 터였다. 아버지는 체자리스 가(家)의 영지를 물려받았지만 울창한 관목숲에서 얼마 안 되는 땅뙈기까지 한 헥타르 한 헥타르 매일 저녁 술로 탕진해버렸다. 보드카 한 상자와 언덕을, 철철 넘치는 스카치 위스키와 강을, 퀴라소를 섞은 수백 리터의 진 술병과 방죽을 물물교환해버린 것이다. 내 어머니의 토지가 아버지의 목구멍 속으로 흘러들어가 혈관을 타고 흘러 오줌이 되어버린 격이었다. 아버지는 유산으로 물려받은 땅덩어리를 아침저녁으로 풀밭에 오줌으로 싸버렸고, 결국 대지가 조금씩 대지로 돌아간 셈이었다. 내게 남은 거라곤 옷으로 가득 찬 가방 하나와 악보가 들어 있는 다른 가방, 안나 리자의 드레스와 내 트랜지스터 라디오, 메트로놈과 시골 의사들이 들고 다니는(내 카세트 테이프들을 담은) 작은 손가방이 전부였다. 아버지가 보낸 우편엽서와 음악학교 열쇠, 대나무로 된 낚싯대 하나와 가보로 내려오는 보석 하나(할아버지가 임종할 때 손에 쥐고 있었던 오팔 뚜껑이 달린 펜던트), 그리고 아무짝에도 쓸모 없는 부츠 몇 켤레도 남아 있었다.

"뒷좌석에 그걸 다 실을 수는 없을 거야."

내가 물건을 모두 정리하자 라자루스가 말했다.

우리는 언덕 발치에 있는 바위 위에 웅크리고 앉아 있었다. 예전에 내가 아버지한테 죽도록 얻어맞은 후 햇볕을 쬐며 상처 딱지가 아물고 멍든 곳이 부풀어오르는 것을 바라보던 바로 그 바위였다. 그때 바람은 내가 있는 곳까지 헨델의 음악을 실어왔다. 그것은 세상에서 아는 거라곤 전신을 퍼렇게 만드는 멍과 채 아물기도 전에 다시 곪아 터지는 상처 자국뿐이었던, 인생의 즐거움이라곤 뜨거운 아침햇살, 나비, 이슬, 싸락눈과 석양의 안개, 저수지, 참나무 그늘 아래나 지붕 위에서 자는 낮잠, 행인들에게 새총 쏘는 것이 전부였던 어린 나에게 "But oh! what art can teach!"의 세계를 열어주었다. 우리는 나의 인생이 진정으로 열리기 시작한 바로 그 바위 위에 앉아 있었다. 라자루스가 들고 있는 나뭇가지 위로 송충이 한 마리가 기어가고 있었다. 그는 송충이가 붙은 나뭇가지를 손가락 사이로 돌리면서 말했다.

"너는 우리집에 있으면 돼. 네가 있고 싶은 시간만큼."

"내가 원하는 게 바로 시간이야, 라자루스."

"너는 저당잡힌 부동산을 물려받았어. 나는 팔라조(궁전)를 물려받았고. 나는 꼭대기층에 살고 있어. 내 창문에서 빌라 팜필리까지는 길 하나만 건너면 돼."

"쓸데없는 길이로군."

"아드리아나가 거기로 지나가는데."

"거기를 지나 제 갈 길로 가버리겠지."

난 이렇게 라자루스의 초대를 거절했다. 하지만 그날 이후, 그 길에 대해, 두 개의 건물 사이에 깔린 포도(鋪道)의 넓이에 대해, 그것을 건너는 데 걸릴 시간에 대해, 그 몇 초에 대해, 경사가 진 잔디밭과 덤불 그리고 산책로가 있는 빌라 팜필리 현관까지 나를 인도할 발자국 수에 대해 골똘히 생각하고 있는 나 자신을 발견하고 깜짝 놀랐다. 나는 아드리아나의 얼굴을 떠올려보려 했다. 하지만 내가 기억에서 추방하고자 했던 영상은 내가 떠나오기 전날 아드리아나가 내게 보여준 그녀의 젖가슴이었다. 성녀의 얼굴을 그리는 사람이 교회 스테인드글라스의 인물상에서 모델을 빌려오듯, 그녀의 얼굴을 생각하면 자꾸 안나 리자의 얼굴이 떠올랐다. 나는 기억이란 잊혀진 선율에 대한 수많은 변주에 지나지 않는다고 스스로를 위로했다. 바흐의 〈푸가의 기법Die Kunst der Fuge〉은 어쩌면 그가 사랑했던 여인의 얼굴을 회상하기 위한 단순한 핑곗거리에 지나지 않았을지도 모른다. 근시로 고통받던 그가 돌팔이 의사 존 테일러(이 인간 백정은 10년 후에 헨델을 봉사로 만들어놓았다)의 수술로 완전히 빛을 잃고 실명 상태에 빠졌을 때, 똑같은 테마로 무한한 변화를 그리는 그의 음악 속에서 그는 마지막으로 그녀의 나신을 본 것은 아니었을까?

어느 날 저녁, 파올로 두란테는 나와 라자루스에게 알바의 곡을 연주해주었다. 그는 그것을 위해 아침부터 저녁까지 온종일 돌아다니며 준비했다. 그는 마을로 내려가 양초와 사향 포도주 두 병을 사고, 늦은 오후에는 강에서 목욕을 했다. 자정이 되자 그는 초의 심지에 불을 밝히고 나머지 불은 전부 꺼버렸다. 피아노 뚜껑을 연 그는 손을 무릎에 얹고 아무런 움직임 없이 잠시 가만히 앉아 있다가 이윽고 곡을 연주하기 시작했다. 연주가 끝났을 때 파올로는 여자친구의 유일한 필사 악보를 아궁이에 던져버렸다. 우리는 포도주를 마시며 그것이 타들어가는 모습을 지켜보았다. 파올로의 연주는 우리의 혼을 완전히 빼놓았다. 라자루스는 울기까지 했다. 파올로는 더이상 아무 말도 하지 않았고, 우리가 두번째 술병을 비우자 방에서 나가버렸다.

내가 파올로를 떠나기로 작정한 것은 다음날 아침 그가 채소밭 가장자리에 있는 통나무에 앉아 있는 것을 본 순간이었다. 그는 너무 많이 변해 있어서 그런 그를 보는 내 가슴이 무너져내릴 정도였다. 김을 맨 지 얼마 안 되는 사각의 토양 아래 햇빛이 비쳐 석회와 그가 막 도끼로 잘라낸 장작더미들을 황금빛으로 물들이고 있었다(장작 패는 소리에 내가 잠에서 깬 것이다). 아침햇살은 파올로 뒤편의 사냥집 벽을 찬란하게 비추고 있었지만, 그것은 어쩐지 내 스승의 구부정한 실루엣을 피하고 있는 것처럼 보였다. 어제까지만 해도 그토록 늠름한 사내였으나 오늘 보니 늙은이와 다름없는 내 스승……

"파올로……"

"응?"

그는 소스라치듯 대답했다. 자신이 풍경의 일부가 아니라는 것을, 자신이 새싹도, 한 송이 꽃도, 가스 레인지 위에서 끓어오르는 커피 향도, 문가에 양탄자처럼 깔려 있는 재스민 꽃잎도 아니라는 것을 발견하고 깜짝 놀란 사람 같았다.

"파올로, 괜찮아요?"

"최고야, 최고."

그는 대답했다. 하지만 넋 나간 듯한 눈빛은 그에게서 떠날 줄을 몰랐다. 라자루스가 블랙커피 세 잔을 쟁반에 얹어 들고 왔다. 그는 몇 가지 명구로 우리를 즐겁게 해주는 대신(라자루스는 특히 아침이면 말이 많아졌다) 혼란스럽다는 눈빛을 내게 던진 후, 아무 말 없이 정원용 탁자 위에 쟁반을 올려놓았다.

그날 아침 나는 선반과 가구를 비워내는 일을 끝마치기 위해 농장으로 되돌아갔다. 행여 중요한 서류나 값비싼 골동품을 잊은 건 아닌지 한 번 더 확인하고 싶었던 것이다. 나는 아버지가 버드나무 트렁크 속에 일렬로 정리해둔 엽총들(나는 곧 그것을 고물상에 팔아버릴 참이었다)을 찾으러 고미다락으로 올라갔다. 그러니까 내가 그때 트렁크 바닥에 깔린 신문지 아래에서 포장지로 만든 봉투 한 장을 발견한 것은 순전히 우연이었다. 봉투 안에는 작은 사진 한 장과 티켓 두 장, 그리고 고무줄로 묶인 한 다발의 편지가 들어 있었다.

사진(지금 내 손 안에 있다) 속에는 가족과 친구들에게 둘러싸여 막 교회 문을 나서는 한 쌍의 신랑 신부의 모습이 담겨 있었다. 왼쪽에 있는 신부의 드레스 자락이 바람에 펄럭이고 있었고, 바람에 휘날려 허공으로 솟구친 꽃모자는 사람들 머리 위로 그림자를 드리우고 있었다. 여자들은 스커트를 움켜쥐고 남자들은 모자를 쥐고 있었다. 신랑을 제외한 모든 사람이 웃고 있었다. 신랑 오텔로만 빼고 다들 렌즈를 응시하고 있었다. 나의 어머니는 아버지의 팔짱을 끼고 있고, 그는 고개를 들어 뾰로통한 얼굴로 하늘을 바라보며 눈썹과 콧잔등을 찡그리고 있었다. 그는 하늘이 회색 구름으로 뒤덮이는 것을 보고 있었다. 작디작은 그 사진 속의 어머니의 얼굴은 옷핀 머리만했고, 그녀가 아름답다는 생각은 들었지만 나와 닮은 구석은 찾아볼 수 없었다. 어머니는 똑바로 정면을 바라보고 있었다. 카메라 렌즈, 나를 응시하고 있었다. 나를 보고 있는 거야, 나는 생각했다. 그리고 곧 사진을 뒤집어버렸다.

오늘도(이 글을 쓰면서 나는 창가에 얹어놓은 그 사진을 바라본

다) 나는, 카메라의 셔터가 막 눌리던 순간 남편 오텔로의 성을 따르기로 결심한 내 어머니 페르난디나 데 펠리세 데 체자리스가 햇살 위로 시선을 뻗어 그녀의 사랑을 내게 표현하고 있다는 것을, 시간을 가로질러, 대지와 대양을 가로질러, 누더기가 된 사진 너머로, 렌즈의 초점 너머로 그녀의 죽음과, 고아로 태어난 것이나 다름없는 나의 탄생을 예감하고 있다는 기이한 느낌을 지울 수 없다. 사진 속의 그녀가 자신이 이미 유령이며 사후세계에 속한다는 걸 알고 있는 것 같은 이상하고 불길한 느낌을 지울 수 없다. 사진 속의 그녀가 멀리 날아올라 자신의 죽음과 나의 탄생 그리고 내 어린 시절과 아버지의 죽음을 응시하는 건 아니었을까, 결혼식 날 찰칵 하는 카메라 셔터 소리를 들으며 내가 그 봄날 아침 엽총 아래 얌전히 놓인 봉투 속에서 돌풍에 날리는 하얀 웨딩드레스 차림으로 교회 광장에 서 있는 그녀를 찾아낼 것을 이미 알고 있진 않았을까 하는 생각이 나의 뇌리를 섬광처럼 스쳤다. 나는 사진 속에서 당시만 해도 나만큼이나 비쩍 말라 있던 니노 삼촌과 카를로타(젖소를 연상시키는 젖가슴), 돈 시지스몬도(마음씨 좋은 할아버지 같은)를 알아볼 수 있었다. 결혼식 주례를 맡은 신부에게는 인상긴 집안 식구들과 비슷한 구석이 있었다. 그는 봉투 안에 담긴 편지의 주인, 에지디오 신부였다.

스탬프에 찍힌 날짜는 내가 태어나고 얼마 안 되었을 무렵 아버지가 이탈리아로 돌아온 이래 20년 이상 에지디오 신부와 편지를 주고받았음을 말해주고 있었다. 마지막 편지는 6개월 전의 것이었는데, 매우 커다란 심적 동요를 담고 있었다. 서신들을 수신된 순서대로 정리하면서, 나는 그 오랜 세월 동안 오텔로가 서신을 주고받는 일에 점차 싫증을 내다가 종국에는 아예 답장을 하지 않았음을 알 수 있었다. 에지디오의 서신은 그가 "나의 형제" "나의 오랜 동료" 혹은 "나의 유일한 친구"라고 부르는 사람의 침묵이 그에게 얼마나 커다란 고통을 주는지 행간에 고백하면서, 오텔로 쪽에서 편지 왕래를 끊어버렸음을 조심스레 암시하고 있었다. 거미줄로 수놓인 천창을 통해 들어오는 희미한 빛을 받으며 고미다락을 가득 메우고 있는 케케묵은 온갖 잡동사니들 한가운데, 도자기들과 좀먹은 수건과 걸레들, 다리가 떨어져나간 전등갓과 전구 없는 램프가 뒤죽박죽 쌓여 있는 탁자 위에서 보낸 그 한 시간 동안 나는 그토록 오랫동안 아버지와 살면서 내가 들어온 우리집안에 관한 이야기(가끔씩 야간 사냥에 나설 때면 아버지가 흘리곤 하던 두서없는 이야기나, 우리가 짐승의 가죽을 벗기는 동안 또는 술병 하나를 비운 뒤 얼근하게 취한 아버지가 내게 눈물 한 방울을 베풀어주면서 씨부렁거린 한두 마디)보다 훨씬 더 많은 정보를 얻어낼 수 있었다.

나는 오텔로의 귀향(실제로는 귀환) 이후 마르첼로 스트라델라가 동료 패거리와 경쟁자들과 경찰을 포함한 모든 사람의 예상을 뒤엎고 어떻게 시지스몬도를 대신해서 사업을 도맡게 되었는지, 또 어떻게 조직을 정리하고 많은 수익을 거둬들였는지 알게 되었다. 그가 암시장의 검은 거래가 아닌 여러 합법적 경로를 통해 기업체를 사들였으며, 심지어 실리콘 밸리가 당시 캘리포니아에 널려 있던 수많은 별볼일 없는 계곡들 중 하나에 불과했을 때부터 그곳의 프리크*나 너드** 들에게도 관심을 쏟았다는 것(영어와 이탈리아어를 혼용하는 에지디

* freak, 괴짜 지식인.

* nerd, 머리는 좋지만 세상 물정 모르는 사람.

오 신부는 심지어 한 문장 속에서 그것들을 뒤섞어 쓰기도 했다)도 알게 되었다. 스트라델라가 정식으로 결혼했으며, 카를로타는 한 텔레비전 드라마에서 주목을 받고(그녀는 핫도그 장수 역할을 맡았다) 곧 영화의 주역을 제안받았다는 것 역시 알게 되었다. 아마도 그녀는 한 장면에서 나신으로 출연해야 한다는 것을 몰랐던 것 같다(샤워실에서 나오자마자 침대 기둥에 꽁꽁 묶여 있는 사내를 향해 달려드는 장면이었다). 영화감독은 목욕탕에서 익사체로 발견되었고, 〈응보 The Comeuppance〉라는 제목의 영화는 편집용 필름 상태로 남았으며, 카를로타는 연기를 그만두고 부엌의 화덕과 브리지 게임으로 돌아가버렸다는 것도 알게 되었다.

나는 또 그가 오랜 망설임과 어떤 더러운 결말(에지디오 신부는 이에 대해서 상세한 설명을 피하고 있다) 후에 성직을 버렸음(환속했음)을 알게 되었다. 자의 혹은 강요에 의해 성직을 버린 후 그에게 파란만장한 방황이 시작되었다는 것 또한. 에지디오는 자신이 종교적 믿음을 조금도 잃어버리지 않았다고 말하고 있었다. 다만 가톨릭 교단이 에지디오를 자기들끼리 다투기 좋아하는 광신도나 신을 상대로 싸움을 걸면서 불의 소나기를 맞으러 가는 무리와 동일시하며, 지옥의 일곱번째 열(列) 세번째 자리 말고는 그에게 어떤 자리도 허용하지 않는다고 했다. 그는 '다이아몬드 제이' 목장에서 일하면서 몬태나에 머물기도 하고, 선인장들 한가운데 혼자 살면서 애리조나에서 머물기도 했으며, 요양원에 들어가기도 했다. 병에서 회복될 무렵 그는 두 차례 자살을 기도했다. 처음에는 바르비투르 산(酸)* 칵테일을

* 말로닐 요소라고도 한다. 유도체는 바르비투르 산계 수면제.

마셨고(그는 일흔두 시간 동안 잠에 빠져 있었는데 깨어났을 때는 매우 기분이 좋은 상태였다), 두번째에는 창문에서 뛰어내렸다—"but I got caught in a clothes-line like a pair of trousers left to dry, till the firemen showed up and the shrink took over(하지만 나는 마치 말리기 위해 널어놓은 바지처럼 빨랫줄에 엉켜버렸고, 구급대원들과 의사가 올 때까지 그렇게 허공에 매달려 있어야 했지)."

니노 삼촌이 데려온 의사의 정성 어린 간호를 받으며(이걸 읽던 나는 행여 슈트켄슈미트 박사의 이름이 나오지 않을까 생각했다. 하지만 에지디오 신부를 담당한 정신과 의사는 워스 모턴 리틀이라 불리는 미국인이었다) 에지디오는 시골에 있는 뉴햄프셔의 병원에서 6개월을 보낸 후 심신의 건강을 회복할 수 있었다. 내가 음악학교에서 공부하던 바로 그해였다. 아버지의 가장 가까운 사촌은 돈 스트라델라의 정신적 재정적 지원에 힘입어 브루클린에 책방을 열었다. "신학 서적과 전세계의 위대한 영적 텍스트들을 전문으로 다룬다네. 하지만 추(錘)나 운수를 점치는 타로 카드, 크리스털 공도 팔고 있어. 장사란 이윤을 남겨야 하며, 또 그게 세련돼 보인다고 마르첼로가 우겼기 때문이지. 그 자신은 그런 것들보다는 차라리 부츠 가게를 운영하고 싶어했지만"이라고 그는 쓰고 있었다.

그 다음에 이어진 편지들은 좀더 지엽적인 내용을 담고 있었다. 에지디오는 새로운 일거리와 엄수해야 하는 하루 일과, 그리고 장사를 하면서 얻게 된 안정감, "벽에 자네와 모에의 사진(아마도 사냥을 마친 어느 날 찍은 것일 게다)을 걸어둔 작은 아파트"에 만족해했고, 사막으로의 은둔이라든가 병 치료에 대해서는 더이상 언급하지 않았다.

"나는 자주 모에에 대해 생각해. 그 아이가 음악학교에 있다는 게 참으로 자랑스럽네. 마르첼로가 자네와 모에를 찾아갈 거라고 하더군. 자네에게 전화를 했다던데 정말 그랬나? 오텔로, 더이상 그를 원망하지 말게. 솔직히 말하자면 나는 그가 자네가 알고 있는 그 사건과는 아무런 연관이 없다고 믿고 있네. 자네의 고통스러운 기억을 다시 들추어내려는 건 아닐세. 하지만 내가 느끼는 바를 이야기해야겠어. 니노는 한 번도 자네에게 나쁜 짓을 하려고 한 적이 없어. 나는 시지스몬도가 니노를 어떤 일에 끌어들였고, 그 일로 인해 니노에 대한 자네의 우정이 완전히 산산조각난 건 아닐까 생각한다네. 그는 자네 아들을 만나보고 싶어해. 그의 아들 체초는 자네 아들보다 딱 한 살 어리지……"

최근 3년 동안의 편지들은 완전히 새로운 이야기를 담고 있었다. 내용이나 어조에 많은 변화가 있어서 마치 다른 사람이 쓴 것처럼 보일 정도였다. 글씨체가 변한 것이다. 글자들은 크기가 작아지고, 예전에는 일정하게 직선을 그리던 줄들이 위쪽으로 둥그렇게 곡선을 그리거나 또는 사팔뜨기처럼 아래쪽으로 처졌다. 한 편지에서 그 다음 편지로 넘어가면서 그런 변화가 일어난 것은 아니다. 그러나 그것은 분명히 눈에 띄는 변화였고, 나는 편지들을 꼼꼼히 관찰해볼 필요를 느꼈다.

나는 탁자 위의 물건들을 치우고 편지 여러 장을 그 위에 펼쳐놓았다. 6개월의 시간 차를 두고 쓰인 편지들은 동일한 사람의 필체라고 믿기 어려웠다. 에지디오는 자신의 이름으로 서명한 편지를 다른 사람, 어쩌면 다른 '여자'에게 쓰게 한 것이 틀림없었다. 그건 여자의 글씨였다. 문체와 내용의 비밀스러운 변화를 눈치채는 데 필적 감정 따위는 필요하지 않았다. 내 가정을 증명할 수는 없었지만, 적어도 가장 최근의 편지(한 장이 될까 말까 한)를 쓴 사람은 여자일 거라는 강한 확신이 들었다. 그리고 바로 그 무렵 아버지가 더이상 답장을 하지 않았다는 것도 알게 되었다. 왜 자신이 더이상 편지를 쓰지 않는지, 그 정확한 이유에 대해서는 아버지 자신도 모르고 있었던 것 같다. 내가 알아차리기는 했지만 서신에 나타난 변화는 매우 미묘한 것이어서, 올빼미나 고양이처럼 밤눈이 밝았던 아버지라 해도 그것을 눈치챘다고는 생각할 수 없었다. 잉크 자국이 흔들린 것 같은, 더 부드럽고 날렵하게 그어진, 알파벳 곡선이 커다란 호를 그리는 필치지만 에지디오보다 훨씬 더 연약한 손으로 쓰여진 것이 틀림없는 그 미세한 글씨의 변화를 아버지는 알아보았을까? 예전에 아버지가 그의 내면에 주디트의 추억을 억눌러버렸던 것처럼, 나는 더이상 답장을 보낼 마음이 없었던 그가 최근 받은 편지들을 개봉조차 하지 않고 봉투째 버려두었다고 추측한다.

"…… 우리가 함께 놀던 시절, 우리의 유년 시절을 내가 얼마나 그리워하는지 자네는 모를 게야. 때로는 교회 뒤 공원이나 초등학교의 꿈을 꾼다네. 난 거기로 돌아가 있지. 아이들 한가운데 있는 거야. 꿈은 그렇게 계속되다가 내가 커버렸다는 것, 내가 늙었다는 것, 더이상 내 자리가 없다는 것을 깨닫게 되면 잠에서 깨어나고 말아. 그 순간이 되면 아이들은 어른 한 사람이 거기서 어린아이인 척하고 있다는 것을 알게 되지. 그러면 아이들이 나 때문에 거북해하는 게 보이는 거야. 아이들은 아무 말도 안 해. 나를 쫓아내지도 않아. 하지만 난 아이들이 부끄러워하고 있다는 느낌이 들어. 어떤 때는 교실에 있어. 크리벨로 선생이 안경을 닦으면서 숙제를 내야 할 시간이라고 말하지. 하지만 난 그때까지도 첫 문제의 해답을 찾지 못하고 있는 거야. 나는 화를 내다가 이윽고 그런 건 조금도 중요하지 않다고, 크리벨로 선생은 원한다면 내 과제물 위에 붉은 볼펜으로 커다랗게 F를 써넣을 수도 있다고, 어쨌든 이제 난 늙은이라고, 나름의 인생과 일을 갖고 있다고, 그런 것 때문에 미래를 위협받지는 않을 거라고 생각하지. 나는 자네에게 고백할 가치가 있는 꿈만 이야기하고 있는 거야. 자네, 우리가 버스를 탔는데 내가 기사에게 질문하자 그가 나를 아가씨라고 부르면서 대꾸했던 일을 기억하나? 우린 열다섯 살이었지. 나는 창피해서 어쩔 줄 몰라했고, 자네는 기사의 실수를 정정하려 했지만 내가 말렸어. 자네에 비하면 난 얼마나 말라깽이였는지, 끊어질 듯한 허리에 팔은 또 얼마나 가늘었는지 기억하나? 사람들이 나를 여자아이로 취급한 건 그게 처음이 아니었어. 오텔로, 난 시카고를 떠났다네, 이제는 뉴욕을 떠날 거야. 너무나 많은 것이 변했어. 책방을 맡아줄 사람을 구했다네. 마르첼로는 더이상 나를 만나려 하지 않아. 한 번 심하게 다퉜지. 다행히도 카를로타가 끼어들어 우리를 말렸지. 나를 도와줄 사람이 있다고 하네. 그 사람은 로마에 살고 있다는데, 자네 짐작이나 할 수 있겠나? 이미 비행기 표를 끊었다네. 오래 전부터 자네 소식을 알 수 없으니 나로서는 어떻게 생각해야 할지 모르겠네. 자네를 보러 가지 않을 결세. 그러니까 자네가 결심하게나. 더이상 아무것도 설명하고 싶지 않네. 우리가 다시 만났으면 하는 것이 내 가장 큰 소망일세. 서로 아무 말도 주고받지 않는다 해도 우리가 만남으로써 모든 것을 말한 것이나 다름없을 테니까. 나는 터미널 근처에 있는 잠비넬라 호텔에 머무를 거야. 매일 자네와 자네 아들을 위해 기도한다네. 그럼 이만. 에지디오."

에지디오의 마지막 편지는 이렇게 끝을 맺었다. 라자루스 제주름이 바위에 앉아서 그랬던 것처럼, 그 편지는 내게 도시로 돌아갈 것을 독려하고 있었다. 나는 도시로 가겠다는 결심을 굳혔다. 저녁이 되어 사냥집으로 돌아가는 대신 라자루스가 자동차를 주차시켜놓은 숲 언저리에서 걸음을 멈췄다. 숲에 다다르기도 전에 피아노 변주곡이 네 개의 손을 타고 흐르는 것을 들을 수 있었다. 파올로의 손가락은 장중하고 유연한 물결처럼 저음 위로 흘러내렸고, 라자루스는 나는 듯한 가벼운 터치로 고음을 연주하고 있었다. 나는 차의 덮개를 벗기고 조수석에 앉아서 눈을 감은 채, 사진 속에서 웃고 있는 젊은 신부(神父)를, 끝없는 사막 한가운데 있는 그를 떠올렸다. 허공에 매달린 채 대로를 쏜살같이 달려가는 자동차들을 발 아래로 바라보며, 축축한 와이셔츠와 속바지들이 펄럭이는 빨랫줄에 걸린 그의 모습을 상상해보기도 했다. 사제복을 입은 그의 모습은 어떠했을까. 갑자기 사제복이 회색으로, 이윽고 흰색으로 변하더니 가벼워지면서 비단결 같은 무지갯빛으로 아롱거렸다. 나는 교회 광장에 서서 아버지의 팔짱을 끼고 손에는 부케를 든 에지디오 신부의 제의(祭衣)가 바람에 휘말리는 것을, 오텔로가 행여라도 소나기가 쏟아지지 않을까 두려워하며 하늘을 바라보는 동안 카메라 렌즈 너머로 나를 응시하는 에지디오의 모습을 보았다. 그는 어미 뱃속에서 막 튀어나올 털 없는 작은 새끼 새 한 마리를 바라보고 있었다. 에지디오가 그 여자의 자리를 차지하고 있었다. 추위가 나를 엄습해왔고, 그 순간 빗방울이 내 얼굴 위로 톡톡 떨어졌다. 오텔로가 경계심을 늦추지 않은 건 잘한 일이야, 라고 생각하며 나는 잠에 빠져들었다.

우리가 출발하던 날 밤, 나는 의자 깊숙이 앉아 무릎을 콘솔 박스에 대고 뜨거운 히터 바람을 맞으며 선잠을 잤다. 내 숨소리는 붕붕거리는 자동차 모터와 동일한 파장을 울리며 진동했다. 파올로 두란테와 문가에서 작별한 다음이었다. 그는 내가 준 작별 선물, 우체국에서 우송된 디스크 한 장을 든 손을 배 쪽에 대고 있었다. 듀크 엘링턴의 '검정, 갈색 그리고 베이지색Black, Brown and Beige' 이라는 음반이었다. 파올로는 레이 낸스가 바이올린만큼이나 트럼펫 연주에도 소질이 있다는 사실을 믿을 수 없었고, 또 그때까지 마할리아 잭슨의 복음성가는 한 번도 들어본 일이 없었다. 게다가 파올로는 캣 앤더슨과 그의 〈높은 C장조 3박자Triple high C's〉에 이제 막 광적으로 빠져든 상태였고, 피부색이 검거나 갈색 혹은 베이지색인 위대한 독주자들이 펼치는 연주에 완전히 심취해 있던 터라, 나와 헤어질 땐 악수를 하며 도저히 들어줄 수 없는 끔찍한 액센트로 듀크의 말을 인용하기까지 했다. "떠나기로 한 건 잘한 거야. 넌 많은 걸 얻게 될 거야. Be sure that you take good care of yourself because we want you too to have a happy anatomy(몸조심하게, 우린 자네 역시 즐겁게 해부하길 바라니까)." 파올로 두란테는 더이상 없구나, 나는 생각했다. 새로운 파올로 두란테가 태어난 것이다. 이제 이곳 시골 들판은 내일부터 깊고 풍부한 소리를 빚어내는 관악기와 야수처럼 울부짖는 현악기를 통해 울려퍼질 블루스와 래그타임[30]의 리듬에 맞춰 잠에서 깨어날 것이다.

그의 말이 우스꽝스럽기도 했지만, 솔직히 말해서 나는 불안했다. 내 스승의 영혼은 열병의 발작처럼 짧게 폭발하는 정력적이고 원기 왕성한 태도 이면에서 피폐해져 있었다. 그의 천성적인 침착성은 어딘가 고장을 일으키고 있었고, 조증과 울증 사이를 넘나드는 듯한 그의 기분은 마치 두 개의 인격체로 분열된 것 같은 인상을 주었다. 그의 몸이 똑같은 시간 속에서 둘로 나뉜 것 같았다. 파올로의 의식과 육신은 도토레* 두란테와 D.J. 듀링, 아침의 마에스트로와 하얗게 지샌 밤의 바퍼(bopper)들, 오르간과 피아노, 로버트 페어팩스와 메이너드 퍼거슨, 다리우스 미요와 마일스 데이비스, 요한 카스파르 피셔와 클레어 피셔, 토머스 몰리와 젤리 롤 모턴, 로레와 롤린스, 지락과 자렛, 미고와 밍거스, 알반과 밥으로 찢어진 것 같았다. 가끔씩 조화로운 정신 상태를 보이기도 했지만, 그의 정신이 번민 속에서 쇠퇴 일로에 있다는 것은 틀림없는 사실이었다. 알바의 곡이 문제의 발단이었다. 파올로의 상태를 표현하는 데는 말보다는 음악의 점진적 강약 표기가 더 적절할 것이다.

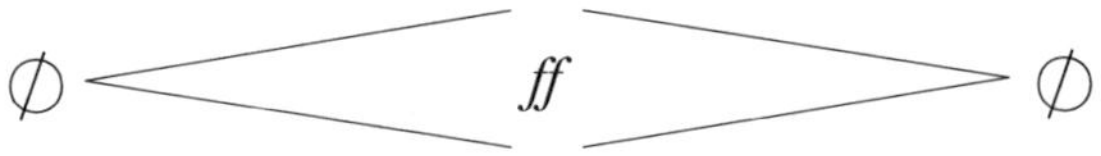

알바의 작품은 파올로가 세상과 맺은 수정처럼 맑고 조화로운 관계를 산산조각내고, 노쇠한 내 스승의 정신세계의 심연에 파동처럼 퍼져나가는 불협화음 한 방울을 떨어뜨린 격이었다. 처음에 내가 음악정신의 화해라고 생각했던 것(내가 그와 함께 재즈 대가들의 연주를 듣다가 아버지와의 사냥 약속을 깜박한 그날 밤의)은 그의 내적 분열의 시작이었고, 자기 자신과 결별하기로 한 서류에 서명한 것이나 다름없는 행위였다. 사라진 여인의 유산은 그렇게 음울한 본성을

* Dottore, '박사' 라는 뜻.

드러냈다. 알바의 악보가 파올로 두란테에게 끼친 영향은 기후와 시간이 현악기에 미치는 영향과 흡사했다. 그것은 그의 판단력을 흩뜨리고 마침내 스스로를 부인하게 하는 결과를 초래한 것이다.

클래식과 재즈라는 두 음악세계가 만날 수 있게끔 곡을 만들어낸 그 여인은 도대체 누구일까? 파올로 두란테가 도시를 떠나기 전에 그녀는 그의 삶에서 어떤 역할을 한 것일까? 내가 그걸 알 수 있을까? 그녀에 대해서 내가 아는 거라곤 그녀가 죽었다는 것, 그리고 알바라는 애칭뿐이다. 나는 내 스승이 그녀에게 품고 있는 열정을 잘 알고 있다. 그녀의 음악적 재능의 산물이자 그녀가 임종하면서 그에게 남긴 그 선물은 그들 두 사람에게 죽음을 초월한 그녀의 유일한 현존 가능성을 의미하기도 했지만, 그 작품을 해독하는 과정에서 파올로는 서서히 파멸해가고 있었다.

2

우리는 밤새 도시를 향해 달리고 있었다. 모에 인상긴의 가련하고도 찬란한 일생에 새로운 시기가 열리는 순간이었다. 나는 눈을 감고 마치 영화를 보듯, 라자루스가 우리를 찾아오고 그의 클레망 파나르 자동차가 피의 세례로 자신의 도착을 자축했던 일에서부터, 지난 몇 주 동안 때로는 강박(强拍)으로 때로는 휴지(休止)로 진행된 일들을 회상했다. 교회당에 있는 파올로와 라자루스의 모습이 보였다. 라자루스는 성수반(聖水盤) 위에 매달린, 조악하게 조각된 예수 십자가상 앞에 잠시 무릎을 꿇고 있었다. 그날 아침 라자루스가 기도 드리고 있는 것을 보고 저녁 무렵 그에게 이런 질문을 던졌던 것이 생각난다. 그는 농장에 있는 우물가에 앉아 박하향 담배를 피우고 있었다.

"그래, 신자가 된 거야? 신자가 되어 종교의식을 따르기로 한 거야?"

그가 대답했다.

"종교의식을 따르기는 하지. 하지만 신자는 아니야."

"무슨 소리야?"

"넌 사랑하지는 않지만 매력적이라고 생각한 여자 없어?"

"너, 그럼 신이 매력적이라고 말하려는 거야?"

"나는 신을 사랑하지 않아. 다만 원할 뿐이지. 다른 질문 있어?"

나는 아버지와 싱싱의 장례식을 생각했다. 아버지는 마을에 있는 체자리스 가 지하 납골당에, 싱싱은 언덕 참나무 둥치 밑에 묻혔다. 그 둘을 함께 묻을까도 생각했지만, 파올로와 라자루스가 완강히 반대했다. 그리고 고미다락에서 에지디오의 편지를 읽으며 보낸 시간, 라자루스가 강에서 송어 한 마리를 낚는 동안 미끼를 문 채 악착같이 발버둥치던 메기와 씨름하던 내 모습…… 또 이끼 낀 바위 위에서 나눴던 우리의 대화와 인간사회로 돌아가자던 내 친구의 제안에 대해서도 생각했다. 안마당에 주차되어 있던 넝마주이의 작은 트럭과 종이 상자와 나무 상자를 쉴새없이 트럭으로 나르던 그의 팔이 떠올랐다. 집을 완전히 비워내기 위해서는 여섯 번을 왔다갔다해야 했고, 고물상과 고철 장수를 여러 번 찾아가야 했다. 고철 장수는 몇 푼 안 되는 돈을 치르고 야외에서 녹슬어가는 고철 덩어리, 부속이 해체된 모토구치 250과 목공용 연장과 기계, 그리고 오텔로가 방문객을 배웅(?)할 때면 엽총으로 무장한 채 끌고 다니기 좋아했던 잔디 깎는 기계를 가져갔다. 나는 파올로 두란테가 알바의 곡을 연주하던 장면을 떠올렸다. 라자루스의 볼 위로 흐르던 눈물도. 나는 스승이 필사본 악보를 불 속에 던져버리는 것을 지켜보고만 있었다.

이제 막 밤이 내리고 있었다. 라자루스는 노래를 흥얼거리며 운전했다. 히터의 뜨거운 바람이 내 얼굴 위로 불어왔다. 몸의 긴장을 풀고 몽상에 빠지는 것 외엔 아무 할 일이 없었다. 고요한 평화가 느껴졌다. 우리가 도시에 도착했을 때도 밤이었고, 내가 붉은색 벽지가 발린 방의 청색 아마포 시트 속으로 기어들어 갔을 때도 여전히 밤이었다.

다음날부터 라자루스는 야행성 생활로 돌아갔다. 시골에 머무르기 전에 몸에 밴 생활습관이었다. 새벽에 잠을 깬다는 것은 그에겐 경악스럽기 짝이 없는 대사건이었다. 그는 아침마다 자리에서 일어나 나와 파올로를 따라하면서, 그의 습관과 정반대되는 행동, 옷을 벗을 시간에 입는다든지 잠자리에 드는 대신 커피를 마신다든지 하는 일에 스스로도 매번 놀랐다. 나 역시 곧 그의 리듬에 맞춰나갔고, 이 새로운 삶의 규칙에 적응하기 시작했다. 하지만 나는 한두 시간의 수면을 취한 뒤 여전히 아침 일찍 자리에서 일어났고(우리가 새벽 네시 전에 자는 일은 드물었다), 엄청난 피로와 싸우면서 정오경까지 음악 공부를 했다. 그러고는 낮잠을 잤는데, 그럴 때면 괴상한 꿈을 꾸곤 했다. 연거푸 마셔댄 카페인 때문에 간신히 선잠이 든 상태에서 그지없이 아름다운 음악을 듣는 꿈이었는데, 귀기울여 들으려 하면 음표들은 사라져버리고 말았다. 오후 늦게서야 어렵사리 몽롱한 상태에서 빠져나오긴 했지만, 몸이 지칠 대로 지쳐서 뱃속은 불타듯 화끈거리고 목은 컬컬한, 극도의 흥분 상태가 되었다. 그러면 나는 욕실까지 몸을 질질 끌고 가서 미지근한 물로 샤워를 하고 주섬주섬 옷을 챙겨입은 다음 공원으로 산책를 나섰다. 저녁이 되면 음악실에 있는 피아노를 연주했다. 그리고 자정이 되면, 라자루스가 보리 시럽을 넣은 커피와 누가사탕 쟁반을 들고 나를 기다리고 있는 거실로 향하는 것이다.

우리는 단것을 꾸역꾸역 입에 쑤셔넣고 몇 리터의 커피를 마시며 조용히 밤을 지샜다. 어느 날 아침 나는 더이상 자리에서 일어날 수 없었다. 몸을 일으켜 세우려 하자 비명이 절로 터져나왔다. 무엇인가가 위(胃)를 쥐어짜는 것 같았다. 급성 간질환이라고 진단한 의사는 내게 식이요법을 엄명했다. 내 몸의 모든 기관들이 아우성치며 의사의 처방에 반항했지만, 나는 의사가 지시한 대로 식이요법을 하기로 했다. 라자루스를 깊이 아끼고 있지만 그렇다고 무작정 그를 따라해서는 안 된다고 단단히 결심한 것이다.

예전의 몸 상태로 돌아가자 나는 건강을 해치지 않는 범위에서 우정을 지킬 수 있는 타협안을 생각했다. 커피 대신 녹차―박하와 건파우더(Gunpowder)*를 배합한 것으로, 라자루스가 피우는 담배향과 잘 어울렸고, 아버지 엽총에서 뿜어져나오던 화약 냄새를 연상시켰다―를 마셨고, 시침이 새벽 세시를 가리키면 침대로 향했다.

곧 또다른 문제가 생겼지만 무사태평인 라자루스가 그다운 해결책을 제시했다. 그는 내가 그에게 경제적으로 의존하고 있음에 괴로워하는 것을 이해했고, 우리 둘 다에게 만족스러운 거래를 제안했다. 침구와 숙소 비용, 월세를 대신해서 내가 곡을 작곡해서 그에게 주고, 그는 곡의 성격과 길이, 그리고 곡을 넘겨주기로 한 날짜 등을 기입한 일종의 채권 채무 거래장부를 작성하기로 한 것이다. 계획은 두 사람의 동의하에 수정할 수 있었다. 라자루스 제주룸은 그런 식으로

---

* 중국산 녹차의 이름. 작고 동그랗게 잘 말린 녹색의 차잎이 화약처럼 생겼다 하여 건파우더라고 부르기 시작했다 한다.

내 후견인이 되었고, 나는 전속 작곡가가 된 셈이었다. 그것은 모든 음악가들의 꿈이었으며, 파올로가 오케스트라를 위해 편곡하라고 시킨 몇 작품을 제외하면 한 곡도 써보지 못한 내게는 엄청난 행운이 아닐 수 없었다. 나는 내가 그 계약을 영예롭게 이행하리라는 데 아무런 의심도 품지 않았다. 몽유병자처럼 생활한 몇 주 동안 이미 준비가 되어 있었던 것이다. 수많은 꿈들이 찾아들었던 낮잠 시간 동안 나는 내 소명이 무엇인지 막연하게나마 짐작할 수 있었다. 낮잠은 내 미래의 계시자였다. 따라서 라자루스가 제안해왔을 때, 나는 주저 없이 수락했다. 낮잠에서 깨어났을 때에도 꿈에서 들은 그 유령 같은 화음을 잘 기억하고 있었던 것이다. 비록 종이 위에 옮겨 적지는 않았지만, 그것이 단순한 환청이 아니며 프로코피예프나 빌리 스트레이혼의 음악도 아니라는 것을, 내가 유령에 시달린 것이 아니라 새로운 음악적 형태가 내게 깃들였음을 확신할 수 있었다.

우리 사이의 유일한 불일치는 음악에 대해 내리는 정의였다. 라자루스는 음악이 그의 지적 능력 밖으로 벗어날 것을 두려워하며 음악에 대한 엄밀한 정의에 집착했고, 나는 대부분의 동시대인들과는 달리 멜로디에 치중하면서, 테마의 죽음 어쩌고 하며 떠들면서 철학자연하는 그들의 헛소리에는 아랑곳하지 않았다. 나는 분열된 구조에 대한 지나친 집착과 극도로 복잡한 작곡법(이렇게 생각하자 갑자기 미니멀리즘*의 유행 역시 몇몇 천재들의 경우를 제외하면 음악적 속임수에 지나지 않는 게 아닌가 하는 생각이 들었다), 유기적인 전개

* 1960년대 미술에서 시작된 예술사조. 음악에서는 '단순화'와 '반복'을 주요 원칙으로 한다.

에 대한 일체의 거부 등은 방어적인 음악만 만들어낼 뿐이며, 그것은 연주회장이 아닌 법정 피고석에서나 연주하기에 마땅한 음악이라고 말했다. 또한 새로운 유행의 대가들이 이국 취미에 집착하면서 작곡해낸 곡들은 너무나 무의미해서 결국 어떤 대상과도 비교가 불가능한 까닭에 그들이 대단한 찬사를 받는 것이라고 지적했다.

라자루스도 난해함이란 범용함과 마찬가지라는 내 견해에 동의했다. 그럼에도 불구하고 그는 우리 시대의 진부하고 무의미한 기존 관념을 고수했고, 더이상 새로운 것은 없다는 식으로 생각하고 있었다. 즉, 음악과 예술 일반에 더이상 새로운 발견이란 없으며, 우리가 할 수 있는 일이라곤 지난 수십 년간 천재들이 남긴 작품에서 떨어진 부스러기나 구걸하는 게 고작이라는 것이다. 하지만 그것은 삶이 고갈되었다고 말하는 것과 마찬가지로 나에게는 말도 안 되는 소리였다. 때때로 라자루스는, 음악의 미래는 예배당의 음악과 올림픽 스타디움의 음악 사이에 존재하는 적대성을 초월할 수 있는 사람에게 달려 있다고 말하기도 했다. 하지만 그의 말은 공허할 뿐이었다. 결국 그는 자신이 스스로 갈구하고 있는 그 미래 음악의 이미지에 부합하지 못할까봐 두려워하고 있었던 것이다. 개인적인 실패나 사망 선고를 두려워하듯, 그는 그 시간의 도래를 겁내고 있었다.

우리 계약은 불협화음을 일으켰다. 그와 내가 정한 작곡과 관련된 문제 때문이었다. 내 친구는 20세기 들어 여러 갈래로 뻗어나간 대중음악을 진정한 음악 예술의 사생아나 사산아로 간주했고, 자신이 보는 음악의 유일한 왕도인 고전음악으로 나를 유도하려 했다. 과거의 음악가들이 그리고 최근의 위대한 음악가들이 웅변적으로 표현하고 있는 고전음악만이, 타락한 스타일과 귀에 거슬리는 쇳소리를 만들어낸 천박한 결혼으로 더럽혀진 가문에서 유일하게 순수한 혈통이라는 것이다. 이 어리석은 생각은 창조력이 빈약한 영혼을 위장하려는 고백에 지나지 않았다. 오직 음악만이 그의 생각을 바꿀 수 있었다. 오직 음악만이 그를 오류에서 벗어나게 할 수 있었다. 그리고 나는 내가 그 일을 할 수 있기를 바랐다.

내가 처음 작곡한 곡들은 피아노 곡인데, 소나타를 재즈의 자유 형식과 혼합하기는 했어도 우리 사이의 계약을 위반하는 정도는 아니었다. 그러나 그 작품들은 실패작이었다. 내가 먼저 그것을 인정했다. 내가 작곡한 두번째 시리즈는 장르 간의 새로운 약혼식이라고 할 수 있었지만, 그래도 그 속에서 각 장르들은 분명히 구별되어 있었다. 내가 본격적으로 창작의 길에 접어들었다는 것을, 매일 덤불을 헤치며 앞으로 걸어가려는 그 길 위에 무한한 실패가 도사리고 있다는 것을 깨달은 것도 그 시기였다. 덤불을 제거할 연장이라고는 메트로놈 하나, 길을 인도할 나침반이라고는 고장난 내 직관, 지도라고는 피아노의 옥타브와 악기의 음역이 전부였다. 여러 차례 실패를 거듭하면서도 나는 내가 진보하고 있다고 믿었다. 하지만 나는 여전히 라자루스 제주룸의 영향력에서 벗어나지 못하고 있었다. 그는 승부욕과 복수심이 기이하게 배합된 감정을 드러내며 내 영감에 커다란 영향력을 행사하고 있었다.

내가 실패를 거듭할 때마다 라자루스의 확신은 굳어졌다. 나는 내 모든 노력이 무산되는 것을, 또 그가 얼마나 내게 친절한지 지켜보면서, 그가 내게 무슨 충고를 하거나 용기를 북돋워주는 말이라도 하면 당장 그 자리에서 자살하고 싶은 충동에 사로잡혔다. 나는 그에게 내가 작곡한 곡을 연주해주지 않았고, 아무런 설명 없이 악보를 건네주면서 그가 내 곡에 대해 내리는 평가가 내겐 아무런 가치가 없다는 사실을 그에게 이해시켰다. 전략은 성공적이었다. 나는 점점 오직 나 자신만을 위해 작곡한다고 느끼게 되었다. 내가 그리는 4분음표와 8분음표, 온음표들은 점점 더 나만의 독창적인 음악 스타일을 만들어 가기 시작했고, 내가 그리는 선들은 좀더 민첩하고 유연하게 오선지 위를 달리기 시작했다.

마치 열병에 사로잡힌 듯 작곡에 열중하던 그 시기에 나의 발작은 점점 더 잦아졌고, 또 날이 갈수록 그 강도가 더해가면서 무서운 정신적 혼란이 찾아왔다. 그것은 존재와 기호가 서로 상응하는 이 세상으로부터 정의 내릴 수 없는 또다른 세계로 나를 안내했다. 그것은 그 안에 도사린 위협을 쫓아버리려는 나의 헛된 시도 속에서만 존재하는 세계, 오직 기호만이 전능한 힘을 발휘하는 기이한 세계, 기호들이, 내가 빌라 팜필리를 산책할 때면 마주치던, 벤치에 앉아서 보이지도 않는 군중을 향해 비난하듯 손가락을 휘두르며 고래고래 소리를 지르던 눈이 툭 튀어나온 거지처럼 광적인 권위를 행사하는 세계였다.

나는 반복적인 소리를 듣게 되면 그것이 무엇이든 그 소리가 빚어내는 청각적 효과에 병적으로 예민하게 반응하기 시작했다. 그것은 라디에이터가 틱틱거리는 소리이기도 했고, 어두운 밤의 미로 속에서 에메랄드빛을 발하는 괘종시계의 째깍거림이기도 했으며, 손목시계의 초침 소리, 할로겐 램프가 식을 때 나는 쩔그덕거리는 소리이기도 했다. 자동 응답기 스피커를 통해 울리는 뚜뚜뚜 하는 통화중 신호 소리(매일 저녁 누군가가 라자루스에게 전화를 했지만 메시지를 담기는 일은 없었다. 나는 그 사람의 정체가 궁금했다), 대중가요의 규칙적으로 반복되는 리듬감 있는 시퀀스일 때도 있었다. 때로 그것은 내 심장의 고동 소리이기도 했는데, 그럴 때면 쉬지 않고 반복되는 그 소리에 대한 내 강박관념은 한밤중의 악몽으로 돌변했다.

그러한 증상이 주기적으로 나타났지만, 장시간 연속적으로 나를 고문하지는 않았다. 그러나 그 발작은 예고 없이 찾아들었고 순식간에 내 몸을 강렬한 진동으로 전율케 했다. 그럴 때면 마치 엄청난 압력에 짓눌리고 있는 듯했다. 다행히 발작은 잠시뿐이었고, 발작이 멈췄을 때의 안도감이란 이루 형용할 수 없을 정도였다.

"안전핀을 뽑은 수류탄을 네가 삼켰다고 상상해봐."

나는 발작의 주기가 점점 더 짧아지는 것을 염려하는 라자루스에게 말했다.

"그렇다면 나야말로 세상에서 가장 형편없는 얼간이겠지."

그는 대답했다.

그것이야말로 발작이 멈춘 후의 내 감정을 정확하게 묘사하는 말이었다. 라자루스는 내게 의사의 진찰을 받아보라고 여러 번 권했지만 나는 거절했다. 나는 속으로 은밀히 생각하고 있던, 발작에 대처할 수 있는 처방전에 대해서는 아무 말도 하지 않았다. 메트로놈의 똑딱거리는 소리가 내 정신을 가라앉히는 데 효험이 있다는 것을 말하지 않았던 것이다. 메트로놈의 추가 최면을 걸듯 똑딱거리며 왔다 갔다하는 소리를 들으면, 나는 발작의 충격에서 회복되어 어느 정도 정상적인 생활을 할 수 있었다. 추가 달린 그 작은 피라미드가 지닌 치유의 힘을 인식하게 된 나는 집 밖을 나갈 때면 언제나 그것을 들고 다녔다. 심장병 환자가 심장기능 조절장치에 의존하듯 나는 메트로놈에 의존하고 있었다. 파카르 메트로놈은 나의 페이스메이커*였다. 내가 '틱탁 신드롬'이라고 이름붙인 그 고통스러운 발작은 무려 8년 동안이나 나를 따라다녔다. 내 발라드를 완성하는 것만이 구원받을 수 있는 유일한 길이었다.

우리가 함께 살기 시작하면서부터 라자루스의 생활 역시 내가 예감했던 것처럼 위험한 비탈길로 치달았다. 시골에서 올라오고 몇 주가 지나자 그는 외박을 하기 시작했고, 이후 이틀에 한 번꼴로 집에 들렀다. 멜랑콜리한 생활이란 쉬이 도덕적 신체적 해이에 이르게 마련이지만, 그와 반대로 라자루스는 극단적인 정신적 세련미와 우아한 옷차림에 집착하고 있었다. 하지만 내가 볼 때, 그것은 오히려 그의 경직된 성격을 드러내는 것이었고 그가 경계해야 할 사항이었다. 마찬가지로 나 역시 가끔씩 나에게서 모든 의지를 앗아가는 난폭한 충동이 이는 것에 신경을 쓰고 있었다.

"우리 인류의 문제야. 왕은 광대 없이 움직이지 않아. 신조차 자신의 광대에게 의견을 묻지 않고는 아무것도 결정하지 않지. 우리는 모두 꼭두각시 인형인 셈이야. 실에 매달려 대롱거리는 인형들이라고. 아니, 어쩌면 우리는 한 사람의 손아귀에 그리고 또다른 사람의 사지에 묶여 있는 보이지 않는 실에 지나지 않는지도 몰라. 그 둘 사이에 헐겁게 뒤엉켜 있기도 하고 때로는 갑자기 팽팽해지기도 하지만 결국 연약한 실에 불과할 뿐 그 이상은 아니야."

라자루스는 언젠가 이렇게 말한 적이 있다. 분신(分身) 이야기는 그가 좋아하는 주제였다. 하지만 난 별반 가치가 없는 비생산적인 추상론에 불과하다고 생각했다.

---

* 심장박동을 고르게 해주는 장치.

나는 그가 단것을 먹고 난 후에는 언제나 양치질을 하고, 또 하루에도 몇 번씩 양말과 팬티를 갈아입는다고 생각했다. 그는 화장품을 사는 데 거의 천문학적인 액수의 돈을 쏟아부었고(라자루스는 거의 눈에 띄지도 않는 검붉은 여드름을 악착같이 제거했고, 젊은 나이에 대머리가 되지 않을까 두려워하고 있었다), 서재보다는 양복점이나 손톱 관리 미용실에서 더 많은 시간을 보냈으며, 고전음악을 들으며 라틴 문법을 연구하는 데 많은 시간을 할애하고 있었다. 그는 베르길리우스의 『목가』의 비밀을 해독했다면서 연구서를 집필한다고 했지만, 쓰레기통에 수북이 쌓여가는 구겨진 종이 뭉치에서 짐작할 수 있듯, 그의 시도는 매번 실패로 끝이 났다.

겉모습을 치장하는 일에 지나친 정성을 기울임과 동시에 라자루스는 가톨릭의 온갖 종교의례를 따르는 일에도 노력을 아끼지 않았다. 그 점에 대해서 나는 어떤 음울한 힘이 나의 젊고 아름다운 동료, 촉망받는 음악광이자 노련한 낚시꾼이며, 예술과 물고기들의 친구(그는 언제나 자신이 잡은 농어와 잉어를 풀어주었다)인 그를 편협하고 완고한 신앙을 가진 겉늙은 노파로, 화창한 날씨 속에서 위협을 느끼고, 햇살 속에서 신의 징벌을 보고, 비가 오는 날에야 신의 은총을 느끼는 고해와 굴욕의 추종자로 변화시키고 있는 것이 아닌지 두려워했다. 라자루스는 여러 신부들을 찾아다녔다. 심지어 그는 바티칸의 한 유명 인사와도 친분을 유지하고 있었다. 나는 그 사람의 이름을 몰랐고, 또 알려고 하지도 않았다. 라자루스는 텅 빈 방바닥에 누워 단식하면서 밤새도록 기도했다. 하지만 나는 그의 신앙이 진지한 것이라고는 생각하지 않았다. 그의 귀족적인 성품이 그로 하여금 고대 그리스인들처럼 행동하게 했을 뿐이었다. 그는 무엇을 하든지, 어디를 가든지 말 그대로 파토스(pathos)*를 생활화하고 있는 것이었다. 그가 고기에 소금을 뿌릴 때 소금병에서 나오는 것은 파토스였고, 신문을 읽을 때 어떤 기사에도 눈길 한 번 던지지 않고 그냥 페이지를 넘기게 만드는 것도 파토스였다. 심지어 샤워실에서 신체의 은밀한 부분에 비누칠을 할 때조차 그의 손과 고환 사이에는 일정한 거리가 존재하고 있었는데, 그건 바로 호메로스의 파토스와 데모크리토스의 파토스 사이의 거리였다.

이런 그가 어떻게 기독교 신앙에 빠져들 수 있단 말인가? 뭐라 설명할 길이 없다. 차가운 바닥에 엎드려 양팔을 십자형으로 벌리고 그리스도의 상흔이 눈앞에 나타나기를 간절히 기도한다 해도 라자루스는 여전히 라자루스였다. 비록 손바닥에 피가 흐른다 해도 다음날이면 손톱 미용사와 피부과 의사가 평소의 우아함과 섬세함을 되돌려 줄 터였다. 라자루스더러 가톨릭 신자라고 하는 것은 스트라빈스키가 페르골레지의 영향을 받아 〈풀치넬라Pul-cinella〉를 작곡하고, 바흐의 작품으로부터 〈3악장으로 구성된 심포니Symphonie en trois mouvements〉를 착상했다고 말하는 것이나 마찬가지다.** 미끈하고 멋내기 좋아하고 흠잡을 데 없는 용모를 가진 라자루스는 마치 나오지도 않는 메마른 눈물을 흘리는 대리석 같았다.

라자루스가 외박을 하는 날이면 나는 그가 클레망 파나르를 타고 이름 모를 어느 방에 있는 아름다운 아드리아나 데 비르질리스를 만

---

* 정념·충동·정열 등으로 번역된다. 로고스(logos)와 대비되는 말로, 그때그때 상황에 따라 인간의 마음이 갖는 기분, 정서를 총괄하여 표현하는 말.

** 스트라빈스키는 차이코프스키나 로시니, 그리그나 바흐 같은 음악가의 음악에 착상하여 여러 곡을 작곡했다.

나러 간다고 추측했다. 음악학교 공부가 끝나가던 무렵 내게 고난의 술잔이자 신의 양식이기도 했던 그녀 젖가슴의 탐스러운 곡선과 부드러운 살결은 아직도 내 꿈속을 찾아들곤 했다. 나는 음악학교를 떠나기 전, 그녀가 내 손이 자신의 가슴선 아래로 내려가거나 무릎 위로 올라가는 일을 허락해주지 않았다는 사실을 아직도 받아들이지 못하고 있었다. 필경 라자루스에게는 그렇게 하도록 허락하리라, 나는 씁쓸하게 생각했다.

하지만 라자루스와 나는 한 가지 규약을 준수하고 있었다. 그것은 오래된 우리 우정의 핵심이라고 할 수 있었는데, 초대도 없이 찾아온 불청객을 하인이 매몰차게 내몰듯, 상대방의 사생활에 대해서는 절대로 묻지 않는다는 것이었다. 그것은 우리의 명예가 달린 문제였다. 하지만 또한 우리의 비겁함이 빚어낸 규약이기도 했다. 따라서 여러 달 동안 나는 그가 매일 밤 아드리아나를 만나고 있다고 추측하면서도 그녀에 관한 질문은 하지 않았다. 라자루스가 거실에서 전화하고 있는 것을 본의 아니게 몇 번 목격한 적도 있었다. 그럴 때마다 발뒤꿈치를 들고 살금살금 거실을 빠져나왔지만, 몇 마디 말은 엿어들을 수 있었다. 거의 다음에 만날 약속을 잡거나 취소하는 내용이었다. 라자루스의 음색과 머뭇거리는 혀, 침묵으로 익히 짐작할 수 있는, 때로는 뜨겁고 때로는 식어버린(그럴 때면 라자루스의 목소리는 퉁명스럽고 냉랭했다) 사랑의 대화이기도 했다.

나는 당시 라자루스가 단 하나의 사랑에 푹 빠져 있어서, 한순간에는 그 사랑에 완전히 자신을 내맡기고 나중에는 냉정함을 되찾는다고, 그러니까 어느 날 밤에는 사랑을 고백하고 그 다음날 밤에는 상대방에게 똑같은 사랑 고백을 강경하게 요구하는 두 명의 라자루스가 존재한다고 믿었다. 그러나 실은, 똑같은 그리고 유일한 라자루스가 두 개의 사랑, 기꺼이 염원해도 좋을 바람직한 사랑과 불가능하지만 헤어나올 수 없는 사랑 사이에서 번민하고 있었다. 그것을 몰랐던 나는 상황을 완전히 오해하고 있었다. 또한 나는 아드리아나가 그 세 얼굴의 사랑 속에서(당시만 해도 나머지 두 얼굴의 존재는 내게 미지로 남아 있었다) 아무 역할도 하지 못한다는 것, 그녀 역시 나만큼이나 아무것도 모르고 있다는 것도 단 1초도 생각해보지 못했다.

3

오텔로와 싱싱은 4월 14일에 죽었다. 나는 바로 그날로부터 꼭 1년이 되는 날 잠비넬라 호텔로 가서 에지디오가 어떻게 되었는지 알아보기로 결심했다. 나는 그를 찾아가는 것을 일부러 미루고 있었다. 일상의 리듬을 조금이라도 깨뜨리면 나의 음악적 진보에 필수적인 미묘한 힘의 균형과 내가 누리고 있던 평화로운 정적이 깨질까봐 두려웠던 것이다.

바로 그날, 내가 피아노 뚜껑을 막 닫으려는데 라자루스가 음악실로 들어왔다. 그는 서가에 있는 선반을 손으로 하나씩 훑으며 악보를 찾았다(〈마술피리〉였던 것으로 기억한다). 그는 대뜸 메트로놈의 똑딱거리는 소리가 참을 수 없으니 좀 멈춰달라고 했고, 나는 소리가 나지 않게 쿠션을 대놓은 정신분열증 환자의 병실 문을 닫듯 메트로놈의 작은 뚜껑을 닫아버렸다. 이윽고 라자루스는 창가로 다가갔다.

그는 건물 벽 뒤에서 하늘로 치솟은 유칼립투스와 해송(海松)을 바라보고 있었다. 그는 몸을 돌려, 모차르트의 검은 실루엣이 표지 정중앙에 그려진 악보집을 배 앞에 움켜쥔 채로 내 옆을 스쳐 지나갔다. 문가에 다다른 그는 다시 몸을 돌렸다. 그러고는 바닥에 미끄러지듯 쓰러져 울음을 터뜨렸다.

나는 피아노 의자에 앉아 발로 페달만 누르고 있었다. 피아노 현에서 해머를 떼어놓는 일만이 그의 고통을 위로하고 눈물을 씻어줄 수 있다는 듯이…… 그를 동정했지만 동시에 짜증도 났다. 멱살을 틀어쥐고 따귀라도 한 대 갈기고 싶었다. 그가 조용한 소리로 울어주어서 고맙다는 생각이 들었다. 라자루스는 곧 평정을 되찾고 심호흡을 했다. 입을 꽉 다문 채 손에는 여전히 악보를 움켜쥐고 있었다.

"모에."

그가 말했다. 침통한 표정이었다. 마테오가 죽었을 때 나에게 장례식에 같이 가자면서 지은 바로 그 표정이었다.

"너는 내가 좋은 남편이 될 거라고 생각하니?"

그가 물었다.

"뭐?"

깜짝 놀란 나를 보고 그가 웃었다.

"모에, 너는 내가 얌전하고 정숙한 여자의 남편이 될 자격이 있다고 생각해? 내가 아빠가 될 수 있을 것 같아? 네 생각에는 내가 그럴 자격이 있는 것 같아?"

"너, 지금 제정신으로 하는 소리야?"

"내가 지금 아빠가 되려는 참인데 어떻게 제정신일 수 있겠어?"

라자루스는 자신의 이니셜이 수놓인 실크 손수건을 꺼내 눈물을 닦았다. 나는 부모님의 결혼식 사진에서처럼 교회 계단에 서 있는 라자루스와 레이스 소매가 달린 드레스를 입고 그의 팔짱을 낀 아드리아나가 환하게 웃고 있는 장면을 상상해보려 했다. 마치 두 개의 장면이 서로 포개어지듯 아드리아나의 눈은 카메라 렌즈를 가로질러 나를 바라보고 있었고, 라자루스의 시선은 먼 곳만 응시하고 있다.

"내 유일한 동반자이자 친구인 사람이 내 말을 의심하는데, 내가 어떻게 내 말을 믿을 수 있겠어?"

"하지만 그녀는…… 그녀는 네가 그걸 진지하게 생각하는지…… 알고 있을 것 아냐. 만약…… 그러니까 만약 그녀 생각에 네가 확신이 없다면, 아니 네가, 네가 인식하지는 못하지만…… 그러니까…… 그녀가 그렇게 순진하지는 않을 것 아냐……"

"그녀?"

"아드리아나."

"아드리아나?"

라자루스는 평소에 감탄사를 자주 쓰는 편이 아니었다. 하지만 그 순간 그는 내가 깜짝 놀랄 말을 내뱉었다.

"아드리아나? 모에!…… 그렇구나!…… 그 오랜 세월 동안!…… 너, 정말 그렇게 생각한 거야?……"

손에 들고 있던 손수건과 멍한 표정을 짓고 있는 나를 번갈아 바라보며 그가 말했다.

나는 아직 라자루스의 웃음을 묘사하지 않았다. 그것은 세제를 가득 머금은 걸레로 유리창을 닦아내리는 소리, 문질러대는 천 아래에서 유리창이 내는 불평의 소리를 떠올리게 하는 연속적인 고음이었다. 스타카토와 콘소르디노[31]로 울려퍼지는 날카로운 폭소는 장중하고 심각한 상황과 대조를 이루듯, 목관악기와 금관악기로 빈정거리듯 토막난 악구를 연주하는 찰스 아이브스의 작품을 연상시켰다. 라자루스는 웃고 있었다. 뒤집힌 악보는 그의 웃음소리에 맞춰 앞뒤로 펄럭였고 그 바람에 악보의 페이지들은 허공에서 오락가락했다. 종이가 바스락대는 소리와 팔세토[32]로 울려퍼지는 웃음은 끝날 줄을 몰랐다. 나는 가성의 불규칙한 싱커페이션 리듬과 종잇장이 부채처럼 허공을 휘젓는 소리, 그리고 그 두 개의 소리가 하나로 합쳐져 똑같은 리듬으로 박자를 맞춰 울리는 것을 듣고 있었다. 허공에 주름을 잡는 것 같은, 하나의 소리로만 반복되는 파트 연주가 계속 이어졌다. 오스티나토[33] 연주기법에 따라 베이스가 변조음을 냈다. 저음으로 울리는 종이의 떨림음과 고음의 웃음소리는 하나의 정점에서 만나 나사로 침묵을 뚫어내는듯, 침묵을 멀리 퍼뜨리는 듯, 소리의 권위 아래 침묵을 무릎 꿇리는 듯했다. 그 소리들이 무(無)의 반향음이라는 것을, 종착지에 다다른 무의 숨결이라는 것을 나는 이해할 수 있었다.

그 순간, 하나의 웃음소리 혹은 두 장의 종이 사이에서 공기가 으르렁거리는 소리, 피아노 현 하나가 페달 아래에서 진동하는 소리 또한 기나긴 임종의 서곡이라는 것을 깨달았다. 그런 의미에서 낮이란 이중부정이라는 아무것도 아닌 것의 총합이고, 빛이란 밤의 밤이며, 음악이란 침묵의 침묵이라는 것을……

"모에."

라자루스는 한 손으로 내 이마를 짚으며 말했다. 그는 자리에서 일어나 있었다. 그는 악보를 피아노 위에 올려놓았다.

"모에…… 정신이 들어? 아드리아나와 이야기했어. 그녀가 막 외국에서 돌아왔거든."

"외국에서?"

"3년 동안 연극학교에 있었어."

"외국……"

"오늘 저녁에 그녀를 초대하자."

라자루스가 말했다. 내게 뭐라고 대꾸할 시간도 주지 않고 그는 저녁에 그녀를 맞으려면 서둘러야 한다며 음악실을 나가버렸다. 중요한 모임이 있을 때면 와서 요리를 해주는 루이자에게 알려야 했다. 라자루스는 현관을 나서며 "너무 늦기 전에" 과자점에 가야 한다고 심각한 표정으로 말했다. 누가사탕이 얼마 남아 있지 않았다. 우리는 괘종시계가 아홉시를 알리면 아드리아나와 만나기로 했다(그녀는 라자루스의 초대를 받아들였다). 잠비넬라 호텔에 갔다가 돌아오기까지 내게는 세 시간이 조금 넘게 남아 있었다.

모에 인상긴은 시내에 있었다. 모에는 거리를 걷고 있었다. 아름다운 아드리아나 데 비르질리스와 만나리라는 기대 속에 내가 지닌 기억은 나의 감각과 추억을 총집결시켰다. 듣지도 보지도 않으며 나는 앞으로 내달았다. 내가 만약 국가였다면, 분명 전쟁중인 국가였으리라. 내가 만약 거리였다면, 출입구가 보이지 않는, 건물들의 윤곽이 흐릿한 거리, 행상인들의 외침 소리와 손님을 끄는 여자들의 목소리로 넘쳐나는 거리, 우산 장수들과 훔친 키스의 거리, 공원 출구 계단 아래쪽에서 시작하여 역사 플랫폼에서 끝나는 거리였으리라. 내가 만약 하늘이었다면, 소나기가 내린 뒤 축축하고 미지근한, 맑게 개인 하늘이었을 터이고, 내가 만약 악기였다면 그녀와 내가 창문 아래를 지나면서 함께 들은 베이스 클라리넷이었으리라. 내가 만약 곤충이었다면 하얀 드레스 색깔을 보고 몰려든 야광성의 망령, 반딧불이였으리라. 내가 만약 감정이었다면, 막 피어나기 시작한 희망, 도전적인 시도, 사그라진 질투심이었으리라.

"만약 네가 꽃이라면, 무슨 꽃일까……?"

나는 저수지 위에 누운 안나 리자 달로지에게 물었다.

"…… etton id alleb anu(밤의 아름다운 여인)."

그녀가 말했다. 난 여전히 그네들의 얼굴을 혼동하고 있었다.

비가 오고 있었다. 목적지에 가까워질수록 도시의 불빛이 점차 밝아졌다. 세상은 점점 내 눈앞에서 사물들의 명확한 실루엣을 드러내고, 그것들은 원래의 정확한 비율과 윤곽을 되찾기 시작했다. 지표면은 사각무늬의 포장도로였다. 나는 바닥의 도드라진 부분들이 신발 밑창 아래에서 춤추는 것을 느낄 수 있었다. 발걸음을 재촉하는 여자들은 일과가 끝난 후의 피로와 서둘러 약속 장소에 이르려는 조바심, 그리고 즐거움이나 고통의 감정을 얼굴에 드러내고 있었다. 발걸음을 내딛을 때마다 나는 점점 더 외부세계에, 신선한 바람과 돌풍처럼 휘몰아치는 비, 행인과 자동차들의 엇갈리는 행렬, 좌우로 흔들리는 자동차 와이퍼와 살랑거리는 나뭇잎, 흔들거리는 내 양팔의 움직임과 뒤집힌 우산들, 불빛을 반사하는 도랑물과 미친 듯 회전하는 자동차 바퀴에 생생하게 반응할 수 있었다.

마침내 나는 목적지에 도착했다. 커다란 Z자가 벨벳 커튼이 쳐진 붉은 문 위에서 반짝거리고 있었다. 네온과 소음으로 뒤덮여 화재라도 난 것 같은 도시를 뒤로하고 나는 커튼을 젖히고 안으로 들어갔다. 지하로 내려가자, 깜박거리는 전구에 둘러싸인 거대한 붉은색 광고판 하나가 눈에 들어왔다. 소파들 위에 걸린 광고판은 검은색 벽을 온통 뒤덮고 있었다. 얼룩덜룩한 색깔과 각양각색으로 디자인된 서로 어울리지 않는 소파들이 층계 아래에서부터 거대하고 둥근 천장이 있는 커다란 로비 한가운데까지 늘어서 있었다. 건너편 벽에는 기다란 바가 있고, 그 사이의 공간에 회전 조명이 돌아가는 것으로 보아 무도장인 듯했다. 광고판 속에는 길게 트인 드레스 차림의 젊은 여자가 그려져 있었다. 근엄해 보이는 그녀는 웃는 표정이었고, 커다란 두 눈은 마치 임종의 순간에 쾌락을 느끼는 것처럼, 엑스터시와 단말마의 고통을 동시에 표현하는 흐릿한 빛을 발하고 있었다. 몸을 살짝 젖히고 있어 금방이라도 뒤로 넘어갈 것처럼 보였다. 손 하나를 앞으로 내민 그녀의 실루엣은 어둠 속에 잠겨 있었다. 광고판에는 'DAM-SEL DAMN(요조숙녀 따윈 지옥에나 떨어져라)' 이라는 공연 제목이 쓰여 있었고, 하얀 얼굴의 인간 형상들과 금관악기의 나팔꽃처럼 벌어진 관신(管身)들이 나선형의 금속성 광채를 발하고 있었다. 마치 산 채로 매장된 멤버들로 이루어진 밴드 같았다. 여자는 쓰러지면서 노래하고 있는 듯했고 입가에서 뻗어나온 액체처럼 가느다란 선은 꼭 피를 마신 것 같은 인상을 주었다. 'Your fate is in my hands(당신의 운명은 내 손 안에 있어요).' 공연의 부제였다.

로비 한가운데에는 둥그스름한 새둥지 같은 것이 하나 있었다. 석고로 만든 감색 칸막이에는 인조 보석이 알록달록 달려 있었는데, 로비의 조명이 거기까지는 미치지 못했다. 입구 역할을 하는 커튼봉 위에 무지갯빛 글씨로 'La Bomboniera(사탕 상자)' 라고 쓰여 있었다. 나는 생각했다. '성소(聖所)야, 성인 중의 성인을 모셔놓은 곳이야.'

오늘날에도 여전히 악몽이나 꿈에서 깨어날 때, 혹은 현실이 아닌 다른 영역 속에서 망각이 나를 붙들어맬 때 내 희미한 의식은 그곳을 스쳐 지나간다. 그곳은 발을 들이밀기만 하면 잠에서 깨어나지 않을 수 있는 그런 장소였다. 나는 컴컴한 양벽 사이로 소극장을 가로질렀다. 도시가 그 존재조차 알지 못하는, 지하로 이어진 깊숙한 동굴 안에선 붉은 소파와 커튼들이 도자기 램프와 조화를 이루고 있었다. 나는 작은 거울 조각들로 된 인조 궁륭의 빛을 받으며 간이의자들이 접혀 있는 극장의 검은 마룻바닥을 향해 걸어갔다. 시간과 더불어 내게 부드러우면서도 끔찍한, 세상의 요람이 되어버린 장소였다.

열두 명가량의 남자와 여자들이 좌석 첫 줄에, 한 좌석 정도의 공간을 사이에 두고 띄엄띄엄 앉아 있었다. 그 공연이 마지막 순간 본연의 자아에게 공연이 끝날 때까지 기다려달라고 말한 뒤 그것을 문가와 인도 위에, 빗줄기 아래에 남겨놓고 혼자 보러 오는 공연이라는 것에 나는 조금도 놀라지 않았다. 나는 세번째 열에 자리를 잡았다. 옆좌석에는 머리를 땋은 검은 피부의 여자가 앉아 있었고, 내 오른쪽으로 몇 좌석 떨어진 곳에는 노인 하나가 몸을 웅크리고 있었다. 그는 모자를 배 위에 올려놓았는데, 거대한 몸집이 팔걸이 밖으로 비어져나왔고 눈은 감은 모습이었다. 내 정면에는 모피 코트에서 불쑥 올라온 타조처럼 하얀 목덜미가 보였다. 볼을 말끔하게 면도하고 머리를 빡빡 민 젊은 사내도 보였다. 관자놀이까지 잿빛 수염이 난 남자가 손수건에 대고 기침을 하는 것도 보였다. 또다른 여자도 언뜻 보였는데, 어깨와 가슴의 둥그스름한 곡선만 보였다. 임산부인 듯했다. 얼굴은 볼 수가 없었다. 기다리는 동안 몇 분이 흘렀다. 누군가가 내 뒤에 와서 앉았다. 그 사람의 숨결이 가끔씩 내 목덜미를 스치듯 지나갔고, 나는 그 미지의 여인(팔찌가 찰랑거리는 소리를 듣고 여자임을 알 수 있었다)이 꼬았던 다리를 풀거나 한쪽으로 비스듬히 걸터앉을 때 의자가 삐걱이는 소리를 들을 수 있었다. 나는 서서히 몽롱한 마비 상태에 빠져들었다. 텅 빈 무대의 광경이 영원토록 지속되었으면 하는 마음이었다.

가수의 긴 실루엣이 드러났다. 너무나 갑작스러운 출현이라 정식 입장이라고 할 수도 없었다. 나는 그가 분장실과 무대를 잇는 작은 복도를 통해 등장한 게 아니라 내가 도착하기 전부터, 우리 중의 첫째 관객이 얼룩덜룩한 붉은색으로 꾸며진 그 지하 성소에 침입하기도 전부터 이미 그곳에 와 있으면서 부주의한 우리를 바라보고 있었던 건 아닐까 하고 생각했다. 그만큼 그의 출현은 급작스러웠다. 이름도 알 수 없고, 남성인지 여성인지 아니면 제3의 성인지도 알 수 없는 그 기이한 인물은, 무대에 나와 있긴 했지만 소리 없는 등불의 불꽃이 순식간에 발현해낼 현란한 빛의 마술을 감추고 있는 것처럼 아직은 자신의 마법을 펼쳐 보이지 않고 있었다.

아르센 오텔리스가 금색과 흑색이 섞인 드레스를 입고 하늘로 시선을 던지며 유선형의 새처럼 무대 위로 등장하자, 객석에서는 당황하는 빛이 역력했다. 육신 외에는 인위적인 장신구 하나 달지 않고 등장한 그녀의 모습이 그만큼 당당해 보였기 때문이리라. 그녀의 몸은 기이한 굴곡을 이루고 있었다. 관절들은 맥이 풀린 듯했고, 굴곡이 진 사지는 예기치 않은 경련을 일으키는 듯이 보였다. 나라는 존재를 완전히 뒤엎어놓을 그 음악이 솟구쳤을 때, 아르센 오텔리스가 가르마를 타서 빗어넘긴 남자처럼 짧게 깎은 머리 위로 두 팔을 들어 올려 흔들면서 노래를 부르기 시작했을 때, 나는 세상에 태어나서 처음으로 아름다움이란 것이 끝없이 잔인할 수 있다는 것을 감동으로 전율하는 내 몸을 통해 느낄 수 있었다.

그녀의 목소리는 내 안에 찢어질 듯한 고통을 남겼다. 그녀의 목소리가 한 음조를 놓치거나 4분의 1톤을 올리거나 내리면, 학교에서 들은 잘 훈련된 나무랄 데 없는 목소리들보다 그녀의 음색이 내는 그 부정확한 변조가 더 큰 표현력을 발휘한다는 생각이 들었다. 그녀의 목소리가 잦아들면 침묵이 불쑥 내게 말을 걸었고, 숨결 하나가 순식간에 내게 깃들였다가 깊이 간직해두었던 모든 말, 불평과 웃음, 탄식과 비명 소리로 홍수처럼 내 몸을 부풀리면서 아르센 오텔리스의 숨죽인 노래에 쉼표를 찍었다. 그녀의 어두운 육신이 비상할 때마다, 고갈될 때까지 모음이 뿜어져나올 때마다, 천국의 문을 두드리는 듯한 음절이 끝날 때마다 그녀는 무대 위로, 자기 자신 위로 무너져내렸다. 그리고 노래가 다시 시작되면 그녀는 야회복을 입은 천사장이 소리와 물질의 광채로 빛나는 무감동하면서도 찬란한 빛의 세계로 되돌아가듯 완전히 자신을 잊고 노래에 열중했다.

아르센 오텔리스는 우리 눈앞에서 자신을 유린하고 있었다. 새의 비상과 살해당한 고백, 신에게 바친 공헌물이 그녀의 입에서 흘러나왔고, 그녀가 잠시 노래를 멈췄다가 다시 시작하기까지의 순간은 음악이라는 잔인한 우주를 가로질러 하나의 외계에서 또다른 외계로 아슬아슬하게 이어진 밧줄처럼 하나의 지평선을 지우고 또다른 지평선을 펼쳐보이는 아찔한 현기증을 느끼게 했다. 나는 그 노래의 언어를 알지 못했다. 그러나 차마 노래로 불릴 수 없는 이야기를, 타조 목의 부인이나 임신한 여자나 모자를 배에 얹고 있는 남자의 균열된 기억 속에도 영원히 각인될 이야기를 이해할 수 있었다.

"이제……"

미지의 여인이 내 뒤에서 속삭였다. 내 목덜미 쪽으로 숨을 내쉬던, 내가 얼굴을 볼 수 없었던 여자였다. "이제……"라고 그녀는 말했다. 어쩌자는 걸까?

그녀가 나를 향해 말한 것이라면, 아니 우연히 그 말이 스러져버리기 전에 내게 들린 것이라면. 그 말은, 마치 거미가 두려움이나 위협 같은 자신의 의사를 스스로 쳐놓은 거미줄을 통해 미세하게 전달하는 것처럼 작은 극장의 그 은폐된 공간에 나를 못박듯 붙들어맨 노래의 매혹을 깨뜨리기는커녕, 오히려 그 매혹을 증폭시켰다. 아르센 오텔리스는 멜로디와 템포의 변화, 음정 그리고 아주 작은 몸짓으로 나를 완전히 그의 노예로 만들어놓았다. 노래는 마침내 끝이 났고, 나는 넋을 잃은 채 그 자리에 앉아 있었다.

아르센 오텔리스가 어깨를 으쓱하자 드레스의 어깨끈이 흘러내렸다. 드레스는 마치 그의 명령에 복종하듯 발치로 떨어져내렸다. 드레스 천과 천 위에 박힌 별들이 그의 손짓에 녹아들듯 허물어지며 팔과 엉덩이를 따라 천천히 아래로 흘러내렸다. 이윽고 끔찍하리만큼 우아한 나신이 드러났다.

남녀 양성의 오텔리스는 허물처럼 바닥에 펼쳐진 별무늬 드레스를 성큼 뛰어넘어 청중 쪽으로 다가왔다. 조명이 그녀 주위에 원 모양을 그렸고, 주위는 모두 어둠에 잠기고 말았다. 그녀는 왼손으로 성기를 움켜쥐고, 오른손은 또다른 성기 속으로 밀어넣었다. 그녀의 양손이 바삐 움직이는 가운데 배가 아래위 좌우로 물결치듯 움직였고, 관능적으로 움직이는 그녀의 아랫배에 내리꽂힌 조명은 두 움직임을 선명하게 비추었다. 박자가 완전히 일치하지는 않았지만, 그것은 둘로 분리된 독자적 쾌락의 움직임을 말해주고 있었다. 이 육감적인 부조화는 손의 움직임에서 확연히 드러났다. 오른손은 초조한 듯 살갗 안쪽을 거칠게 휘저으면서 둔중한 움직임을 보였고, 왼손은 여유롭게 성기를 발기시켜 팽팽하게 부풀리고 있었다. 수컷의 손은 그 순간이 임박한, 그러나 이내 망각으로 떨어질 어떤 약속을 채근하듯 암컷의 손을 재촉하고 있었고, 암컷의 손은 수컷의 손이 거칠게 내뿜는 열기를 가라앉히고 있었다. 두 개의 성(性)은 양손을 매개로 이렇게 싸우고 있었다. 마침내 아르센 오텔리스는 숨을 헐떡거리며 동작을 멈췄다(그의 오르가슴을 보며 나는 안도의 한숨을 내쉼과 동시에 그 절정의 순간을 어떤 모욕, 내밀한 도전으로 느꼈다). 그녀는 마치 자신의 몸 속으로 들어가는 것처럼 앞으로 몸을 숙였고, 마치 그가 자신의 몸 안으로 깊이 들어가 박히는 것처럼, 고통으로 일그러진 얼굴이 마스크처럼 굳어지더니 그-그녀의 몸은 하나로 포개졌다. 이 해부학적 곡예를 이해할 수 없었던 나는 그만 호흡을 멈추고 말았다. 그 순간 미지의 여인의 손이 의자 등받이를 지나 내 손을 잡았다. 내 손을 꽉 움켜쥔 그녀의 손이 경악의 순간에서 나를 구했다. 커튼 자락이 아르센 오텔리스의 숨죽인 쾌락 위로 서서히 내려왔다.

관객들은 오랫동안 자리를 떠나지 않았다. 그들은 나처럼 무대에서 노래하는 천사를 보고 들은 사람들이었다. 하지만 이제 무대는 더 이상 존재하지 않았다. 갑자기 모두 자리에서 일어섰다. 그리고 눈길 한 번 마주치지 않고 '사탕 상자'를 떠났다. 나는 엄청난 행운을 누렸던 나의 동료들, 청중들이 몽유병자의 행렬처럼 자리를 빠져나가는 것을 보려고 몸을 돌리다가 마침내 그 미지의 여인을 정면으로 보게 되었다.

"반갑습니다."

오렌지색 드레스를 입은 중년 여인이 말했다. 짙은 화장이 조금은 경박해 보이기도 하고 조금은 집시 같아 보이기도 하는, 아니, 조금은 남자 같기도 하고 아무것도 아닌 것처럼 보이기도 하는, 또 조금은 나와 비슷해 보이기도 하는 에지디오 신부였다. 아르센 오텔리스가 무대에서 보여준 연기 때문이기도 했고, 그가 오텔로에게 쓴 편지를 통해 내가 어느 정도 짐작한 바이기도 했지만, 교회 광장 앞에서 찍은 결혼식 사진에서 활짝 웃고 있던 사제복 차림의 내 사촌이 이제는 금발의 곱슬머리에 가슴이 지나치게 풍만한, 새된 소리와 저음을 동시에 내는 나이 지긋한 부인이 되어 있는 모습에 나는 조금도 놀라지 않았다. 그의 얼굴과 눈은 온후한 현자의 빛을 발하고 있었다.

"에지디오? 에지디오?……"

"지지라고 부르렴."

"그 여자는? 그 남자는? 도대체……?"

"아르센 오텔리스가 내 인생을 바꿔놓았지. 가자."

이 말을 들은 나는 달음질쳐 도망가고 싶었다. 내게는 한 가지 욕망뿐이었다. 아드리아나 데 비르질리스를 만나는 것, 그리고 비 오는 거리로 산책하러 가자고 그녀에게 말하는 것. 하지만 이 계획을 실행에 옮기기 전에 우리는 무대 뒤 복도에 이르렀다. 그렇게 하기란 매우 쉬운 일이었다. 몸을 돌리기만 하면 되었으니까.

지지는 희미한 불이 밝혀진 복도에서 나를 앞질러 걸어갔다. 끈을 매는 굽 높은 앵클부츠를 신은 내 사촌은 엉덩이를 흔들며 걷고 있었다. 한쪽 엉덩이가 올라가면 다른쪽 엉덩이는 아래로 처졌다. 그녀는 목발을 짚고 선 서커스 단원처럼 어딘가 갑갑하고 균형감을 잃은 듯 보였다. 줄타기 곡예사 같기도 하고 몸 파는 여자 같기도 한 지지에게서 풍기는 어색하기 짝이 없는 관능성을 보자 내 마음은 누그러졌다.

아르센 오텔리스는 분장실에서 화장을 지우고 있었다. 크림이 잔뜩 묻은 화장솜으로 이마와 눈가를 닦아내고 있었다. 무대 위에서 예술을 자유자재로 지배하던 위대한 여가수, 꽃과 거울(거울 위쪽에 김이 서려 있었는데 이내 사라져버렸다)로 둘러싸인 분장실에서 만나볼 때까지는 내가 매우 어려워했고, 일단 만나게 되면 나의 심신을 앗아가리라고 생각했던 존재. 나는 화장을 지운 아르센 오텔리스에게서 그 모습을 다시 발견할 수 있었다. 그러나 글라디올러스와 장미로 둘러싸여 있던 그녀의 얼굴은 분을 지우고 나자 잔주름 많은 하얀 피부를 드러냈고, 피곤함을 이기지 못하는 인간적인 모습을 띠어갔다. 그녀는 고갯짓으로 내게 자리를 권하더니 화장대에서 담배를 집었다. 지지가 담배에 불을 붙여주었다. 그녀는 여러 차례 코로, 입으로 연기를 내뿜으며 행복에 젖은 나른한 표정을 지었고, 축축한 가운의 깃 위로, 꼬고 앉은 다리 위로 떨어지는 담뱃재에는 조금도 개의치 않았다. 그녀의 다리에는 곱슬곱슬한 털이 나 있었다.

아르센 오텔리스는 내게 진지한 목소리로 말했다. 그녀의 입이 떨리듯 진동했다. 그것은 새의 지저귐, 물의 흥겨운 일렁임, 아무것도 의미하지 않는 두렵고도 매혹적인 속삭임이었다. 나는 끊임없이 이어지는 그 속삭임에 귀를 기울였다. 그녀는 내게 찬사를 늘어놓기도 하고 욕설을 퍼붓기도 했다. 그녀는 나를 원망했고, 나를 원망하는 자신을 원망했다. 또 모음 하나로 나를 으쓱하게 만들었으며, 그 다음에는 나를 꾸짖었다. 그녀는 조용한 목소리로 욕설을 퍼부을 줄 알았고, 나직한 음성으로 경박한 말을 내뱉거나 날카로운 음성으로 상냥함과 친절을 표현할 줄도 알았다. 그녀가 무엇을 말했던가? 단어들이란 그녀의 혀 속에서 아무런 값어치 없는 싸구려 보석에 불과했다. 말이란 내게 아무런 의미가 없었다. 그 말들은 가벼운 재담이나 거창한 격언을 초월해서 존재하는 무언의 노래처럼 오직 내 귀에만 들려왔다. 아마도 나는 그녀 웃음소리의 음색만을 들었던 것 같다. 무슨 말을 들었는지는 하나도 기억나지 않는다. 다만 내가 살았다고, 아니, 내가 죽었다고 생각했다. 나는 말의 소리만을 포착할 뿐이었다. 아르센 오텔리스의 말이 내게 들려온 것은 도시의 지하 깊숙한 곳에 자리잡은 극장 안도 아니고, 라디에이터가 붕붕거리고 햇빛을 받지 못한 꽃다발의 꽃잎들이 시들어가는, 김 서린 거울이 달린 밀폐된 분장실 안도 아니었다. 그곳은 옛날 한 늙은이가 내 이름을 지어주는 동안 간호사가 자신의 팔 안에서 가냘프게 우는 내 목소리를 듣고 있는, 오래 전 바다 건너편 눈 쌓인 대로의 어느 한구석, 아니, 광란의 강물 한가운데 얼어붙은 바위섬이었다. 오늘날 그 기억에서 자유로워진 나로서는 묘사조차 할 수 없는 곳이다. 그게 내 삶에서 실제로 존재했는지 아니면 단지 내 생의 모든 행위와 몸짓들의 반향음으로서 존재했는지조차 말할 수 없는 곳, 고통과 즐거움이 그것을 느낀 사람들과 분리되어 하나의 음으로만 존재하면서 영원 속에서 반향하는 곳. 아르센 오텔리스의 목소리는 내게 침묵을 알려준 것이다.

나는 찬란하게 내리는 빗줄기를 맞으며 달렸다. 역을 지나고, 강을 지나고, 바티칸의 성벽을 지나자 숨이 가빠왔다. 나는 어느 광장 한가운데 멈춰 섰다. 술주정꾼 하나가 자고 있었다. 그가 머리에 덮고 자는, 비에 흠뻑 젖은 신문이 마치 석고 마스크처럼 보였다. 나는 정신없이 달리다가 길을 잃었다. 다시 길을 찾았을 때 시계는 새벽 한 시를 가리키고 있었다. 눈을 들었지만 제주룸 팔라조 7층에는 아무런 불빛도 보이지 않았다. 나는 현관에 망토를 걸었다. 라자루스의 망토는 보이지 않았다. 어둠 속을 더듬어 내 방으로 가면서 비를 맞아 얼어붙은 옷들을 벗어 물이 줄줄 흐르는 그대로 서랍장 위에 올려놓았다. 덧창은 닫혀 있었다.

나는 컴컴한 어둠 속에서 더듬더듬 침대 속으로 기어들어갔다. 그런데 별안간 뜨거운 몸뚱이 하나가 내 몸을 휘감으며 올이 성긴 양모 시트를 잡아당겨 덮으려는 것이 아닌가. 나는 깜짝 놀랐다. 하지만 그 육체가 나를 포옹했을 때, 나는 저항하지 않았다. 우리는 침대 끝에서 끝까지 여러 번 뒹굴었다. 침대가 삐걱거리는 소리를 냈다. 이윽고 우리는 나른하게 늘어졌다. 그녀의 입술이 내 입술을 열었다. 나는 그녀를 엎어뜨렸다. 그리고 그녀를 바라보았다. 장난기가 가득한 눈동자. 그녀의 옆모습. 진줏빛 입술. "모에……" 그녀가 말했다. "모에…… 모에……" 그 다음에 우리가 한 것은 우리의 육신을 '손과 손의 움직임'으로 만드는 몸짓이었다. 질문을 던지는 듯한 내 목소리와 거기에 화답하는 그녀의 목소리가 서로 뒤엉켰다. "아드리아나?" 여태껏 그녀는 내게 그와 같은 호의를 베풀어준 적이 단 한 번도 없었다. 그러나 우리가 함께 느끼는 열기와 우리 두 사람의 박자를 맞춘 황홀한 리듬 속에서, 그리고 그녀가 결코 나를 속이지 않았다는 사실을 확인하면서 나는 "아드리아나?"라고 반복해서 물었다. "아드리아나?"라는 물음은 내 욕망에 거세게 불을 질렀다. 나는 그녀의 이름에 취해버렸다. '아(a)' 자들은 내 목구멍을 지나면서 신음소리로 바뀌었고, 조화로운 그 이름은 오직 사랑 속에서 발음되기 위해, 더듬거리며 발음되기 위해 존재하는 듯싶었다. 내가 그 이름을 거칠게, 급기야는 그 이름을 마셔버릴 듯 최후의 음절이 주는 그 절정의 순간에 입에 거품을 물며 발음하자 그녀의 입에서 "모에……"라는 폐쇄음이 희미하게 울려퍼졌고, 입술을 동그랗게 말고 내 이름을 불러대던 아드리아나는 쾌락에 몸을 떨었다.

다음날 아침 그녀가 잠자는 모습을 지켜보면서(한 팔을 얼굴에 얹은 채 잠들어 있는 그녀의 볼에는 베개가 만들어놓은 주름이 가 있었다), 나는 전날 밤 잠결에 내 애무를 열렬히 갈구하던 그 여인이 과연 내가 시골로 출발하기 전날 내게 젖가슴을 만지게 해주었던 그 소녀인지 확인하고 싶었다. 하얀 시트 사이로 드러난 그녀의 무릎과 허벅지를 내 눈으로 직접 보고 있다는 사실이 믿어지지 않았다. 몇 년 전 앙고라 코트로 몸을 휘감으며 노출시키기를 완강히 거부했던 그녀 신체의 은밀한 부분들이 내 눈앞에 펼쳐져 있다는 것이. 우리가 헤어진 후로 얼마나 많은 세월이 흘렀는지, 그 동안 세상이 얼마나 많이 변했는지, 잠들어 있는 그녀를 보면서 나는 비로소 깨달을 수 있었다.

과거의 가장 먼 곳까지 거슬러올라가도 내 성격과 의식은 조금도 변하지 않았다. 물론 파올로 두란테와의 만남은 나 자신을 발견하게 해준 일대 사건이었다. 그후로 모에 인상긴은 자신의 그림자를, 자기 영혼의 공식을 찾아다녔다. 그때부터 침묵이 말을 하기 시작한 것이다. 그리고 나는 오랫동안 스스로도 인식하지 못하는 사이에 나의 발라드를 써온 것이며, 어느 시점부터는 명백한 의식 아래 그 침묵으로부터 나의 발라드를 되찾아올 날만을 기다려왔던 것이다.

8

나의 구원은 바람에 휩쓸려 공중으로 날아오른

백지 한 장의 모습으로 찾아왔다.

나에게 무슨 일이 일어났던가.

그것을 묘사한다는 것은 불가능하다.

1

"그들의 혈관 속을 흐르는 것은 세상의 피 그 자체야. 그들의 피는 시간 속에서 수많은 혈관을 타고 흐르다가 영원 속으로 넘쳐흐르고 찰나 속에서 방울져 떨어지지."

모차르트의 소나타나 빅토르 위고의 정복당한 혼돈, 움베르토 사바*의 시(우연히 들은 그의 시 한 구절이 나를 트리에스테로 가게 만들었다)를 언급하면서 라자루스는 말했다.

이제 내가 영생의 발라드의 작곡을 어떻게 끝맺었는지 말해야 할 순간이다. 여러 시간대가 내 안에 완벽하게 뒤엉켜 있어서, 인간적인 관점에서건 순전히 음악적인 관점에서건, 혹은 삶과 피할 수 없는 삶의 종말이라는 관점에서건, 아니면 예술작품이라는 관점에서건 내

---

* Saba, Umberto(1883~1957), 트리에스테 공국 출신의 이탈리아 시인.

음악의 도래와 라자루스의 사라짐이라는 두 개의 사건은 마치 우리들 산고의 열매에, 우리의 시와 후렴, 우리의 이야기에 고동치는 심장 하나가 결핍된 것처럼, 그리고 그 결핍된 심장을 찾기 위한 동일한 의지의 두 가지 표현인 것처럼 보인다.

나에게 몇 년이 필요했던가? 열두 해 동안 두 개의 사본으로 만들어진 악보들이 차곡차곡 쌓여갔다. 한 부는 내 방 옷장 속에, 또다른 한 부는 라자루스의 사무실 한가운데 있는 세모꼴의 엠파이어 서랍장 대리석 위에. 라자루스는 가구들이 묵직하게 들어차 있는 그의 사무실보다는 서재과 그곳에 있는 소박한 책상을 더 좋아했다.

열두 해 동안 나의 하루 일과표와 라자루스의 야행성 메커니즘, 누가사탕을 빨아먹던 우리의 회합과 예술의 미래에 관한 우리의 언쟁은 끊임없이 반복되었다. 그 열두 해라는 시간은, 마침내 내 음악을 연주할 것인가, 그렇지 않다면 7층 이웃에 사는 90대 노파들처럼 할 일 없는 시간을 때우기 위해 작곡하는 것은 아닌가 하는 생각으로 내가 번민하던 시기이기도 했다.

열두 해.

나는 아르센 오텔리스에서 시작된 내 인생의 이 시기를 아드리아나와 만난 횟수, 라자루스의 실종 횟수(그는 엘바 섬으로 혹은 행선지를 알 수 없는 다른 곳으로 1주일 동안 아무 말 없이 사라져버리곤 했다), 싱커페이션처럼 찾아오던 내 발작의 횟수, 표범 무늬 드레스를 입은 지지와 함께 빌라 팜필리 언덕을 산책하던 횟수로 정의할 수도 있으리라.

"열두 해!"

호텔방의 둥근 탁자에 앉아, 부두를 걸어가는 실루엣 하나를 보면서(차가운 햇빛이 반짝이던 어느 일요일이었다. 트리에스테가 기억을 떠올리기에 좋은 장소라고 생각했던 날이기도 하다) 내 발라드의 첫번째 버전을 막 완성했을 때, 나는 "열두 해!"라고 나 자신도 모르게 소리쳤다.

나는 그렇게 밤으로부터 벗어난 것이다. 악보 한 장이 오르간 연주대에서 팔랑거리며 떨어지고 파올로 두란테와 만났던 일, 그건 시간 속에서의 나의 탄생이었다. 엄청난 노력 속에 흘러간 암흑의 열두 해가 어마어마하게 보인 것도 바로 그때였다. 그때부터 1주일도 채 지나지 않아 나는 나의 발라드를 연주하고 라자루스를 살해할 참이었다. 아니 오히려, 그의 인생이 미완의 동작으로 이루어졌듯 그가 그토록 갈구했으나 그곳에 이르는 제대로 된 길을 찾을 수 없었던 죽음을 선사할 참이었다. 그의 의복이나 신발처럼 섬세하게 공들인 죽음, 그의 예민하고 세련된 청각과 고상하고 아름다운 영혼 그리고 그러한 그의 운명에 잘 어울리는 죽음을 막 선사할 참이었다. 종이 위에 음울한 막대기와 동그라미들을 그려넣으면서, 시간이 흘렀구나, 시간이 바람처럼 휙 스쳐 지나갔구나, 하고 깨달은 것도 바로 그때였다. 한 시기가 막을 내렸을 때만이 그 시기의 감춰진 의미를 깨닫는 법이다. 시간의 위대한 발자취와 내 삶의 행로, 그리고 하루의 가치가 얼마나 엄청난 것인지 깨달은 순간이었다.

그 열두 해 동안 가장 찬란한 시기는 음악실 피아노 앞에서 보낸 시기였다. 당시 나는 오래 전에 중단한 작곡을 막 다시 시작한 참이었는데, 세 개의 저음 도(do)로 이루어진 3연음 테마를 제외하면 아무런 소득도 없는 상태였다. 벽 건너편 도서실에 틀어박혀 나처럼 작업에 몰두하던 라자루스는, 당시에는 미완성이었던 내 발라드의 단

속적으로 울려오는 3연음 테마에 귀를 기울이고 있었다. 진동음을 위해 특수 제작된 홀에서 작곡할 수 있었던 것, 사랑하는 사람들의 얼굴을 하고 나타났던 내 악보 위의 곡선의 방정식들, 그것들은 모두 라자루스 덕분이다. 내 발라드의 비밀, 그건 라자루스가 있기에 가능했다. 놀라운 사실은 음악이 내게서 끌어내려고 하는 것, 내가 무의식적으로 온 힘을 다해 그 시간이 도래하는 것을 늦추고 있던 것을 라자루스가 언어로 정확하게 표현했다는 것이다.

황혼 무렵이면(내게 이 시간은 재키 바이어드의 날렵한 손가락 움직임과 밀트 잭슨의 화려한 연주, 클리포드 브라운의 수은빛 음색과 결합되어 있다) 나는 공원 잔디밭에 앉아 지지가 사막에서 에지디오 신부로 살던 시절과 절망에 빠질 때면 커프스 단추를 만지작거리는 돈 시지스몬도의 버릇, 내 어머니의 리조토 요리 솜씨에 대해 이야기하는 것을 들었다. 어느 가을날 언덕에 앉아 있는데 지지가 수첩에서 경찰 조서 복사본 한 장을 꺼냈다. 니노 삼촌과 카를로타가 도로에서 잠들었던 날 경찰이 작성한 조서였다.

열두 해 동안 가장 음울한 시간은 아드리아나와 함께한 시간이었다. 그것은 버려진 시간이자 가장 화사한 날들이었다. 하지만 나는 지겹도록 반복되는 쾌락에 젖은 우리의 육박전에 싫증이 나고 말았다. 우리에게 사랑의 상상력이 부족했던 것은 아니다. 우리가 화려하고 현란한 육체의 움직임과 새로운 사랑의 몸짓을 거부했던 것도 아니다. 그러나 그것들이 오래 지속됨에 따라 우리 두 사람은 서로를 육체의 적으로 만들어버리는 최악의 결과를 초래하고 말았던 것이다. 나는 마음속에서 아드리아나의 변신, 갑작스레 자신을 내게 내맡긴 그녀를 탓하고 있었다. 우리가 다시 만난 날 그녀가 내게 준 선물은 우리 사이의 적대관계의 시작에 서명을 한 것이나 다름없었다. 그와 반대로, 이 책의 거의 마지막 페이지들에 등장하는 콘서트에서 내가 다시 보게 될 안나 리자 달로지의 초연하고 무관심한 태도는 어떤 마법처럼 나에게 작용했다. 나는 거기서 한 여자에게 끌리는 마음과 다른 여자에 대한 반감이 서로를 무화시키는 가장 진부한 욕망의 기호를 찾아냈고, 마침내 사랑에 눈을 떴다.

하지만 먼저 라자루스의 비극에 대해 말해야겠다. 음악실에서 그가 얼마나 큰 정신적 혼란에 빠져 있었는지, 내가 얼마나 조바심치며 그를 도울 수 있기를 바랐는지, 그에게 위안이 될 만한 몸짓, 그를 끌어안으려는 몸짓, 단순하기 짝이 없지만 결코 내가 할 수 없었던 그 몸짓에 대하여 말해야 한다. 그 귀머거리와 벙어리의 대화, 그리고 10년 후에야 깨닫게 된 그 구조요청이 담고 있는 가공할 만한 본질과 위급했던 순간들이 자꾸만 내 머릿속에 떠오른다.

우리는 스무 살이었고 나는 라자루스가 절망하고 있는 진짜 이유를 조금도 짐작하지 못했다. 이미 일은 벌어졌고 더이상 아무것도 어떻게 해볼 수 없다는 것을 나는 알지 못했다. 한 젊은 여인이 그의 아이를 기다리는 동안 라자루스가 진정한 사랑의 정체를 깨달았다는 것, 그리고 그의 욕망의 대상과 더불어 그에게 잔존해 있는 마테오의 추억을 묻고 상(喪)의 베일을 잡아 뜯어버리기를 원하고 있었다는 것을 나는 단 한순간도 눈치채지 못했다. 우리는 스무 살이었다.

라자루스가 저녁 무렵 가로등 불빛 아래서 만나던 벨벳 망토의 여인이 누구인지 나는 결코 알 수 없었다. 언젠가 그녀는 그의 얼굴에 침을 뱉었고, 그는 그녀의 따귀를 때렸다. 내 기억 속에서 가련하고 애처로운 한 쌍의 남녀로 남아 있는 그들과 밖을 내다보던 내 시선

사이에는 희미한 가스등과 7층의 높이, 병원을 연상시키는 하얀 불빛의 불투명한 막이 언제까지나 존재하리라. 우리의 마지막 송년 파티 날, 새해가 밝고 몇 분이 지난 후에 라자루스는 마침내 모든 것을 털어놓았다. 병마개가 펑 튀어오르는 소리, 샴페인이 크리스털 잔 속에서 거품을 내다 가늘고 긴 잔 위로 방울져내리던 모습, 아드리아나가 술병을 내려놓았을 때 그녀에게서 나던 향수 냄새, 꿀맛 같고 생강맛 같은, 톡 쏘는 듯한 그녀의 뜨거운 땀냄새(그녀는 감기에 걸려 있었다). 나는 그의 이야기 자체는 이해할 수 있었다. 하지만 벨벳 망토의 여인과 그가 내게 한 번도 보여준 적이 없는 아이의 존재에 대해서는 여전히 두터운 의심과 막연한 생각을 품고 있었다.

자정이 지난 후 라자루스는 손가락 사이에 담배꽁초를 끼우더니 입을 열었다. 아드리아나를 바라보다 옻칠을 한 동양 병풍을 보기도 하고, 식탁 위에 놓인 빵조각을 보다가는 벽난로의 불을 바라보기도 했지만, 그가 실제로 말을 걸고 있는 사람은 그의 미래의 상속인이자 암살자요 그가 죽은 후에도 최후까지 살아남을 생존자, 바로 나였다. 하지만 그때까지만 해도 나는 그것을 조금도 눈치채지 못하고 있었다. 그는 씁쓸한 얼굴로 나의 순진함을 비웃고("내가 너로 하여금 사랑의 탄식을 터뜨리게 한 여인에게 사랑받을 만한 자격이 있다고 생각해줘서 난 기분이 우쭐했다"), 그로서는 마테오의 죽음을 도저히 받아들일 수 없었다고 고백했다. 라자루스는, 오페라 대본 작가이자 시인이고, 그가 작곡한 유일한 음악인 발라드의 실제 저자이자 매우 뛰어난 그 곡을 짓는 데 영감을 불어넣은 아드리아나의 동생이 죽은 뒤의 음울한 몇 년의 세월을 마치 한 마리 새가 창공을 날듯 빠르게 훑어내렸다. 고독한 새 한 마리가 메마르고 드넓은 황야로 먹이를 찾아 날아다니다 배고픔조차 잊고 오직 영롱한 빛을 담은 물 한 방울이 하늘에서 떨어지기를 열렬히 갈구했다는 것, 자신의 힘과 생명력을 과신하다가 더이상 날갯짓을 할 수 없다는 걸 깨닫고 깜짝 놀랐지만 그만 바닥으로 곤두박질쳐 사막에 떨어져버렸다는 것, 그래서 다른 야수, 그 새만큼이나 욕망으로 목말라하던 다른 야수의 먹이가 되었다는 것을 이야기했다.

"그렇게 그녀가 내게 온 거지."

라자루스는 말했다.

"그게 누군데?"

아드리아나가 물었다.

"이름을 알고 싶어? 그게 중요할까? 나는 내가 구원받았다고 믿었지. 그녀는 길을 잃고 헤매던 나를 기다리고 있었고, 그녀가 나의 해답이라고 생각했어. 그게 내 이야기의 제1막이야. 총 5막으로 구성된 작품이지."

"비극이로군."

내가 말했다.

"물론 미완이지. 그렇지 않으면 내가 어떻게 이 자리에 있겠어?"

"자네는 그녀를 원했나?"

반신반의한 얼굴로 입을 씰룩거리며 볼이 미어지게 음식을 먹으면서 지지가 물었다. 그녀는 이제 막 세번째 케이크 조각을 입에 넣은 참이었다. 나는 그 틈을 타서 거실의 둥근 탁자 주위에 앉아 있는 절친한 친구들의 얼굴을 한번 훑어보았다. 지지(그를 다시 만난 지 10년이 지났다)가 60대에 접어들었다는 사실이 믿어지지 않았다. 그녀는 세월을 빨아들이고 있었다. 노년에 접어든 그녀는 과거의 허물을 모두 벗어버리고 있었다. 나는 샹들리에 불빛 아래 드러난 지지의 온화한 얼굴을 보며 젊은 수도사의 이미지를 그의 안에서 완전히 사라지게 만든(오 주여, 그를 위해서 빛을 밝히시고 그가 평화 속에서 쉴 수 있게 하소서, 아멘) 그 위대한 여인을 감탄 어린 눈길로 바라보았다. 연회의 주인과 세 명의 손님 가운데서 지지의 존재가 단연 돋보였다. 도자기 접시 위에 포크를 꽂고 라자루스에게 이와 같이 묻는 지지의 모습이 아직도 눈에 선하다.

"자네는 그녀를 원했나?"

"그러니까…… 그러니까…… 내가 그럴 수 있기를 원했다고 말해야겠죠. 나는 내가 그녀를 욕망할 수 있기를 욕망한 거예요."

라자루스가 대답했다.

검은 드레스 차림으로 열에 들떠 있는 아드리아나의 모습은 참으로 눈부셨다. 감기약과 돈 페리뇽 포도주 칵테일은 그녀의 기분을 매우 흡족하게 했고, 나는 이미 꺼졌다고 생각했던 사랑의 불씨를 다시 뒤적거리며 탁자 아래로 그녀를 쓰다듬었다.

"라자루스, 우린 네가 일곱 개의 생을 사는 고양이라는 것을 잘 알고 있어. 차이가 있다면 너는 너의 다양한 존재들을 서로 경쟁시키고 있다는 것, 그리고 그 각각의 삶이 서로의 존재를 모르고 있다는 거지. 우리도 한두 명의 라자루스만 알고 있을 뿐이야. 하지만 라자루스 제주룸도 한 번쯤은 쥐고 있는 패를 보여줘야 하는 순간이 있는 법이지."

아드리아나는 말했다.

"…… 킹이 퀸 위에 있고 잭이 에이스 아래에 있다는 걸 보여주듯 말야."

아드리아나의 말이 옳기는 했지만 어딘가 설득력이 부족하다고 생각하면서 내가 덧붙였다. 그건 또 그녀가 내 발이 표현하는 뜨거운 구애에 별 반응을 보이지 않았기 때문이기도 했다.

"그런 이야기라면 그만두기로 하지. 그 여자는 나보다 몇 살 더 많지만 조심성이라곤 없었어. 그녀는 내가 그녀를 원하는지 아니면 그녀가 나를 원하는지 알려고조차 하지 않았지. 그저 원하는 거라곤 하루빨리 내 아이를 갖는 것뿐이었어. 같은 시기에 일어난 일인데, 그러니까 제2막이 되는 셈이군, 2막 1장. 나는 한 남자애에게 완전히 반해버렸어……"

라자루스는 계속했다.

그러니까 그 시기에 라자루스는 어떤 왕자님, 바람둥이에다 고분고분하지도 않은 도련님과 사랑에 빠졌는데, 그들의 열정이 밤을 거듭할수록 뜨거워지는 동안 그 여자의 배는 점차 불러왔다. 차츰 그녀는 라자루스에게 무관심해졌고, 점점 더 멀어져 어느 날 밤 그녀의 방문은 열리지도 않았으며 심지어 라자루스는 그녀가 아들을 낳았다는 사실도 알지 못했다. 그녀의 실종은 라자루스가 사랑하던 소년이 그들이 몰래 만나던 방을 버리고 도주한 뒤 며칠 지나지 않아서 발생했다고 했다.

"마치 그들이 미리 공모한 것처럼, 마치 무슨 복수라도 하듯 일을 꾸민 것처럼 말야. 그게 제3막이야."

라자루스는 말했다.

그들이 오누이 사이였던가? 이러한 가정은 비극에 대한 라자루스의 정의에 맞아떨어졌다. 나는 라자루스가 가장 본질적인 것은 말하지 않았으며, 이 일에서는 음모의 냄새가 난다고, 그러니까 여자가 자신의 연인에게 한 남자를 소개한 후 그로부터 아이를 빼앗고 또 그로부터 모든 희망을 앗아간 거라고 단정했다. 그러고 나서 비열한 놈과 고약한 계집은 곧장 무대에서 퇴장한 것이다.

제4막은 제주룸 저택의 서재(안마당 쪽)와 도시의 디스코테크와 바(팜필리 정원 쪽)를 무대로 전개되었다. 라자루스는 자신의 감정적 단말마의 고통과 젊은 남자의 창조적 무력함을 털어놓았다. 이중의 배신은 마치 고독이 한 영혼 속에서 여러 개로 번식하는 것처럼, 출구 없는 유일한 현재 속에서도 외로움이 거듭될 수 있는 것처럼 그를 이중으로 외롭게 만들었다는 것, 그의 우울한 일상은 우연한 만남이나 사소한 발견, 〈마술피리 Die Zauberflöte〉나 단테의 『연옥』에서 찾을 수 있는 비극적 전망이나 예쁘장한 남자아이들과 어울리는 일에서 작은 위안을 얻었다고 그는 우리에게 말했다. 그의 삶은 모래알갱이와 뒤섞인 씁쓸한 물결이 스스로 마시고 딸꾹질하고 다시 뱉어내는, 발을 딛는 순간 더 깊이 침몰해가는, 거품이 이는 수평선과 같았다고 말했다. 그러한 생활은 아이 엄마가 다시 그를 기억해낸 날, 그러니까 아이가 네 살 되던 해까지 지속되었으며, 그가 아이를 만나기를 거절했다는 것도.

"나 없이도 살아가리라는 생각 때문이었어…… 그러나 아이의 열 번째 생일이 다가오자 내 안의 무엇인가가 무너졌어. 아이가 보고 싶어졌어."

라자루스가 말했다.

"이제 와서 왜?"

"우연의 법칙이지."

그리고 제5막이 시작되었다. 늙은 개 한 마리가 바람 빠진 공을 쫓아 정원을 뛰어다니고, 한 배에서 태어난 새끼 고양이들이 서투르게 기어다니고, 자전거 한 대가 오솔길 한가운데 나동그라져 있는 브란치아노 호수 근처에 있는 시골집. 녹슬고 얼룩진 현관 노커에 닿은 라자루스의 손이 마침내 그의 도착을 알렸고, 아이 아빠는 엄마에 의해 집 안으로 인도되었으며, 그의 차가운 목소리와 회개와 회한의 침묵이 교차하는 가운데 마침내 아들은 아빠와 처음으로 상면했다.

처음에 아이 엄마는 그들을 주의깊게 관찰했다. 그런데 남자와 아이의 사랑이 점차 엄마의 시선을 벗어나 독자적인 성격을 띠기 시작했다. 아빠는 아들에게 낚시질하는 법과 파리로 미끼를 만드는 법, 낚싯바늘에 색색의 비단을 돌돌 감은 다음 구멍 속에 끼우는 일, 닭목과 오리 엉덩이 부분에 있는 울긋불긋한 깃털을 넓게 펼쳐놓는 일, 금색 은색으로 번득이는 금속 조각을 마련하는 일 등을 가르쳤다. 그들은 강이나 바다에서 낚시를 했다.

"……우리는 언제나 다시 만날 날을 초조하게 기다렸어."

"라자루스가 초조해했다고?"

"그래."

후끈한 열기로 달아오른 거실에서 그가 전율하는 목소리로 대답했다. 나는 반음 내려간 그 목소리를 기억한다. 나는 그 둥그스름한 모음 속에서 후광처럼 빛을 발하던 다감한 애정과, 그로 인해 환해진 그의 얼굴을 기억한다. 나는 한순간 언덕 위 작은 교회당의 성인들의 모습과 닮아 보이던 그의 모습과 종교적 감정을 통해 아들에 대한 사랑을 죽음 너머로까지 연장시키려는 듯했던 그의 표정을 기억하고 있다. 그러나 이제 그 어떤 것도 그 둘 사이의 관계를 지속시킬 수 없었다. 라자루스는 자신에게 '시간이 된 것일까?'. 하고 질문하고, 또 거기에 쉴새없이 대답하고 있었다. 시간이 다가오고 있었다.

이상한 음악 하나가 내 안에서 태어나 박자를 맞추며 울려대는 동안, 거실 창문 밖에서는 현란한 불꽃놀이가 소용돌이를 그렸고, 불꽃들이 휙휙 소리를 내며 허공으로 치솟아, 로마의 하늘은 새해를 축하하는 축제 분위기 속에 환하게 밝아왔다. 화려한 로마의 밤은 우리의 죄를 사해주고 있었다.

"건배!"

지지가 외쳤다. 우리는 잔을 부딪쳤다. 라자루스는 서둘러 잔을 비웠다. 목이 멘 라자루스는 자리에서 일어나 가슴을 두드리면서 손수건에 기침을 했고 그에게 떨어진 최후의 징벌을 빠르게 이야기했다.

그 무렵 아이 엄마가 그들 사이에 끼어들었다. 그녀는 그가 아들을 얼싸안고 있는 장면을 목격했다고 주장했다. 아이 아빠가 아이의 옷을 벗겼다는 것이다. 그녀는 그가 아이의 귀에 마테오란 이름을 속삭였다고 주장했다. 5막 3장이었다. 어머니가 경찰에 근친상간을 고발한 것이다.

사랑하던 아이도, 복수에 찬 여인도 퇴장했고, 우리는 이제 5막 4장을 관람하고 있었다. 라자루스는 거실 한가운데 앉아 있었다. 우리는 모두 경악을 금치 못하며 그의 말이 끝나기를 기다리고 있었다. 그는 자리에서 일어나 피아노 뚜껑을 닫았다. 그의 몸은 떨고 있었다. 난로로 다가간 그는 불쏘시개로 벽난로 철책에 기대어 있는 장작 하나를 일으켜 세웠다. 주홍빛 불똥이 사방으로 날아오르더니 이내 우수수 떨어졌다.

2

그날 저녁 지지가 떠난 뒤 아드리아나는 우리집에 남아 있었다. 나중에 방에 들어갔을 때, 나는 그녀의 얼굴이 열 때문에 마치 붉은 마스크를 쓴 것처럼 빨갛게 달아올라 있는 것을 발견했다. 라자루스가 때로는 유혹하듯 때로는 애원하듯 새벽까지 동생의 이름을 노래하듯 불러대는 바람에 밤새 뒤척여야 했다고, 그녀는 다음날 내게 말했다. 잠을 설친 그녀의 눈은 충혈되어 있었고, 연결부호가 그려진 듯 눈가가 거무스레했다.

그날 밤 나는 라자루스를 따라 서재로 들어갔다. 그곳은 물건 하나 흐트러지지 않았고, 먼지 한 점도 건장한 여자 청소부의 날렵한 비질에서 벗어나지 못했으며, 생명이 없는 사물들에게 자연스러운 무질서 상태라고는 조금도 새어들 여지가 없는, 아주 사소한 흐트러짐에도 '사탄아 물러가라'라고 외치는 듯 한 치의 착오도 없이 모든 물건들이 말끔히 정리되어 있어, 담뱃갑 하나라도 제자리를 벗어나 있다가는 라자루스의 역정이 터지고 마는 그런 곳이었다. 나는 거의 광적이다 싶은 그의 관리 감독을 존중했다. 나 역시 피아노 건반 위에 연필을 버려두는 게 가능했을까? 그러나 그날 밤 서재 문은 마치 또다른 세상을 향해 열려 있는 것 같았다.

서재에서는 퀘퀘한 냄새와 매캐한 박하향이 났다. 탁자 위에는 악보 초안과 주석을 적어넣은 책들, 커피 찌꺼기 위로 담배꽁초가 수북이 쌓인 커피잔들과 뚜껑 없는 만년필들, 초등학생용 공책들과 잉크로 얼룩진 한 뭉치의 종이들이 어지럽게 놓인 채 주인의 손길을 기다리고 있었다.

라자루스가 〈마술피리〉의 내적 구조에 관한 소논문을 집필하던 시기나, 단테의 책을 유일한 통행증이나 여행가방으로 생각하고 그것을 관광 책자 삼아 산 채로 지옥을 여행하던 때(그는 "내려가면 내려갈수록 날개가 달린 듯 내 몸은 더 가벼워져"라고 내게 말했다)조차도 그의 서재는 먼지라곤 한 점도 찾아볼 수 없을 만큼 말끔해서, 가히 아폴론의 성소를 연상시켰다. 나는 그의 서재가 그렇게 어지럽혀져 있는 것을 본 적이 없었다. 커다란 1밀리미터 방안지 한 장에 주의가 쏠렸다. 불행한 내 친구 라자루스는 벽에 압정으로 꽂아놓은 그 종이 위에 정삼각형 하나와 여러 개의 화살표를 그려놓았다. 접착제로 네 귀퉁이를 붙인 다른 두 장의 종이에는 호르헤 루이스 보르헤스*의 이야기(「죽음과 나침반」이었던 걸로 기억하는데)와 베르길리우스의

* Borges, Jorge Luis(1899~1986), 아르헨티나의 시인이자 소설가. 실제 혹은 상상의 서재에 관한 신화와 악몽, 그 미궁 같은 세계를 작품화한 것으로 유명하다.

『목가』가 도식으로 그려져 있었는데, 쌍을 이룬 짧은 시구들이 마치 교회와 비슷한 형상을 하고 있었다. 내 눈길이 얽히고설킨 문양들과 종이 위에 써놓은 제목 사이를 헤매고 있는 걸 보자, 라자루스는 그것들을 어떻게 읽어야 하는지 손가락으로 알려주었다.

"지상에서의 시험(試驗)과 사랑의 시험이 거기서 상응하고 있는 거야. 이것과 저것은 해방의 음악이지. 네번째와 여섯번째 목가는 계시의 음악이고. 제일 끝에 있는 다프니스와 갈루스*는 꼭대기에 자리잡은 성스러운 절정과 아랫부분에 있는 속세를 대립시키고 있어."

라자루스는 말했다.

"네가 지금 무슨 짓을 꾸미는 건지 말 좀 해봐……"

내 질문에 대답이라도 하듯 그는 마분지 서류철을 끈으로 묶더니 내게 내밀었다. 표지 위로 고개를 숙인 나는 'Ballade ad vitam œternam(영생의 발라드)'라는 글귀를 읽을 수 있었다. 내 뱃속에서 달콤한 케이크와 고깃덩어리, 포도주가 합창으로 축하하기 시작했다. 머리가 핑핑 돌아 자리에 앉아야만 했다.

"이봐, 너는 노래할 때 어떻게 해?"

"무슨 소리를 하는 거야?"

내가 되물었다. 내 불안감은 점점 더해갔다.

"그래! 나는 주둥이를 열고 투– 투– 투– 하지. 드뷔시가 말한 일화야. 라바댕스**의 유명한 2행시 말야. 새가 내는 바이브레이션 음은 거꾸로 내는 세 번의 도(do) 음과 같아. 모두 네가 연주하는 걸 들으

---

* 베르길리우스의 『목가』에 나오는 인물들.

** Labadens, 프랑스 극작가 외젠 라비슈(Eugène Labiche)의 희극 『루르신 거리의 사건』에 나오는 사감의 이름에서 유래한 것으로, 학교나 기숙사의 옛 동료를 가리킨다.

면서 시작되었어."

라자루스가 말했다. 음악실과 서재 사이에 있는 칸막이 벽을 내가 세 번 두드리던 날, 그리고 그가 그 벽에 귀를 기울이던 날을 말하는 것이었다.

"너 취했어."

나는 말했다.

"모든 게 끈질기게 반복되던 그 세 개의 음에서 시작되었다니까. 너는 그 곡을 어떻게 끝맺어야 할지 몰랐어. 하지만 모에, 나는 처음으로 중요한 작업 하나를 완성했어."

나는 미래를 기약할 수 없던 그 절망적인 몇 달간의 작곡을 떠올렸다. 한몸을 이루어 울리던 그 세 개의 음, 똑같은 4분쉼표로 정확하게 울리던 세 번의 장중한 도(do) 음. 그 세 개의 음은 확신에 찬 자신감 넘치는 손으로 연주되었다. 손은 그 음을 놓치려 하지 않았지. 마치 무슨 초대인 양, 약속인 양, 아니면 미래에 대한 내기인 양, 손은 거실에서 그 음을 하루에 300번도 넘게, 900번도 넘게 울려댔다. 거의 맹목적이다 싶은 나의 확신과, 언젠가는 내 앞에 침묵이 무릎을 꿇으리라던 그 미친 희망을 나는 기억한다. 언젠가 내 영혼이 그 세 개의 음에 이어 곡을 짓고 마침내 완성할 수 있으리라 믿었다. 나는 3박자로 울리던 그 음과, 벽 뒤에서 라자루스가 듣고 있으리라는 것을 깨닫고 한순간 매우 당황한 일, 그의 인내심에 경의를 표한 일도 기억해냈다. 내 낮시간을 지배하던 그 적대감을 그가 공유했던 것일까? 첫째 음에서 둘째 음이 태어나고, 둘째 음에서 셋째 음이 태어나면서, 명백히 똑같은 음으로 되풀이되는 소리를 넘어 그 세 음들이 동시에 어느 이상적인 공간에서 공명하고 있음을 그가 이해했던 것일까? 그건 내가 최고의 집중에 달한 순간이었다. 나의 3박자로부터 전곡(全曲)이 이어질 것 같았던, 그러나 실제로는 그 3박자를 가로질러 절망만을 울려대던 시기였다.

"네가 조금만 헛디디거나 머뭇거렸다면, 아무것에도 이르지 못했다면 충분했을 거야. 내가 끝내버리기에, 너를 위해 내가 끝내버리기에 충분했을 거야."

라자루스는 말했다.

"도대체 뭘 끝낸다는 거야?"

"오늘밤 내 작품을 불사르려고 했어. 네가 알아차리지 못한다면 너는 결코 그것을 찾을 수 없을 거라고, 영원히 그럴 거라고 생각했지. 그러나 나는 그럴 수 없었어. 네가 내게 준 것을 되돌려주어야 해."

"도대체 무슨 소린지 모르겠군."

"두 별이 하늘에서 서로 다가갔다 사라져버린다는 랍비들의 이야기를 기억해? 두 개의 별과 두 사람 사이에는 아무런 차이가 없어. 마찬가지로 그 두 사람과, 너와 나 사이에도 아무런 차이가 없지. 나는 엘레아자르였는데 그걸 모르고 있었지. 너는 아바인데 너도 아직 그걸 모르고 있어. 우리는 그렇게 서로를 향해 지상을 날아다니지. 마치 별들이 우리 머리 위로 바삐 지나가는 것처럼. 나는 겁이 나."

라자루스는 벽에서 몸을 떼더니 내게 다가오며 말했다.

"너무 겁이 나."

그는 다시 한번 말했고, 나는 무슨 말인지 모르겠다는 소리만 되풀이했다. 라자루스는 내 무릎 위에 앉아 몸을 잔뜩 웅크렸다. 나는 팔로 그를 감싸안았다. 그리고 아이를 달래듯 오랫동안 가볍게 흔들어주었다.

3

그것은 움베르토 사바의 시였다. 아드리아나는 은색 구름을 뒤로 한 채 거실 창가에서 그 시를 읊조리고 있었다. 그녀는 낮은 목소리로 "Trieste ha une scontrosa grazia(트리에스테에는 까다로운 은총이 깃들여 있네)"라고 말했다. 어깨에는 담요를 두르고 맨발은 양탄자를 딛고 있었다. "Se piace, è come un'ragazzacio aspro e vorace(트리에스테가 원할 때면 그는 심술궂은 소년처럼 보인다네)." 붉은 벽옥 원탁 가장자리에서는 커피가 뜨거운 김을 내뿜고 있었다. "con gli occhi azzuri e mani troppo grandi per regalare un fiore(꽃을 선물하기 위한 커다란 손에 눈이 파란)." 그녀는 손에 시집을 쥐고 있었다. 페이지들을 얼마나 여러 번 넘겼는지 천으로 된 장정이 원래대로 접히지 않았다. 그녀의 눈은 여러 차례 읽어내린 시구를 다시 읽고 있었다. 내가 아침이면 음계 공부를 하듯 그녀는 시낭송으로 하루를 시작했다. "come un amore, con gelosia(질투심 강한 사랑스러운 존재처럼)" 하고 그녀는 읽었다.

그녀는 성장했다. 어떻게 그것을 인정하지 않을 수 있단 말인가? 비록 최근 들어 우리의 만남이 뜸해지긴 했어도 장님이 아닌 다음에야 활짝 피어난 그녀의 모습을 알아채지 못하다니, 나는 내 빈약한 관찰력을 다시금 힐책하지 않을 수 없었다. 숱한 징표와 말들 그리고 많은 몸짓들이 마침내 그녀와의 화해의 순간이 도래했음을, 그녀가 세상과 그녀를 이어주는 빛다발 속에서 따뜻하고 예의바른 거리를, 우정의 비밀을 되찾았음을 내게 미리 일러줄 수도 있었을 것이다. 그녀는 구름 낀 하늘을 배경으로 몸을 곧추세우고 앉아 있었다. 그녀는 나를 보고 있지 않았다. 그 손, 세상에서 가장 아름다운 그녀의 손은 마치 책을 따뜻하게 데우기라도 하는 듯, 책 위로 곱게 모아져 있었다.

시간의 줄타기를 하는 공녀(公女), 신의 출현과 흡사한, 찰나적인 번득임으로 시간을 환원시키던 시간의 곡예사, 그녀는 어떻게 되었을까? 이제 아드리아나는 시간을 우연에 맡기지 않았다. 그녀는 이제 하나의 사건은 완성되어야 하며, 자신이 했던 몸짓에 책임을 져야 한다는 걸 인정하고 있었다. 그녀는 하나의 이야기는 끝까지 지속되어야 한다는 걸 받아들였다. 행복의 절정에서 멈추거나 추함과 불행이라는 혼란스러움 한가운데를 날카롭게 잘라버리는 것을, 똑바른 선을 구부려뜨리는 일 따위를 그만둔 것이다. 그녀는 직업적 소명이라는 가면을 쓴 자신을 수긍하기에 이르렀고, 자신이 연극에 뛰어난 소질을 가졌다고 떠들어대는 사람들의 말에 반박하려 들지도 않았다. 창작만을 꿈꾸던 이기심 때문에 나는 아드리아나의 이런 굴절된 태도가 실제로 어떤 의미를 갖는지 이해하지 못했다. (최악으로 치닫는) 라자루스처럼, (자신의 불행을 좇는) 파올로 두란테처럼, (상대적으로 성공을 거둔) 지지처럼, 나 자신처럼 그리고 인류 전체가 그렇듯 아드리아나는 본질적인 균형의 움직이는 소실점을 뒤쫓고 있었다. 어떤 사람들은 뒷걸음질치며 진보한다. 또 어떤 사람들은 영혼이라는 거대한 사다리이자 창살을 한 걸음씩 기어오른다. 어떤 사람들은 다리를 놓고, 숲의 공터에 길을 내고, 또 어떤 사람들은 땅을 파헤치고, 폭파하고, 파괴시킨다. 아드리아나로 말하자면 그녀는 자신의 본성의 또다른 일면을 탐색하고 있었다. 그녀는 시간을 길들이고 있었고, 훗날 그 시간을 부인할 터였다. 그녀가 보여주는 용감한 노력 속에서 나는 유기(遺棄)의 징조만을 보았을 뿐이다. 나의 이러한 고집은 마침내 결실을 맺었다. 내 눈이 멀었던 것이다. 나는 정복당한 아드리아나라는 안락한 환상을 마지막 순간까지 고집하며 내 안에서 그와 정반대로 울리는 소리에 침묵해버린 것이다.

우리가 얼마나 여러 번 헤어지고 다시 만났던가? 나만큼이나 그녀 역시 결정적이라고 생각했던 결별 이후 우리가 얼마나 여러 번 다시 만났던가? 우리가 다시 만난 게 모두 몇 번이었지? 내가 속으로 생각하는 동안 아드리아나는 앉아서 귤을 네 조각으로 예쁘게 자르고 있었다. 이번에는 그녀가 나를 보았어, 나는 생각했다. 하지만 그녀가 커피를 다 마시기까지, 새벽의 어슴푸레한 빛이 가시기 전까지 그녀가 나를 못 본 척하는 게 우리 사이의 관례였다. 그 순간 나는 내 마음속에 우리의 엄청난 사랑이 감춰져 있음을 보았고, 그 사랑에 비한다면 우리의 말다툼이란 얼마나 사소한 것인가를 깨달을 수 있었다. 그것은 시집에 잘못 인쇄된 글자 하나, 무한한 악보 위에 잘못 쓴 기호 하나에 불과했다. 우리 삶과 목소리의 흐름은 그 안에서 수없이 다시 부서지곤 했다. 왜 이렇게밖에 될 수 없는 것일까? 한 존재가 갈구하던 사랑이 이루어지는 바로 그 순간 그 값을 치를 것을 요구하는, 모든 행복한 영혼들에게 세금을 거두러 오는 그 탐욕스러운 시간을 어떻게 거스를 수 있단 말인가? 사랑이란 언뜻 스쳐 지나가는 약속의 헛된 현현(顯現)에 지나지 않는단 말인가? 어떻게 예전의 시간으로, 그 첫날밤(양산을 쓰고 낙엽들이 흩뿌려진 계단을 내려와 나에게 다가오던 아드리아나, 그녀 몸을 스치고 떨어지는 비를 맞으며 그녀와 나란히 걸었던 나, 우리들이 그날 밤 했던 의미없는 말들)으로 되돌아갈 수 있단 말인가? 어떻게 다시 시작할 수 있을까? 어떻게?

도자기 찻잔이 땡그랑 소리를 내며 찻잔 받침에서 떨어졌다. 그녀는 커피를 한 모금 마셨다. 나는 그녀를 불렀다.

"아드리아나."

나는 순음(脣音)이 없는, 그래서 안나 리자라는 이름처럼 입을 벌리고 발음해야 하는 그 이름을 불렀다. 하지만 목에서 소리가 나오지 않았다. 그녀는 내 말을 들을 수 없었다. 그것이 내 무언의 작별 인사였다. 이미 그것을 경험한 듯한 고통스러운 느낌이 들었다. 최근에야 나는 그 이유를 알게 되었다. 어둠에 잠긴 숲에서 아버지가 내게 엽총을 내밀면서 한 말, 캄캄한 어둠에도 불구하고 차마 내 입 밖으로 나오지 않았던 숨죽인 말들이 떠올랐다. 불행은, 그러니까 되풀이되는 셈이었다. 나는 우리가 함께 보낸 그날 아침에도 사랑을 고백할 기회를 놓치고 만 것이다.

저녁때 나는 기차에 올라탔다. 열차 마지막 차량의 층계에 앉아 기차가 지나가자마자 철로가 기다란 금속성의 광채를 내뿜으며 어둠에 구멍을 뚫는 것을 지켜보았다. 달리는 기차에서 나는 라자루스의 원고를 조금씩 읽었다. 그러자 과거의 일들이 떠오르면서 약간 기분 전환이 되었다. 그의 〈영생의 발라드〉 각 페이지는 마치 허공이 공기를 소리쳐 부르듯 내 과거의 추억을 불러일으켰고, 단락이 끝날 때마다 나는 머리 받침에 고개를 얹은 채 몸을 이완시켜 고요한 숨을 내쉬면서 추억이 물밀듯 밀려오게 내버려두었다. 실제로 단 한 장을 읽기만 해도 과거의 기억 하나가 문을 두드리면서 당장 내 머릿속으로 들여보내줄 것을 요구했다. 나는 점차 라자루스 작품의 본질을 이해할 수 있었다. 단어들은 점진적으로 내 영혼의 정확한 지도를 그려나갔다. 그것은 책이 아니라 지구의(地球儀)였다. 나는 놀라움을 금할 수 없었다.

라자루스는 이야기 하나를 지었는데, 그건 또다른 인생에서의 내 이야기였다. 라자루스는 또다른 모에를 세상에 빚어냈다. 그 모에는 오모(Homo, 빅토르 위고의 소설 『웃는 남자』에서 '웃는 남자'가 침몰해가던 바다에서 울부짖던 늑대의 이름)라는 이름으로 아모(Amo)라는 세계에서 살고 있었다. 라자루스가 그려낸 세계에서 파올로 두란테는 단테로 불렸고, 언덕 위의 교회당은 섬 한가운데 있는 탑으로, 커다란 오르간은 기계로, 파올로와 나의 연주는 백금과 강철, 금과 유리관으로 바뀌어 있었는데, 거기서 단테는 스승이고 나는 견습생이었다. 우리는 서로 합심하여 어마어마한 덫을, 〈감옥의 대성당〉이라는 형이상학적인 올가미를 만들고 있었다. 그곳은 사람들이 죽음의 화신이 아리안(Ariane, Anna Lisa와 Adriana가 뒤섞인)이라는 처녀가 부르는 음울한 노랫가락에 유혹당하여 우리의 마술에 의해 묘지에서 생을 마치고, 불룩하게 배가 나온 천사(아르센 오텔리스)가 신의 섭리를 구현하면서 그 죽음의 추락에 일조하는 세계였다.

묵시록의 향내가 물씬 풍기는 라자루스의 이야기에서, 내 과거의 요소 요소들은 진화 도중 체형이 변하듯 새로운 형태를 부여받고 있었다. 나는 거기서 내 이야기가 아닌 것을 단 하나도 발견할 수 없었다. 음악학교 역시 음울한 형무소의 모습을 하고 있었다. 아니마발이라는 이름의 형무소장은 대머리에 머리카락 몇 올이 듬성듬성 나 있었는데, 채찍을 들고 미로 같은 감옥을 휘젓고 다녔다. 그는 끔찍한 소리를 내지르기도 하고, 그러지 않으면 지하에서 고문당하는 불쌍한 죄수들로부터 끔찍한 비명 소리를 쥐어짜내기도 했다. 게다가 오델로의 분신이라고 할 수 있는 헬모레는 알카자르라는 괴물을 사방으로 사냥하러 다녔다(알카자르란 무어 족 왕들의 궁전 이름이다. 어떻게 이 이름에서 싱싱 감옥의 섬〔島〕 형태라고 할 수 있는 앨커트래즈 요새를 연상하지 않을 수 있겠는가?). 잘못을 바로잡는 정의의 사도 니노 삼촌은 시라쿠사*의 정복자 마르셀루스라는 이름을 갖고 있었고, 오모를 지하감옥에서 구출하는 역을 맡았다. 지지는 어딘가 모호하고 수상쩍어 보이는 신체 특징을 지니고 있었다. 라자루스의 묘사 속에서 그런 특징은 삭제되어버리기는커녕 오히려 에지다(Egida)라는 등장인물이 에지디오(Egidio)로 이름을 바꿔 신체기관 하나를 덧붙이는 성전환 수술을 하더니 그 다음엔 다른 대륙에서 신부가 되는 게 아닌가! 내 친구의 모습은 전혀 보이지 않았다. 그는 자신의 글을 주의깊게 관찰하는 것으로 만족했고, 작은 실수 하나도 용납하지 않았다. 그는 아무런 역할도 이름도 없었으며, 심지어 단순히 풍경을 묘사하기 위해 등장시킨 낚시꾼의 모습으로도 나타나지 않았다.

* Siracusa, 그리스의 옛 도시.

그 우화 같은 소설의 머리글에 라자루스는 두 개의 인용문을 실었다. 처음 것은 나도 알고 있는 것이다. 그건 성 아우구스티누스의 비문(碑文)이었다.

"네 입이 이 글을 읽지만 그것을 생각하는 사람은 나다. 이제 너의 목소리는 조금은 나의 목소리가 되어가고 있다."

그 아래에는 네 줄의 시구가 프랑스어로 적혀 있었다. 고약한 문체로 쓰인 이중의 아크로스티슈*로, 라자루스가 모리스 라샤트르의 『신(新)일반사전』(1865)에서 찾아낸 것이 틀림없다. 그렇지 않다면 내 손을 잘라내도 좋다.

Amour au cœur d'Anna imprim**A**
Nom très heureux d'une que j'aime bie**N**
Ni de nous deux cet amoureux lie**N**
Autre que mort défaire ne pourr**A**

안나의 가슴속 사랑은
내가 매우 사랑하는 이의 이름을 담고 있네
우리 둘 중 어느 누구도
죽음만이 갈라놓을 수 있는 이 사랑을 깨뜨리지 못하리라

그 시를 끝까지 읽으면서 나는 그것의 순수한 문학적 가치(만약 그것에 문학적 가치라는 게 있다면. 그러나 나로서는 그것을 판단할 능

* 각 행의 첫글자를 이어붙이면 사람이나 사물의 이름이 되는 시.

력이 없다)는 차치하고, 라자루스의 텍스트가 어마어마한 액막이 주술을 시도하고 있다는 것을 깨닫게 되었다. 〈영생의 발라드〉라는 문학작품은 마치 미래에 대한 해독제처럼 다음과 같은 목적을 꾀하고 있었다. 아직 시간이 있을 때, 나도 인식하지 못한 사이에 나라는 존재가 미지의 악마적 힘과 맺었던 계약을 해지하고 그 악마적 힘이 행사하는 불길한 영향력을 무화시키기 위해 내 삶의 주요한 사건들과 대립되는 부적 하나를 가져다주겠다는 목적이 바로 그것이다. 라자루스의 책은 나를 상대로 소위 잠재의식의 치유를 시도하고 있었다. 그러나 이러한 시도는 칭찬할 만한 것이기는 해도 부조리하기 짝이 없는데다, 타임머신만큼이나 무의미한 것이었고, 암시 치료요법으로 혹은 환자로 하여금 스스로 병력을 털어놓게 함으로써 정신을 치유할 수 있다고 떠들어대던 최초의 정신분석가나 정신현상 학자들의 희망만큼이나 헛되고 미친 짓이었다. 라자루스의 이야기는 내 안의 해로운 독소를 품은 씨앗을 제거하기는커녕, 마치 거울 한 장을 들이밀듯 내 영혼에 부족한 요소를 덧붙여 보여주고 있었고, 다른 세상, 즉 허구의 세계에서 내 영혼을 완성시키며 내가 꿈꾸어오던 균형점을 제시하고 있었다. 그 이야기는 우리와 밤의 자식 사이의 약속을 취소하는 대신 오히려 라자루스의 몰락과 나의 해방을 재촉했다.

아침이 되어 트리에스테에 도착한 나는 항구에서 숙소를 찾았다. 넓은 호텔방에는 자주색 벽지가 발라져 있었다. 필수적인 요소(남향, 욕실, 세 개의 언어로 된 성경)와 필수적이지 않은 요소(머리맡 탁자 위에 여러 개의 버튼이 있었는데 하나는 '마사지 매트'의 진동을 작동시키는 것이고, 다른 하나는 텔레비전 전원 — 나는 즉각 텔레비전을 방에서 치워버렸다 — 마지막 버튼은 선풍기 전원이었다)를, 유익

한 요소(커다란 둥근 탁자와 완벽에 가까운 방음 장치)와 유쾌한 요소(도크와 기중기, 돛대와 회녹색 바다가 바라다보이는 전망)를 모두 갖추고 있었다. 나는 이중 창살이 달린 창문가로 탁자를 끌어다놓고, 그 위에 메트로놈과 트랜지스터 라디오, 오선지를 올려놓았다. 시든 꽃이 꽂힌 화병 옆에는 부모님의 결혼식 사진을 올려놓았다. 나는 일을 시작했다.

얼마나 고통스런 나날을 보냈는지 이루 묘사할 수가 없다. 메트로놈은 아침 저녁 신발 뒤축으로 부두를 두들겨대는 거지처럼 공허한 내 영혼을 매섭게 공략했고, 나는 심지어 밤에도 휴식을 취할 수 없었다. 내 꿈들은 몸을 바짝 조여오는 공구였다. 나는 가위에 눌려 비명을 내지르며 잠에서 깨곤 했다. 캄캄한 어둠 속에서 라디오 확성기 소리가 귓전에 웅웅거렸다. 그럴 때면 나는 천재적인 재즈 대가들의 예명인 버드(Bird), 빈(Bean), 트레인(Trane), 새추(Satch), 패트 걸(Fat Girl), 듀크(Duke), 디지(Dizzy), 프레즈(Prez), 바론 밍거스(Baron Mingus)*를 부르며 구원을 요청했다. 메트로놈의 올스타에게 간청한 것이다. 아침이 되면 사라져버린 나의 어머니들, 페르난디나와 주디트에게 날 살려달라고, 이 고문을 끝내달라고, 내게 부족한 영감을 불어넣어달라고 도움을 청했다. 때때로 파올로 두란테의 환영을 보기도 했다. 다 죽어가는 꼬락서니로 탁자 앞에 앉아 종이 위에 세 개의 음을 옮겨 적은 다음 아무리 불러도 대답이 없는 네번째

* '버드(새)'는 찰리 파커, '빈(콩)'은 콜맨 호킨스, '트레인(기차)'은 존 콜트레인, '새추(철입술)'는 루이 암스트롱, '듀크(공작)'는 듀크 엘링턴, '디지(현기증 나는)' 디지 길레스피, '프레즈(대통령, Prez는 President의 약어)'는 레스터 영, 바론 밍거스(밍거스 남작)는 찰스 밍거스의 예명이다.

음, 내 안에 봉오리 맺힌 음악을 활짝 꽃피울 수 있는 그 기호를 오선지 위로 안타깝게 부르고 있을 때였다. 나는 그 음악이 나를 파괴하라는 것을 느끼고 있었다. 그러나 그것은 내 내면이 완전히 폭발하기 전에 무슨 수를 써서라도 세상에 알려야 할 음악이었다. 그럴 때면 나는 스승이 내 어깨 위로 몸을 숙이고 말하는 듯한 환청에 사로잡혔고, 뒤돌아보면 내 시선은 출입문 정면 양복걸이에 걸린 낡은 외투에 부딪힐 뿐이었다.

내가 이미 쓴 것처럼 파올로는 알바의 작품을 멋지게 연주한 후로 거기서 헤어나지 못하고 있었다. 내가 그를 마지막으로 찾아간 것은 6년 전의 일이다. 나는 돌보지 않아 잡초가 무성한 채소밭 한가운데의 나무 그루터기에 걸터앉아 있는 두란테를 찾아냈다. 우리는 거의 이야기를 하지 않았다. 그에겐 아무런 할 말이 없었다. 교회 오르간과 사냥집 피아노로 연주되던 그의 음악은 그저 아이들이 띵똥거리는 듯한 일상적 반복에 머물러 있었다. 그가 사라져버린 사랑과 지나가버린 날들을 그토록 비장하게 추모하고 있는 것을 보자, 그를 다시 보고 싶은 생각이 가셔버렸다. 그때부터 나는 한 달에 한 번, 그리고 내 생일에 그에게 전화했다.

"너에게 소포가 하나 왔더구나. 미국에서 온 소포더라."

파올로 두란테는 떨리는 목소리로 말했다.

"니노 삼촌이 나한테 보낸 부츠예요. 잘 아시면서……"

"그래?"

그러나 나는 고독한 투쟁 속에서, 내가 12년 전 라자루스의 클레망파나르를 타고 도시로 떠나온 것을 저주하기까지 했다. 그런 식으로 나는 나 자신을 책망했다. 메트로놈의 추에 눈을 고정시킨 채(왼쪽

오른쪽 왼쪽 오른쪽), 귀로는 시간을 세면서(하나 둘 셋 하나 둘 셋), 눈으로 해안선을 훑으며, 혹은 침대에 누워서, 아니면 욕실 거울을 들여다보며 면도를 하면서 또다른 모에를 상상했다. 나는 그에게 '왜 떠났어? 지금 여기서 뭐 하고 있는 거야?' 라고 물었다. 나는 그를 혹독하게 몰아세웠다. '무엇 때문에 여기까지 온 거야? 뭘 찾고 있어?' 그리고 이런 말로 나를 타이르기도 했다. '로마로 돌아가는 게 좋을 거야. 라자루스가 고약한 일을 겪고 있다는 걸 너도 잘 알잖아. 아드리아나가 걱정하리라는 것, 그리고 네가 그녀를 깊이 사랑하고 있다는 것도 잘 알잖아. 너는 마침내 그 사실을 알게 된 거야. 그리고 지지는? 그에 대해서도 생각해봤어? 그는 둘째치고 넌 여기서 뭐 하고 있는 거야?'

침묵.

극심한 번민으로 머리를 쥐어짜며 잠 못 이루던 어느 날 밤, 나는 자리에서 일어나 옷을 입고 항구로 나갔다. 오랫동안 물위를 바라보았다. 수많은 폐물들이 선착장 교각에 부딪혀 절벅거리고 있었다. 옷을 벗을까 생각했다. 신발끈까지는 풀었다. 얼음장 같은 안개가 나를 감싸는 것을 느낄 수 있었다. 나는 바다 멀리까지 헤엄쳐 나갔다. 다리가 마비되고 팔이 더이상 말을 듣지 않았으며 머리는 바닷속 심연으로 곤두박질쳤다. 그 순간 나는 안나를, 그녀의 바위섬을 덮치던 파도를 떠올렸다. 나는 호텔로 돌아와 샤워를 했다.

안나 리자의 기억이 어찌나 강렬했던지 나는 해가 뜬 것조차 깨닫지 못하고 있었다. "Trieste a scontrosa grazia. Se piace, è come un' ragazzacio aspro e vorace." 나는 샤워하면서 시를 암송했다. 갑자기, 열이 내린 아드리아나가 거실에서 행복에 젖어 암송하던 움베르토 사바의 시만으로는 나의 행선지를 정당화할 수는 없다는, 프리울리-베네치아 줄리아 지방의 수도를 찾아온 이 여행이 시구의 암송과 단순한 도피의 욕망이 결합된 우연의 산물만은 아닐 거라는 생각이 들었다. 나는 트렁크를 뒤져 노랗게 바랜 신문 기사를 펼쳐들었다. 예전에 우리 영지에 도망친 여인 하나가 숨어들었다는 소식에 대한 기사였다.

"안티파트리스 연구소(트리에스테 소재)의 논란의 대상이자 명성이 자자한 정신과 의사 슈트켄슈미트 교수가 지휘한 수색 작업이 어제 저녁부터 밤늦게까지 계속되었다. 박사가 운영하는 병원에서 탈출한 한 여자 환자를 찾기 위한 것으로, 탈주자는 전날 기차를 타고 항구 도시를 떠나 우리 지역에 숨어들어온 것으로 추정된다……"

거기에는 병원 전화번호가 나와 있었다. 그 병원은 아직 그곳에 있었다. 나는 숫자들이 즐비한 종이에 슈트켄슈미트 박사라는 이름을 적어넣고 그것을 전화 옆에 놓았다. 하지만 그 종이에 더이상 손이 가지 않았다.

다시 나는 발라드라는 불가해한 영역으로, 음표들이 늘어선 어두운 강물 속으로 빠져들었다. 삼각형 구도로 시작해서 가능한 모든 변환을 시도하면서, 부화되기를 완강히 거부하는 그 곡의 고통스러운 구석을 헤집기 시작했다. 라자루스의 예를 따라 나는 상사(相似)변환과 대칭관계 그리고 회전운동을 도형화하여 벽에 붙여놓았다. 그때부터 세 가지 요소가 내 작업을 주도했다. 첫째는 도저히 어떻게 해볼 수 없는 세 개의 음이었고, 둘째는 팰린드럼에 대한 메를리니 부인의 말이었고, 셋째는 메를리니의 목청이 베네치아에서 절정에 이르렀을 때 무대 위로 떨어진 거대한 샹들리에였다. 물리학과 음향학에 대한 나의 관심은 라자루스를 만나면서부터 시작된 것이다.

나의 구원은 바람에 휩쓸려 공중으로 날아오른 백지 한 장의 모습으로 찾아왔다. 하루 종일 작업했지만 아무런 소득도 얻을 수 없었던 어느 날, 나는 메트로놈의 박자에 맞춰 소파에서 몸을 흔들고 있었다. 내가 끄적거린 수많은 기호들은, 룬 문자*들이 스칸디나비아 마법사들의 후손에게 오늘날 아무런 의미를 갖지 않는 것처럼 전적으로 무의미한 것이었다. 미풍에 종이가 펄럭여 살짝 말리다가 마치 활주로인 양 탁자 위에 미끄러진 뒤 위로 높이 솟아올라 나선형을 그리다가 의자 발치에 착륙하는 것을 보았을 때, 나는 관자놀이가 따끔거리는 것을 느꼈다. 종이를 주우려고 몸을 숙인 순간, 처음으로 교회당에 들어간 날과 파올로 두란테의 여행, 오르간 연주대 양 끝에 놓인 동전과 그가 나의 고통을 위로하기 위해 해준 인류의 이야기가 뇌리를 스쳤다.

나에게 무슨 일이 일어났던가. 그것을 묘사한다는 것은 불가능하다. 광풍이 사방에 난 입구를 통해 순식간에 영혼의 처소로 성난 듯 몰아치고, 문이란 문은 모두 경첩 위로 여닫히면서 미친 듯이 삐걱거리기 시작했다. 매번 정확하게 박자를 맞춰 울리는 메트로놈도 나를 사로잡은 그 악의 힘을 쫓아낼 수 없었다.

나는 의식을 잃은 채 바닥으로 곤두박질쳤다.

와이셔츠 아래로 차갑게 파고드는 청진기의 감촉에 나는 의식을 되찾았다. 눈을 떴다. 내 코 바로 몇 센티미터 위에서 흔들리는 추의

---

* 고대 북유럽의 문자. 마법의 힘을 가졌다고 생각되었다.

움직임이 내 감각을 진정시키고 맥박을 바로잡지 않았더라면 내 앞에 놓인 괴상망측한 것을 보고 다시 그 자리에서 발작을 일으켰으리라. 의료 기구를 주머니에 넣으면서 의사는 잿빛 턱수염을 긁적거렸다. 그의 귀에 꽂혀 있는 청진기 줄과 이중 초점 렌즈, 그리고 매끈한 그의 머리통 위로 반사되는 전깃불 때문에 그 사람은 의사가 아니라 마르크스(그의 무성한 턱수염을 상상해보라)와 화성인을 섞어놓은 외계인처럼 보였다. 내가 있는 곳이 호텔방이 아니라 병실이라는 것도 알아채지 못한 채, 나는 호기심에 차서 그의 놀라운 생김새를 이리저리 오랫동안 뜯어보았다.

"전형적인 증상이야. 그래도 예외적이긴 하군."

덤불숲처럼 털로 뒤덮인 머리통에서 청진기를 빼내면서 그가 말했다.

"뭐라구요?"

"조용히 해요. 당신은 심각한 상태요. 아주 미세한 진동으로도, 설령 그것이 목소리라 하더라도 정신분열을 초래할 수 있어요. 좀더 일찍 와야 했는데."

"어딜요?"

"좋아요. 단음절로만 말해요. 그러면 아무 문제 없을 거요. 급사가 당신이 침을 흘리며 쓰러져 있는 걸 발견했소. 내 전화번호가 전화기 옆에 놓여 있어 나에게 전화했다더군. 그래서 내가 달려왔소. 이제 알겠소?"

"슈트켄슈미트 박사?"

"쉿! 한 음절 이상은 안 된다고 했잖소! 병이 시작된 것은, 내가 추정하기로는 한참 전부터요. 그렇다, 아니다로만 대답해요."

"예."

"좋소. 결정적인 요인은 당신이 반복적인 소리에 지나치게 민감하다는 거요, 그렇지 않소?"

"예."

"좋소. 당신의 발작은 리듬하고 밀접한 관계가 있죠?"

"예."

"다행이군요. 아직 말기는 아니오. 치료할 수 있을 거요. 당신은 내가 다룬 열네번째 경우니까. 내 동료들은 대부분 이 병의 특수성을 인정하지 않으려 하지만, 역사를 가로질러 이와 흡사한 경우가 수없이 있어왔소. 우리가 살고 있는 세기에는 더 많은 경우를 만나게 될 거요. 나는 이 주제에 관한 많은 문학적 자료를 수집했소. 이 병을 처음으로 식별해낸 사람은 내가 아니라 미국인이었소. 그는 그걸 블레키 신드롬이라고 불렀지. 드럼 연주자 아트 블레키 말이오, 알고 있소, 그도 이 병을 앓았다는 걸? 이 시대 대다수 음악가들이 그 병에 시달렸다오. 당신, 내가 무엇에 대해 말하는지 알겠소?"

"밥(bop)."

"그렇소. 내 이론은 블레키 신드롬의 확장이 비밥 운동의 탄생에 상당 부분 기여했다는 것이오. 당신, 트럼펫 연주자 디지 길레스피가 뭐라고 했는지 알고 있소? 비밥이란 백인 경찰들이 흑인들의 머리에 두들겨대는 곤봉 소리라고 했지.* 하지만 곤봉 소리가 울려댔던 곳은 바로 머릿속이었소.길레스피는 병이 들었던 거요. 찰리 파커, 버드

---

* 디지 길레스피는 1963년과 1972년에 미국 대통령 후보로 나서기도 했다. 자서전 『To Be or not to Bop』(1979)이 있다.

파월 그리고 최근에 활약했던 자코 패스토리우스 등 대부분의 음악가들이 그 병을 앓았소. 뼛속까지 그 병이 잠식했다니까요. 당신은 운이 좋은 거요. 내가 당신을 도울 수 있으니까. 그들을 도울 순 없었지만 말이오. 교황 요한 22세의 칙서를 알고 있소? 1322년의 칙서 말이오. 들어보시오."

슈트켄슈미트 박사는 손가방(내 것보다 최근 모델이긴 했지만, 난 그래도 내 것이 훨씬 낫다고 생각했다)을 열고 복사본 서류를 꺼내어 읽기 시작했다.

"새로 등장한 유파의 몇몇 신봉자들은 박자를 맞추는 데 신경을 쓰면서 새로운 음조를 통해 그들 고유의 곡조를 표현하고 있다. 그들은 멜로디를 절단하고 디스칸투스[34]로 멜로디를 약하게 만들고, 32분음표와 저속한 모테트[35]로 멜로디를 가득 채우고, 교송 성가집과 층계송의 기본 법칙을 무시하고 있으며, 그들의 음악이 어디에 기초하고 있는지 그 근본 자체를 모르고 있으며, 음색을 구별할 줄 몰라 그것들을 뒤섞고 있는데, 그것은 그들이 음색에 무지한 탓이다. 그들의 음악은 무작정 앞으로 치닫기만 하고 휴식을 취하는 일이 없으며 사람들의 귀를 도취시키지만 영혼을 치유할 줄 모른다."

슈트켄슈미트 박사는 서류를 정돈하면서 마치 환자가 아닌 병을 상대로 말하듯 도전적인 어조로 이렇게 소리쳤다.

"내가 당신을 치유할 것이오, 내가 말이오! 휴식을 통해서!"

그러고는 조금은 부드러운 목소리로 덧붙였다.

"모든 게 아르스 노바에서 시작됐소. 하지만 진짜 재앙, 그건 바로 대위법이오, 불어를 쓰는 플랑드르인들 때문이란 말이오, 당신 그것을 알고 있소?"

"예."

"다 벨기에 사람들 잘못이오. 여기 이 연구소에도 앙베르에서 온 클라리넷 연주자 한 사람이 있었소. 구식으로 연주하는 사람이었지. 하지만 그래도 소용없었소. 병세가 너무 악화되었으니까. 지금도 난 당신 이외에도 네 명을 치료하는 중이오. 공장 여공, 시계공, 디스크자키—이 사람도 벨기에인이오—그리고 콘트라베이스 연주자요. 연주자는 완전히 회복되었소. 다른 환자들도 회복되는 중이고. 당신 물건들은 병원에서 치워버릴 거요. 작곡을 한다거나 책을 읽는다거나 공부를 한다거나 하는 일은 절대 금물이오. 당신이 하고 싶은 일은 일체 할 수 없소. 절대 침묵과 휴식이 필요하오. 그러면 내일 봅시다."

슈트켄슈미트 박사는 이렇게 말하고 자리를 떴다.

나는 약 3주 동안 안티파트리스 연구소에 머물렀다. 내 의사라고 자칭한 인물이 창시한 치료법이란, 학문적 관점에서 볼 때 최면술사의 손놀림이거나 뉴에이지 영적 지도자들의 심리요법과 같은 것이었다. 그러나 나는 그의 선의에 대해서는 아무런 의심도 하지 않았고, 내 상태가 호전되었다며 그가 기뻐할 때마다 전적인 동의를 표하는 것을 잊지 않았다. 나는 추(錘) 치료와 냉욕 치료, 뜨거운 샤워 치료를 받았다. 나는 매일같이 '호흡 교육'이란 것을 받았으며, 발음 교정사 그리고 입에서 고약한 냄새가 나는 서정가곡 교수와 여러 차례 면담을 가졌다. 가장 놀라운 것은 슈트켄슈미트 박사가 나의 회복을 위해 일과표를 정하는 방식이었다. 나는 한 번도 같은 시간에 식사를 해본 적이 없었다. 면담이나 냉욕 시간, 샤워 시간도 매일 바뀌었다.

"내면의 괘종시계의 리듬을 바꿔야 합니다! 이미 습득한 박자를 정복하고 생물학적 리듬이 다시 원기를 되찾아 원래의 기능을 회복할 수 있게 해야 합니다. 당신이 그토록 함부로 망쳐버린 기능을 말이오! 이해하시겠소?"

슈트켄슈미트 박사는 내게 설명했다.

"예."

"좋소."

단음절로만 대답해야 했기 때문에 내가 생각하는 바를 그에게 표현할 수 없었다. 무엇보다도 지루해서 죽을 지경이라는 것을 어떻게 이야기한단 말인가. 그러나 연구소에서 해방되기 몇 시간 전에("당신은 놀라운 사람이오, 인상긴 씨!" 나의 구원자는 맛없는 마지막 아침식사를 손수 쟁반에 들고 오며 소리쳤다) 나는 슈트켄슈미트 박사가 정신적 장애를 제거하는 데 들이는 정성과 노력이 그야말로 천재적이라는 것을 인정하지 않을 수 없었다.

내 기억의 우물에서 솟구쳐오른 아이처럼 천진한 안나 리자 달로지의 얼굴이 내 머리맡에 나타나지 않은 때가 단 한순간도 없었다는 것을 굳이 말해야 할까? 그녀가 어떻게 되었는지 의사의 입으로 직접 듣고 싶은 마음에 내 가슴이 얼마나 타들어갔는지도?

그녀와 내가 만난 곳은 내가 꿈꿔온 것처럼 내 방 혹은 정원이 아니라, 향긋한 증기가 마치 수인(囚人)처럼 천장을 떠도는, 타일이 깔린 욕실이었다. 그녀는 비누거품 속에 목까지 잠겨 있는 나를 찾아냈다. 자유를 되찾은 후 처음으로 막 욕조에 들어간 참이었다. 나는 직접 물의 온도를 맞췄는데, 병원 생활에 비하면 그야말로 최상의 호사가 아닐 수 없었다. 그녀는 욕조로 다가와 내게 손을 내밀었다. 나는 그녀의 손을 쥐고, 감촉을 느꼈다. 내 손 안에 그녀의 손을 잡아두려 했지만 그녀는 이내 손을 빼버렸다.

내가 느낀 혼란은 엄청난 것이었다. 그녀의 원시적인 당당함, 야생적인 우아함은 여전했다. 그녀는 내 앞에 거만하고 평정한 자세로, 포만감에 젖은 야수들이 햇빛을 받으며 나른하게 사지를 뻗은 것처럼, 그렇게 서 있었다. 안나는 잠든 게 아니었다. 평화를 찾은 것이었다. 안나는 길들여진 게 아니었다. 현명했던 것이다. 그녀는 더 나이가 들었다. 당연한 일이다. 우리가 처음 만난 사춘기 때의 두 배의 나이가 되었으니까. 하지만 그녀가 아무 말도 없이 또 아무 몸짓도 하지 않고 내게 전하는 그 완벽에 가까운 평정에 비하면, 우리가 성숙했다는 것은 조금도 중요하지 않았다. 그녀의 아름다움을 어떻게 언어로 표현한단 말인가. 내가 어떤 상태에 있었는지 표현하라면 '행복한 바보'라는 말밖에 할 수 없다. 물이 미지근해지면서 전율감이 등을 타고 흘렀다. 향긋한 증기가 위로 올라간 덕분에 그녀를 더 잘 볼 수 있었다. 그녀가 침묵을 지키고 싶어하는 것 같아 내가 대신 말하려 했다. 그러나 3주 동안 지속된 단음절 치료 요법은 후유증을 남겨 놓았다. 나는 그저 더듬거릴 뿐이었다.

안나 리자는 두 손을 욕조 가장자리에 얹었다. 그녀는 예전에 하얀 민들레 홀씨를 바람에 날려보낼 때처럼 비누거품을 입으로 불었다. 거품들이 내 입 한끝으로 모여들었다. 그녀는 내 입술 위로 숨을 내뿜어 거품을 밀어냈다. 그러고는 그녀 입술을 내 입술 위에 얹었다. 그녀의 혀끝이 내 이에 닿고 내 혀끝이 그녀의 살에 닿았다.

"모에."

그녀는 세상에서 가장 부드럽게 말하고는 가버렸다.

호텔로 돌아온 나는 같은 방을 얻었다. 내 〈영생의 발라드〉는 내가 어서 오선지 위로 달려들기만을 기다리고 있었다. 나는 마치 받아쓰기를 하듯 단숨에 그 곡을 지었다. 그것이 내 작품의 원형, 첫번째 버전이었다. 로마로 돌아온 날, 라자루스가 커피를 다 마시고 밤이 깊어졌을 때, 나는 피아노 앞에 앉았다. 그리고 그 곡을 그에게 연주해 주었다.

9

조명이 무대를 비추고 있었다.

나는 악마를 상자에서 꺼내놓았다.

콕콕 찌르는 듯한 가느다란 금속 막대가 박자를 맞추기 시작했다.

나는 자리에 앉았다.

그러자 나의 웃음이 폭발했다.

나의 대형 공개 콘서트 때 아드리아나에게서 오지 않겠다는 약속을 받아두었지만, 그녀는 오고야 말았다. 지지에게도 오지 말라고 했지만 그도 왔다. 나는 그 사건을 자랑처럼 파올로 두란테에게 알렸다. 그가 사냥집을 뜨지 않으리라 확신하고 있었던 것이다. 그러나 그 역시 왔다. 지지에게 연락을 받은 니노 삼촌(아마 지지는 그렇게 하면서 니노와 화해할 기회를 노렸을 것이다)은 시카고-로마 간 비행기표 두 장을 예약했다. 니노 삼촌은 콘서트 시작 몇 분 전에 도착했는데 부인 카를로타의 팔을 꽉 잡고 있었다(정말 이탈리아 수컷다운 괴벽이 아닐 수 없다).

삼촌과 숙모의 출현에 나는 깜짝 놀랐다. 하지만 가장 극적인 사건은 왼손에는 반짝거리는 불룩한 장식을 단 지팡이를 짚고, 오른손은 부인의 어깨에 얹은 채 카루소 홀의 붉은 양탄자 위로 입장한 안니발 메를리니였다. 그는 다리를 절고 있었고, 둥글게 말린 칼라 아래로 목의 깁스를 감추고 있었다. 그는 니노 삼촌을 보지 못한 것 같았지만 삼촌은 자리를 찾느라 방금 전 그의 앞을 지나간 터였다.

홀의 불이 꺼졌을 때, 측면 통로로 슈트켄슈미트 박사가 미끄러지듯 들어왔다. 무성한 턱수염 속에 파묻힌 듯 숨을 헐떡거리다가 간이의자 하나를 펴더니, 기둥 뒤의 빈 좌석을 발견하고는 곧 그리로 갔다. 그가 거기에 온 것은 음악광(그게 사실이기는 하지만)이어서가 아니라 의학적 관심 때문이었다. 그에게는 명예와 특권이 걸린 문제였다. 실제로 내 작품이 결정적인 형태를 취하게 된 것이나 내 오케스트라가 구성되는 데에는 그의 도움이 컸다. 내 오케스트라의 연주자들은 그가 소개해준 사람들이었다. 트럼펫 연주자(아드리아나가 추천한 재능이 넘치는 젊은 캐나다인)를 제외하고는 모두 안티파트리스 연구소의 예전 환자들이었다. 모두 박사의 추 앞에서 사팔뜨기가 되고 얼음장 같은 샤워 세례에 비명을 질러댔던, 끓어오르는 욕조 속에서 빨갛게 익고, 노래와 발성법, 호흡법 수업을 받은 사람들이었다. 이 연주자들은 따라서 블레키 신드롬의 희생자라는 매우 선택된 클럽에 속한 셈이었고, 슈트켄슈미트 박사의 생각에 따르면 일종의 집단 치료에 참여하고 있는 사람들이었다. 오케스트라는 리듬 파트(타악기와 콘트라베이스, 그리고 내가 피아노를 맡았다)와 바순 하나, 오보에 하나, 플루트 하나, 트롬본 하나, 트럼펫 하나로 구성돼 있었다.

초대장에는 이렇게 적혀 있었다. '영생의 발라드. 실내악과 동시연주의 대립된 두 개의 악장으로 된 메트로놈을 위한 곡.' 두 악장은 각각 네 부분으로 나뉘어 있었다. 매우 이상적인 아홉번째 리듬으로 말하자면, 대립된 두 악장의 진행이 교차하는 영역 한가운데 위치하고 있었다. 따라서 그 위태로운 순간이 정확히 언제 닥칠지는 나로서도 예견할 수 없는 일이었다. 그러나 나는 콘서트가 상상을 초월하는 성공을 거두리라고 확신하고 있었다. 나를 포함한 아홉 명의 음악가들은 놀라운 박자 감각을 지녔다. 확실한 리듬감을 갖고 있어서(연습 도중 그것을 파악할 수 있었다), 나는 그들이 초자연적인 존재(슈트켄슈미트 박사라면 "병리학적 존재"라고 말했을 법하지만)라고 서슴지 않고 말할 수 있었다.

오케스트라는 반원을 그리고 있었는데, 정중앙에는 메트로놈이 간이의자 위에 당당하게 자리잡고 있었다. 우리는 청중에게 등을 돌리고 연주했다. 그 이유는 쉽게 이해할 수 있으리라. 지나가며 하는 말이지만 ,연주자들의 생존 역시 수수께끼로 남아 있다.

낯선 청중 속에 섞여 있는 파올로, 지지, 니노 삼촌의 얼굴, 그리고 무엇보다도 아드리아나의 얼굴을 보자 나는 갑자기 배에 극심한 통증을 느꼈다. 순간 콘서트를 취소해야겠다는 생각이 들었다. 하지만 그렇게 하지 않았다. 라자루스가 죽은 뒤로 나는 커다란 즐거움, 일종의 성스러운 경망스러움이랄까 혹은 성스럽거나 악마적인 즐거움에 사로잡혀 있었다.

1층 뒷좌석에 앉은 안나의 모습이 발라드 속에 완전히 침잠해버린 나의 눈을 뜨게 할 수도 있었으리라. 나는 그녀가 들어오는 것을 보지 못했다. 하지만 그녀는 다른 사람들처럼 그곳에 왔다. 그녀는 살아서 그곳을 나간 유일한 사람이었다. 나 또한 그 사실을 알고 있는 유일한 사람이었다. 우리가 사랑했던 시절과 우리가 다시 만나기까지의 시간 동안 안나 리자 달로지는 그녀 자신을 한 바퀴 돌아서 다시 내게로 왔다. 말과 몸짓을 거꾸로 하던 시간에서 되돌아온 그녀는 자신의 불협화음을 정복했고, 나의 음악은 그녀를 파괴할 수 없었다. 나로서는 이것말고 다른 식으로는 그녀의 생존을 설명할 길이 없다.

나는 자유로웠고 행복했다. 베일에 비친 오래된 슬라이드처럼 내 인생을 채운 사람들의 얼굴을 천천히 훑어보았다. 나는 그들을 과거형으로 보고 있었다. 하지만 나는 현재에 살고 있었다. 나는 최후의 생존자였다. 암살자가 암살에 앞서 회한에 빠진다고는 생각하지 않았다. 사실대로 말하자면 나는 그 많은 저주받은 사람들 앞에서 조금도 불안해하거나 겁에 질리지 않았다. 내가 수많은 사람들이 있었다고 말하는 것은 속된 인간들의 허망한 호기심을 충족시키기 위해서다. 무대 위에 열 명가량의 정신병자들을 모아놓았다는 것이 인간들에게 어느 정도로 매혹을 불러일으키는지 생각하며 나는 이를 앙다문 채 웃음을 참아야 했다.

연주 시작을 알리는 벨소리가 멈추고, 얼굴들이 사라졌다. 조명이 무대를 비추고 있었다. 나는 악마를 상자에서 꺼내놓았다. 콕콕 찌르는 듯한 가느다란 금속 막대가 박자를 맞추기 시작했다. 나는 자리에 앉았다. 그러자 나의 웃음이 폭발했다. 피아노에 칠해진 검은 도료 위로 커다랗게 벌어진 내 입이 흔들리는 것이 보였다. 나는 두 발 사이를 똑바로 내려다보고 거울 같은 무대 바닥에 비친 어둡고 음험한 내 얼굴을 보았다. 나는 목청껏 웃고 있었지만 소리 없는 웃음이었다. 오직 메트로놈만이 침묵 속에서 똑딱거릴 뿐이었다. 나는 피아노 의자를 앞으로 당겼다. 그리고 단원들에게 신호를 했다. 나의 웃음은 절정에 달했다. 이윽고 죽음이 한량없이 우아한 자태로 나의 연주에 들어와, 내 발라드 속에 존재하지 않는 가사를 노래하기 시작했다.

♩=60 Ballade ad vitam aeternam
piano

내가 저지른 살육의 공포, 이제 나는 그것을 이해한다. 내가 사랑했으며 내가 파멸시켰던 사람들에 대한 가슴 아픈 기억 속에서 그 재난의 범위가 어떠했는지 이해한다. 아드리아나. 지지. 메를리니 부부. 마르첼로 삼촌과 카를로타 숙모. 라자루스. 나는 내 기억으로 거대한 능(陵)을 만든 것이다. 나는 자유롭다. 그러나 홀로 남아 있다. 현재는 내게 주어졌지만, 미래에는 어느 누구도 존재하지 않는다. 매일 밤 나는 검은 피가 넘쳐흘렀던 무대의 꿈을 꾼다. 나의 시선은 시체 하나하나에 머무르고, 나는 눈물을 흘린다. 한낮의 빛이 내 눈에 용납하지 않는 눈물이다.

콘서트가 끝나고 며칠이 지난 어느날 밤(나의 콘서트는 인간들에게 그들의 불완전성을 치욕과 오명의 낙인처럼 각인시켰다. 그 콘서트가 그들의 머릿속에 지워지지 않는 강한 충격을 남겼다는 것을 다들 이해할 것이다), 나는 묘지로 향했다. 내가 라자루스와 함께 찾아간 묘지였다. 그 장례식 날 아침, 나는 그의 젊은 여자친구의 아름다운 얼굴을 발견했었다. 이번엔 혼자였다. 묘지로 가는 길에 나는 마테오의 노래를 흥얼거렸다. 나는 곡괭이 하나와 지레 하나를 들고, 커다란 천가방 하나를 둘둘 말아 옆구리에 끼고 있었다. 대리석 위에는 국화와 백장미, 라일락 가지가 놓여 있었다. 나는 아드리아나의 시신을 땅에서 파헤쳤다. 그때부터 그녀의 시신은 얼마 되지 않는 나의 영지, 내 옆에 잠들어 있다.

나는 지금 고(故) 파올로 두란테의 사냥집에 머물러 있다. 나는 그것을 '사냥막'이라고 이름짓고 입구에 그 이름을 쓴 나무판을 걸어놓았다. 사냥막이란 예전에 사냥꾼들의 대기소로 쓰이던 작은 집을 일컫는 말이다. 그리고 나는 아버지가 그랬던 것처럼 소형 산탄으로 불청객 사냥에 들어갔다. 그들의 수는 아직도 많다. 내게서 비밀과 우정, 혹은 죽음을 잡아채가려는 것들이다. 하지만 내가 흔쾌히 확인할 수 있는 바와 같이 그들의 숫자는 현저히 줄어들고 있다.

내 이야기를 글로 쓰기 시작한 곳도 이곳이다. 그리고 지금 이 시간 내가 그 이야기를 마치는 곳도 이곳이다. 나는 유리창 위에 점점이 맺힌 이슬을 응시한다. 새벽이 더디게 오고 있다. 무엇인가가 떨어지는 듯 둔탁한 소리에 숲이 잠에서 깨어난다. 나뭇가지 하나가 꺾인 것일까? 멧돼지 한 마리가 지나가는 걸까? 어린아이가 발로 어디를 내딛는지 보지도 않고 도망치고 있는 것일까? 화로 위에 피어오르는 연기가 눈에 들어온다. 배가 고프다.

가까운 미래에 나는 두번째 작품을 작곡할 것이다. 음표는 이미 내 안에 들어 있다. 나는 그 작업을 훌륭하게 완성시켜 사랑에 새로운 희망을 줄 수 있기를 기원한다. 이미 완성된 것은 다시 해체되어야만 한다. 이것이 내가 다른 작품을 쓰고자 하는 이유이다. 나는 이제 삶을 위해 쓸 것이다. 그녀에게 생명을 불어넣기 위해 쓸 것이다. 내 옆에 잠들어 있는 한 여인을 위해 쓸 것이다.

음악 관련 용어들

1) tempo rubato, '임의의 템포' 라는 뜻으로, 연주자의 해석대로 특정 박자나 마디, 악구 등을 약간 늘이거나 당김으로써 템포를 변화시키는 기법.

2) passage, 경과구(經過句)라고도 한다. 차례가기로 가는 것과 도약적, 화성적으로 가는 화성적 경과구 등이 있으며, 악곡을 만드는 데 중요한 역할을 한다.

3) étouffé, 타악기 연주법의 일종.

4) ophicleide, 19세기 금관의 베이스 파트를 연주했던 악기. 지금은 튜바로 완전히 교체되었다.

5) punctus contra punctum, '점 대 점', '음표 대 음표' 라는 뜻. 대위법(counterpoint)의 초기 용어.

6) klezmer, 이스라엘 민속음악.

7) mode, 음계를 음정관계와 으뜸음의 위치, 음역 등에 따라 더욱 세분한 음열(音列) 및 그 개념을 뜻한다. 좁은 의미로는 중세의 교회선법(教會旋法)을 가리킨다.

8) solfegio, 음악 기초교육.

9) 헨델의 곡. 성 세실리아는 3세기 로마의 성녀로, 음악과 음악가들의 수호성인. 오르간이 그녀의 상징이며 축일은 11월 22일이다.

10) hydraulis, 수압 오르간. 오른간의 전신.

11) Agnus Dei, 라틴어로 '하느님의 어린양' 이라는 뜻. 미사전례 중 영성체 전에 부르는 노래를 지칭한다.

12) perdendosi, '점점 느리게 사라지듯' 연주하라는 음악용어.

13) 베를리오즈의 극음악.

14) grave, '느리고 장중하게' 연주하라는 음악용어.

15) bel canto, 17~19세기 이탈리아의 성악 기법. 가사의 의미보다 음성적 표현에 중점을 두고 문장을 분절하는 창법.

16) Steinway, 미국의 유명한 피아노 제조공 이름이자 그가 제작한 피아노 상

표명.

17) Cantus firmus, 정선율(定旋律). 11~12세기 오르가눔(다성음악)에서는 근본 성부(vox principalis)에 간단한 12의 선율인 오르가눔 성부(vox organalis)를 덧붙였고 12세기 말에 이르면 새로운 성부의 선율을 유려하게 하기 위해 기존 선율의 음을 길게 잡아늘였다. 이때 악곡의 기초로 사용한 기존 선율을 일컫는 말.

18) pavane, 4분의 2박자나 4분의 4박자로 연주되는 느리고 장중한 춤곡.

19) gaillarde, 파반에 이어서 추는 3박자의 경쾌한 춤곡.

20) tarentella, 이탈리아 남부 지방의 3박자의 빠른 춤곡.

21) Gregorian chant, 로마 가톨릭 교회의 미사와 성무일과 시간에 부르는 단선율 미사곡.

22) neuma, 주로 그레고리오 성가의 기보에 쓰인 기호를 가리키며, 이에 의한 악보를 말한다.

23) troubadour, 중세 남프랑스의 음유시인.

24) 12세기 후반에서 13세기에 걸쳐 파리의 노트르담 대성당을 중심으로 발달한 폴리포니(多聲) 악파. 이 악파는 아르스 노바(Ars Nova)와 대립되는 아르스 안티쿠아(Ars Antiqua)의 대표적 음악 유파이다.

25) Ars Nova, 14세기 프랑스와 이탈리아에서 아르스 안티쿠아에 반발하여 일어난 음악쇄신운동.

26) chance operation, 작곡이나 연주에 우연성을 가미한 음악. 미국의 작곡가 존 케이지(John Cage)와 그의 동조자들이 창안한 것으로, 전위음악의 일종이다.

27) standard, 재즈의 고전적 테마. 이것을 기초로 즉흥연주가 이루어진다.

28) bop, 비밥(bebop)이라고도 한다. 빠른 리듬을 특징으로 하는 재즈의 한 유파로, 탄생과 그 전성기를 1944~1949년으로 보고 있다. 비밥에서 모던재즈가 시작되었다고 보기도 한다.

29) cool, 비밥보다 더 냉정하고 지적인 재즈 유파로, 1949~1954년에 유행했다. 비밥의 거칠고 표현주의적인 색채에서 벗어나 좀더 형식적인 것에 치중했다.

30) ragtime, 19세기 말에 태어난, 싱커페이션을 구사한 리듬에 대한 명칭. 재즈

형성에 기초를 제공하였다.

31) con sordino, '약음기를 사용하라'는 음악용어.

32) falsetto, 가성(假聲). 사람 목소리의 가장 높은 음역으로, 가슴이 아닌 머리에서 나오는 소리.

33) ostinato, 악곡 전체에 걸쳐 짧게 반복되는 선율 또는 리듬 악구.

34) discantus, 정선율과 대위성부(對位聲部)의 관계가 '점 대 점적', '1음표 대 1음표적'이며, 전체적으로 박절적(拍節的)인 움직임을 보이는 기법.

35) motet, 다성음악 중 종교적 내용의 라틴어 가사가 붙은 합창곡.

음악가들

게오르그 솔티 (Georg Solti, 1912~1997)

헝가리 출신의 영국 피아노 연주가이자 지휘자. 오페라 작품에 대한 탁월한 해석으로 유명했으며, 그 누구보다도 영향력 있는 지휘자로서 20세기 후반을 풍미했다.

게오르크 프리드리히 헨델 (Georg Friedrich Händel, 1685~1759)

독일 태생의 영국 작곡가. 법학도였으나 그만두고 함부르크에서 오페라를 공부한 후 영국으로 건너가 그곳에 귀화하여 다수의 오페라와 오라토리오, 기악곡을 작곡했다. 주요 작품으로 〈메시아〉 〈알렉산더의 향연〉 〈왕궁의 불꽃놀이〉 등이 있다.

다리우스 미요 (Darius Milhaud, 1892~1974)

프랑스의 작곡가. 남미의 민속음악과 재즈에서 많은 영향을 받았다.

듀크 엘링턴 (Duke Ellington, 1899~1974)

미국의 재즈 피아노 연주가, 작곡가, 재즈 오케스트라 리더. 자신의 곡을 자신의 오케스트라에서 연주하는 방법으로 시작하여 일관하였다. 그는 당시에 재즈가 유행하던 할렘가는 물론 뉴욕 거리 전체에 자신의 음악을 확산시킨 천재적인 뮤지션으로 지금까지 인정을 받고 있다.

디지 길레스피 (Dizzy Gillespie, 1917~1993)

미국의 재즈 트럼펫 연주가. 뉴욕 52번가 민턴스 플레이 하우스에서 얼 하인즈, 찰리 파커, 텔로니어스 멍크, 맥스 로치와 함께 비밥 리듬을 창안했다.

디트리히 북스테후데 (Dietrich Buxtehude, 1637?~1707)

독일의 작곡가, 오르간 연주가. 뤼베크 마리아 성당의 오르간 연주자로 활약하였으며, 많은 오르간곡과 종교곡을 작곡하여 중기 바로크 음악의 한 정점을 이루었다.

러셀 프로코프 (Russell Procope, 1908~1981)

미국의 재즈 색소폰, 클라리넷 연주가. 듀크 엘링턴 오케스트라에서 활동했다.

레너드 번스타인 (Leonard Bernstein, 1918~1990)

미국의 작곡가이자 지휘자. 〈예레미야 교향곡〉, 뮤지컬 〈웨스트 사이드스토리〉 등을 작곡했다.

레스터 영 (Lester Young, 1909~1959)

미국의 재즈 색소폰 연주가. 스윙 시대에 테너 색소폰을 연주했다.

레이 낸스 (Ray Nance, 1913~1976)

미국의 재즈 음악가. 바이올린과 트럼펫 등 많은 악기를 다루었으며 듀크 엘링턴 오케스트라에서 활동했다.

로버트 페어팩스 (Robert Fayrfax, 1557~1603)

영국의 작곡가. 16세기 말 교회음악을 작곡했다.

로베르트 알렉산더 슈만 (Robert Alexander Schumann, 1810~1856)

독일의 작곡가. 그의 작품은 고전파 작곡가처럼 모든 분야에 걸쳐 있는데, 그 중에서도 질적으로 뛰어난 많은 피아노 독주곡과 가곡을 작곡했다. 주요 작품으로는 〈피아노 협주곡〉과 〈사육제〉 등이 있다.

롤랑 드 라수스 (Roland de Lassus, 1530~1594)

'벨기에의 오르페우스' 라 불린 플랑드르 악파의 천재 음악가. 〈예레미아의 애가〉 〈참회시편가〉 등 2천여 곡의 작품을 남겼다. '올란도 디 라소' 라고도 불린다.

루드비히 판 베토벤 (Ludwig van Beethoven, 1770~1827)

독일의 작곡가. 하이든, 모차르트와 더불어 빈 고전파를 대표하는 작곡가이다. 고전파의 형식이나 양식을 더 개성적으로 다듬었으며, 낭만파로의 이행에도 중요한 역할을 했다. 주요 작품으로 〈영웅교향곡〉 〈피아노 협주곡 제5번(황제)〉 등이 있다.

루이 다니엘 암스트롱 (Louis Daniel Armstrong, 1901~1971)

미국의 재즈 트럼펫 연주가, 가수. 재즈 연주에 독주의 중요성을 확립하고, 가수로서 스캣 창법을 처음으로 사용하는 등 재즈 역사의 선구자로 평가받고 있다.

루이지 케루비니 (Luigi Cherubini, 1760~1842)

이탈리아의 음악가. 옛 이탈리아의 대위법 양식을 19세기 전반에 부활시켜 우수한 교회음악을 남겼다. 〈메데〉 〈2일간〉 〈아나크레옹〉 등의 작품이 있다.

마리아 칼라스 (Maria Callas, 1923~1977)

그리스 계 미국 소프라노 가수. 풍부한 성량과 독특한 음색, 대스타로서의 기품과 관록을 겸비한 뛰어난 오페라 가수. 2차 대전 이후 최고의 오페라 가수로 인정받고 있다.

마일스 데이비스 (Miles Davis, 1926~1991)

미국의 재즈 트럼펫 연주가, 작곡가. 오늘날에도 모던재즈 트럼펫의 일인자로 인정받고 있으며, 전자음악에도 관심이 많아 퓨전재즈의 길을 열었다.

마할리아 잭슨 (Mahalia Jackson, 1911~1972)

미국의 흑인 여가수. 정식 음악교육을 받지는 못했으나 가스펠 음악에서 뛰어난 기량을 발휘했다. 마리아 칼라스에 버금가는 음역을 지녔다는 평가를 받았다.

맥스 로치 (Max Roach, 1924~)

미국의 재즈 드럼 연주가.

메이너드 퍼거슨 (Maynard Ferguson, 1928~)

미국의 재즈 트럼펫 연주가.

모리스 조제프 라벨 (Maurice Joseph Ravel, 1875~1937)

프랑스의 작곡가. 고전적인 형식의 틀을 활용하고 새로운 피아니즘을 개척했다. 〈죽은 왕녀를 위한 파반〉 〈셰에라자드〉 〈스페인 광시곡〉 〈볼레로〉 등의 작품을 남겼다.

미셸 리샤르 드 랄랑드 (Michel-Richard de Lalande, 1657~1726)

프랑스의 오르간 연주가이자 작곡가. 루이 14세의 신임을 얻어 궁정음악가로 활동하면서 우아한 선율과 대담한 화성에 넘치는 베르사유 특유의 궁정음악을 발전시켰다.

밀트 잭슨 (Milt Jackson, 1923~1999)

미국의 재즈 비브라폰 연주가. 비밥과 쿨의 경향을 동시에 띤 밀트 잭슨 퀸텟을 이끌었다.

밥 말리 (Bob Marley, 1945~1981)

자메이카의 가수이자 작곡가. 미국과 자메이카 대중음악을 혼합시킨 독특한 레게음악을 만들었다.

베드르지흐 스메타나 (Bedrich Smetana, 1824~1884)

체코 출신의 작곡가. 민족음악운동에 헌신하였으며, 주요 작품으로는 〈팔려간 신부〉 〈나의 조국〉 등이 있다.

볼프강 아마데우스 모차르트 (Wolfgang Amadeus Mozart, 1756~1791)

오스트리아의 작곡가. 빈 고전파의 양식을 확립했으며, 그를 앞섰던 전고전파(前古典派)의 여러 양식을 흡수하여 개성적인 예술을 이룩하였다. 주요 작품으로 〈피가로의 결혼〉 〈돈 조반니〉 〈마술피리〉 등이 있다.

브릿 우드만 (Britt Woodman, 1920~2000)

미국의 재즈 트롬본 연주가. 대학 졸업 후 듀크 엘링턴 오케스트라에서 활동했으며, 찰스 밍거스, 마일스 데이비스와도 녹음 작업을 했다.

빌 에반스 (Bill Evans, 1929~1980)

미국의 재즈 피아노 연주가. 1960~70년대를 풍미했다.

빌리 스트레이혼 (Billy Strayhorn, 1915~1967)

미국 스윙시대의 재즈 피아노 연주가이자 작곡가. 듀크 엘링턴 오케스트라의 주제곡을 비롯한 200여 곡을 듀크 엘링턴과 함께 작곡하였다.

사라 본 (Sarah Vaughan, 1924~1990)

미국의 흑인 재즈 여가수. 최고의 자질과 유연함으로 재즈의 느낌을 최대한 훌륭하게 표현하였다. '신이 내린 음악인' 이라는 평가를 받았다.

샤를 투른미르 (Charles Tournemire, 1870~1939)

프랑스의 작곡가. 주로 실내악을 작곡했다.

세르게이 세르게예비치 프로코피예프 (Sergei Sergeevich Prokofiev, 1891~1953)

러시아의 피아노 연주가이자 작곡가. 〈피아노 협주곡 제3번〉, 발레음악 〈로미오와 줄리엣〉〈교향곡 제5번〉 등의 작품을 남겼다.

소니 롤린스 (Sonny Rollins, 1930~)

미국의 테너 색소폰 연주가. 레스터 영, 콜맨 호킨스, 존 콜트레인과 함께 최고의 색소폰 주자로 꼽힘. 마일스 데이비스, 텔로니어스 멍크 등과 함께 활동했다.

아드리아노 반키에리 (Adriano Banchieri, 1568~1634)

이탈리아의 작곡가, 오르간 연주가, 음악이론가. 주요 작품으로 〈늙은이의 광기〉〈사육제의 목요일 밤 전의 향연〉 등이 있으며,『오르간 주법』『음악쪽지』 등을 집필했다.

아르투로 베네데티 미켈란젤리 (Arturo Benedetti Michelangeli, 1920~1995)

이탈리아의 피아노 연주가. 투명한 음색과 구석구석까지 신경을 쓴 구성력으로 이탈리아가 배출한 가장 뛰어난 피아노 연주가로 평가받았다. 스카를라티, 베토벤, 쇼팽, 라벨 등의 연주에 뛰어났다.

아트 블레키 (Art Blakey, 1919~1990)

미국의 재즈 드럼 연주가이자 밴드의 리더. 비밥과 하드밥 경향의 대표적인 음악가이다.

안토니오 솔레르 (Antonio Soler, 1729~1783)

스페인의 오르간 연주가, 작곡가. 18세기 말 스페인의 기악음악과 교회음악을 작곡했다.

안토닌 드보르자크 (Antonin Dvorák, 1841~1894)

체코의 작곡가. 물이 흐르는 듯한 자연스런 음악 속에 체코 민족의 애환을 잘 담아냈다. 주요 작품으로 교향곡 〈신세계〉, 오페라 〈루살카〉 등이 있다.

알반 베르크 (Alban Berg, 1885~1935)

오스트리아의 작곡가. 쇤베르크의 제자로 12음 음악의 선구자이다. 긴장에 찬 극적 표현과 격렬한 감정의 표출에 뛰어났으며, 20세기 최고의 오페라로 평가받는 〈보체크〉와 〈룰루〉를 남겼다.

얼 파월 (Earl Powell, 1924~1966)

미국의 재즈 피아노 연주가. 버드 파월(Bud Powell)이라고도 불림. 1940년대 중반에 전성기를 누렸다.

에드가르 바레즈 (Edgar Varèse, 1883~1965)

프랑스 출신의 미국 작곡가. 불협화음이 많고 주제가 없으며 비대칭 리듬을 사용한 음악을 작곡했다. 20세기 음향기법의 혁신자이다. 주요 작품으로는 〈하이퍼프리즘〉 〈이온화〉 〈밀도 21.5〉 〈전자로 표현하는 시〉 등이 있다.

에드바르 하게루프 그리그 (Edvard Hagerup Grieg, 1843~1907)

노르웨이의 작곡가, 피아노 연주가. 작품 속에 민족음악의 선율과 리듬을 많이 도입하였으며, 민족적 색채가 짙은 작품을 다수 만듦으로써 오늘날 노르웨이 음악의 대표적 존재가 되었다. 주요 작품으로 〈페르귄트〉 〈피아노 협주곡〉 등이 있다.

에릭 알프레드 레슬리 사티 (Erik Alfred Leslie Satie, 1866~1925)

프랑스의 작곡가. 뒤늦게 음악을 공부하여 다다이즘, 큐비즘 등의 예술운동에 참여하였다. 주요 작품으로 〈짐노페디〉, 발레음악 〈파라드〉 등이 있다.

엘빈 존스 (Elvin Jones, 1927~)

미국의 재즈 드럼 연주가. 존 콜트레인과 함께 활동했다.

예후디 메뉴인 (Yehudi Menuhin, 1916~1999)

미국의 러시아계 바이올린 연주가이자 지휘자. '신동' 소리를 들으며 젊은 나이에 세계적인 연주가로 인정받았다. 런던과 스위스 등에 음악학교를 설립하는 등 음악교육자로서도 유명하다.

올리비에 메시앙 (Olivier Messiaen, 1908~1992)

프랑스의 작곡가. 당시 성행하던 신고전주의적 추상미에 반대하여 인간과의 깊은 관계 속에서 '살아 있는 음악'을 창조하려는 목적으로 작곡활동을 했다. 자신의 작곡법을 종합한 『나의 음악어법』(1944)은 오늘날까지도 현대 음악어법의 귀중한 길잡이가 되고 있다. 주요 작품으로 〈튀랑갈리라 교향곡〉〈5개의 르샹〉 등이 있다.

요제프 안톤 브루크너 (Josef Anton Bruckner, 1824~1896)

오스트리아의 작곡가, 오르간 연주가. 19세기 후반을 대표하는 교회음악, 교향곡 작곡가로 평가받고 있다. 주요 작품으로 〈테 데움〉〈제7교향곡〉〈제8교향곡〉 등이 있다.

요하네스 브람스 (Johannes Brahms, 1833~1897)

독일의 작곡가. 낭만주의의 화려한 시대에 고전파 음악의 전통을 지킴으로써, 시대의 풍조에 휘말리지 않는 독자적 작풍을 견지했다. 주요 작품으로 〈대학 축전 서곡〉〈독일 레퀴엠〉 등이 있다.

요한 제바스티안 바흐 (Johann Sebastian Bach, 1685~1750)

독일의 오르간 연주가, 작곡가. 17세기 초엽부터 시작되는 바로크 음악의 총괄자이자 역사상 가장 뛰어난 음악가 중 한 명으로 평가받고 있다. 주요 작품으로 〈브란덴부르크 협주곡〉〈음악의 헌정〉〈평균율 클라비어곡집〉 등이 있다.

요한 카스파르 페르디난트 피셔 (Johann Caspar Ferdinand Fischer, 1662~1746)

독일의 작곡가이자 오르간 연주가.

웨인 쇼터 (Wayne Shorter, 1933~)

미국의 재즈 색소폰 주자. 마일스 데이비스와 함께 퓨전재즈의 탄생에 중요한 역할을 했다.

윌리엄 '캣' 앤더슨 (Willam 'Cat' Anderson, 1916~1981)

미국의 재즈 트럼펫 연주가. 듀크 엘링턴 오케스트라에서 활동했으며, 재즈 역사상 가장 훌륭한 트럼펫 주자로 꼽힌다.

이고르 페도로비치 스트라빈스키 (Igor Fedorovich Stravinsky, 1882~1971)

러시아 출신의 미국 작곡가. 당시 주류를 이루었던 고전파와 바로크 스타일의 정신을 부흥시키려는 음악풍조에 선도적 역할을 했다. 대표작으로 발레곡 〈불새〉〈페트루슈카〉〈봄의 제전〉 등이 있다.

일데브란도 피체티 (Ildebrando Pizzetti, 1880~1968)

이탈리아의 작곡가. 그레고리오 성가와 그리스 음악을 연구했다.

자코 패스토리우스 (Jaco Pastorius, 1951~1987)

미국의 베이스 기타 연주가. 일렉트릭 베이스 기타 사상 가장 위대한 연주자로 평가받고 있다.

자크 샹피옹 드 샹보니에르 (Jacques Champion de Chambonniers, 1602~1672)

프랑스의 작곡가이자 클라브생(하프시코드) 연주가. 루이 13세와 루이 14세

시대에 궁정음악가를 지냈으며, 꾸밈음이 많고 화성이 풍부한 〈클라브생 작품집〉을 남겼다.

장 바티스트 륄리 (Jean-Baptiste Lully, 1632~1687)

이탈리아 출신의 음악가. 루이 14세 시대에 프랑스에서 궁정음악가를 지냈다. 〈아마디스〉 〈아르미드와 르도〉 등 고전적이고 장대한 오페라를 많이 발표하였다.

재키 바이어드 (Jaki Bayard, 1922~1999)

미국의 재즈 피아노 연주가. 찰스 밍거스 밴드에서 활동했다.

J. J. 존슨 (J. J. Johnson, 1924~2001)

미국의 재즈 트롬본 연주가. 1940~50년대 비밥 시대에 널리 알려졌다.

젤리 롤 모턴 (Jelly Roll Morton, 1890~1941)

루이 암스트롱 이전 시대의 재즈 피아노 연주가, 작곡가.

조니 호지스 (Johnny Hodges, 1907~1970)

미국의 알토색소폰 연주가. 듀크 엘링턴 오케스트라에서 활동하며 명성을 날렸다.

조르주 미고 (Georges Migot, 1891~1976)

현대 프랑스의 고전음악 작곡가.

조반니 바티스타 페르골레시 (Giovanni Battista Pergolesi, 1710~1736)

이탈리아의 작곡가. 이탈리아의 오페라부파와 프랑스의 희극적 음악극 전개에 큰 영향을 끼쳤다. 주요 작품으로 〈사랑하는 오빠〉 〈마님이 된 하녀〉 등이 있다.

조지 앨런 러셀 (George Allan Russell, 1923~)

미국의 재즈 음악가, 피아노 연주가. 코드 위주의 재즈에 음계이론을 도입함으로써 재즈의 이론화에 큰 공헌을 했다. 그의 이론은 마일스 데이비스, 존 콜트레인 등에게 많은 영감을 주어 재즈의 혁신을 불러왔다.

존 윌리엄 콜트레인 (John William Coltrane, 1926~1967)

미국의 재즈 색소폰 연주가. 모던재즈를 발전시켰다.

죄르지 리게티 (György Ligeti, 1923~)

헝가리 출신의 오스트리아 작곡가. 변화무쌍한 음향과 다양한 음색에 관심을 갖고 주로 전위음악을 작곡했다.

지롤라모 프레스코발디 (Girolamo Frescobaldi, 1583~1643)

이탈리아 바로크 시대의 작곡가이자 오르간 연주가. 표현력 넘치고 색채적인 반음계법을 특징으로 하는 그의 오르간곡은 바로크 오르간 음악의 형성에 결정적인 역할을 하였으며, 바로크 시대 작곡가들에 의해 사보되어 대위법적인 작곡의 모범이 되었다.

지미 우드 (Jimmy Woode 1928~)

미국의 재즈 베이스 연주가. 듀크 엘링턴, 빌리 홀리데이, 에릭 돌피 등 기라성 같은 재즈 음악가들과 함께 활동하며 1950~60년대를 풍미했다.

지미 해밀턴 (Jimmy Hamilton, 1917~1994)

미국의 테너 색소폰, 클라리넷 연주가. 주로 스윙과 밥 스타일의 연주를 했으며 오랫동안 듀크 엘링턴 오케스트라에서 활동했다.

찰리 파커 (Charlie Parker, 1920~1955)

미국의 재즈 알토 색소폰 연주가, 작곡가. 그가 개척한 하모니, 조성, 리듬, 멜로디 등은 모던재즈의 기반이 되었다.

찰스 밍거스 (Charles Mingus, 1922~1979)

미국의 재즈 베이스 연주가, 피아노 연주가, 작곡가 겸 편곡가. 주로 독주자들의 즉흥연주를 위한 곡들을 작곡했으며 1950~60년대 재즈의 흐름을 주도했다.

찰스 아이브스 (Charles Ives, 1874~1954)

미국의 작곡가이자 오르간 연주가.

쳇 베이커 (Chet Baker, 1929~1988)

미국의 재즈 트럼펫 연주가. 서정적인 즉흥연주를 즐겼으며, 흘러가는 음에 입맞춤하듯 하는 부드러운 연주로 유명했다.

치프리아노 데 로레 (Cipriano de Rore, 1516~1565)

플랑드르 출신의 작곡가. 이탈리아 페라라와 파르마에서 궁정악장을 지냈다. 중기 마드리갈의 대가로서 약 125곡의 마드리갈을 남겼다.

카렐 볼레슬라프 지락 (Karel Boleslav Jirák, 1891~1972)

체코의 현대음악 작곡가. 역시 음악가이자 오케스트라 지휘자인 밀로슬라프 카벨락의 작곡법 스승이다.

카운트 베이시 (Count Basie, 1904~1984)

미국의 재즈 음악가. 카운트 베이시 밴드를 조직해서 1930년대 말 큰 인기를 얻었다.

퀜틴 잭슨 (Quentin Jackson, 1909~1976)

미국의 재즈 트롬본 연주가. 주로 스윙 스타일의 연주를 했으며, 듀크 엘링턴 오케스트라에서 수석 트럼본 주자로 활동했다.

클라우디오 몬테베르디 (Claudio Monteverdi, 1567~1643)

이탈리아의 작곡가. 이탈리아 오페라의 창시자로 알려져 있다. 〈오르페오〉〈아리안나〉〈포페아의 대관〉 등의 작품을 남겼다.

클라크 테리 (Clark Terry, 1920~)

미국의 재즈 트럼펫 연주가. 카운트 베이시 밴드와 듀크 엘링턴 오케스트라 등에서 활동했다.

클레어 피셔 (Clare Fischer, 1928~)

미국의 재즈 건반 연주가, 작곡가.

클로드 아실 드뷔시 (Claude-Achille Debussy, 1862~1918)

프랑스의 작곡가. 독창적인 화성체계와 구조를 발전시켰으며, 인상주의 미술과 상징주의 문학이념을 음악으로 표현하였다. 주요 작품으로 〈목신의 오후에의 전주곡〉, 오페라 〈펠레아스와 멜리장드〉 등이 있다.

클리포드 브라운 (Clifford Brown, 1930~1956)

미국의 재즈 트럼펫 연주가. 하드밥 계열의 음악을 연주했다.

키스 자렛 (Keith Jarrett, 1945~)

미국의 재즈 피아노 연주가. 1969년부터 1971년까지 마일스 데이비스 밴드에서 활동했다.

텔로니어스 스피어 멍크 (Thelonious Sphere Monk, 1917~1982)

미국의 재즈 피아노 연주가, 작곡가. 독창적인 스타일로 전위재즈에 많은 영향을 끼쳤으며 모던재즈의 표준이라고 할 만한 곡들을 작곡했다.

토마소 조반니 알비노니 (Tomaso Giovanni Albinoni, 1671~1750)

이탈리아의 작곡가. 〈아다지오〉로 유명하며, 〈신포니에 에 콘체르티〉 〈독주 바이올린을 위한 콘체르티〉 〈독주 오보에와 2개의 오보에를 위한 콘체르티〉 등의 작품을 남겼다.

토머스 몰리 (Thomas Morley, 1557~1602)

영국 최초의 위대한 마드리갈 작곡가, 오르간 연주자, 음악이론가. 『실용적 음악에 대한 평이한 개론서』, 『오리아나의 환희』 등의 저서와 〈라보라비 인 게미 투 메오〉 〈데 프로푼디스 클라마비〉 등의 작품을 남겼다.

폴 멕스 곤잘브스 (Paul Mex Gonsalves, 1920~1974)

미국의 테너 색소폰 연주가. 스윙, 밥 스타일의 연주를 했으며 카운트 베이시 밴드, 디지 길레스피 빅밴드, 듀크 엘링턴 오케스트라에서 활동했다.

프란츠 슈베르트 (Franz Schubert, 1797~1828)

오스트리아의 작곡가. 초기 독일 낭만파의 대표적 작곡가의 한 사람으로 '가곡의 왕' 으로 불린다. 주요 작품으로 연가곡집 〈아름다운 물방앗간의 처녀〉 〈겨울나그네〉 〈죽음과 소녀〉 등이 있다.

프란츠 폰 리스트 (Franz von Liszt, 1811~1886)

헝가리의 피아노 연주가, 작곡가. 피아노 연주상의 명기주의의 완성과 표제음악의 확립이라는 음악사상 매우 중요한 공적을 남겼다. 주요 작품으로는 〈헝가리 광시곡〉 〈순례의 해〉 등이 있다.

프랑수아 아드리앙 부아엘디외 (François Adrien Boieldieu, 1775~1834)

프랑스의 오페라 작곡가. 1816년 루이 18세의 음악감독을 지냈다. 주요 작품으로 〈불량소녀〉 〈파리의 장〉 〈붉은 두건〉 〈블랑슈 부인〉 등이 있다.

한스 크나페르츠부슈 (Hans Knappertsbusch, 1888~1965)

독일의 오케스트라 지휘자. 베토벤, 슈베르트, 슈만, 브람스, 브루크너, 바그너 등 순수한 독일음악만을 지휘하였다. 생생한 즉흥성을 중시하는 예풍과 전(前)세기의 전통을 현대에 전하는 뛰어난 감각으로 독일과 오스트리아의 청중들로부터 많은 사랑을 받았다.

해럴드 '쇼티' 베이커 (Harold 'Shorty' Baker, 1914~1966)

미국의 재즈 트럼펫 연주가. 원래 드럼 주자로 시작했으나 십대에 트럼펫으로 전향하였다. 부드럽고 서정적인 스윙 스타일의 연주를 했으며, 주로 듀크 엘링턴과 함께 활동했다.

해리 카니 (Harry Carney, 1910~1974)

미국의 바리톤 색소폰 연주가. 스윙 스타일의 연주를 했으며 바리톤 색소폰이라는 악기의 입지를 굳힌 인물로 평가받고 있다. 거의 평생 동안 듀크 엘링턴 오케스트라에서 활동했다.

허비 니콜스 (Herbie Nichols, 1919~1963)

미국의 재즈 피아노 연주가. 1950년대에 전성기를 누렸으며 텔로니어스 멍크에 비견되는 피아노 연주가라는 평가를 받았다.

옮긴이의 말

2000년 메디치 상을 수상한 『디아볼루스 인 무지카(음악 속의 악마)』의 저자 얀 아페리는 1972년생이다. 얀 아페리는 『디아볼루스 인 무지카』를 발표하기에 앞서 많은 관현악곡과 악극을 썼을 뿐 아니라, 극작가로서 '프랑스 퀼튀르(France Culture, 프랑스 국영 라디오 방송국 이름)' 에 희곡작품을 발표하기도 했다. 고전음악과 문학이라는 두 우주를 자유자재로 넘나드는 얀 아페리는 파리와 로마에 거처를 두고 있으며 프랑스 국적과 미국 국적을 동시에 갖고 있다. 스물여덟 살이던 아페리에게 메디치 상이라는 영광을 안겨준 『디아볼루스 인 무지카』는 그의 세번째 소설로,* 섬세한 심리묘사와 음악적 반향, 기

* 첫번째 소설은 1997년 미뉘 출판사에서 발표된 『누구야Qui vive』(1997)이고 두번째 소설은 『밤하늘의 모순Paradoxe du ciel nocturne』(그라세 출판사, 1999)이다.

이한 희극성과 환상성, 고도의 형식성, 수많은 음악적 레퍼런스로, 많은 비평가들로부터 최근에 발표된 어떤 소설작품과도 다른 독창성을 지녔다는 찬사를 받았다.

주인공 모에는 어느 겨울날 미국의 시카고에서 태어났다. 태어나던 날 어머니와 할아버지를 동시에 잃은 모에는 아버지 오텔로와 함께 고향 이탈리아로 돌아온다. 오텔로는 인생을 술에 찌들어 보내면서, 사랑했으나 종적을 감춰버린 과거의 연인을 회상하면서 피폐해 가는 인물이다. 과묵한 알코올 중독자에 야만적이고 난폭하기까지 한 아버지로부터 버림받다시피 하며 자란 모에에게 유일한 위안은 마을 교회의 오르간 주자 두란테였다. 두란테는 모에에게 "건조하고 뜨거운 비"처럼 아름다운 화음, 곧 음악의 세계를 열어준 것이다. 두란테와의 만남은 아버지만큼이나 야만적이고 말없는, 고독한 들짐승 같던 모에에게는 최초의 인간적 접촉이었고, 그것은 곧 진정한 의미에서 인간세계로의 입문이기도 했다. 모에는 그때까지 "개똥지빠귀와 들쥐, 먼지와 바람에 날아다니는 꽃가루, 우박과 성에하고만 이야기했기 때문이다." 모에는 음악교수 두란테로부터 고전음악을 배우고, 낡은 트랜지스터 라디오를 통해 재즈의 세계에 입문하게 된다. 그리고 어머니의 유산이었으나 아버지가 매일 술로 날려버리는 광대한 영지를 뛰어다니며, 때로는 난폭한 아버지의 주먹질에 시달리기도 하지만 두란테의 따뜻한 보살핌 아래 성장하면서 사랑과 우정 그리고 음악가로서의 소명을 알게 된다. 소설 『디아볼루스 인 무지카』는 모에의 즐거웠던 기억과 고통, 피와 눈물의 이야기를 통해 사랑과 우정이 주는 위안, 그리고 그것들이 내포한 피할 수 없는 덫, 창작의 어려움, 그리고 죽음에의 집착을 이야기하고 있다.

『디아볼루스 인 무지카』에는 매우 복합적인 코드가 존재한다. 모에의 강박관념이 되어버린 3연음(triton), 그것은 그의 이름의 세 글자(Moe)와 상응한다. 모에는 오텔로의 공통의 적이라는 의미에서 멧돼지 싱싱과 상상적 형제관계를 맺고 있다. 모에의 〈영생의 발라드〉의 클라이맥스에 해당하는 문제의 리듬은 아홉번째 리듬이고, 이 책은 총 9부의 구성으로 되어 있다. 현란하게 뒤얽히는 시간대의 교차 때문에 잠시 맥락을 놓치고 헤매게 되지만, 이 작품의 진정한 매력은 바로 이런 헤맴 속에 있다. 얀 아페리는 장중함에서 경박함으로, 음울한 어둠의 비극에서 밝은 웃음으로 넘어가는 과정을 놀라운 터치로 보여주는데, 비장한 복고풍의 긴 문장들은 매우 서정적이며, 그로테스크한 묘사 한가운데 출현하는 놀라운 몇몇 표현들은 희극적이기까지 하다(작품의 희극성과 리듬감 있는 문체적 특성은 애석하게도 역자의 역량 부족으로 많이 희석되었다).

『디아볼루스 인 무지카』의 기본 스토리는 성악가 목소리의 음성 입자가 유리를 깨뜨려 파국을 맞는다는 매우 낭만적인 아이디어에 기초하고 있다. 그만큼 이 소설의 지배적 색채는 비극적이다. 무엇보다도 주인공의 모에의 성(姓) '인상긴(Insanguine)'은 이것이 피의 드라마라는 것을 말해준다(프랑스어의 명사 sang은 '피', 형용사 sanguin은 '피의'라는 뜻이다). 인상긴라는 이름 자체가 피의 흔적을 담고 있는 것이다. 먼저 모에의 탄생에서부터 어머니와 할아버지, 두 사람의 죽음이 짓누르고 있다("하나의 생명을 위해 적어도 두 사람의 죽음이 필요했다"). 이 소설은 도처에 음울한 기억들을 담고 있다. 아버지 오텔로는 알코올 중독으로 폐인이 되어가고 있고, 모에는 절망적인 사랑에서 헤어나지 못하며, 모에의 유일한 친구 역시 이야기의 마지막에 죽고 만다. 멧돼지 싱싱과 오텔로의 결투는 이 작품에서 가장 그로테스크하고 숨막히는 대목이라고 할 수 있다. 오텔로에게는 아들 모에만큼이나 미워했던 싱싱이 있었고, 모에에게 싱싱은 일종의 이복동생이나 마찬가지였다("만약 내게 남동생이 하나 있다면 그건 아버지가 엽총으로 위협해 내쫓아버린 하녀가 낳은 아이가 아니라, 나만큼이나 끔찍한 재난을 불러일으키고, 또 나쁜 짓을 저지른 후에도 아무런 달 없이 감쪽같이 도망치는 놀라운 기술을 보이는 그 야생 멧돼지일 것이다"—미국 교도소 이름을 딴 싱싱이라는 멧돼지의 이름은 할아버지가 마피아였던 인상긴 집안에 딱 어울리는 이름이다). 결국 오텔로와 싱싱 사이의 유혈극은 다분히 근친살해적이다. 또한 싱싱은 남편으로부터 사랑받지 못했던, 모에의 어머니 페르난디나이기도 하고, 죽어버린 싱싱의 너덜너덜한 태반에서 기어나온 "반짝거리는 무수한 작은 공" 같은 새끼 돼지들은 탄생 자체가 아버지 오텔로에게서 아무런 환영을 받지 못했던, 버림받은 생명 모에 자신이기도 하다. 아버지 오텔로 역시 싱싱이 죽은 후 비참한 최후를 맞이하고, 모에를 제외한 소설의 모든 등장인물—두란테, 친구 라자루스 제주룸, 안니발 메를리니, 아드리아나도 모에의 〈영생의 발라드〉가 연주되는 동안 죽음을 맞는다. 〈영생의 발라드〉는 그 음악을 듣는 모든 사람들을 파괴시켜버리는 죽음의 키스인 것이다.

현란하게 뒤얽히는 시간대의 교차는 이 작품의 중요한 모티프가 '시간성'이라는 인간조건에 대한 저항임을 말해준다. 모에는 시간을 거스르겠다는, 다시 말해 시간의 불가역성을 거스르겠다는 가장 불가능한 시도에 매료되어 있다. 두란테가 모에에게 해준 이야기는 시간의 불가역성 때문에 과거의 자신과 화해할 수 없는 정체성의 문제를 담고 있다("네가 찾을 걸 그는 잃어버릴 테고 네가 끌어안는 얼굴에 그는 침을 뱉을 거야. 네가 옷을 벗으면 그는 옷을 입어. 네가 덥다면 그의 몸은 얼음장처럼 차갑지. 그는 너의 과거이고 너는 그의 미래야"). 두란테 역시 시간과 리듬이 예정한 파국을 벗어나지 못한다. 먼 옛날, 아마도 사랑했던 여인 알바가 그에게 남긴 미완성 유고는 노쇠한 두란테의 정신세계 속에 그가 세상과 맺고 있던 수정처럼 맑고 조화로운 관계를 산산조각내는 불협화음 하나와 마법의 검은 선율, 그리고 싱커페이션을 심어두었던 것이다. 이처럼 『디아볼루스 인 무지카』는 사랑했던 사람들의 얼굴이 미로 안의 화살표처럼 기억 속에서만 출몰하는 상실과 좌절의 드라마이다. 모에의 모든 음악적 시도는 바로 상실과 좌절의 인생을 역전시키고자 하는 시도라고 할 수 있다. 〈영생의 발라드〉의 아홉번째 리듬, 정확하게 언제 닥칠지 작곡가조차 예상하지 못하는 그 리듬은 이 시간성에 대한 하나의 저항이며, 메트로놈의 규칙적 리듬에 대한 도전이다. 얼굴조차 보지 못한, 자신의 탄생 때문에 죽은 어머니에 대한 기억, 잃어버린 사랑의 고통 속에 은둔하여 살았던 아버지에 대한 기억, 그리고 정신병원에서 탈출한 첫사랑 안나에 대한 기억, 오직 부재로서만이 현존하는 기억에서 화자가 해방되기 위해서는, 모에(Moe)라는 그의 이름 세 글자에 상응하는 완강하고 고집스럽게 반복되는 3연음을 깨고 그 다음으로, 네번째 음으로, 자신의 자아를 부숴뜨릴 〈영생의 발라드〉로 넘어가야만 했던 것이다. 결국 모에의 〈영생의 발라드〉는 음악가가 창작한 작품이 아니라, 음악가의 삶을 빨아들여 그 삶이 파괴되는 조건에서만 세상의 빛을 보겠다는 절대적 음악, 죽음의 순간에서만 조우할 수 있는 음악이다.

작품의 제목 '디아볼루스 인 무지카'는, 중세에 악보에 거짓된 관계를 설정해서 불협화음을 일으킨다 해서 음악에서 탄압의 대상이 되었던 것으로, 그런 이유로 라틴어로 'diabolus in musica', 즉 '음악 속의 악마'라고 명명된 음악기법이다. 재즈는 교차 템포, 주저없는 즉흥성, 불규칙 싱커페이션으로 모에를 유혹했고, 그는 관습에 얽매인 고전음악의 세계에 "음악 예술의 사생아나 사산아"로 간주되는 재즈를 통합시켜 삶의 모든 충동과 과도한 열정을 표현하고자 시도한다. 그것은 시계바늘의 규칙적인 움직임과 메트로놈의 강력한 힘이 모든 통제력을 상실한 세계, 모든 음악학도들을 단조로운 강제성으로 몰아넣은 아카데미즘으로부터 탈출하기 위한 것이었다. 그러나 이것은 단순히 전통과 관습에 대한 반항만은 아니다. 안니발 메를리니의 목소리가 거대한 샹들리에를 지탱하던 굵은 쇠사슬을 부숴뜨리면서 피아노 연주가를 죽여버렸던 것처럼, 모에가 고전음악적 구성에 도입했던 재즈 리듬, 즉 음악 속의 악마는 반복적 리듬 현상에 극단적으로 민감한 반응을 보이는 블레키 신드롬(Blakey Syndrome)에 걸린 정신질환자들만이 그것을 들은 후에도 생명을 부지할 수 있는 속성을 지니고 있다. 소설의 후반부는 메트로놈의 절대적이고 강박관념적인 리듬에 사로잡혀 있는 모에 인상긴이 그의 내면 속에 잉태되었으나 세상에 나오기를 강하게 거부하는 음악을 탄생시키기 위해 절망적인 노력을 하던 끝에 정신병원에 수감되는 장면을 보여준다. 어쩌면 이 소설은 창작의 산고에 시달린 음악가가 광기에 휩싸여 모든 청중을 살해하는 파괴적인 작품을 쓰고 만다는 이야기일 수도 있다. 그것은 오직 생명 자체를 내걸 때만 접근할 수 있는 절대적 아름다움이 갖는 치명적 특성으로, 고통받는 창작자의 무의식적인 잔인함과 절대미가 갖는 철저한 비인간성, 그리고 신의 자리에 도전하는 예술가의 원대한 야심을 의미한다.

그러나 죽음을 선사하는 창조신 데미우르고스는 생명을 주는 자이기도 하다. 이 소설의 주제, 그것은 모에의 절친한 친구 라자루스 제주룸(Lazarus Jesurum)의 이름 속에 담겨 있다("일어나라. 그리고 걸어라"라는 대목은 무덤에서 부활했던 나자렛을 암시한다). 소설의 마지막에서 모에는 두번째 작품을 작곡할 것을 꿈꾼다. "나는 이제 삶을 위해서 쓸 것이다." 모에의 두번째 작품, 우리는 이미 그것을 손에 쥐고 있다. 복고풍의 문체로 전개된 기이한 플롯의 『디아볼루스 인 무지카』, 모에, 오텔로, 싱싱, 라자루스, 아드리아나, 소설의 모든 등장인물들과 사건들, 그들은 독자들의 기억 속에서 이미 생명을 부여받지 않았던가!

청명한 이탈리아의 햇살을 배경으로 전개되는 어둡고 격렬하고 찬란한 모에 인상긴의 놀라운 운명, 그 독특한 이야기에 독자들을 초대한다.

2003년 여름

신미경

옮긴이 **신미경**
연세대학교 불문과와 동대학원 졸업 후, 프랑스 파리 3대학에서 문학박사 학위를 받았다. 현재 연세대학교에 출강하고 있다.
저서로 『프랑스 문학사회학』이 있으며, 『신화』 『마법의 숙제』 등을 우리말로 옮겼다.

문학동네 세계문학
디아볼루스 인 무지카

초판인쇄 | 2003년 9월 13일
초판발행 | 2003년 9월 20일

지 은 이 | 얀 아페리
옮 긴 이 | 신미경
책임편집 | 최정수 황문정 김지연
펴 낸 이 | 강병선
펴 낸 곳 | (주)문학동네
출판등록 | 1993년 10월 22일 제22-188호

주 소 | 136-034 서울시 성북구 동소문동 4가 260번지 동소문빌딩 6층
전자우편 | editor@munhak.com
전화번호 | 927-6790~5, 927-6751~2
팩 스 | 927-6753

ISBN 89-8281-687-9 03860
* 잘못된 책은 바꿔드립니다.
www.munhak.com